楼 | 适 | 夷 | 译 | 文 | 集

LOUSHIYI YIWENJI

楼适夷译文集

罗生门

〔日〕芥川龙之介——著
楼适夷——译

中国文史出版社

序　言

——适夷先生与鲁迅

在上世纪九十年代中期，适夷先生九十岁的时候，人民文学出版社出版了他几十年写下的散文集，又获得了中国作家协会中外文学交流委员会颁发的文学翻译领域含金量极高的“彩虹翻译奖”。这是对他一生为中国新文学运动做出的杰出贡献给予的表彰和肯定。当老夫人拿来奖牌给我看时，适夷先生挥挥手，不以为然地说：“算了算了，都是浮名。”

我觉得适夷先生是当之无愧的。

上世纪二十年代中期，适夷先生还不满二十岁，便投身于中国新文学运动，从他发表第一篇小说到发表最后一篇散文，笔耕不辍七十余年。仅凭这一点就足以令人钦佩了。

五四运动之后，中国社会面貌激变的伟大革命的年代，以鲁迅为代表的一批受过西方先进文化影响的青年作家们，以诗歌、小说等文艺作品，掀起批判封建主义儒家文化传统和道德观念，讴歌自由、平等、民主思想的狂飙运动。适夷先生在上海结识了郭沫若、成仿吾、郁达夫等创造社浪漫派先驱，开始了诗歌创作。在五卅运动中，他接受了马克思主义，参加了共青团、共产党，一面从事地下革命活动，一面办刊物，写下了大量小说、剧本、评论，还从世界语翻译外国文学作品，成为左翼文学团体“太阳社”的重要成员。

由于革命活动暴露身份，招致国民党特务的追捕。1929 年秋，他不得已逃亡日本留学。在那里他一面学习苏俄文学，一面学习日语，还写了许多报告文学在国内发表。1931 年回国即参加了“左联”,同鲁迅先生接触也多起来,在左联会议上、在鲁迅先生家中、在内山书店,领受先生亲炙。他利用各种条件创办报纸、杂志,以散文、小说的形式揭露国民党反动派的白色恐怖,号召人们起来抗争,同时他又大量翻译了外国文艺作品和马列主义文艺理论。苏联是世界上第一个无产阶级取得政权的国家,那是国内理想主义革命者们无上向往的国度。他们怀着极大的热情讴歌苏维埃人民政权,介绍苏俄的文学艺术。但当时国内俄语力量薄弱,鲁迅提倡转译,即从日、英文版本翻译。适夷先生的翻译作品大都是从日文翻译的,如阿·托尔斯泰的《但顿之死》《彼得大帝》,柯罗连科的《童年的伴侣》《叶赛宁诗抄》,列夫·托尔斯泰的《高加索的俘虏》《恶魔的诱惑》,赫尔岑的《谁之罪》。他翻译最多的是高尔基的作品,如《强果尔河畔》、《老板》、《华莲加·奥莱淑华》、《面包房里》以及《契诃夫高尔基通信抄》、《高尔基文艺书简》等。此外,他还翻译了许多别的国家的作家作品,如奥地利作家茨威格的《黄金乡的发现》《玛丽安白的悲歌》,英国作家维代尔女士的《穷儿苦狗记》,以及日本作家林房雄、志贺直哉、小林多喜二等人的作品。一次,和我聊天,他说解放前,他光翻译小说就出版过四十多本。鲁迅先生赞赏适夷先生的翻译文笔,说他的翻译作品没有翻译腔。适夷先生曾说翻译文学作品,最好要有写小说的基础,至少也要学习优秀作家的语言,像写中国小说一样翻译外国文学作品,才能打动读者。

其实,适夷先生的翻译工作只是他利用零敲碎打的工夫完成的,他的主要精力都投在革命事业上,因此,老早就被国民党特务盯上了。1933 年秋,他在完成地下党交给的任务,筹备世界反帝国主义战争委员会远东反战大会期间,因叛徒指认,遭到国民党特务绑架,被捕后押解到南京监狱。他在狱中坚贞不屈,拒绝“自新”“自首”,被反动派视作冥顽不化,判了两个无期徒刑。由于他是在内山书店附近被捕的,鲁迅先生很快就得到消息,又经过内线得知没有变节屈服的实情,便把消息传给友人,信中一口一个“适兄”地称他:“适兄忽患大病……”“适兄尚存……”“经过拷问,不屈,已判无期徒刑”,对适夷先生极为关切。同时还动员社会上的名士柳亚子、蔡元培和英国的马莱爵士向国民党政府抗议,施展营救。那时正有一位美国友人伊罗生,要编选当代中国作家的短篇小说集《草鞋脚》，请鲁迅推荐，提出一个作家只选一篇，而鲁迅先生独为适夷先生选了两篇（《盐场》和《死》），可见对他尤为关怀和爱护。

适夷先生为了利用狱中漫长的岁月，学习马列主义文艺理论，通过堂弟同鲁迅先生取得联系，列了一个很长的书单，向鲁迅先生索要，有普列汉诺夫的《艺术论》《艺术与社会生活》，梅林的《文学评论》，还有《苏俄文艺政策》等中日译本，很快就得到了满足。他根本没有去想鲁迅先生那么忙，为他找书要花费多大精力，甚至还需向国外订购。适夷先生当时是二十八九岁的青年，而鲁迅先生已是五十开外的年纪了。后来，他每当想到这一点，心中便充满感激，又为自己的冒失感到内疚。

有了鲁迅先生的关怀，先生在狱中可说是因祸得福了，以前从事隐蔽的地下工作，时刻警惕特务追踪、抓捕，四处躲藏，居无定所，很难安心学习、写作，如今有了时间，又有鲁迅先生送来的这么多书，竟有了"富翁"的感觉。鲁迅先生说，写不出，就翻译。身陷囹圄，自然没法写作，他就此踏实下来翻译了好几本书，高尔基的《在人间》《文学的修养》，法国斐烈普的中篇小说《蒙派乃思的葡萄》，日本作家志贺直哉的短篇小说集《篝火》等，都是在狱中翻译，后又通过秘密渠道将译稿送到上海，交给鲁迅和友人联络出版的。

那时，适夷先生心中还有着一团忧虑。本来他年迈的母亲和一家人是靠他养活的，入狱后断了收入，家中原本就不稳定的生活，会更加艰难，虽有亲戚友人接济，但养家之事他责无旁贷。能有出版收入，可使家人糊口，也尽人子之责。当时翻译家黄源正在翻译高尔基的《在人间》，可当他在鲁迅的案头上看见适夷先生的《在人间》译稿时，便毅然撤下自己在《中学生》杂志上发表了一半的稿件，换上了适夷先生的译稿。那时《译文》杂志被查封，鲁迅先生正为出版为难。而在此之前，黄源与适夷先生并无深交。后来适夷先生一直念念不忘，谈到狱中的日子，总是感慨地说：鲁迅先生待我恩重如山，黄源活我全家！

新中国成立后，国家培养了大批外语人才，已无须转译，适夷先生便专注翻译日本文学作品，他翻译了日本著名作家志贺直哉、井上靖的作品，为中日文化交流做出了贡献。

同时他担任文学出版社负责人，也以鲁迅精神关怀爱护作者。当年羸弱书生朱生豪，在抗战时期不愿为敌伪政权服务，回到浙江老家，贫病交加中发奋翻译《莎士比亚戏剧全集》，呕心沥血，却在即将全部完成时，困顿病殁。适夷先生在新中国成立之初，就出版了他的（当时也是中国第一部）《莎士比亚戏剧全集》，当一笔厚重的稿酬交到朱生豪妻子手中时，她竟感动得号啕大哭。

五十年代，适夷先生邀请当时身在边陲云南的阿拉伯语翻译家纳训来北京，翻译了《一千零一夜》，这部为国内读者打开了阿拉伯世界的名著，至今仍为人们爱读。

六十年代，他邀请上海的丰子恺翻译了世界上第一部长篇小说《源氏物语》；发挥了旧文人周作人、钱稻孙的特长，翻译了当时年轻翻译家们无法承担的日本古典杰作《浮世澡堂》和《近松门左卫门选集》等，丰富了我国的外国文学宝库。

八十年代初，他年事已高，虽然离开了工作岗位，仍然向读者介绍好书。他得知“文革”中含冤弃世的好友傅雷留下大量与海外儿子的通信，便鼓励傅聪、傅敏整理后，亲自向出版社推荐，并写下序言。这本带着先生序言的《傅雷家书》一版再版，长年畅销不衰，尤其在青年人中影响巨大。他说就是要让人们“看看傅雷是怎么教育孩子的！”这样的事情太多了。

改革开放后，各种思潮涌现，八九十年代，社会上流行一股攻击鲁迅的风潮，我不免心怀杞人之忧，就跟适夷先生说了，他却淡然地答道：“这不稀奇，很正常的。鲁迅从发表文章那天起，就受人攻击，一直到他死都骂声不断。这些，他根本不介意。鲁迅的真正的价值，时间越久会越加显著。”

这真是一句名言，一下使我心头豁然开朗了。

在适夷先生这套译文集即将出版之际，再次感谢中国文史出版社付出的极大热情和辛勤劳动。我们相信通过“楼适夷译文集”的出版，读者不但能感受到先贤译者的精神境界，还能欣赏到风格与现今略有不同、蕴藉深厚的语言的魅力。

董学昌

2020 年春

目录

天平之甍

〔日〕井上靖

一

朝廷商议派遣第九次遣唐使①，是圣武天皇朝天平四年(732)的事。同年八月十七日任命从四位上多治比广成为大使，从五位下中臣名代为副使，并选任与大使、副使合称遣唐四官的判官和录事。判官是秦朝元等四人，录事也是四人。九月，派出使者分赴近江、丹波、播磨、安艺四国②，命令各造大船一艘。

大使多治比广成是文武朝左大臣嶋的第五子，其兄是县守，曾于养老年间③任遣唐押使赴唐。广成历任下野守、迎新罗④使的副将军、越前守等职，因此现在赋予了渡唐大使的重任。副使中臣名代是嶋足之弟垂目的孙子，鸠麻吕的儿子。

同年年内，又决定了遣唐使团中的主要人员，发布了正式任命：从知

---

① 遣唐使，日本朝廷自7世纪至9世纪向中国唐朝派遣的正式使节，曾先后派使十五次。使团除大使、副使等官员外，还带留学生和留学僧同行，并非单纯外交使节，也有从唐土输入文物制度的目的。全员自百人至二百五十人，最多达五百余人。一般分乘四条海船，初期取北路航线沿朝鲜半岛航行，8世纪后改为南路航线，自东海横渡至扬子江口岸登陆。有著名的留学生如吉备真备，回国后成为重臣的人，也有如阿倍仲麻吕(晁衡)出仕唐廷，客死他邦的人。

② 近江、丹波、播磨、安艺，今日本滋贺县、京都县、兵库县、广岛县等地。

③ 养老年间，717—723年。

④ 新罗，古三韩之一，今朝鲜半岛境地。

乘船事、译语、主神、医师、阴阳师、画师、新罗译语、奄美译语、卜部等随员，及都匠、船工、锻工、水手长、音声长、杂使、玉生、铸生、细工生、船匠等规定的乘员到水手、射手等下级船员①，共计五百八十余人。

只有遣唐使团中最关重要的留学生和留学僧的名单，当年尚未选定，推迟到第二年。原来，朝廷花费巨大资财，甘冒许多人生命的危险，派遣遣唐使团，主要目的是引进宗教与文化，虽也有政治的意图，但比重是微小的。大陆和朝鲜半岛经历多次兴亡盛衰，虽以各种形式影响这小小的岛国，但当时日本给自己规定的最大使命，是迅速建成近代国家。自从中大兄皇子跨出律令国家②的第一步以来，还只有九十年；佛教的传入只有一百八十年，政治文化方面，虽已受到大陆很大影响，但一切还比较混杂，没有固定下来，只不过是粗具规模，有许多东西还必须从先进的唐国引进。用人的成长来比喻，正在从少年向青年发展的时期；用时令来比喻，仅仅是早春天气，春寒料峭的三月初。

营造平城京③已二十五年，一切模仿唐都长安，大体已完成南北各九条、东西各四坊的井然有序的街衢；都城四周，屯集了大量移民；又修建了兴福寺、大安寺、玄兴寺、药师寺、葛城寺、纪寺等以下的四十多座寺院，但高大的伽蓝还显得空洞，经堂里经典很少。

过年以后，从全国各地选拔了九位精进洁斋的僧侣，送到香椎宫、宗像神社、阿苏神社、国分寺、神功寺等处，为祈祷这次渡唐的顺利、平息海神的威暴，在五畿七道④，诵念《海龙王经》；而向伊势神宫以下畿内七道诸神社，派遣了奉币使⑤。

二月初，大安寺僧人普照、兴福寺僧人荣睿，出于意外地被提名为渡

---

① 知乘船事，船长；译语，通译人；主神，神官；阴阳师，占卜；卜部，掌海路风向的人；都匠，木匠；音声长，乐师；玉生、铸生、细工生，均为技术人员；射手，武士，防船行遇盗或漂流荒岛时武装自卫。

② 中大兄皇子，即圣德太子（574—622），为推古天皇朝摄政，曾颁布律令十七条，建立法制，以后各朝，又颁布了一些律令，日本史上称为律令国家。

③ 平城京，奈良。元明天皇和铜三年（710）以后，在此建都七十余年。

④ 五畿七道，律令制下的地方行政区划，分山城、大和、摄津、河内、和泉五畿，与东海、东山、北陆、山阴、山阳、南海、北海七道。

⑤ 奉币使，由政府派遣向神社、山陵献纳币帛的使节。

唐留学僧。二人突然奉召到当时佛教界权威隆尊的地方，问他们有没有渡唐的志愿。二人是初次面对隆尊，在从前，只听过他讲《华严经》，是不能够接近的。

荣睿长得又高又大，坚实的身躯向前微屈，带一点儿罗锅，满脸毛胡子，看上去年约四十，实际只是刚过三十。普照身材比他小得多，体格单弱，年龄也比荣睿小两岁。

荣睿听了隆尊的问话，不假思索，直率同意。普照却迟疑了好一会儿才开口，他两眼看着隆尊的脸，问到唐去学习什么。他就是那样性格，在一对神情冷漠的小眼睛中，似乎表示这样的意思，哪儿都可以学，干吗要冒生命的危险，老远地上唐国去。自己一向在国内也学得不错嘛。他在僧侣中是出名的青年秀才，对秀才这个称号，本人倒并不重视，不过承认自己只是整天不离经案罢了。

隆尊用习惯的沉着的口气，对两位不同类型的青年僧侣，说明日本佛教戒律，还很不完备，打算去聘请一位合格的传戒师来日本传授戒律。聘请传戒师得花长年累月的工夫，特别要聘请一位德高望重、学识渊深的人到日本来，可不是容易的事。不过等下一次遣唐使还有十五六年时间，在这个时期内，他们一定是能够圆满功德的。

普照听隆尊说请一位传戒师得花这样长的年月，暗暗吃了一惊。他想，隆尊的意思，大概认为选聘传戒师先得具备物色人物的学力，而且要聘请杰出的人，还须先与他建立相互之间的关系，做好这样那样的准备，这就得有十几年的唐土生活。想想这一去可以留唐十多年，便有了赴唐的意思；如果仅仅短期留学，可犯不上去拼这条命；既然是长期的，就值得冒一冒险去搭乘遣唐的海航。

二人从隆尊处出来，在映照早春阳光的兴福寺境内，互相谈论起来。荣睿多少有点儿兴奋，说话比平时快，他说这次选派准是知大政官事舍人亲王同隆尊商谈的结果。

几十年来，为了防止农民企图豁免课税，争着出家和逃亡的现象，政府已颁布过几十次法令，可都不见成效。问题不仅农民，眼前僧尼的品行，也正在日趋堕落，成为当局的头痛之事。政府有“僧尼令二十七条”法规，规定僧尼的身份和资格，但无实效。皈依佛教应遵守的清规戒律，一条也没有定出来;比丘和比丘尼应受的具足戒[1],因三师七证[2]不足,无法施行。目下佛教只是自誓受戒[3],或受三聚净戒[4],流于放任状态。为了取缔这种佛徒,须从唐土聘请杰出的戒师,施行正式受戒制度。人为的法律已无能为力,必须有佛徒所信奉的释迦的最高命令。谁都明白,目前日本佛教界最重要的,是整顿正规的戒律仪式。趁这次遣唐使出发的机会,舍人亲王和隆尊便决定派两个青年僧侣赴唐。

"至少,我们的使命,是值得豁出两条生命的。"

荣睿说了这样的话,可普照没有作声。他的头脑从来只想自己的事,他对聘请戒师的重大意义,兴趣不大;他主要想的是今后十六年中,自己可以学到多少教典。他好像已实际感到那些教典的分量,在冷漠的目光中,显出和平常不大相同的出神的状态。

"荣睿,美浓[5]人也,氏族不详,住兴福寺,机捷神睿,论望难当,以瑜伽唯识[6]为业。"根据《延历僧录》[7]所记,关于渡唐前的荣睿,所知仅止于此。同样地,关于渡唐前的普照,我们所知的也只有"兴福寺僧,一说大安寺僧"这句不甚可靠的记载。但在《续日本纪》[8]中,还有关于普照的一条:"甲午,授正六位上白猪与吕志女为从五位下,入唐学问僧普照之母也。"这是考证他出身的唯一线索,即普照的母亲是白猪氏,名与吕志女,在天平神护二年(766)二月初八自正六位上赐从五位下。白猪氏的祖上是百济王辰尔之侄,此族人氏,以多与外国有关知名。

闰二月二十六日,大使广成入朝拜受节刀[9]。节刀在回国后是要纳

---

① 具足戒,即比丘戒。出家人年满二十,才能受具足戒。规定比丘二百五十戒,比丘尼三百四十八戒。

② 三师七证,受戒时,戒坛中应有三位师僧受戒,另有七位僧侣在场做证。

③ 自誓受戒,无戒师时,于佛前自行发誓受戒。

④ 三聚净戒,即摄津仪戒、摄善法戒、摄众生戒。

⑤ 美浓,今日本岐阜县。

⑥ 瑜伽唯识,"瑜伽"指主客观一致的境界;"唯识"谓天地的实在,皆从心出,一切客观事物都是空虚的一种唯心论思想。

⑦ 《延历僧录》,鉴真的弟子思托所著,是日本最早的僧侣传。

⑧ 《续日本纪》,日本六大国史之一,《日本书纪》的续编。

⑨ 节刀,天皇以节刀授给使节,作为任命标志,使毕纳还。

还的，受取节刀，表示出使的准备已完，最后接受渡唐大使全权，一候天气晴朗，便须立刻起航。

出发以前的三月初一，广成拜访了山上忆良①，忆良参加过大宝二年(702)第七次遣唐使团，担任少录，有渡唐经验。他是广成哥哥的朋友，由此关系，广成专门去向他辞行。三月初三出发，这天早晨，忆良送来了歌一首、反歌两首，为广成送行。

神代相传大和邦，皇威赫赫何辉煌。佳谶美颂资吉兆，自古徂今垂德望。济济人才盈满朝，恩宠独君蒙荣光。世世辅政仰先德，君今奉敕使大唐。洋洋海国风涛靖，诸神宣力护君航。惟我大和社稷神，遥天高翔翼君旁。异国建勋完使命，大伴津上待归航。早日归来其无恙，祝愿旅程长安康。②

扫大伴津之松原，伫候君兮早归。
闻难波津之来航，未整装兮出迎。

后一首反歌，是赠给送别丈夫的广成夫人的。

四月初二日晨，广成一行自奈良城起行，向忆良歌中所说的难波津出发。使团中大部分人员已早在起航地难波津集合，当天从奈良起行的只是广成一行三十骑，普照和荣睿也在其中。此时各寺院钟声齐鸣，祈祷海路平安。清晨的寒风和绿意渐深的山野，给征人以深刻的印象。

道路穿过大和平原，一直向西北方伸展。一行人经过王子，翻过龙田山，当天在国府过夜。次日从国府起行，近午进入难波故都③。此地从九年前神龟元年以来，开始修建离宫，工事现在还在继续，到处在建造大臣的府院。他们经过几处映照在初夏阳光下的工地，不久，进入了市廛栉比的繁华地带。一行人马过了几条桥，走过最后一条时，就感到有潮气的海风迎面吹来，望见左边丘陵带中的难波馆，红墙青瓦，色彩缤纷；接着，又

① 山上忆良，日本古诗人(660—733)。
② 原诗见《万叶集》第五卷，名《好去好来歌》。
③ 难波故都，今日本大阪。

望见新罗馆、高丽馆、百济馆等至今已只留下名字的古建筑。丘陵尽处，便是丛生芦苇的海港的一角。

又过了不久，一行人马进入了港湾。此处已无往昔与三韩交通频繁时期的兴旺气象，但从苇丛中仍可望见森林般矗立着的几百条船桅。这港湾是几条河流汇合的出海口，在江海汇合的浩渺的水面，散布着许多大大小小的岛屿和沙洲，丛生的芦苇几乎埋住了整个港湾。船只只能在苇丛和洲岛间出入，从码头上望过去，好像只是在苇丛间穿来穿去。苇丛中还立着许多水标柱，有些柱头上栖息着小水鸟，白色的羽毛映入即将远行的征人眼中。

码头上气象异常，四条海船停靠在与海岸有相当距离的水面，送行的人和看热闹的人拥挤在码头四周，码头入口拦上绳子，只准送行的家属进去，光在绳栏里面已有二千来人，女人特别多，老太太、年轻妇女、孩子全有。绳栏外的观众更多，中间也混杂着流浪人和乞丐。在码头的一片混乱声中，常常突然发出高声念佛诵经的声音。

严霜满客途，鹤翅长空护我儿。

《万叶集》第九卷上的这首歌，是一位母亲送儿上此次遣唐船所作。第八卷上，还载有朝臣笠金村[①]这一天送给遣唐使的一首歌：

云影明没波间岛，与君别兮长嗟。

这是笠金村替一位友人的妻子代作的送郎歌。

昨天从京城出发的大使广成三十余人一队，在码头边与公私送客等告别之后，便分别登上不同的船只，又互相举杯祝酒。

四艘船各长十五丈，宽一丈余，每条船各乘一百三四十人，并不显得拥挤。船只由于造的地方不同，形式略有差异。大使广成乘的第一船，中舱较大。副使中臣名代乘的第二船，就窄得多，船中形式位置也不相同。判官们乘的第三船、第四船，几乎都舷靠舷地停泊在一起，船尾的样式全

---

① 笠金村，日本古诗人，生卒未详，《万叶集》中有其715—733年的作品。

不一样。第三船像一条倒挂的龙，尾巴高高翘起，比第四船高出六尺。

任何乘员都分辨不出自己的船比别的船好些还是坏些，即使监督造船的船舶司长官次官也不能分辨，连直接参与锯削木材的近江、丹波、播磨、安艺四地船匠，也是心中无数的。不过各船桅杆都在正中，这是采用的百济船样式，跟船桅不在船中央的唐式不同。日本船匠一向对关系较深的百济船，有朦胧的信心。

傍晚，一候潮水上涨，四条大船便离开难波津港岸。刚一离开，岸上送行的人，都看出船身特别沉，好像会在苇丛中沉下去的样子。每条船有一百五十名左右的乘员，再加装满了路上所需的粮食，留唐时抵充用费的货物和衣料、药材、杂品及进贡唐朝的贡物。只在开船时，送行人发出了一阵呼声，以后，码头上就是一片黯然的肃静。大概花了一刻工夫，四条船才完全开出港外。

四条船四月初三自难波津开出，经过武库、大轮田泊、鱼住泊、韩泊、柽生泊、多麻浦、神岛、备后长井浦、安艺风速浦、长门浦、周防国麻里布浦、熊毛浦、丰前分间浦等内海港湾，有的只是通过，有的停靠，到同月中旬到了筑紫[①]的大津浦，是本土最后一个海港。因为候风，又停泊了几天。从大津浦开出外海，已是受节刀以后约一个月的四月终尽了。

从大津浦航海到唐有两条航路，到天智天皇朝第五次遣唐船止，都是走壹岐、对马，沿南朝鲜的西岸北上，穿过渤海湾，到山东莱州或登州上陆，然后走陆路南下，然后再从洛阳到长安。但走这条航路，只在南朝鲜属日本势力范围时，才能保证安全，自从新罗统一了半岛，便只好走另外的航路。第六次以后，三次都采取另外的一条航路，即从大津浦西航，过壹岐海峡，出肥前值嘉岛，在那里候上信风，直穿东中国海，漂到扬子江上的苏州和扬州之间的海边。广成他们这次走的依然是这条航路。

普照、荣睿两个人，搭乘的是判官秦朝元的第三船。同船还有两位留学僧，一名戒融，一名玄朗。戒融是在大津浦开船那天才上船的筑紫僧人，年龄和普照相似，身材魁梧，神态倨傲。玄朗年轻两三岁，是纪州僧人，据说最近一年住在大安寺，普照跟荣睿都没见过他，也没听说过他的

---

① 筑紫，今日本福冈县。

名字。此人容貌端正，谈吐雅驯，颇有教养。

从筑紫出海的头一夜起，海上虽无特大风浪，但船在外海的大浪中，簸荡得像一片树叶。船员以外，乘客全吃不下饭，像死人似的躺着。这状态连续好几天，其中只有普照一个人例外。头两天，他同别人一样难受，到了第三天，头也不痛了，胸也不闷了，端端正正坐着，泰然地顶住了风浪的颠簸。但是从早到晚，望着身边三位留学僧晕船的痛苦样儿，心里也不好受。

其中荣睿晕得最厉害，老是半张着嘴，发出痛苦的低吟，浓眉大眼的脸，一下子变得十分憔悴，令人不忍面对；玄朗也同死人一样，不言不动。

一天，海上正将昏黑的时候，普照忽然听到躺在对铺上的戒融问他：

“你在想什么？”

这是这位面貌凶狠，像个妖魔似的旅伴，第一次同他对面说话，上船时只是互相通过姓名和籍贯，以后就晕船了，各顾自己憋闷，更无交谈机会了。

普照对这位仰躺着身子，光把眼睛望着自己的筑紫和尚回答道：

“什么也没有想呀！”

他在初见此人的时候，便觉得这个大头妖精并没有被选作留学僧的特色，只是风貌中带有筑紫和尚中特有的风雅相。

“我可是有一种想法。”戒融说。

“你想什么？”

“人的痛苦，归根只有自己明白，一切都得自己去解决，再也没有别的办法。现在我很痛苦，还有荣睿、玄朗都一样在受苦，可是你并不痛苦，是你的命运好，能够免受痛苦。”

普照心里想，这人说话多没意思。可是过细一想，自己现在对别人的痛苦，确实并不同情，虽也觉得怜悯，但也无能为力，就不想给人去出什么力了。这心思被人说穿了，感到很不愉快。戒融似乎看出了他的心思，接着就说：

“你不用不高兴，我说的不过是实话。我们换个地位，我也会和你一样，人嘛，本来就是这样的东西。”

说着，戒融虽不是特地做给普照看，却突然翻过身子，好像在没有一点儿水米的空胃袋里，要呕出什么东西来，嘴里痛苦地作呕。

普照跟年轻的玄朗谈得多些，当船开始摇晃起来，总是玄朗先开口说话，似乎说说话就好受一些。他说话的口气不像诉苦，也不像独白，声音很低，有一种特别的热情。

“不不，没有关系，忍一会儿就好了，只要不翻船，总到得了唐土。那时，就可以见见久闻大名的长安城和洛阳城，在那里走走看看，一定有许多感想，能亲眼看到大慈恩寺、安国寺、西明寺。我将到哪个寺院里去学习，在那里，有多少该知道的事情，多少该读的经书。一切都可以亲见亲闻，我将吸收全部该吸收的东西，再忍一会儿，再忍一会儿辛苦就行了。”

听着听着，言语中包含的一种感伤的调子，就传染到自己胸头来了。这些话，触发了人人心里原有的感情，只是别人害怕从嘴里说出来罢了。这时玄朗脸色苍白，大家都没认真去听他，常常让他一个人自己去说。

可是有一回，戒融可听腻了，他把玄朗的话打断，不许他说下去：

“废话少说，这船能不能平安到达，这会儿还不知道呢。”

船上的人，除普照没有晕船之外，其他人终于一个个地从地狱似的苦难中解脱出来，从玄朗、戒融、荣睿和年轻人开始，各隔二三天都得到了解脱。晕船过去了，对唐土怀着热烈向往的玄朗，话却越来越少，整天不说话的情况多起来了。这位像是颇有教养的青年和尚，开始陷入一种莫名的忧郁。戒融似乎也懒了，晕过船后，只是呼呼地睡觉。荣睿几乎整天念《法华经》。普照经常冷眼旁观着这些伙伴，膝盖上片刻不离地放着预定在航海中学完的《四分律行事钞》①。

这四位留学僧所搭乘的第三船，紧跟在广成大使第一船后面，他们的后面是第四船，副使中臣名代的第二船殿后。从筑紫出海二十天中，前行第一船和后面的第四船，距离虽相当远，却一直可以望见船影。晚上，互相一次次用灯火打信号。在远离的海上，他船的灯光随着海波的起伏，有规则地忽明忽灭。

二十一日晚，海上升起浓雾，航行困难了，暂时抛锚停下。这是最后一夜，以后第一船和第四船都望不见了。从那时起，船上乘员每人配给水三盒、干饭一盒，作为一天的食粮。

大约从第三十天开始，海水变成深蓝色，像油一样带黏性的大浪，一

---

① 《四分律行事钞》，唐高僧法砺的弟子道宣编，分三十篇，述南山律宗之要旨。

浪一浪袭来，一会儿，把船抬到浪尖上，一会儿，又落到深沟里，除了船员，谁也看不清船是在前进，还是在后退。自从海色变蓝，碰上逆风的日子就多了，每次遇到逆风，为了避免随风漂流，船就抛锚，常常停上一天两天，等候顺风。

到了约四十天之后，首次遇到猛烈的暴风，这以前虽曾遇见过几次小风浪，但这样的大风暴却还是第一次。从近午开始一直继续到第二天正午，一时海水像瀑布似的冲进船舱。

这晚上普照在黑暗中，听到戒融在风浪中说话的声音，从简单的只言片语里也分辨不清他在对谁说话，又觉得他好像在对自己说：

“这会儿你在想什么呢?”

“什么也没有想呀。”普照正担心船会不会翻，听到戒融问他，心里很恼火，对同样的问题，做了同样的回答，好像在黑暗中瞧见戒融似乎要吃人的凶巴巴的脸，和高高耸起的大个儿，正面向着自己。

“你什么也不想?”戒融又问了一句，然后说，“我正在想，我不愿意死，我不想白白送死，难道你愿意死吗？我就是不愿意，不愿意。我还想，虽然大家处境相同，可是归根到底，人就是只想到自己，你说是吗?”

风浪声淹没了戒融后面的话，待外面的喧闹暂时静下的空隙里，好像等着这机会，又有一个声音说了，这回不是戒融，是荣睿。

“我也在想，”荣睿突然发言，“我们今天的经历，以前已有许多日本人经历过来了，成千成万的人葬身在海底里，能平安踏上陆地的恐怕很少。一个国家的宗教和文化，任何时代都是这样培养起来的，都是靠很多的牺牲培养起来的。我们这一次要是留下一条命，以后就得大大地用功。”

他这话明明是对戒融说的，戒融不知嚷了一声什么，就没再作声了。于是，这个并非可以讨论问题的状态，一直保持到天亮。

荣睿说话之后，普照向正在怕死的玄朗那边的暗中望去，觉得玄朗仆着身子一言不发，倒是最真率的姿态。戒融、荣睿说的虽都是真心话，但像玄朗那样既不表现自己，也不害怕出丑，完全置身事外，虽平时有点儿反感，但在目前这种境地，却引起了最大的好感。

他自己这时候跟三个人稍微有点儿不同，他是始终在进行斗争的，所以认为在目前也没有什么不同，多年以来，每天跟烦恼自己的色欲做暗暗的搏斗，他想，现在不过换了同死亡的斗争。

起了暴风之后，满船的人都忙着向神佛祈祷，他们对住吉神社①、对观世音菩萨许愿。荣睿给同船的人讲《法华经》。戒融仍躺在铺上，普照和玄朗坐起来在旁听讲。发现有些讲错的地方，普照没有作声，只是默默地听着。

第三船为等候顺风，停泊在一个靠近大陆的小岛上，耽搁了一些日子，好容易才漂到苏州，已经是八月份了。从筑紫大津浦出发，整整在海上漂了三个多月，其他三条船，也在八月中先后漂到苏州海岸。

广成等人漂到苏州，即由苏州刺史钱维正禀报朝廷，朝廷派通事舍人韦景先为接待使，到苏州慰劳使团，然后，使团中被特许的人，从大运河到汴州上陆，再由陆路去洛阳。

大使广成等到达洛阳，已是次年天平六年，即唐玄宗开元二十二年的四月。从到达苏州后八个月，他们不去长安，只在东都洛阳，因为玄宗皇帝这年驻跸洛阳，未归长安，唐的朝廷就在洛阳。

他们因唐廷留在洛阳，不免大为失望，以前的遣唐使都是乘官船一直去长安，到首都长乐驿，受内使的欢迎，出席第一次宴会。以后骑马入长安，等不及在迎宾的四方馆里去恢复疲劳，即上宣化殿朝拜，麟德殿接见，内殿赐宴，然后又在中使的使院中举行盛大宴会——这种在长安京豪华的礼节，广成等已耳闻多次。在洛阳虽也有同样的接待，但日本的使节总是愿意现身长安的出色的舞台，饱享大唐初夏的阳光。

进洛阳后，向唐帝献上贡品：白银五百大两，水织絁②、美浓絁各二百匹，细絁、黄絁各三百匹，黄丝五百絇，细屯绵一千屯，另送彩帛二百匹，叠绵二百帖，纻布三十端，望陀布一百端，木绵一百帖，出火水晶十颗，出火铁十具，海石榴油六斗，甘葛汁六斗，金漆四斗等物资。

当使团官员们作为国宾迎入四方馆，每天紧张活动时，同在洛阳，委托给唐廷的留学生和留学僧，均按各人求学的目的和志愿，被分配到相应的寺院。普照、荣睿、戒融、玄朗四人，被送到大福先寺，是按普照提出的

---

① 住吉神社，在大阪住吉町，祀神功皇后等日本固有神道的神社。

② 絁，一种粗绸子。

请求办的。普照知道这寺院有一位高僧定宾,曾著有《饰宗义记》,注释过法砺的《四分律疏》,因此希望跟定宾修习佛法。关于这些,普照的知识远在其他三位留学僧之上。

大福先寺是武则天之母杨氏的府邸遗址,上元二年(675)在此建立了太原寺,后改魏国寺,天授二年(691)又改为大福先寺。寺宇宏大,有庄丽的佛塔和伽蓝,僧寮也多。三进院中有吴道子画的《地狱变》,三门两旁,也有吴道子的壁画。

日本青年僧进这个寺院不久,又知道这寺院是有悠久历史的译场。约二十年前去世的义净,曾在此翻译《金光明最胜王经》二十部一百五十卷,《胜光天子香王菩萨睨一切庄严经》等四部六卷。现已高寿九十余岁的善无畏,在此译《大日经》,是约十年前的事。知道这个历史后,留学僧都感到很紧张。

留学僧生活是比较自由的。他们首先专学会话,他们中间,只有戒融一个人不知从哪里学来的,能讲唐话。洛阳的市容,真是名不虚传的大唐两都之一,日本留学僧感到目不暇接,眼花缭乱。城市规模与奈良大不相同,繁华气象也不可比拟。这是东周的皇城,也是东汉、北魏、隋代的京师,历史古老,非日本可望其项背。

四位日本僧各分配不同寮舍,每人一室,安顿了生活。留学僧出国,朝廷赐给绝四十匹、绵百屯、布八十端,但由唐廷接受之后,生活即由唐廷支给,不必马上把从日本带来的物品去兑换泉币。

在大福先寺安顿以后,从四月到五月,普照、荣睿、玄朗三人,课余之暇,时间都花在佛地名胜的游览上,目之所接,无不惊奇赞叹,从此觉得日本只是一个小国,奈良城又小又简陋。戒融从四月到五月,也游遍了洛阳的佛地,但总是单独行动,不同他们合群。

夏季阳光渐烈时,普照在戒融住的寮舍前,偶然遇见了戒融,戒融很难得地请他进了自己的屋子。照例用他那居高临下的态度,突然问普照到了唐土以后,印象最深的是什么。普照见他跟船上时一样,又提出问题,本来想说,没有什么特别的感受,结果还是说了实话:

“来得好嘛,要是不来,就不会了解唐国了。”

戒融听了一惊,他想不到对方会说这样的话,便说:

“我来唐土,首先看到的是饥民,可能你也见到了,从苏州上陆,每天见到饥民，看了心里不好受。”

正如戒融所说，他们踏上唐国土地的前一年，正遭受了夏前的干旱和秋后的淫雨，农作物歉收，到处流动着成群的饥民，据说是几十年没有的大灾荒。

“要是在日本有那么多饥民，事情也不好办了。可是在这里，却像天上的行云和黄河的流水，到处流动着饥民，好像是一种自然现象。日本和尚迷信佛典中每一句话，我看是太傻了。佛陀的教义应该更远、更广大，对于那黄河的流水和天上的行云，应该和这一群群流动的饥民结合起来。”

戒融带着激昂的口气，说了这样的话，然后又说出自己的想法来：

“我想，等我过惯了唐土的生活，我要用两条腿走遍这个广大的国土，穿着袈裟，讨着布施，能走多远就走多远。”

普照瞧着戒融的大盘脸，心想，这人真可能做出来的。

“可是，你总得选门功课用用功吧。”

戒融一听，申斥似的说：

“你只知道用功就是伏在案头上吗？”

尽管如此，普照在船上对他的那种反感已经消失了。虽不能明白指出来，总觉得这个人有自己所没有的一种特点。

“你为什么来这里，你打算干什么？”戒融又问。

普照告诉他，自己准备踏踏实实修习律部，同时还负着一个使命，要聘请一位优秀的戒师到日本去，所以先得自己学好，打下基础。

戒融听了他的话，便直率地说：

“聘请戒师也没什么大不了的，用不着那么费事，只要积极去办交涉，请一位到日本去，不就成了吗？你看，请道珞去怎么样？”

又重问了一句：“道璿不行吗？”然后又说，“请第一流的高僧，当然不容易。既称高僧，大抵已是八九十岁的老人，老人怎么还能下海呢，在海船上，不消三天就垮了。再等几年，事情也一样，我看请道璿就行了，就去请他吧。”

普照也听说过道璿是一位律师，见过一两次面，年纪大概还只有三十四五岁，精通律法，专学天台、华严，据说他日常生活，都是依照华严净行品行事的，颇受部分僧侣的尊敬。

戒融虽说请到道璿就行了，但普照认为要请道璿，他也不一定就简单接受，把这想法告诉了戒融，戒融便说：

“试探试探，不知他愿不愿意，我倒同他谈过几次话，由我去试探吧，我看他一定会去，为了佛法嘛。”

为了佛法这句话，是带一点儿幽默口气说出来的。这话说到这儿，普照也没认真当一回事。他以为不过随便说说，倒是戒融刚才讲到难民的话，才像是戒融说的，有他独特的看法。

过了两三天，荣睿和玄朗来了，普照也学着戒融的样子，问他们两个人，到唐土以来，印象顶深的是什么。荣睿端端正正地坐着，微微挺起胸膛，昂然地说：

“我看这个国家，现在已发达到了顶峰。这是我最深的印象，花已开到最盛的时候了。学术、政治、文化，恐怕以后就要走下坡路了。我们目前必须尽力得到一些可以得到的东西，有多少外国留学生，像蜂儿采蜜一样，在这个国家的两大都城采蜜，我们也不过其中之一罢了。”

然后又说：

“不过这是另外一回事，我只是觉得这儿生活着那么多人，其实这些人跟佛教、政治、学术全没关系，他们不过凭着生物的本能，吃饭、睡觉罢了。”

戒融说的是“像天上的行云和黄河的流水”，荣睿又说是“生物的本能”，普照便说：

“戒融也说过这样的话呢。”

荣睿听了便说：

“戒融？他见到了什么，他就会发怪论，把人搞糊涂罢了。他的长处只是会讲几句唐话，谁知道他有多少程度。”

荣睿每提起戒融就皱眉头。戒融不喜欢荣睿，荣睿也瞧不起戒融。普照又要玄朗回答刚才的问题。玄朗好似有点儿懊恼，口气吞吞吐吐地说：

“我嘛，我就是想回日本，日本到底是最好的地方。作为日本人，不在日本到底不能过真正的生活。不管人家如何说，我觉得这一点是实在的。”

然后他说，听说遣唐使团十一月就要回国，要是可能的话，自己也有点儿想回去。他在初夏刚到洛阳时，还不是这样，自从入了盛夏，又害起在船上害过的怀乡病，总是忧忧郁郁的，完全打不起精神来。普照觉得玄朗的诉苦，比荣睿和戒融的话更真实，听了玄朗的话，他感觉到，入唐还不到半年，在自己的心里，也已经起了对祖国的怀恋。

闲谈中，普照谈起戒融主张请道璿的事。

“道璿很不错，据说在年轻一辈里是第一流的人物，如果肯去倒很好，不过恐怕不会简单受聘，这样的问题也不是可以随随便便向人提出去的。”

同普照一样，他也没认真去对待戒融的话。

可是过了三四天，戒融来找普照了，一进门还没坐下，就直接地说：“看样子能行！”然后又补充道：“我已经替你打过交道，以后不关我事了。你们要是决定请，去正式交涉就是了，这里，他写了一个简历。”

说着，把一张纸片递给普照，转身走出屋子去了。纸片上这样写着：“道璿，许州人，三十四岁，俗姓卫氏，春秋卫灵公之后，福元寺信算之弟子，又从学于华严寺之普寂。”书法写得很潇洒，富有个性，这是普照第一次见到戒融的笔迹。

九月，遣唐使广成一行，决定于十一月归国。从那时开始，普照他们常有机会会见几年前来唐，现在学成归国的人。

最先会见的是玄昉。玄昉这个名字，他们在日本时已经听说了。此人从学于龙门寺的义渊，专攻唯识，被称为义渊七高足之一，来唐以前，在日已露头角。他在灵龟二年(716)来唐，至今已十九年，其间也从濮阳的智周学过法相，玄宗皇帝爱其才学，曾给他晋位三级，恩赐紫袈裟。

玄昉和两位唐僧来大福先寺时，四位留学僧迎接了这位前辈。他来大福先寺，可能因自己要回国了，作为一生最后一次，特地来看看这个洛阳历史悠久的寺院。普照心情激动地瞧着这位日本僧侣中唯一得到紫袈裟、粗眉大眼、身材魁梧、年约五十而颇有学问的僧人。

玄昉对这几个新从日本到来的青年僧人，一一亲切问话，问他们今后打算学些什么，嘱咐他们好好用功。然后，在寺内转了一圈，给人留下一种匆匆忙忙的印象，回去了。这是一阵狂风突然吹来，又飘然而去的印象。普照很想从这位血统相同，曾经为留学僧，而现在已享有盛名的僧人，多得一些指教，例如留学生活中该注意些什么、应该怎样用功等等，可是匆促之间，并无请教的机会。

玄昉走后，荣睿、玄朗、戒融、普照四人难得地叙在一起，谈论这位在自己眼前一瞬即逝的前辈，大家都显得很兴奋。普照想象玄昉回国之后，在奈良大寺院里，对满堂僧人讲法相宗的教义。他只是觉得这位玄昉，粗眉大眼，很像一位武将，见了自己的同胞，态度傲慢，全无一点儿亲切味儿，慌慌张张的神气，没有一点儿学者的风度。他对大家说了自己的印象，荣睿便说，这就是玄昉的超人之处，他不随便对同胞表示亲切，正是他能在唐成为学僧，享受盛名的原因。

玄朗不知听谁说的，他带点儿兴奋的神情，对他们说，玄昉捎回日本的经论章疏，有五千卷之多。

戒融默然听着三人的谈话，最后开口说道：

"玄昉和行基①都是义渊门下的弟子，年龄也差不离。玄昉来唐进了濮阳的寺院；行基在日本却深入民间。玄昉专攻法相；行基却给病人施药，为受难的人祈祷，在没桥的地方造桥，上街头讲道。玄昉在外国学法相，学得很深，才学超群，受这儿天子赏赐紫袈裟；行基却站在叫花、病人、受难人的前头，从城市到城市，从乡村到乡村，巡行说法。"

戒融兴奋地，不知不觉地说着说着，忽然就停下来了。别人在他的那种口气中受了压力，谁也没有作声。于是，戒融突然笑了一笑，好像有点儿害羞似的说：

"如此看来，谁个更了不起，就不好说了。"

他说了最后一句，背过身子就走开了。

普照会见玄昉以后，过了几天，又在广成大使寄寓的四方馆一个屋子里，会见了吉备真备。这一回，只有普照单独一人。真备入唐比玄昉晚一年，是养老元年，从第八次遣唐使团跟阿倍仲麻吕一起入唐的留学生。他专攻经史，也钻研阴阳历算、天文诸学，是盛名不下于玄昉的学者。

他入唐时二十四岁，现在已经三十九岁了。普照见真备生得矮小，风

---

① 行基（668—749），日本奈良时代高僧。常旅行各地，深入民间，传布教义，从事社会福利事业，受到民众的信任，具有很大势力。后来得到天皇的重视，在日本最初得大僧正、大菩萨称号。

度稳实，像个平凡的人物，如要从他身上，找出与普通人不同之处，那只是在唐生活久了，已不大像日本人，倒有点儿像唐人，肤色、眼神，都像个气宇轩昂的唐人。

那时，真备已把自己带回国去的携带品目录向遣唐使团一一报告完毕，正在向管装运的人交代。他把携带品物的名称，慢吞吞地从嘴里念出来，让对方记在账上，然后，再把账单过目，检查有没有记错，似乎并不觉察屋子里还有一个普照。

真备的携带品各式俱全，普照虽不知总的数量，看来是相当庞大的。《唐礼》一百二十卷、《大衍历经》一卷、《大衍历立成》十二卷、《乐书要录》十卷、铜律管一部、测影铁尺一枚、弦缠漆角弓一张、马上饮水漆角弓一张、射甲箭二十支、露面漆四节角弓一张、平射箭二十支，等等。

同时也有传说，同真备一起入唐，现在唐为官的阿倍仲麻吕，这次也要回国，但不久这说法消失了。仲麻吕现在官居左补阙，此职属于门下省，执掌供奉、讽谏、扈从、乘舆等事，由于职守所在，他当然也在洛阳，但普照同这位留学生中出众的前辈，并无见面的机会。

那时，普照又听说，大福先寺里，最近新搬来了一位留学僧。他知道消息第二天，顺便告诉了玄朗。过了一刻，玄朗不知从哪儿探听到了，说这位日本僧人名叫景云，是三十年前独自来唐的，专攻三轮和法相，这回准备趁遣唐使回国之便，搭船返日。

“咱们去见见他。”玄朗说。

听说是日本人，玄朗就非见不可。普照虽不知此是何等样人，但认为向这位僧人请教请教三十年留唐的经验，也有用处。

景云就住在寺内一间小屋子里，正在等候动身的日期。两个人去时，景云柔和的脸上微带笑容，请他们坐在旁边的椅子上。他头上已有白发，年近六十，肤色光洁，不像一个老人。虽说身体不好，看来也没病态，脸上也没因用功引起的干枯的皱纹。

“我留唐三十年，也没遇到过特别高兴的事，同留在日本也没什么两样，也许当初还是在日本乡下过一辈子好些。”

他没有一点儿卑屈的神气，用低沉的声调，说了这样的话。据说他来唐是学习三轮和法相的，但普照发觉他话题一接触到本行，总是尽力避开。

“你准备带一些什么回国呢?”普照想了一想,又问。

“就是这个老身。”老人说。

似乎景云现在的使命,就是把这个老身搬回日本。

“像你这样长期留唐的,还有什么人吗?”

“也不多了,可是别人总带些成绩回去,什么也没带回去的,大概只有我一个了。”

景云说着,似乎忽然想起来,又说:“对啰,还有一个,有一个叫业行的,在唐也快二十年了。”

“这个人怎么样?”

“也是学法相的僧人。这回劝他回去,他还不大肯回去,这也是一个一辈子见不到阳光的人。”

景云无限感慨地说,但两个人不大明白他最后一句话是什么意思。

过了一会儿,普照、玄朗告辞退出,离开景云的宿舍,两个人身上都感到一阵剧烈的寒冷。景云不是留学僧,也不是留学生,是本人志愿来唐的,在唐怎样过活,都有他的自由,可是一样身上穿着僧衣,却连带一部经典回去的意思也没有,在青年留学僧眼里,觉得这人真是愚蠢得可怜。

四五天后的傍晚,玄朗跑来说:

“去见过了,真有点儿怪,可以去见见。”

问他是怎么回事,玄朗说上次在景云那里听到的业行,那位留唐二十几年的僧人,自己已经去见过了,确实是一位怪人。你说他怎么个怪法,不见一见是很难说明的。过了两三天,普照又从荣睿口里听到了业行。

“留唐二十多年,只知道几个寺院的名字。他专门出入寺院,抄写经卷,从不上哪里看看,也不跟谁见面,只是抄了很多很多的经。”

“你看这个人如何?”

“我也不了解,也许是个了不起的人,也许是一个笨蛋。”荣睿说。

两个人的话,引起普照对业行的关心,他们都说他是怪人,很想去见见他。

入秋以后,普照跟在日本时一样,寸阴必惜,每天伏案用功,学完了在船上没学完的《四分律行事钞》十二卷,又准备学入唐后新发现的法砺的《四分律疏》,舍不得费时间去看业行,但想到他也许搭这次遣唐船回国,以后没机会见面,有一天,过了正午,到闻名的郊外一个小寺院里去。

业行正在一间不向阳的南房，伏案执笔。普照走了进去，只觉这屋子又冷又阴。在他对面坐下，再看看周围，才觉得这屋子也不特殊，虽然是不向阳的南房，也不算特别阴森。满屋乱放着一捆捆纸包，不知是古书还是经卷。中间一张小小座椅，业行端坐在上，好像是一直这样坐着，脸向来客。

大概快五十岁了，小个子，身体瘦弱，已入老境，也不能明确看出多少年纪，风度是很不出色的。

"最近来过一位，名字记不起了，你是他的朋友吗？"

业行口气迟钝地说。这是初秋天气，气候还不很凉。他却两手捂在膝盖下，轻轻地抖动着身体。

"这次，你打算回国吗？"普照问。

"嗯。"

业行暧昧地嗯了一声，普照等他再说下去，可是他的嘴闭住了，没有再出声。

没有话说了，普照提出了几个准备这次回去的人名，说出一个，业行便把眼向普照一望，并不插话，脸上微微显出羞愧的神气。

"你认识吗？"

普照又说了几个人名，他依然暧昧地应了一声：

"嗯。"

他好像谁都没见过，没见过仲麻吕、玄昉、真备那些人还说得过去，看来是不是知道名字也很可疑。不管提到谁，他都显出羞愧的表情，开头普照以为他因为自己所学无成所以感到羞愧，后来看出他的表情与此无关，可能听了这些与己无关的话，有点儿穷于应付。

他的脸，是普照到唐以后所见到的，跟唐土最无关系的，完全是日本型的。不仅脸，就是身体也显得瘦小寒碜，是日本到处能见到的那种乡巴佬的样子。普照不问他，他就不吭声，普照渐渐想到自己不该再使他为难了。

"你去过长安吗？"

"去过。"

"住过几年？"

"嗯，五年，不，去过好几次，合起来大概住过七八年的样子。"

“什么时候到洛阳的？”

“去年。”说了又补充道，“当然，从前也来过几次，全部合起来大概是四五年吧。”

“你在干什么呢？”

“就是这，”他把下颏向案上一抬，“还有很多呢，开头开迟了，本来是想学一些的，白白花了好几年时间，失败了，人嘛，就是没有自知之明。早知道就好了，反正怎么用功也成不了事，可是现在迟了，不论经典，不论疏解，今天的日本都很需要有一字不苟的抄本，但到现在为止，带回去的全是些潦潦草草的东西。”

这几句话可说得很流利，大概是说出了他的真心话。一边说，一边还抖索着两腿。

多治比广成第九次遣唐使团从洛阳动身回国，是九月中旬。他们从洛阳到苏州，在苏州分别搭上四条大船，是十月底。

在大使广成的第一船上，搭上僧人玄昉和吉备真备二人。这两个人是早已预定回去的。阿倍仲麻吕当时也预定回国，后来取消了，继续在唐留下。玄昉、真备虽颇负才名，到底是留学的身份，仲麻吕可是唐朝的官，又是玄宗的宠臣，进退就不那么自由了。他曾以故国双亲年迈为理由，奏请回国，没有得到恩准。

慕义余空名，尽忠难尽孝，报恩欲无日，归国知何朝。

《古今和歌集》目录中所收的这首诗，是仲麻吕当时的述怀。

在副使中臣名代的第二船里，乘客比较庞杂，受普照、荣睿邀请渡日的道璿，也在这条船上，学问僧理镜，和伴同理镜渡日的婆罗门僧菩提仙那，林邑国(安南)僧人佛哲和唐人皇甫东朝、袁晋卿，波斯人李密翳等等，济济一舟。外国人中以三十一岁的菩提仙那最为年长，这人渡日以后就归化了日本；以唐乐知名的袁晋卿，年龄最小，十八岁。在唐多年，一事无成的僧人景云搭在判官平群广成的第三船上。

同时从苏州出发的这四条船，给留唐青年僧人捎来第一次消息时，是次年开元二十四年(天平八年)的上元灯节夜(正月十五)。在唐无论城乡每年正月半前后数日，家家户户，一到晚上，张灯结彩，通宵达旦，人们在街头游玩。这几天，洛阳街头，每夜灯火通明，有些人家，在屋檐下挂出许多灯笼，也有特制灯架、灯棚，挂满灯笼的。每条街的十字路口，还点着火炬，在照耀如白昼的灯火光中，有唱歌的，有跳舞的。

上元节夜，普照在自己寮舍里等荣睿、玄朗二人，他们约好夜深同上街头观看盛况。戌时光景，玄朗来了，过了半刻荣睿也到了。荣睿一见二人，马上告诉他们一个消息，去年苏州出发的四条船，出海不久便遇上暴风，其中有一条漂到了越州（浙江省），又重新开到日本去了。

“这漂到越州的不知道是哪一条，能够平安到达的大概只有这条船了。据这船上的人说，另外三条，可能已经覆灭了。”

荣睿是上这儿来的一刻前，从扬州来的一位僧人那儿听到这消息的。他报告时脸上现出黯淡的神色，普照和玄朗听了这消息，脸色也黯淡起来了。

三个人怀着黯淡的心情，走到正闹春节的异国的街头。延福坊的巷门平时晚上很早就关闭，这一夜却开放着。过了运河渠，沿永泰坊填筑地走去，快到南市时，夜空中映起一片红光，不一会儿，三个人走进了人头汹涌的光亮的街上。普照曾查考过几本书，想了解上元张灯、元宵观灯这热闹的街头行事的出典，因此在拥挤的人群中，一边走一边想起了隋炀帝的诗：“灯树千光耀，花焰七枝开。”这举世无双的繁华的节日街头，真如“灯树千光耀，花焰七枝开”所形容的景象。两句诗和它所形容的街景，渐渐在他胸中引起寂寞空虚的感觉。

约莫费了半刻工夫，观览了南市的盛况，三个人便挤出人群，走到积善坊附近比较幽静的暗处，默默地走着。一到暗处，荣睿忽然说出了似乎已憋了好久的话：“四条船有一条到日本，就算不错了，要四条都能平安回国，可只有老天爷特别保佑了。”他又说：“是玄昉和真备的第一船到达好，还是道璿搭乘的第二船到达好？”

他这句话，是把玄昉、真备回国后对文化的贡献，和道璿去日对文化的贡献在做比较，普照不大同意他的想法，便没有作声。

玄朗另有自己的想法，他似乎一直在想这个问题，他用稍稍低沉的、掩饰自己心情的口气说：“本来打算用身体健康的理由去提出请求，设法搭这次的船回国的。好容易才息了这个念头，如果这次一起走了，说不定已经丧命了。”

“我们将来能不能平安回国，现在还不能一定呢，说不定现在我们拼命求一点儿学问，只是为了将来沉到海底里去。”玄朗说。

普照觉得玄朗现在就在想尚未可知的，几年后回国的事，真没一点儿丈夫气。

可能荣睿对玄朗的话也有同感，他说：“我们三个人可以分开乘船，有一条船能够到就好了。”

语气很不愉快，谈话便停止了。

不知不觉地，又走进了长夏门街的灯火中，前前后后都是拥挤的人群，叫唤声，夹着金属音的伴奏歌舞的器乐声，包围在他们的四周。时不时地，有火花落在他们身边。荣睿在人群中昂然地挺胸走着，他的脸色在灯光中显得苍白。玄朗跟在后面，被四周围的人群推来推去，向前拥去，他的脸映成红色。普照时时抬起冷眼，仰望灯火映红的夜空。他当然也担心大使广成、副使名代、玄昉和真备、道璿的安全，但那在唐土虚度半生，只身回国，自己只见过一面的老态龙钟的景云，总是执拗地恍惚在他的眼前。

广成大使第一船，从苏州出海后一度漂到越州，重新开航，于十一月二十日才好容易到了多弥岛。这个消息传到洛阳，是上元节后约一个月的二月中旬了。

与此前后又听到消息，副使中臣名代的船漂到了南海，全船人员保住了生命。不久以后，名代和他的同行人中，有几个重新在洛阳街头露面，把这消息证实了。普照和荣睿去见了名代，慰问他们的遭难。据说，道璿还在出船地苏州，没有到洛阳来。

此年闰十一月，冬寒渐烈时，名代等人又从洛阳起程，重新踏上回国的路。那时，玄宗命张九龄草《勒日本国王书》，交名代带去。

名代离洛阳前，又从广州都督的报告里，知道判官平群广成第三船的消息。这船漂到了林邑国，大部分人被土人杀害了，活下来的只有平群广成等四个人。玄宗马上命令安南都护救济生存的人。听到第三船消息时，普照和玄朗谈景云的下落，仅仅四个人活下来，一定不会有那个老僧了。

次年，开元二十四年春，来唐已两年多的日本留学僧，有两件值得记载的事。其一，是荣睿、普照、玄朗、戒融四人，由大福先寺定宾受具足戒。其二，受戒后不久，戒融出走了。

戒融和另外三个日本留学僧，虽同住在大福先寺，却不大来往，只同普照还有些接触，一月一次或两月一次，偶然想起来便互相上寮舍探望。

每次戒融到普照那儿，普照总是伏案用功。相反地，普照去找戒融时，戒融屋子里一定有客人。客人是各式各样的，唐人之外，也有婆罗门僧，有时也有林邑国僧或是新罗僧。每次总看见戒融正和风貌不同的外国僧人在谈笑，虽然用的大概只是只言片语的外国话。

立春后约过半月光景，有一天，好久不见的戒融，突然来找普照，照旧用他那种傲慢的口吻，说他打算最近离开大福先寺，托钵云游。普照听了也不吃惊，知道戒融迟早会来这一着，因此也不留他。问他要到哪里去，戒融说，没有目的地，照规矩只好先到五台山，以后再去天龙山，然后转换方向，到庐山去。他说得好像在谈别人的事。

"庐山之后，准备走遍广阔的大唐，估计总会碰上些什么吧。"

"想碰上什么呢?"普照问。

"这个，连我自己也不知道嘛。不过这国度里总该有些什么吧，让我走遍全国，一定会碰上的，不到时候可不能知道呀。"

戒融现在一心要走遍全唐，不管这国度多么大，普照却不相信会有什么新的东西。他以为要有什么新东西，就在自己不知道的经典中，新的经典正从印度不断传到这国度来，他以为浩如烟海的经典，要比唐土更加广大无边。

四五天后，普照在建春门外送别了行脚打扮的戒融。在早春的阳光下，伊水河的流水已经温暖，河边柳树在和风中徐徐摇曳，是李花待放的时节了，四周已见到一队队的游客。

戒融的出走，没引起多少议论。很多游方僧一路乞人布施，从这个寺院走到那个寺院。戒融有受朝廷供应衣食的资格，却情愿放弃，当然是个问题，幸而事情没引人注意，也糊涂过去了。只有荣睿对他很有意见，认为他的行动太不顾留学僧的身份。

从春到夏，普照到郊外寺院里去了三四次，探望在那里埋头写经的业行。

第一次，普照对他谈起景云可能已经遭难了。这年近五十的老僧，全身都埋在写经之中，听了这话，只是抬起头来，向远处望了望，立刻又恢复无动于衷的表情，对景云的悲运，终于什么话也没说。他不重视景云，也不表示轻视，是一种完全不加关心的态度，叫普照不知如何是好。

那时业行案头，放着一部叫《虚空藏求闻持法》的写本，普照不知这是什么经。从认识此人以来，来过多次，每次见他案头抄写的经卷，大半都是前未闻名的。业行有大量的经卷，几乎都是二十三年前，即先天三年[①]在长安大荐福寺圆寂的高僧义净翻译经典的写本。

义净专攻律部，讲授律范，弘布律法，所译经典，均有关律法，因此普照常到业行那儿，向他请教与律法有关的经典，有时借阅业行的写本，有时探听经典的所在和经的内容。

业行总是伏在案头，抄写义净的译经，好像这就是他的天职。普照第三次去找业行的时候，业行正把《大毗卢遮那成佛神变加持经》写本摊在案头，用原本同样的字体，一字一字地在抄。业行抄经字体，总写得和原本一样，好像临帖。他似乎没有自己的个性，但无昼无夜，一笔在手，不离案头，可能是他唯一的乐趣。

春天来访时，普照不知业行抄写的是什么经卷，向他一问，他照例用迟迟疑疑的口气回答了。从春天以来，抄的不是义净的译品，主要是抄写去年以九十九岁高龄去世的善无畏所译秘密部的经轨，然后又说：

"上次你来时，抄的是《虚空藏求闻持法》，那是二十年前，善无畏在长安菩提院翻译的；现在这本，是他早年在大福先寺翻译的《大日经》，所有密宗的教义，都包括在这里了，这经还没有人抄写过呢。"

他好像有许多特殊关系，普照简直不能想象他这些经典究竟是从哪里找来的。他以抄写义净译经为本职，有时手边没有义净的译品，便像目前这样着手抄别的东西。

普照只是偶尔去找找他，却爱同他相对而坐，初次见面时觉得他有一股阴气，次数多了，便也不觉得了，只有他那种抖动双膝的习气，跟初见时没有两样。

这年夏末，街上盛传，从二十二年正月以来，迁到洛阳来的朝廷，不久

---

① 先天三年，开元二年。

将迁回西京长安。风传不久，普照、荣睿、玄朗三个人，第一次会见了阿倍仲麻吕。是仲麻吕那边突然派了人来，说有事商谈，请他们劳驾到门下外省。到约定的一天，三位留学僧进左掖门，到满街都是衙门的皇城里去。

门下外省，离遣唐使寓居的四方馆不远，在衙中一室，三个人第一次会见了这位有名的从留学生出身在唐为官，同时又是文人的人物。此时仲麻吕年已三十八岁，中等身材，是个喜怒不形于色的人，同真备、玄昉一样，脸上没有表情。见了三个人，也没有一种见了同胞的亲切态度，只是简单交代了要说的话。他说，现在玄宗皇帝将还幸西京，如果你们愿意上长安，可以代办交涉，随驾西行。不知你们意见如何。荣睿和玄朗马上表示，请他代办交涉。普照表示要考虑一二天，再做决定，因他从定宾受教，必须请示过师父。

这样，过了两天，普照又去门下外省求见仲麻吕。仲麻吕态度同上次一样，听普照表示了愿去长安的希望，他轻轻点了一点头，答应去办手续。可能因此次只有普照一个人，他顺便问了问普照学业的情况。

御驾从洛阳出发，是十月初二，三位留学僧经仲麻吕交涉，特许随驾。进入长安是同月二十日。玄宗还幸途中，曾在陕州停留，为嘉奖刺史卢焕的政绩，亲自在衙墙题字，是风流天子的气派。

进长安后，三位留学僧被分别安排到不同的寺院。荣睿在大安国寺，玄朗在荷恩寺，普照到崇福寺。大安国寺、荷恩寺都在皇城东边，崇福寺在皇城西，跟两个同学距离较远。

普照他们到了西京之后，漂到林邑国的第三船上的生存者，平群广成等四个人，也到了长安，四个人都完全变了样子。

广成等在长安过了两个新年，于开元二十六年（天平十年）三月，由仲麻吕的斡旋，从山东半岛下船去渤海，同渤海国使同行赴日，又遇到了风暴，漂到出羽国[1]，于次年，天平十一年秋末十月十七日，才到奈良京城。第一船的多治比广成等，到多弥岛是天平六年十一月二十日，交还节刀是在次年，即七年三月。第二船归国入朝是天平八年八月。故第三船的归国，是在第一船的四年半之后，比第二船迟三年多。名代等归国前半年，大使多治比广成已以从三位下中纳言官职去世了。

---

① 出羽，今日本山形、秋田两县。

第四船终于没有下落。

二

开元二十四年(天平八年),随驾进入长安的荣睿、普照、玄朗等三位日本留学僧,即留长安修学。长安是大唐京师,释教中心,国内外高德硕学,云集于此。自东印度传入新教的达摩战涅罗,也住在长安。密教高僧金刚智三藏,是和普照等同入长安的,他住在荐福寺。吴道子在景公寺作《地狱变》壁画,也是普照等进长安的一年。开元二十六年在各郡建开元寺,二十七年在长安建般若台。

普照在崇福寺,按原定目的,专修律部。崇福寺为义学和译场,历史悠久。日照三藏曾在此寺译经;法藏的《起信论义记》也是在此译成的;菩提流志《大宝积经》的翻译,也在此寺完成。不久以前智升还在此完成《开元释教录》的著述。

为普照他们受戒的定宾,他的论敌怀素,曾在此寺弘布四分律宗,因此这寺院同普照也多少有点儿因缘。普照住在寺里,座右放着法砺的《四分律疏》及为此书作注的师父定宾所著的《饰宗义记》、灵祐的《补释饰宗记》等经卷,同时也探究对立面怀素的学派,及另一种南山宗学派。荣睿认为普照这种治学方式,有点儿大而无当,但作为一个纯粹的学徒,普照还是不顾一切地我行我素。

荣睿在大安国寺,专心致力于师父定宾的学派。玄朗在荷恩寺以律为中心,兼修天台与净土。自到长安以来,玄朗也埋头苦学了,他着眼于尚未传入日本的净土,也表现了他的个性。他比荣睿、普照二人有令人惊异的明晰的头脑,但这一方面也成了他的祸害,他总不能深入于一项专业。

荣睿与普照在长安度过五年多岁月之后,到天平十四年,即唐天宝元年的夏天,突然产生了归国的念头。这种过早的决心出于两个动机。第一是,最近从日本来的新罗僧带来道璿的消息。道璿是天平八年搭名代的船到日本,招请他去日本是做传戒师的,但因僧员不足,不能施行戒法,只能在大安寺讲《律藏》和《行事钞》。

二人听了这消息不能无动于衷，想想到长安已经脚踏七年，从到唐算起，已过了十年岁月，荣睿已年过四十，普照也快近四十了。

荣睿觉得日本至今未能施行戒律，完全是自己的责任，得了那消息之后，请传戒师的事，又在他头脑中占主要地位。普照并非没有感到自己的责任，但认为这个问题不能性急。他现在关心的是另一件事。来唐十年，在这个国家生活已经习惯，每天专心用功，神情显得更严肃了，他的目光沉静，却多少添了些热衷的神情，为情欲烦恼的事，对他已成过去了。

不久，普照意外地受到业行的访问。六年不见，业行更加寒碜了，本来已显得苍老，年纪虽不过五十三四岁，身体却完全是老弱的样子。

他说他是两年前从洛阳移居长安的，住在禅定寺。要是换一个人，同在长安达两年之久，总该有见面或听到消息的机会，但业行却是例外。

业行特地跑来，必有难办的事。不出普照所料，原来他抄经的事最近告一段落，想把这些经卷带回日本去，问问有没有办法。他说得含含糊糊，问了几次，才明白了他的意思。说话的声音低得听不见，但可以听出他心事沉重。义净的译经已全部抄完，现在正在专抄金刚智三藏译的秘密教典，除他近年译品以外，以前的译品不久可以全部抄完了。

“你想回去，要是有便船的话，你一个人也走吗？”普照问了。

“当然，一个人也走，越快越好。”

业行回答得很笨，找便船已经不容易，还能说越快越好吗。他一向埋头写经，好似从没想过回国，一旦功业完成，便一刻也不犹豫地急着想回国。

又过了几天，普照约荣睿同去禅定寺访问业行。业行正在伏案执笔。跟在洛阳时不同，这儿，他正埋身在自己抄写的经卷中，二人暂时站在门口，不敢马上进去。业行三十年来，一丝不苟地抄写了许多经卷，整理得整整齐齐，高高堆在经案周围，像一道墙似的，把自己同世俗世界隔离开来。

“上次遣唐船回国，先托他们带一半回去多好呀。”

荣睿说了这话，业行头也不抬地说：

“能托人当然好，如果这个人在遇到危险时不能投在海里来保护这些经卷，我就不能托他。没有这样的人，没有办法，只好我自己来带。”

虽然口气低缓，却说得异常坚定，荣睿、普照也便无言可答。

访问业行后又过了两天，荣睿脸色苍白地跑来，对普照说：

“现在我们应当做两件事，第一件，把业行写的那些经卷带回到日本去；第二件，请几位适当的传戒师送到日本。没有比这两件事更重要的了，我一定要从现在开始全力以赴。”

语气中表现出坚定的决心。普照初访业行时，业行说过，他原想专心学习，花了几年工夫，早知任怎样努力也不会有多大成就，就应该早点儿动手写经。曾经落在业行身上的，作为留学僧使命观念的转变，现在同样落到了普照身上。但普照的想法不同，他可不愿用招聘传戒师和业行所抄大批经卷，来代替自己学业的成就。

荣睿不管普照如何想法，从此一心物色理想的人物，办聘请传戒师去日的事。他相信只要表示诚意，总有几个人会愿意受聘的。

他说：“得设法找到便船。”

荣睿住的大安国寺中，有一位叫道航的僧人，他是宰相李林甫哥哥林宗的家僧。荣睿设想通过道航，由林宗向李林甫申请，要求帮助备办船只。

普照最后同意了他的方案，他的同意还另有不同的原因。一年左右以来，他对自己的健康状态感到不安，稍稍劳碌一点儿便非常疲劳，马上发烧，胃口也明显下降。荣睿认为他用功过度了，但普照却认为不单是这个原因。由于对自己身体失去了信心，他便不愿与荣睿他们分手，单独留在大陆，能回国还是回国，要等下次遣唐使，还不知要多少时候呢。

以后约一个月中，荣睿把回日本的话告诉身边四个僧人，他们都同意了。其中一个人是道航，当荣睿托他办船的事，他忽然动了东游的心念。还有长安僧澄观、洛阳僧德清、高丽僧如海三个人，都答应去日本，这几人全是荣睿、普照到长安后认识的。

其中道航答应去日本是出乎意外的，对此行的计划非常有利，不但可以通过他会见宰相，而且道航的师父是扬州高僧鉴真，又可以通过道航请鉴真在大批弟子中推荐几位适当的传道士。道航、澄观、德清、如海虽学律多年，但当传戒师还有不够的地方，必须另找德学兼备的人。

不久，荣睿、普照二人，通过道航见到林宗，再通过林宗会见当朝宰相李林甫。林甫年方四十，他是唐的宗室，出身于下级官吏，结托了后宫的关系，平步青云，登上宰相的高位，当时正是他一生中的全盛时代。他曾被评为“性狡慧,口蜜腹剑”,好弄权术,为后年大唐帝国的衰败,种下祸根。不过这次会见却谈得很顺利,事情简单办妥了。

二人向他提出请求后,他那目光冷淡、口唇峭薄的脸上毫无表情,把视线对着远方,说道:

“你们表面只说到天台山去进香,因陆路不便,改走海道。遇到顺风,就直航日本,假如逆风,漂回大陆,你们有往天台的公文可以证明。”

这样,他当场给扬州仓曹参军事李凑写了一封既像介绍又像命令的书信:“造大船,备粮遣送。”

荣睿、普照决定冬初从长安出发,玄朗当然也和他们同行。业行单独先从长安到洛阳,约定到扬州大明寺和他们会合。他有许多经卷,寄存在各地寺院,必须在运到苏州下船以前,集中在自己手头。

荣睿、普照、玄朗带同三位唐僧、一位高丽僧,离开居留七年的长安,那是天宝元年的冬初。他们先从陆路到汴州,然后下大运河一路向扬州进发。运河两岸,古柳枯黄,河边苇丛已经飘零,是一片萧条的冬景。

在船中,荣睿沉默寡言,抱着两膝默不作声。他产生了一个新的梦想,可能鉴真本人,会同意东游去日做传戒师,如此事果能实现,再把业行一生所写经卷带回日本,这两件事一举成功,则自己中途辍学回国,就只是小问题了。能从大唐得到这样贵重的收获,他心里十分兴奋,但脸上始终表现沉闷的神情。

越近扬州,普照心里越加沉重,他还舍不得离开唐土,舍不得长安,舍不得崇福寺,也舍不得没有翻阅过的无数经典。玄朗一上船便显得激动,对故国的思慕,对航海的忧虑,在他心头交战,他变得十分懒散。

一行人到达扬州,是十月望后。扬州是仅次于长安和洛阳的大都市,这里设有大都督府,常驻淮南道采访使。他们到扬州当天,在投宿的既济寺卸下行装,马上上大明寺去拜访鉴真。

扬州城划分两区:一是丘陵地带的子城,城中云集采访厅以下各项官衙;一是子城南方平地上延伸的方形商市,叫作罗城。大明寺在子城西南,寺内有望衡对宇的大伽蓝,有九级宝塔,是一个大寺。

他们在寺内的一室会见了鉴真。鉴真身后站着三十多位僧人。当时鉴真五十五岁,骨骼壮实,身材魁梧,额门开阔,五官端正,天灵清秀,腭骨恢张，显出坚强意志。普照一见这位淮南江左净持戒律，被称为鉴真独秀的大名高僧，觉得很像一位日本的武将。

道航将他们向鉴真一一介绍。荣睿即陈述来意：自佛法东流日本，仅止于弘法，尚无施戒的人，想请大和尚推荐适当的传戒师。荣睿又讲了圣德太子的故事。太子曾预言，二百年后，圣教大兴，现在这气运已将开始了。他又说：目前日本有一位舍人皇子，笃信佛法，正热心寻觅传戒的高师。

鉴真听完荣睿的话，马上开口答话。从他那样魁梧的体格，发出来的声音却意外的又细又低，他语气非常真诚，有触动人心的力量。

“据说从前南岳思禅法师迁化以后，托生为倭国王子，一生兴隆佛法，济度众生。又听说日本长屋皇子，崇敬佛法，曾制袈裟一千袭，布施大德众僧，袈裟上绣着四句诗：‘山川异域，风月同天，以寄佛子，共结来缘。’可见日本是佛法兴隆有缘之国。现在日本来邀请我们，在座各位，看看有人愿意去日本传布戒法的吗？”

没有人回答。过了一会儿，一位名叫祥彦的僧人，出来说道：

“我闻人言，去日本要渡过浩渺沧海，百人中无一得渡。《涅槃经》说：‘人生难得，中国难生’……”

不待祥彦说完，鉴真又开口说道：“另外有谁愿去的吗？”

依然无人回答，于是，鉴真第三次开口道：“为了佛法，纵使海天远隔，沧海浩渺，也不应恋惜身命，你们既然不去，那么，我去吧！”

满座默然，沉静得像一泓池水，似乎一切都在此时决定下来了。

来客中只有荣睿开场讲了几句，余人都无插言机会。普照觉得自己陷身在奇妙难言的陶醉中。三十余位僧人都深深低下头来，表示愿意随鉴真同行赴日。鉴真一一呼名，被叫到的人一个一个把头抬起来，十七个头抬起来了，鉴真便停止呼名。须臾之间，决定了鉴真同十七名弟子同去日本。

日本僧人出了大明寺，回到寄宿的既济寺去，从大明寺高地眺望市区罗城一带。大运河自南向北，穿过中部，东西横穿二十二条街道。普照记得一句诗，说此地连泥土也是香的。大小河江上二十四桥中的几条桥，和并峙运河岸边的仓库屋顶，以及大小伽蓝，掩覆在浓密的林荫中，在冬阳下发出冷冷的光辉。现在，普照才真正觉得目之所接，都发出一股幽香，他还没有从大明寺一室的陶醉中苏醒过来。

这一行人，立刻从这天开始，以宿处既济寺为基地，动手做回国的准备。过了约半月，业行也到了扬州，跑到既济寺来，两匹马、三个人夫运来了他的行装。

在业行到达的一天，为了避开官厅耳目，四位日本僧、三位唐僧和一位高丽僧，各自分散投宿郊外的寺院。本来四位日本僧渡航归国，已属非法，何况加上鉴真等十八人、道航等四人，总计超过二十名的大群人员擅自赴日，公开是绝难许可的，一切都在暗中进行。

只有荣睿一人留在既济寺，作为联络中心，鉴真也准备马上搬来，普照和业行当天迁到大明寺，玄朗迁到开元寺。

以后，荣睿和普照每天见面，忙着渡海的准备。二人带了宰相李林甫的介绍信，会见了仓曹李凑，决定在扬子江口的新河打造船只。会见以后，知道李凑是李林甫的侄子，林甫把这个仓曹参军的要职安排给自己亲属。李凑还以绘画得名，《历代名画记》中，评他的绘画为“笔致疏落，极其媚态之美”。后年，在林甫死时，他因参加政变失足，贬为明州①象山县尉。

他们决定待明年，天宝二年春天，风向顺利时出海，出海之前，屯集粮食，陆续运入既济寺。

鉴真俗姓淳于，在则天武后垂拱四年(688)出生于扬州江阳县②，相当于持统天皇二年。

关于鉴真的幼年时期，史书未见记载。武后颠覆唐祚，改国号周，称帝，是在鉴真三岁的时候。其父曾就州大云寺智满禅师受戒，修习禅门。鉴真十四岁时，随父朝拜大云寺，见了佛像，大为感动，求得父亲的允许，决心出家，即拜智满为师，做小沙弥，居大云寺，后来移居龙兴寺。

神龙元年十八岁时，鉴真就道岸律师受菩萨戒③。景龙元年二十岁时，立志登巡锡之旅，先入洛阳，后至长安。二十一岁，在长安实际寺登

① 明州，即今浙江宁波。

② 江阳县，即今江苏扬州市江都区。

③ 菩萨戒，大乘菩萨戒，为中国所传佛教戒律之一种。

坛，受具足戒。实际寺在朱雀街西，太平坊西南角。三论学者吉藏，曾居住于此，圆寂于此；净土门高德善导，亦曾在此说法。受戒师是荆州南泉寺弘景律师。弘景受朝廷知遇甚厚，则天、中宗朝，曾三度奉诏出山，入宫为受戒师。

青年时代的鉴真，在东西两京研攻三藏。从融济修习道宜的《四分律疏》《注羯磨》《量处轻重仪》等；就义威学法砺的《四分律》，以后又就西明寺远智听法砺的律疏；也就长安观音寺的大亮听了砺疏。融济与义威的传记不明，远智和法砺都是西塔宗名识满意的门人，负一代盛名。

开元元年二十六岁时，鉴真初登讲坛，宣讲律疏。不久回淮南。三十一岁讲授《行事钞》《量处轻重仪》，四十岁讲授《羯磨疏》。先后讲授大律及注疏四十次，《律抄》七十次，《轻重仪》《羯磨疏》各十次，度人受戒四万余众。

在同荣睿、普照相会时的鉴真，《唐大和上东征传》[①]仅有如下的记载："江淮之间，独为化主。于是兴佛寺，济化群生，其事繁多，不可具载。"

荣睿、普照将航海准备完成约九分的时候，迎来了天宝二年。大船预定三月初竣工，待船一造成，只要等到顺风就可以开航了。

进了三月，台州、温州、明州沿海一带，有海盗出没，海道阻塞，公私航行，完全断绝。船虽已造好，还定不出开航的日期。于是，又送走了三月，进入四月。四月末，道航来访，对荣睿和普照说：

"我们这次去日，是为传授戒法。同行的人都是行品纯正的，只有如海一人，素行不检，学行欠缺，我认为不应带他同去。"

高丽僧如海，其为人确如道航所说，但当时，荣睿和普照没有接受道航的意见。此后不久，四位日本僧寄寓的寺院，受到了官方的检查。这是因如海以为将不许他同去，向采访使厅告了一状，说道航是海盗头领，日本僧是他同党。

检查后第二天，突然来了捕役，将普照、业行、玄朗三个人从床上抓走了。荣睿逃到既济寺池塘里躲开，后来仍被发现，像水老鼠似的逮走了。

---

① 《唐大和上东征传》，日本淡海三船于宝龙十年(779)所作鉴真的传记。

道航逃进了民家，第二天还是被发现捕去了。

审讯了好久，在既济寺查出了大批海粮，又查出造船的事，都成了问题。荣睿、普照申辩是准备走海路去天台山国清寺，但不予受理。最后查到宰相给李凑的文书，证明他们不是海盗，但仍不立刻释放。如海坐诬告罪，杖责六十，勒令还俗，送回原籍。

扬州方面，要向朝廷请示，处理这四位日本僧人，奏章转到管理外籍僧人事务的鸿胪寺。鸿胪寺又到原来分配四位日本僧人的寺院调查。荣睿和普照原住的洛阳大福先寺来了回音："该僧自开元二十四年随御驾西去，即不见来。"业行的名字，则不知为何，已在名册上销去了。

鸿胪寺据大福先寺报告上奏，不久，廷旨下到扬州："荣睿等即为番僧，入朝求学，年赐绢二十五匹，四季给服，并曾参与随驾，非为伪滥。今既欲回国，可以放还，宜依扬州向例遣送。"

这一处分，显然有宰相李林甫的好意。荣睿等于四月投狱，放免已在秋八月了。在等到便船以前，仍按例受官厅支给生活费用，待有便船，即由扬州采访使厅令其归国。又，拨给民房一间，为四个人住宿。

一场意外，渡海计划失败。荣睿、普照二人恢复自由后不久，又私下到大明寺会见鉴真。二人原想再求鉴真东征，鉴真的决心丝毫没有动摇。鉴真说："别担心，万事往往如此。去日本的事，只消尽量设法求得方便，最后必能如愿。只是原已准备的船只和货物，还是不去动用为好。"于是，便着手做第二次的准备。

鉴真本人决心不变，但主要的同行中，却意外地出现了两个脱退者。一个是道航，他去日本的热情完全消失了，他推说身体不好，收拾行李回长安去了。

另一个人是玄朗，他认为搭小船渡海太危险了，还是等下次遣唐船再走。他虽很想回国，但不愿跟同伴们去冒险，便自己上采访使厅申请，要离开扬州，重回长安。荣睿批评他，鉴真和尚尚且不惜身命，准备渡海，为什么咱们就不能搭乘小船。但普照劝止了荣睿，在一天晚上，给独自留唐的玄朗饯了行。

席上，又出了一位脱退者，那是业行。他嗫嚅着说，他也想作罢了。与鉴真和尚同船，船上的人都把和尚作为重要人物，他是高德名僧，当然应该特别受到尊重。但这使业行感到不安。他的话没有说完，普照、荣睿没听明白他的意思，不知他为什么不安，只明白他不愿同走了。两个人没有作声，他们知道业行既已出口，他的决心是不可挽回的。

过了两三天，普照又问了业行。业行态度坚决，说明自己不愿同船的理由，他担心船里要是进了水，大家一定去照顾和尚，把那些经卷弃而不顾，像他那样重要的经卷，就不该装在这样的船里。普照听了这话，觉得也有道理，万一真遇到危险，当然不会因救护这些堆积如山的经卷，不去打救和尚。

他将业行的话，转告荣睿，荣睿一想，便说，他也同意业行的想法。

“鉴真和尚是重要的，大批的经卷也是重要的，对祖国来说，两个都同样重要，还是照业行的意见，不要同在一条船上的好。”

又过了三四天，普照到郊外禅智寺，帮助业行运回了行李。业行准备在扬州留下来，等候别的便船。从禅智寺境的一角，可以俯瞰流过高原的运河，只见运河中挤满无数大小船只，舷舷相接，每条船上，船夫们正大声叫唤着，在忙着操作。

这次业行寄宿的寺院，比普照以前所见洛阳和长安两处的寓处，光线都好。业行在此候船期间，一定还要埋头写经，普照看惯业行那种伏在案头的穷相，见了这个光亮的屋子，不禁为业行高兴。

秋天匆匆过去，这年冬天和往年不同，气候分外和暖，扬州没有下雪。

海船的准备正在加紧进行，这次，由鉴真出了八十贯钱作航海费用，他们拿这笔钱买进了岭南道采访使刘巨鳞的一条军用船，雇了十八名舟子，又办好了海粮。

从刘巨鳞购进军船是十二月，正在这时候，海盗吴令光入寇永嘉郡①，江浙沿海频频告警。普照他们觉得很奇怪，刘巨鳞为什么在这个时候要出卖军船。这个人后来以渎职罪丧生。

十二月，大明寺内，顿时热闹起来。随鉴真同行的，以祥彦、道兴、德清、思托为首，连同普照、荣睿共十七人，比前一次减少了。此外是玉作人、画师、雕刻家、刺绣工、石碑工等，连同舟子，共一百八十五人。

这次，鉴真准备的携带品，有经疏类：金字《华严经》一部，金字《大品

① 永嘉郡，今浙江温州。

经》一部，金字《大集经》一部，金字《大涅槃经》一部，其他杂经论疏计一百部；有佛像类：画五顶像一铺，宝像一铺，金泥像一座，六扇佛菩萨屏一具；又佛具类：月令屏一具，行天屏一具，道场幡一百二十口，珠幡十四条，玉环手幡八口，螺钿经函五十口，铜瓶二十口，华毡二十四领，袈裟千领，褊衫千对，坐具千床，大铜盂四口，竹叶盖四口，大铜盘二十面，中铜盘二十面，小铜盘四十四面，一尺面铜叠八十面，小铜叠二百面，白藤簟盘十六领，五色藤簟六领。

此外香料类，有麝香二十剂，沉香、甲香、甘松香、龙脑香、安息香、栈香、零陵香、青木香、熏陆香共六百余斤，毕钵、诃黎勒、胡椒、阿魏、石蜜、蔗糖等五百余斤，蜂蜜十斛，甘蔗八十束。其他杂品，有青钱万贯，正炉钱万贯，紫边钱五千贯，罗幞头二十枚，麻鞋三十双。

准备完毕，军船满载人货，从扬州悄悄开航，是十二月下旬的月明之夜。

扬起船帆，沿江而下，到浪沟浦（江苏省太仓），月色殷红，风色渐紧，掀起大浪。船在海边泊了一夜，因靠岸时受猛浪冲撞，撞破了船头，进了海水。不得已，一百八十五个人都离船登岸。不久，潮水又涨到岸上。荣睿、普照、思托三个人把鉴真移在乌篪（芦苇）中，鉴真之外，所有的人全泡在水里。通夜寒风凛冽，水冷彻骨。

第二天风息了，修好了船，又重新下海，开到江苏海面的大板山（马鞍山群岛之一），浪又大起来了，船无法靠岸，又开到下屿山停泊，在那里过了一个月。

又候到了顺风，船向桑石山（衢山群岛之一）开去，海浪大作，好容易开到桑石山，岸边散布石礁，无法靠船，又不得已后退，但退得又不顺利，船被海浪远远地冲到海心，一会儿又冲回岸边。费了好久，结果却触了礁。船上人好容易有一半离了船，其余一半仍在船上，随船漂到岸边，船碰到岸边，船体断成了几截。

待天亮看时，船上货物全被海浪卷走了，既无食粮，又无饮水，人都站在危崖下的荒滩上，没法登陆。一百八十五个人饥寒交迫，在一条狭窄的荒滩上整整过了三天。

三天后，风平浪息，头上望见一片蔚蓝的晴空，煦和的冬阳又光又亮，照着这群狼狈的难民。第四天夕暮，他们被渔船发现了，讨到了一些水米。

第五天夕暮，海上巡逻船来了，向他们问询之后，又开走了。以后又过三天，遭难的人望见一条官船来接。

他们从小岛荒滩移上官船，是从扬州出发后第四十天。一百八十五个人坐在官船舱板上，好像逃出了鬼门关，默默无言，目光茫然地望着海面。船前是大小岛屿，多得简直不能叫人相信，海面很平静。正是这同一的大海，曾经把他们的船漂得像一块木片，最后打得粉碎，只剩下了人员漂流到海滩，其他一切全都席卷而去，可是现在，它已意想不到地平静下来了。船上大批货物，已经无影无踪，经卷、佛像、佛具、医药品，都一点儿也不剩地沉到海底去了。

普照想到，幸而没把业行的经卷带来，要是这次他也同行，则他在大陆上的三十年辛苦，要真正地泡在水里了。

荣睿移到官船后，对普照说：

"鉴真和尚并没有抛弃渡日的心愿，他现在好像要带我们到鄮山[①]阿育王寺去，让我们住在那里。他说，我们到了那边，再设法渡海吧。"

普照听了，多少有点儿惊异，刚刚给救到官船上，保住一命，马上就在想下次的渡海，在全船中，大概只有鉴真和荣睿两个人吧。鉴真身披官船上给他的衣服，坐在靠近船头的舱板上，在他背后，坐着永远如影随形的祥彦、思托、道兴等几个人。鉴真之外，余人几乎都是半裸。正月下旬寒冷的海风，使他们一刻也不得安静。这官船满载一群半裸的难民，把他们运送到明州的海岸。

一百八十五个人重新踏上大陆的土地。他们从扬州出发，下扬子江，在扬子江口马鞍群岛的几个小岛间白白地漂流了一番，然后，被官船救起，穿过舟山群岛，带到了杭州湾的一角。

他们在海边村子里过了几天。明州太守向朝廷请示安置他们的办法，还得等候上边的指令，过了约二十天才发布命令。大部分人员遣送回乡，单把十七位僧人收留在阿育王寺。

明州这个地方，几年以前还隶属越州，开元二十六年才成为独立的一

---

① 鄮山，今浙江宁波市鄞州区。

州，下设郧山、奉化、慈溪、翁山[①]四县。阿育王寺在郧山县治东五十里，是一座古刹。寺后是小山，寺境宽广，竹林茂密，过去曾有庄严的殿塔伽蓝。一百八十年前的建德五年[②]，遭了火灾，现在的堂宇是后来重建的，小而荒凉，已不能想象过去的壮观，但关于这个古寺，还留下许多古老的传说。

这寺里有一座阿育王塔，阿育王寺就是因此得名的。有一个人人皆知的传说，佛灭后百年，阿育王役使鬼神，建塔八万四千座，这些塔都已埋在土中，现在寺里只有一座小塔，据说是八万四千塔中之一。

荣睿和普照都听到过这座塔的来源。晋泰始元年并州[③]西河离石有一个刘萨诃，死后到阎王殿，因生前骑赤马，携黑犬，放苍鹰猎取禽兽，被定为现世罪，但命数未尽，判他回阳皈依佛法，找到阿育王塔。萨诃回阳间出家为僧，到郧山来找阿育王塔。深夜中闻地下有隐约的钟声，从地上掘下去，发现了宝塔，便建造了这座寺院。

塔高一尺四五寸，方约七寸，是一座小塔。普照几次到舍利殿观看这座塔，其中有一次是与思托同去的。思托时年二十一岁，是同行中最年幼的，他特别受鉴真赏识，头脑清明，处事认真，每有见闻，便记录下来。关于阿育王塔，他做了这样的记录："塔非金非玉，非石非铜非铁，作紫黑色，四面刻《本生经》[④]故事，其相轮上无露盘，中有悬钟。"

思托说塔作紫黑色，普照看来却是淡紫色的。造塔的材料，正如思托所记，果然非金非玉、非石非铜非铁。他每次窥望塔中悬钟，便联想传说中所谓在地下鸣响的，大概就是这口钟了。

普照和思托二人，每有闲暇，便一起在寺院近处散步。这位五官端正的青年僧人，每有见闻，便详细记录下来，似乎这是他自己的使命。

寺东南三里，在一块小小高地的顶边，有佛的右足印，在东北三里小丘的岩石上，有佛的左足印，各长一尺四寸，前宽五寸八分，后宽四寸五分，深三寸，明白显现出足趾上的螺纹，据说是迦叶佛的足印。

寺东二里路边，有深约三尺的井，井中有清泉喷出，相传大雨不溢，久

---

① 翁山，今浙江舟山市定海区东部。

② 建德五年，577年。

③ 并州，今山西省阳曲县。

④ 《本生经》，记述释迦牟尼前生故事的经典。

旱不涸，中有一条鳞鱼（鳗鱼），长一尺五寸，居民说它是守护阿育王塔的菩萨。有福人可以看见它的原形，无福者不能见。有人曾在井上造一屋顶，上饰七宝，忽然井水泛溢，冲走了屋顶。关于此井，还留下许多故事。

寺里还有这样的传说，约百年前的贞观十九年，有敏法师者，率弟子数百人来寺挂单，讲经一月，近处居民每晚来寺听讲。有一晚，听讲的人看到有百来个形状奇异的梵僧，在塔的周围游行。那时听经人看见那小小的塔和绕塔游行的小小的僧人，都自然而然地变成大塔大人。大家觉得好奇怪，告诉了寺里的僧人。僧人说：

“这完全不奇怪，每年四大吉日，远近的人来寺聚会，半夜里都能见到梵僧绕塔游行、诵经、赞佛，举行功德。”

普照对这梵僧绕塔的传说，留下特别深刻的印象。一幅小梵僧绕行小塔的图画，比寺中任何传说，都很奇怪地使人有更真实的感觉。

鉴真等十七位僧人在阿育王寺迎接了春天。当春天的阳光照临荒园疏竹的时候，越州龙兴寺邀请鉴真去讲律受戒。鉴真接受了邀请，与荣睿、普照同去越州。归途又巡游了杭州、湖州、宣州①，在各处受戒，回到阿育王寺，已经是夏末了。

两个人因与鉴真同行，受到了过去从来没有受到过的教育。这是入唐以来，第一次离开了留学僧的独学生活，得到了导师。两个人反复听了鉴真同样的讲义，每次都发现新的理解。听律以外，又学了不少东西。越州龙兴寺是鉴真的师父道岸住过的寺院。他们在那里，亲眼见到鉴真日常虔敬的起居行止。在越州开元寺，又亲聆了与鉴真同门的高僧昙一的谈吐。后来又在杭州龙兴寺，会见了鉴真前辈法慎的高足灵一。

回阿育王寺不久，发生了一件事。越州的僧人知道鉴真要去日本，想加以阻止，向州官申请逮捕主谋的荣睿。

荣睿发现形势不妙，躲避到一个叫王亟的家里，不久，还是被官役逮捕了。普照躲在另一民家，却没被人捕去。

荣睿戴上行枷，被押送到京师去，过了约一个月，又回到了阿育王寺。原来他到杭州就病了，保释在外治病，伪报病故，又逃回来了。

受了这次荣睿事件的刺激，他们又积极计划渡日。秋初，僧人法进和

---

① 宣州，今安徽宣城市。

两位执事，秘密去福州购买海船，筹办海粮。

三个先头队出发约半月之后，鉴真即率领僧人、佣工共三十余人一队，从明州出发。他们离开鄮山时，先拜别了阿育王塔，供养了传说中井里的鱼菩萨，巡礼了近处的佛迹，然后翻山到台州。出了鄮山，当时明州太守卢同宰及当地众僧，前来迎送，并为在此居留了一年的鉴真等人备了旅粮，送到白杜寺。鉴真在白杜寺，叫人修缮了寺里败坏的宝塔，并劝募乡人，建造佛殿。

然后，他们到了台州，投宿于宁海县的白泉寺。次日，向天下闻名的灵场天台山出发。岭险道远，日暮飞雪，目不能视。第三天又整整走了一天，穿山越岭，到日落时才进了国清寺。

荣睿、普照一到天台山，好像见了久别的故国山河，只见重重叠叠的山峰中，郁郁苍苍地长满了松柏和樟木。

山中有七十二寺。他们投宿的国清寺，在五峰环绕中，不愧为天下四绝之一，是一处笼罩幽玄深邃之风的灵场。两条溪水从寺的两旁流出，汇合寺前。

他们住在国清寺里，整整三天，巡礼了山中的圣迹，从溪谷、高峰和蓊郁的林木中，逐一地露出宝塔和殿宇，壮丽夺目。感到把天台山高名远扬天下的孙绰《天台山赋》，远远没有写出它的雄伟气象。

他们又从天台山出发，出始丰，入临海，连日跋涉于峰峦之间。下山后，又沿灵江前进，终于到了黄岩，又取道沿海大路向永嘉郡进发。出了永嘉，便可以到法进等先头队所在的福州去了。

但在去永嘉的途中，有一晚，投宿在一个叫禅林寺的寺院里，忽然又遇到一件意外。一群官差带着采访使的文牒突然跑来。据官差说，扬州龙兴寺鉴真的弟子，江北名僧灵韦占，与各寺三纲①众僧合议，决定阻止鉴真赴日，向官厅提出请求，由江东道采访使向各州发文，查询鉴真等所经过各寺的三纲，探明鉴真行踪。当初，鉴真决定去日时，灵韦占由于对师父的爱护，是始终抱反对态度的。

他们在禅林寺被扣了十几天，最后，决定从陆路送他们回扬州。当计划失败，很不愉快逗留在禅林寺时，普照却意外地遇见了戒融。

---

① 三纲，寺庙执事僧：上座、寺主、维那，合称三纲。

寺僧通报有一日本僧人来访，普照走到寺门一看，门前站着行脚打扮的戒融。戒融在开元二十四年春从洛阳大福先寺出门，已经过了八年了。他肤色浅黑，中年发胖，原来魁梧的体格，比从前更胖了。他和普照他们走的是一条相反的道，正从福州去天台山，走到这里，听到了鉴真的消息，知道中间还有日本僧人，猜想就是他们，特地跑来探问。

"啊，果然是你们。"

戒融先用唐语，以后用日语问：

"你们为什么跑到这儿来了？"

普照见了戒融，分外亲切，对他讲了洛阳别后的大致经历，和多次受阻的渡日计划。戒融严肃地说：

"可怜你们两位，真是太辛苦了。"然后又不胜感慨地说："捧着宝贝，想回对海的小岛，在大陆海边徘徊流浪，简直是件怪事嘛！"

"你在干什么呢？"普照问了。戒融说："我可什么也没有干，要干什么还是以后的事。自从和你分手，一直就是跑腿。我看到过沙漠，看到过有蛇游泳的海，以后，要看的还多着呢。"然后又说："现在，我已不想回日本了。"

"一辈子不回日本吗？"

"大概是吧。"

又说："我既无双亲，又无兄弟，干吗一定要回日本？难道日本出生的人，就一定得回日本吗？"

普照没有回言。戒融又说：

"难道身上带着日本的血统，就非回日本不可吗？"

普照仍不回答。他说不出非回日本不可的道理。自己想回去，那是自己的愿望，问题是在本人的愿望，讲道理是讲不清的。

当时，荣睿正被官差叫去问话，不在寺里，普照想把戒融留住，等荣睿回来。戒融并不怀念荣睿，只留下了话，托他代为问候，便回去了。

戒融刚走一会儿，荣睿回来了。普照把戒融刚来的事，告诉了荣睿。荣睿一时表示了怀念的感情，马上便消失了，多少有点儿生气地冷淡地说："他和我们是无缘的人，我们认为宝贵的事，他都不在心上。他有他自己的想法，只好让他去走自己的路吧。"

他们再次踏上了扬州的土地。鉴真以寄寓方式仍住在原来的龙兴寺。渡海的队伍到此已完全解散。在一行三十余人中,鉴真只留下了自己的直系弟子,其余的人都由原地接回,普照、荣睿二人在决定住处以前暂时留在龙兴寺。

各州僧俗,闻鉴真回龙兴寺,每天有人来送供养,向他祝贺。但鉴真被送回扬州后,心情郁闷,终日默默,跟谁也不愿见面,特别对好心阻止自己的灵祐,绝对拒绝相见。灵祐为解消师父怒气,每夜从一更到五更,站在他门外请罪,站了六十天,还没有使鉴真动心。各寺僧役实在看不过去了,从中向他求情,才解除了他的怒气。

祥彦和思托二人,重新踏上本来以为一辈子不再相见的扬州土地,又见到了本来以为不能再见的旧知,依然觉得高兴。年轻的思托还有冒险的雄心,抱着去陌生异邦的梦想,但年过四十的祥彦,虽只要跟着师父哪儿都愿意去,心里却未尝不想,如果可能的话,最好不必冒生命的危险到日本去了。一年的流浪,他的沉着的脸被阳光晒黑了,两腮陷落,完全变了形象。

这次事件,受打击最大的当然是荣睿,不但计划受挫,而且觉得前途更加渺茫,使他的精神陷入黑暗绝望的境界。看看一时难有再起的机会,又不知鉴真本人真意如何,心里尤为不安。淮南道采访使责成本寺三纲监视鉴真,不许他再做出国的打算,因此荣睿也不便探问鉴真有没有再度出国的意思。

普照对这次失败,又有另一种想法。他甚至开始怀疑,应不应让鉴真这样的高僧,为去日本冒这样大的险,受这样大的折磨。现在,使他为难的更大的心事,是自己必须马上离开鉴真。一年来与鉴真共艰同苦,朝夕相处,目前要同他分离是很难受的,很想永远留在一起,但自己留在这里,官厅就不会放松对鉴真的监视,只会给鉴真增添麻烦,必须赶快离开。

荣睿和普照决定离开扬州,向鉴真提出的时候,已是到龙兴寺三月以后的事了。鉴真听了两个人的提出,想了一想说:

“这样也好,下次你们可以再来,为了弘法,我去日本的决心是不会改变的。”

两个人从鉴真处辞别出来,谈论师父叫他们再来的话,什么时候再来呢,他们感到遥遥无期。最后的结论是,一定要等到在人们印象中再没有鉴真去日的想法之后。他们必须等到那个时候。

向鉴真提出的那一天,两个人入寺后第一次步出龙兴寺的山门,走过扬州街头,到禅智寺去访问业行。禅智寺在子城的一条山冈上,上了山冈再走一里半地。道旁是一带落叶的疏林,春天的阳光散落在没有人烟的郊外山岗。走到禅智寺,业行已在两月前把写好的经卷装了几箱,存在寺里,人却不知上哪里去了。寺僧不知道业行的行踪。他们估计业行写的经卷,不仅仅是放在寺里的几箱,大概他是把自己所写的经,分批存放在各处的寺院里。

第二天,荣睿、普照二人,由祥彦、思托送着,出了龙兴寺。在罗城西墙附近的双桥地方,两位日本僧与两位唐僧依依惜别,是天宝四年二月的下旬。

三

荣睿和普照离开他们一向居住的同安郡(安徽省安庆附近),再到扬州谒见鉴真,是天宝七年的春天。为了等待鉴真渡日事件所引起的热潮过去,风声消灭,两位日本僧人在远离京师的扬子江边,已送走了三年岁月。荣睿已快满五十,普照也过了四十五了。

在同安郡的三年,一直是大唐的太平年月,没发生过什么大事,有几次胡人寇边的消息,是事后几个月才听到的。引起注目的,是美女杨太真在三十岁时册封为贵妃;接着是受玄宗宠爱的安禄山兼任了御史大夫;又把天下的岁贡赐给了宰相李林甫;大臣受冤而死者甚多,天宝六年春,荣睿、普照回到久别的扬州前,有韦坚、李适之二大臣的赐死事件。天下一般是平靖的,但来日大乱,正在逐渐酝酿之中。

荣睿、普照蹈上了阔别已久的扬州街头,闻说鉴真在崇福寺,便到崇福寺去拜访。鉴真见了二人,仍用从前那样安静的口气说:

“来得很好,从那回以来,已过了三年了。这一回,一定能得到佛爷保佑,完成我们多年心愿了。”

此时鉴真已六十有一,但嗓音洪亮,气度雄壮,在两位日本僧人眼里,反而显得年轻了。

荣睿和普照留在崇福寺,悄悄筹划渡海的事,打算在夏天以前做好准备。同上次一样，在新河打造船只，并收集大体和天宝二年同样的携带品。

在荣睿和普照到扬州后十天，决定了同行的人选是：祥彦、神仓、光演、顿悟、道祖、如高、德清、日悟、思托等，加上荣睿、普照，共僧俗十四人，水手十八人，其他申请同行的三十五人，由于上次的教训，这次一切都须加速进行。

五月底，准备已完成了九分光景。荣睿对普照说，还有一件要办的事，是找到业行，把他的经卷装一部分在这次的船上带去。他认为业行大量的经卷，一次全部运走太危险，最好一有机会，就分批托便船带走。这回，要是业行同意，就该带一部分回去。普照赞成荣睿的意见，虽还不知业行本人的意思，但他以为正如荣睿所说，那大批经卷，分几次便船带运，是聪明的办法。现在业行托寺院保管，大概也为了防备盗难和火灾，所以分作几批，寄存在几个寺院里，何况远渡大海，一切委诸天命，全部装在一条船上太冒险，想来业行也不会这样打算的。

不管怎样，先决问题是要找到业行。那天谈话之后，普照马上到禅智寺去，业行的下落还是不明。他把一部分经卷寄存在这里，直到今年，整整三年不见影踪。照他一向的行止，完全推测不到他究竟在哪里，也许在洛阳，也许在长安。

普照到禅智寺去找了一次，无法再找，但过了几天，从大明寺一个僧人口里，听说郊外的梵寺，新来了一个日本僧人。普照推想这日本僧人，可能就是业行，马上跑去探问。

那梵寺在郊外山光寺邻近，这儿和山岗上的禅智寺隔一条大运河，遥遥相对，两个寺院都在运河边上。周围有许多墓地，还有土地祠的白墙。

由寺中人带路，走进梵寺大殿旁边一间屋子，普照第一眼就见到了，每次看惯了的伏在案头的业行的寒碜的背影。

业行回过身来，抬头打量来客。一刹那间，普照见到业行的脸，好像血气上升，显得很怪。原来他口唇四周沾满了红蓝的颜料，他正在绘画。

案上摊开一张大纸，上面画着正在沉思的观音像，线条很粗笨，好像孩子画的一样，有的地方已涂上简单的颜色。

“在画什么啦？”

代替久别的寒暄，普照直率地问了。业行并未直接回答，说道：

"最近,在抄写仪轨类①。"

看看小屋子里,果然摊着许多纸张,画着各种曼陀罗和曼陀罗的一些细部,拿着各种器物的菩萨的右手、宝冠、形状奇特的勺形的坛,以及其他各种东西,画得幼稚拙劣,色彩也施得很笨。

业行说,他预定抄写的经卷,都已完工,不知下次遣唐船什么时候来,在候船期间,决定抄写仪轨类,现在,就是天天干这件事。业行说:

"这是一件大工程,干多久也干不完的。"

案头四周,比以前什么时候都杂乱,有经卷,也有图像,到处散满画坏的图纸。

普照一边翻着业行所写的一本题名《出生无边经法二部》的抄本,一边尽可能不使对方受到刺激,说出自己来访的目的。业行听说要把自己所写的经带一部分上船,一下子脸上怔了一下,然后慢慢地说:

"对,你们说得对,应该分几批托便船带走,没有理由由我自己一个人全部带去,只要能平安带到日本就成,你们如果一定能到日本,那就托你们带吧。"

"能不能一定到也难说,不过,万一船遭到了灾难,要把船上货物扔到海里去,我情愿用自己的身体,代替你的经卷,这一点一定可以做到。"

普照这样说了,他也真这样想,虽不知能否平安到达日本,但自己是准备这样做的。他知道,这位嘴唇染成红蓝的日本老僧,一定要听他这样说了才能放心。

过了三天,业行把装着部分经卷的两口木箱,由唐人运到崇福寺来了,两口箱子都很沉。

那天晚上,荣睿、普照、业行三个人,在崇福寺僧寮一间屋子里共进晚餐。谈话中,谈到了玄朗,业行却知道玄朗的消息,虽然只是一点儿片段。

去年春天业行到长安去,遇见了玄朗,他已娶了一位唐女,有了孩子。遇见的地方是长安市上的街头,两个人在街边站下来谈了几句话。不知他住在哪里,怎样生活,只是身上还穿着僧服,可见还未脱离僧籍。业行所知道的仅仅这点,如果换了别人,当然会从玄朗那里问得多些,但这可不能希望业行。

---

① 仪轨类,佛教密宗修持法所用念诵供养仪式轨则的书。

当晚业行喝了一点儿酒，脸红了，因还得走一里半地，便回梵寺去了。普照送他到大门口，只见他弓着衰弱的腰背，样子像个残疾人。

六月初，准备完毕，荣睿和鉴真商量，定二十七日上船，为防泄露风声，决定在当天大家分散，各自分别去新河上船。

此月中旬，江南一带刮了大风，过了二十日，连日都是好天。上船那天，鉴真等到傍晚，带同祥彦、思托出了崇福寺。荣睿、普照提前出寺，在南门外与鉴真会合，五个人沿城墙到扬子江口的运河，走到三汊河，躲在河边的芦苇中，等到天黑，约过了一刻光景，照预定时间，到达相距不远的上船地，那时船上已乘上六十多人。

上次天宝二年开船是月明之夜，这回却是黑夜。船比上次小一些，比之天平五年入唐的遣唐船，连一半也不到，只有简单的舱顶，连屋形的舱房也没有。上船的人纷纷坐在舱板上。

从新河开船，到瓜洲镇，进扬子江，东下到狼山。起了大风，船在三座岛屿间来回盘旋。

过了一夜，风息了，出了江口，到越州属的小岛三塔山，歇在岛边等候顺风，等了一个月才转好风，到署风山，又停了一个月，不觉已是十月。

十六日早晨，鉴真说："昨晚做了一梦，梦见三位官儿，一位穿绯衣，两位穿绿衣，三个人在岸上向我们送行。大概是中国的神来向我们告别的，看来这次一定能平安渡海了。"

此时祥彦、普照二人已经醒来，听到了鉴真的话。

不久，又起风了。自从进了此月，一直遇到逆风，可是现在吹的却是正南风。祥彦、普照认为这风一定是和尚梦见的中国神送来的。

船老大决定起帆了。早上，船起了锚，离开停留一个月的署风山海岸，向顶岸山开去。午前，在东南海上望见小岛的影子，大家以为这一定是顶岸山，可是到了中午，岛影不见了。那时大家都感觉是出了海了。到傍晚，又起了大风，一会儿，浪头高起来。海水像墨一样，黑得可怕。到了晚上，风更大了，波浪簸弄着船，好像从山顶落入谷底，又从谷底抛上山顶，一共搭着七十多人的这条海船，已不过是一块木片了。

全船的人不约而同地念起《观音经》来，在念经人的耳朵中，混杂着风浪的声音，断断续续地听见船老大的吆喝：

"看这样子，船会沉灭的，把所有船货都扔到海里去，快，快扔！"

老大吆喝了还不算，还立刻跑到桅杆底下，动手去提装在那里的船货。几个水手跑过来帮他。

普照坐在业行托付的经箱边，下决心不让扔下海去。经箱上放着很大的栈香笼，老大准备先扔最重的东西，把普照推开，去搬动木箱，知道木箱搬不动，便提起了上面的栈香笼。

船摇晃得厉害，几个水手跌倒了，老大抱起栈香笼，倒在普照的身上，忽听一声咆哮，连忙站起了身子，一条右腿插进普照和另一乘客的中间，普照紧紧抱住老大的大腿，身上冲来了瀑布一样的海水。就在这一刹那间，在风狂雨骤的漆黑的天空中，忽然发出这样的声音：

"不许扔！"

老大吃了一惊，把抱在手上的栈香笼放下了。

"不许扔！"

又发出一声吆喝，老大好像被谁揍了一拳，跌跄着仰天倒下。

"不许扔！"听到这吆喝的，不仅老大一个。后来大家谈到，思托和荣睿都说听到了吆喝，祥彦虽没听清，但确实听到有人吆喝。普照因为太紧张了，记不清听到了什么。

直到半夜，风浪仍未减弱。这一夜又发生了一件怪事，当大伙正跟大风和冲进船内的海浪苦斗的时候，突然听见船老大大声叫唤，叫声夹杂在风浪声中，断断续续地传进大家的耳里。

"这会儿好了。大伙，瞧呀，一位披盔甲、执金杖的大神正站在船头桅杆下。"

大家向船头桅杆下望去，那里只有一片黑暗，什么也没瞧见。可是听了船老大的叫唤，终于稍稍减轻了大家的恐怖。

第二天，风浪小了一点儿，船还是在浪间摇晃，很快地顺着潮流，毫无目标地向前漂去。照水手说，这是漂到和日本相反的方向去了。现在，谁也不关心去不去日本，只消能够平安找到陆地，去哪里都可以。

第三天，船漂流到蛇群游泳的海里，最大的蛇有一丈多长，小的也有五尺，满海都是游来游去的蛇。普照记起在禅林寺遇到戒融时，听他说见过蛇海，想不到他也到过这样的地方。

过蛇海后三天，又进了飞鱼海。银色的鱼从海面跳起来，闪烁着白白的鱼身，在船前的海空中，一片异样的光色。鱼都有一尺来长，这样地接连了三天。以后五天,天天见到一群群大鸟在海上飞过。有时鸟群落到船上休息,由于鸟的重量,几乎把船都压沉了。人去撵它,反而被它啄伤。

以后两天,又起了大风,船在浪间晃摇,继续向前漂流,船上的人几乎全都躺在舱板上,不能动弹。

只有普照一个人精神还好,他每天给船上人分发生米。思托整天仰躺在舱板上,有时伏过身来,把想起的事,用细字写在卷帖后面。荣睿最怕晕船,尽跟死人似的躺着一动不动。由于晕船和历次渡海的失败,他丧心落魄,整天不说一句话。他这种样子,普照已经见过多次了。

最困难的是没有淡水,嚼着生米,喉头发干,要咽咽不下去,要吐吐不出来,喝了海水肚子发胀,大家都说,从来没有受过这样的罪。

这样地,一天天过去,后来有一天,看见海里游过丈把长的大金鱼,第一个发现的是祥彦。几条大金鱼一直跟着船,在船边游泳。见鱼的第二天,风停息了,在船前,远远地望见了岛影。

风平浪静时,鉴真起来坐在船头上,面向着大海。鉴真一起来,别的和尚也都起来,坐在他的身后。在遥望着水平线的鉴真脸上,普照看到一种依然是凛不可犯的神色。他同平时一样没有什么变化,只是默默地不说话。

近午时候,坐在鉴真身后的荣睿,突然说道:

"刚才我做了一个梦,梦见来了一位官人,要我给他受戒。我说:我嗓子干得难受,给我一点儿水吧。他马上送来了水,颜色像牛奶一样,喝在口里甜美极了。我说:我们船上还有七十多人,大家和我一样,渴得快死了,请你也给他们一点儿水吧。那官人马上叫来司雨老人,说这事由你来办最方便了,快把水给船上的人。这时候,梦就醒来了。看来,天一定要下雨了。"

大家互相想起荣睿的梦来。

不知是否由于荣睿的梦,第二天午后三时左右,西南方空际出现了雨云,一会儿就扩大到船的上空,落下了大粒的雨点儿。下雨的时间很短,却是一场倾盆大雨。大家都用碗积了雨水,美美地喝了一顿。第二天,又下了雨,把大家的干渴都治好了。

又过了一天,船靠近一座海岛,有四条白鱼在船前游泳,好像给船引道,船开进一个容得下船身的港湾里。

船上人攀登岩壁，到岛上找水，越过一道山岗，上面长满从未见过的阔叶树，便有一口池塘，大家尽量饱喝了一顿，又用家伙装了水带回船里。

船在此地暂时下了锚，停了四五天，人们又上岛去取水，可是以前那口池塘已经不见。大家说，这一定是神灵点化的池塘。祥彦和思托对这说法似乎也有点儿相信了。普照却认为那池塘大概只是积起来的雨水，可能土质特殊，很快就吸干了。

季节不觉已进了十一月，十一月应该是严冬，可是一点儿没有冬天的样子。岛上树木挂满从未见过的果子，有的开着花，地上还长出竹笋，完全是夏天景象。

船在岛边停靠了十四天，才找到能系船的海岸，船上的人都登了陆，分头去找住人的村落。幸而遇到了四个唐人，告诉他们，这儿的土人都要吃人肉的，还是赶快离开的好。

大家急忙回船，把船开进看起来比较安全的港口。到夜里，就有拿刀的土人到船上来，把大家都吓坏了，送了吃的给他们，土人没有说话就回去了。受了一场惊吓，当夜又把船开出港口，重新漂到海上，向白天唐人告诉他们的海南岛方向开去。第三天，就到了海南岛南端振州①的一个江口。

到达海南岛的第二天，起了船货，三个老大把业行的经箱搬到阳光强烈的沙滩上。一个老大就坐在箱上喝水。

午后，受到了当地官差的检查，在沙滩上过了一个白天，到晚上大家回到船上去，派人看守沙滩上的货物。

荣睿和普照到此已辨不清地理方向，也不知往后从哪儿取道去日，只知道自己现在是在比大唐广土南端更南方的一座岛上，而且是岛上最南端的一个江口。

鉴真和每次处身逆境时一般，不动声色地沉默着。从他的脸上看不出任何表情和意志。祥彦、思托二人也学着师父的样，保持着沉默。以前几次遇到计划受挫时，总是由祥彦、思托二人来安慰两位日本和尚，说，不久之后，还是可以重新设法的。唯有这次不同。他们到了一个意外地方，没有露出任何表情，也没有因计划遭了挫折，显出伤心落胆的神气，显然

---

① 振州，今海南三亚市崖州区。

是为了他们还不了解鉴真的内心，不敢随便表示自己的意见。

除了他们二人，其他和尚，显然对荣睿和普照二人很不高兴，从脸上明显表现出来，就为了这两个日本和尚，使自己几次三番遇到这种九死一生的灾难。

刚漂到岛上的两三天中，所有的人，都表现出什么都不想干的懒劲。

第四天，别驾冯崇债从州衙率领四百多名兵丁到来，接他们到了城中。他们进入了一个与以前所见完全不同的城市，所有商店、住宅和官衙的房子，为了防御台风，都造得又低小又坚固，房子四周，长满了从未见过的南方植物，覆盖着浓密的阔叶。空气很干燥，人在太阳光下浑身流汗，一到树荫下就非常凉快。

在简朴官衙的石板院子里，冯崇债说他昨夜做了一梦，梦见一人自称是他前生的舅父，现在转生为一个姓丰田的和尚。因为做了这个梦，认为前生的舅父来看望自己了，问他们中间有没有一个姓丰田的。祥彦代鉴真回答，这儿并没有姓丰田的和尚。

“那么，这位大师父就是我前生的舅父吧！”

说着，便请他们住在衙内，特设佛堂，将他们供养起来。

他们就暂时住下来，住了三天，又在太守的花厅里举行了一次法会，请鉴真给官员们受戒。

以后，又正式把他们安置在大云寺，鉴真等三十余人，都进了那座大寺院。大家看惯了大陆上的大寺院，感到这儿的伽蓝和寺境都很寒碜，尤其是佛殿非常荒凉，好像马上会倒塌的样子。

他们在荒寺中迎接了天宝八年。天气一直干旱，一起大风，城外沙土地的沙尘，便跟雾气一般落到这满是低矮民居的小城上。鉴真等便督促当地民工，动手建造佛殿。工程从冬天一直进行到干燥的春季，佛殿才竣工。他们乘这机会，从这儿起身，为了准备渡海返回本土，向岛东南部的万安州①进发。别驾冯崇债亲自带领八百甲兵，一路护送。

出发的时候，鉴真把原来预备带到日本去的佛具、佛像、经卷，全捐给了留居过四个月的大云寺。荣睿和普照商谈之后，也把业行托带的两箱经卷，赠送给这个寺院。他们考虑以后长途跋涉，无法带去，送给寺里，不

---

① 万安州，今海南万宁市北。

失为一种明智的措施，估计业行大概也会谅解的。

请当地人把两口沉重的木箱运到刚新修的佛殿之后，荣睿在回宿处约半里地的归途中，几次在树荫下歇下脚来休息。普照看荣睿的健康状态很不好，到万安州这样的长道，恐怕很难支持。在振州四个月，对南方生活很不习惯，荣睿的身体衰弱多了。他吃不下饭，人也瘦得多了。天宝元年第一次打算回国时，普照也跟目前的荣睿一样，对自己丧失健康的身体很没信心，因此放弃了继续留学的计划，可是七年以来，受到异地生活的锻炼，身体倒反而好起来了。相反地，当时身体顽健的荣睿，现在却常常发烧了。

不但普照，就是其他人，也觉得到万安州要四十几天路程，荣睿一定是受不了的。最后，听从鉴真的劝告，荣睿走海道绕行到上船地崖州，由普照陪他同行。

荣睿和普照二人，在鉴真出发后几天，找到便船从振州出发，经万安州到崖州，花了四十天时间。

崖州是海南岛第一城市，两位日本和尚在这里接触了暌别已久的城市空气。他们投宿城内古老的南蛮寺，在那里等候鉴真等到达。

荣睿一到崖州就病倒床上，身体更瘦弱了。普照整天看护着他，一有空闲，便往街市闲走。街头有好些店铺，出卖珍奇的水果，如益知子、槟榔子、荔枝、龙眼、甘蔗、拘莛、楼头等等，大的如钵头或面盆那么大，都有比蜜还甜的果汁，花也有近于原色的各种鲜艳的色彩。

鉴真等比预定迟了半个月，才到崖州。他们受到崖州游弋大使张云的隆重欢迎，住在城内的开元寺。普照一听到消息，便带着病中的荣睿到开元寺和他们会合。

他们到崖州以后，便和护送的冯崇债告别。普照从思托那里，听到鉴真一行和自己分别以后，所经过的一路情况。他们从振州出发后四十多天，就到了万安州，见到了奇异的风景，受到当地土人的大头人冯若芳的欢迎，在他家受了他三天供养。冯若芳的生活方式，使他们大惊失色。这家人家接待客人，都用乳头香点灯，一烧就是一百多斤。后来才知道冯若芳的营生，便是每年打劫在近处海面经过的波斯船，夺取财物，掠人为奴。在他家后院，有抢来的红色、白色、黑色、紫色的檀木，堆积如山，其他财物，也同样堆满了屋院内外。他命掠夺来的奴婢，集体居住在他家四周南北三天、东西四天行程内的土地上，那儿都是住外国人的村落。

普照在崖州时，常和思托一起上街。街上居民风俗奇异。男人都戴木笠，女人穿的衣衫像日本和服。人人染黑牙齿，脸上刺花，用鼻子吸水。

郊外有胆唐香树林，清风吹来，香闻五里。另外还有波罗奈树林，思托对波罗奈林曾有这样记载：

“其果大如冬瓜，树似花梨，叶如水葱，其根味似柿饼。”

此地十月种田，正月收稻，盛产蚕丝，每年饲蚕八次，收稻二次。

居留中，自大使张云而下，部下官员，时时轮流来访。张云亲自安排宴席，以优昙钵叶作菜，用优昙钵子供养众僧。他对鉴真说明道：

“这是优昙钵子，这种树只结子，不开花，是一种很奇怪的树。我今天能够见到大和尚，也是一种奇怪的因缘。”

思托坐在树旁，就画了一棵优昙钵树，用文字做了说明：“其叶红色，圆形，径一尺余，子色紫丹，味甘美。”

但住进开元寺的第三天，街上起了大火，开元寺也遭了殃，把所有人的行李都烧光了。

鉴真应大使的请求，担任重修佛寺的工事。除了躺在病床上的荣睿，其他人都忙着办这件公事。他们要建佛殿、讲堂、宝塔等伽蓝，但采办木材，遇到了困难。

振州别驾冯崇债听说鉴真修建开元寺的消息，马上派大批奴隶，各肩大木一棵，送到崖州，三天之内，需要的木材就全部运到了。

寺院在预定日期以前提早竣工。鉴真把剩余的木材造了一座丈六释迦像。新寺落成后，鉴真登坛受戒，讲律度僧。普照好久没见鉴真那种庄严的仪容，不禁潸然泪下。和尚在多年流浪生活中，丝毫没有损伤他的威仪。所到之处，唯以修寺受戒度人为事，真像一位佛陀。

那天，荣睿扶病临场。受戒礼毕，大家走出讲堂时，他对普照说道：

“我刚才从讲堂出来，忽然觉得自己好像在日本奈良大寺，虽然天空、树木、泥土的颜色完全不同，不知为什么，总以为这里就是奈良。”

以后，又激动地说，无论如何，一定要请师父渡日。

荣睿和普照最初从隆尊处接受作为遣唐僧渡唐使命时，曾在兴福寺境内早春阳光下一起谈话，现在普照又想起了当时的情景。当时二人也和现在一样，面对面站着，高个儿的荣睿俯向普照，普照则仰向着荣睿。

他久久地凝视着荣睿的脸和瘦弱的身子，已经和在兴福寺时完全不同了，只是还勉强保持着高傲激昂的气概。他很想说出自己的想法，明白地说，就是请鉴真做传戒师去日的计划，大概只好到此为止了。大师父已经太老了，要实行这个计划，荣睿的身体也太衰弱了。鉴真虽没有泄露自己的心意，绝口不谈去日的计划，但有一点是明白的，从他平时的谈话听来，丝毫没有想回扬州故乡的意思。从此处渡海到对岸的雷州时，当然得决定今后的行止，可能他的目标，是想就近找到一个去日本的海口。普照深信无疑的是，目前不论鉴真还是荣睿，所需要的是赶快结束流浪的生活，受到官方的照顾。

但他把目光从荣睿脸上移开了，终于忍住没有说出自己的想法。他知道荣睿不爱听自己的话，而且这样说对病友将是一个很大的打击。

又过了几天，鉴真宣布离开崖州。大使张云对和尚恋恋惜别，当他们出发去澄迈县时，亲自送出城外，又叫县官送到船上。

一行人，离开了从漂到振州以来，度过半年多生活的海南岛，渡海北行，过了二天三晚，船到雷州了。

四

鉴真一行踏上了睽别已久的大陆的土地，从雷州经罗州、弁州、象州、白州、绣州[①]，又过西江流域的藤州[②]、梧州，再由梧州溯桂江到始安郡治桂林。一路上受到各地官府、僧俗父老的盛大迎送。他们预定从桂林下湘江走水路去江南，当然，这是暂时打消渡日希望以后所选定的路线。从广西、广东方面，也有可能找到去日本的便船，但鉴真没有做这样的打算，荣睿眼看再举的机会越来越远，非常伤心，但普照说服了他，叫他在这时候，应该听从鉴真的安排。

他们到了桂林，才脱离南方的热带气候，感觉已回到了大唐本土。天

① 罗州，今广东廉江市北；弁州，今广东广州市花都区；象州，今广西象州县西；白州，今广西博白县；绣州，今广西桂平市。

② 藤州，今广西藤县。

空和江水的颜色、阳光,也和南方的强烈色彩不同,显得又安静又柔和,身体也能感受季节的正常。

他们原定不在桂林多住,但他们刚到,始安郡都督上党公冯古璞,听说鉴真法师到来了,亲自步行出城迎接,跪地膜拜,把他们接待到开元寺安顿。

开元寺佛殿已久不开放,现在为了欢迎法师,特地打开了多年不开的大殿。顷刻之间,香满全城。城内僧众执幡焚香,口唱梵曲,都到开元寺聚会,州县官民人等,也涌到开元寺来,寺内寺外挤满了人众。

都督冯古璞亲自治斋,供养众僧,请鉴真授菩萨戒。又有七十四州官员和赴考的举子,也都上城里来随都督同受菩萨戒。

他们寄居的这座开元寺,始创于隋代,原名化缘寺,后毁于火,又重新修建,到玄宗时才改名开元寺。他们到来时,改变寺名才只有几年。

这样,他们出于意外地,在桂林逗留了三个月。可能由于气候的变化,荣睿自从到了这里,身体已大有好转。

这时候,南海大都督、五府经略采访大使、摄御史中丞等一身戴着几个头衔的广州太守卢焕,特派使者来桂林邀请鉴真去广州。到广州的路同去江南相反,但鉴真却接受了卢焕的邀请,答应去一次广州。同行中也有人不愿走回头路的,但鉴真做了决定,就不得不服从了。

卢焕出身于唐代第一流名门范阳卢氏,以高才和清廉闻名,深受玄宗宠信。十余年前,荣睿和普照从洛阳随驾去长安途中,曾会见过当时身任陕州刺史的卢焕,那时玄宗为了嘉奖卢焕的政绩,还亲自在他衙门里题壁。当然,卢焕早已忘了他们,但两位日本和尚却还认识这位卢焕。

卢焕行文各州县,迎接鉴真一行到广州去,他们离开桂林时,都督冯古璞亲自扶鉴真上船,对鉴真说:"从此一别,今生难望再见,愿我们在弥勒天宫再见吧。"

他们与居留中多方照顾他们的桂林人士依依惜别。当时荣睿身体不好,正发高烧,由普照、思托、祥彦三个人搀扶着,把全身烧得火热的病人搀到船上。

"下桂江七日抵梧州,又至端州龙兴寺,荣睿溘然迁化,大和尚哀恸悲切,送丧而去。"《唐大和上东征传》只有这样一条记载,可能《东征传》的作者是根据思托提供的记录,照抄原文的。

他们沿桂江南下到江边的梧州，又下西江的主流，因荣睿在船上突然病危，中途在端州登岸，投宿于当地的龙兴寺。

当他们由本地官差引路进龙兴寺大门时，死神已落在荣睿身上了。进了寺院，鉴真坐在尸床旁边，面对着荣睿的遗体，好像对活人一样地说道：

“我原为了荣睿的健康，想早日离开炎热地带，准备从桂林直接返回江南。后来见荣睿健康已经恢复，才应广州的邀请，改变回江南的计划，考虑到了广州，可能找到去日本的便船。可是现在，一切都落空了。”

鉴真说话的声音刚停下来，四周围立刻发出一片号啕的哭声。

第二天，把荣睿遗体埋葬在龙兴寺寺后的山岗上，普照在他坟上撒了第一把土，鉴真、祥彦、思托也一一撒了土，这是天宝八年的岁暮。从开元二十一年（天平五年）入唐以来十七年，同行之中，现在只剩普照一个日本人了。他们对鉴真去日本，各有不同的想法，而荣睿那种锲而不舍的精神，始终使鉴真衷心感动。自天宝元年至今，把一行人投入到渡海去日的险途，还不知何时才能到达。连普照自己，在这八年的流离生活中，也可以说完全是被荣睿拉着走过来的。每当计划受到挫折，普照心里总对请鉴真去日的事发生怀疑，但他的这种想法，每次都被荣睿不屈不挠的意志压了下去，而现在，荣睿已经不在了。

办完荣睿的丧事，一行人出了龙兴寺，受到端州太守的接待，将他们一路送到广州。一到广州，都督卢焕率领僧俗人众出城郊迎，接待极为隆重，请他们住到大云寺。这寺里有两棵诃梨勒树，结实如大枣。他们在寺受种种供养，并被邀登坛受戒。

在大云寺居留期间，普照因荣睿之丧，衷心哀伤，为了排除悲思，每天到近处去游览名胜佛迹。这广州城大体有三重城墙，都督卢焕执掌文武大权，权势不下于玄宗，城厢内外，商贾云集，人烟稠密。郊外荔枝林连绵数里，绿荫中挂满一串串鲜红的果实。普照身入其景，觉得无比美丽。里巷间有人传说，玄宗皇帝因杨贵妃爱吃荔枝，最近还特地派了快骑专使，把这种香味浓郁、饱含甘露的佳果飞送长安。

他也观光了当地的开元寺，那里有一座白檀香木的华严九会雕像，据说是住在此寺的一位胡人，带领六十名工匠，花三十年工夫，费钱三十万贯才造成的，原来准备带去天竺。经采访使刘巨鳞奏详朝廷，奉旨留置此寺。七宝庄严，精美绝伦。

普照又到过婆罗门教的寺院。广州有三座婆罗门寺，住着梵僧。其中一寺，寺内有一口池塘，池面覆盖着青色的莲花。思托曾有关于青莲花的记录："华叶根茎，并芬馥奇异。"

瞻仰这座有莲池的婆罗门寺时，普照听人说这里有一个日本和尚，已住了半年。引起了他的关心，去了几次，都没见到这个和尚。

一个月中，连去了几次。有一次，在寺院后进，一扇漆着红黄绿三色的小门边屋中，意外地遇见了戒融。两人相见，一下子互相怔住，紧紧握住对方的两臂。戒融也禁不住岁月的折磨，已经显得衰老了，缺了两颗门牙，笑起来像个鬼怪。他说，他听说了鉴真和普照到了此地。普照责问他为什么不找他们。他的样子全变了，只有幽默的口气还是老样子，他说：

"渐渐地，不想见日本人了，既然下决心不再踏上祖国的土地了，所以见到身上带祖国气味的人，也觉得不痛快了。"

可能因为常和梵僧一起，戒融从头到脚都变了梵僧的样子。人瘦了，皮肤发黑了，穿得像梵僧一样鼓鼓囊囊。只在普照把荣睿的死亡告诉他时，毕竟也显出了黯然的表情，说道："这是太可惜了！"

说着，又静默了一会儿。

那天戒融带普照到外国船码头，去尝异国风味。码头在珠江口，那儿有婆罗门船，有昆仑船，也有波斯船。每条船上，装满外国货，堆得山一样高，船身都有六七丈吃水。港上见到了狮子国、大石国、骨唐国、白蛮、赤蛮[①]等等从来只闻其名，未见其形的肤色眼色完全不同的外国人，他们大部分都住在船上。

码头附近的街市，接连开设着许多饭馆，里面坐满了客人。两人在一家饭馆里喝了外国酒。谈话中普照知道戒融正打算从海路去天竺。戒融说，我准备走海道去，然后再从玄奘三藏《大唐西域记》的路回唐。戒融讲到玄奘三藏，以及许多唐人僧侣所开辟的往来天竺的道路，和西域旅行记之类的书名，普照都是连名字也没听说过的，这使他深深感到对这方面知识的荒疏。

---

① 狮子国，今斯里兰卡；大石国，即大食国，在今伊朗西部；骨唐国，唐时西域小国，亦作骨咄，今址不详；白蛮，缅甸境内的一个民族；赤蛮，不详。

"咱们都一样,都得在海上受罪嘛!"

戒融说着笑了一笑。普照很想说,同样在船上受罪,却不能相提并论呀。戒融的话引起他的反感,但身在外国船码头上,耳中听到的是外国话,眼里看到的是外国船,便也不去否定戒融的想法了。

那天,普照又意外地从戒融口里听到了业行的消息。戒融对几年来荣睿、普照所受的辛苦,似乎不很感动,但一提到业行,却极口赞叹了。他没亲眼见到业行,只因为交游广,从那里听到了业行的近况,而且相当详细。业行在洛阳大福先寺,依然在抄写仪轨类经卷。大福先寺很优待业行,供给住房衣食。业行瘦得更厉害了,背也驼了,眼也花了,简直没了人的模样。普照听着听着,似乎见到了业行的模样。

普照只见了一次戒融,几天后又到那婆罗门寺去,戒融已随同梵僧不知到哪里去了。

鉴真一行在广州度过一个春天。此处虽然是同外国往来频繁的港口,却没有去日本的便船,只好断了从此处渡海的心愿,便经韶州,向江南进发。当他们起行时,广州僧俗各界,盛大欢送,一直将他们送得很远。

溯北江舟行七百余里,到了韶州的禅居寺,因一路在船上不得好睡,大家在寺里好好休息了一会儿。然后受到韶州官府僧俗的欢迎,移居到郊外的法泉寺。这法泉寺是武则天特地为慧能禅师建造的,禅师已逝世三十八年,方丈中还挂着他的影像。他们在这寺院里住了几天,又移居到开元寺。

移到开元寺后,普照心里想明白了,现在荣睿已死,自己实在已无勇气要鉴真再冒新的危险。而且自己已失掉了日本留学僧的资格,和其他唐僧身份不同,如果再与鉴真同回扬州,官府一定会把他认作嗾使鉴真的人,也许会治他的罪。祥彦与思托,也和普照有同样的想法。他们认为现在一行人中,这唯一的日本和尚,处境是比较为难的。

祥彦说:"自从荣睿死后,师父从未谈过去日本的事,是不是还准备去日本,或是已经放弃这个打算,我们也很难猜测。我们一切都服从师父,师父要是仍准备去日,我们一定高高兴兴陪他同去;如果他已经放弃这个心愿,要留在唐土,我们也就留下来,在他身边侍候。"

祥彦又说:"我们是这样决定了。照上座的地位同我们不同,不管师父如何打算,你总是要回日本的。"

思托对此虽未特别发表意见，但普照知道关于去日本的事，这青年和尚的意见和祥彦是一样的。除了他们二人，其他人，虽然从荣睿死后，没有什么公开表示，但看来也很明白，他们故意避而不谈去日本的事。

普照唯独不了解鉴真是怎样想的，他绝口不谈，从他那张像日本武士那样表现出强烈意志的脸上，很难猜想他内心的真意。他只知道，现在鉴真准备回扬州。

无论鉴真如何想，普照也知道只要自己离开这一队伍，约束这个小集团的渡日计划马上就会解消，这是大部分人所希望的，祥彦和思托也不会一定不赞成。请鉴真到日本当传戒师，对日本来说自然是一件大事，但是站到高处想一想，硬要把鉴真这样的高僧，去冒生死未卜的危险，这事毕竟是好是坏，就很难判断了。

他又反过来想，自己独自离开了他们，荣睿的死就失掉了意义，八年流浪，一番辛苦，也完全落空了。但在目前，除了选一条自己认定的路，还有什么别的办法呢。普照眼前又浮现出了业行，取代了鉴真。业行那庞大的经卷，毫无疑问是必须运到日本去的。不幸的是，他的劳绩的一部分，留在南方的海角，不能送到日本。但他抄写的经很多，为把这些经卷运回祖国，他准备献出自己的生命。

在荣睿死后大约半年之中，普照的这种想法，逐渐在心中成熟起来，但做出最后的决定，是在韶州辗转迁移了三个寺院的时候。那时鉴真的视力正在迅速衰退。师父已经六十三岁了。一行中除了年轻的思托，都好像换了一个人，体力大大衰弱了，面貌变形了，尤其是年老的鉴真，变得更加厉害。普照觉得自己更应该赶快离队，使鉴真可以早日受到官方的照顾。

普照走到鉴真跟前，说出了自己的想法："弟子决定在此告别同人，到郧山阿育王寺去，等候日本的便船。不能与师父同行渡日，实在非常遗憾，但弟子深信不能让师父再遭流离之苦了。"鉴真闭目倾听了普照的诉述，然后睁开眼来，注视着普照说道：

"我发愿赴日传戒，已经数度下海，不幸至今未能抵达日土，但此心此愿，必有一日将会实现。如今，我想先去扬州。长年流浪，大家都累坏了。祥彦身体不好，我的目力也衰退了。看起来只能回扬州去休息一下，以后再做打算吧。重新起行，估计还得一些年月。可是，照呀，你的地位跟我们不同，老这么等着，只是延长留唐的生活，如果有便船，你可以先回去。但想多年同艰共苦，不能同船去日，心中真是难言的遗憾。”

说了，叫普照走近自己身边。普照膝行而前，感到师父握起自己的手。他让师父握着手，低声地啜泣了。

第二天，普照离别了长年生死相共的同伴，独自起旱路向鄮山出发。思托给他送行，久久难舍难分，一直走到十里长亭，两个人才黯然而别。那是天宝九年夏六月，普照已过了四十五岁，思托二十六岁。

普照到秋尽时分抵达鄮山阿育王寺，在路上走了半年，遇到过两件怪事：

第一件事是离开韶州约两个月的时候，正向福州进发，以便取道福州，再往温州，然后走天宝三年跟鉴真一起走过的原路，那是到鄮山的熟路。

他越过大庾岭山脉，在山岳地带走了两个月，才走到近海的平原，以后就一直是平地了。有一天，过午不久，忽然天空阴霾四布，四周漆黑得像晚上一般，虽在炎夏，却吹起寒风，路边树叶萧萧作响。普照如置身黎明前的薄暗之中，一步也不能前进了，忽然，听到一声叫唤：

“照啊！”

分明是鉴真的叫声，好像就在身边，吃了一惊，向四边望去，却什么也没有见到。

“师父吗？”

普照木然地站着，也叫了一声。他想，鉴真为什么能到这儿来呢。这幻觉仅仅一刹那工夫，天空又慢慢明亮起来，当然，哪儿也没有鉴真。他想，难道师父身上出了什么事故吗？如果他知道鉴真仍和两月前一样留在韶州，他就会马上赶回韶州去了。

后来知道，就在这一时刻，正如普照所担心的一般，在鉴真身上发生了事故。

在普照离开之后，鉴真的眼光一天比一天模糊了，东西越来越看不清楚。身边的人劝他请来了一位专治眼病的胡人医师，却一点儿也不见效果，终于失明了。发生怪事的一天，在普照听到师父叫唤的时刻，也正是鉴真双目失明的时候。

另一件怪事是又过了约一个月光景，普照已经过了福州，从福州沿海走向温州。有一天晚上，他在温州一座荒凉的禅寺过夜，天快亮时，梦见了祥彦。祥彦很瘦，普照同他分手时，身体已经很不好，很瘦弱，可是在梦中，他显得更加瘦了。他亲切地坐到普照身前，低声地念了一句“南无阿弥陀佛”，普照的梦就醒来了。他从床上坐起身来，耳朵里还留着祥彦的声音，心里感到很不安，深深担心着祥彦。

这也是后来才知道的，正是那时候，祥彦在荣睿死后不久，也去身他界了。鉴真失明后，一行人离开了开元寺，巡礼了灵鹫寺和广果寺，到贞昌县，越过梅岭关险道到了岭北，又乘船下赣江，到虔州[1]开元寺，中书令锺绍京隐居于此，邀请他们到他的府邸，立坛受戒。然后又乘船过吉州[2]，准备出扬子江。

天色放明，祥彦忽然从病床起来，跏趺端坐，问思托师父起来了没有。思托告诉他，师父还未醒来。祥彦便说：

“我阳寿已尽，现在要和师父告别了。”

思托禀告了鉴真，鉴真马上起床，设案焚香，将案几端到祥彦面前，叫他伏在几上，面向西方，口念“阿弥陀佛”。祥彦依照吩咐，清朗地念了一声：“南无阿弥陀佛。”

以后便再也没有声息了。

“彦，彦！”

鉴真唤了几声，祥彦已经坐化了。普照梦见祥彦，大致就在这个时候。

普照到了阿育王寺，为了缓解长期流浪中的疲劳，约休息了整整一月。他在这儿有很多旧识，好像回到家乡一样，想起长期流浪天涯的日子，好像做了一场噩梦。

缓解了疲劳之后，因曾从戒融口里知道业行在洛阳大福先寺，便上洛阳去探望业行。路过扬州，也没听到鉴真回扬州的消息。

他是在开元二十五年随同玄宗御驾离开洛阳的，十六年后又到了大福先寺。过去的师父定宾已经不在世上了，寺里也再没认识的人了。但

---

① 虔州，今江西赣州市赣县区。

② 吉州，今江西吉安市。

听戒融说过，业行住的是不幸的老和尚景云过去住过的僧寮，通过寺僧的传达，业行马上出来了。他比以前又瘦了，见到普照，蓦然地怔了一怔，忙问他发生了什么事故。

普照便在寺内院子里，向他简单谈了从漂海开始，长期流浪的经过。业行一听说自己托运的经卷，已被安放在南方一个无名的小城里，脸色骤变，身子瑟瑟地发起抖来。嘴里喃喃不清地嘀咕着，显然是严厉责备的口气。

“尽管是一座无名的小寺，可是这大安寺在振州地方却是数一数二的名刹。你的经卷并没有化成海底的水藻，它还是在唐国土地上，宣扬着佛陀的功德嘛。”

普照向他耐心解释。如果是受别人的责备，普照一定会生气了，但出于业行的口，却没有使他生气。原来答应送到日本去的，可是并未送到，却寄放在几千里外南方的海边，虽然是迫不得已的事，当然也有自己一定的责任。

“我写那些经，是为了送到日本去的。把它放在除佛像以外一无所有的边疆的寺院，当然也不是毫无意义的，但豁出生命写这些经，我是要送到日本去的呀！”

“好吧，等候下次的船，还不知道要多少年月，趁这段时期，那些放在振州大安寺的经卷，再由我来重抄一次，我一定尽我的力量，多少补偿你这次的损失。”

普照终于答应了业行，决心在等船的时间，把全部力量花在这个功课上。他觉得这既为了业行，同时也是自己应该做的事。

他便请业行开了一张留存振州大安寺经卷的目录。带了这张目录又回到鄮山阿育王寺去了。路过扬州时，仍没有听到鉴真一行的消息。

在阿育王寺，普照住在一间面对荒园似的竹林稀疏的屋子里，实践对业行许下的诺言，一心抄写经卷。他要抄的仅仅是义净的译经，有的已经找到，有的还不在手边，他把已找到的部分先抄起来。

到了天宝十年的春天，他听到了鉴真回到扬州的消息。

鉴真从荣睿在端州龙兴寺去世之后，不久自己又失明了，在下赣江的船上，形影不离的祥彦又倒下了。这以后的行动，普照是在后来从思托口里知道的。

他们出了吉州，便下赣江，过南昌，经鄱阳湖，向江州[①]进发，中途又到了庐山东林寺。东林寺是晋代慧远法师在太元十一年(386)修建的。他曾在此寺设坛受戒。那时，天降甘露，故世人称之为甘露坛。这甘露坛至今犹存。最近，鉴真的弟子志恩律师，还来此寺受戒，当时，天上也降了甘露，这露水润湿了临坛人的衣服，略带黏性，紫色，其味甘甜如蜜。僧俗人等，亲见这个与慧远法师时同样的奇迹，不胜惊叹，都说甘露坛真正名不虚传。

鉴真听到了这个与自己弟子有关的传说，感到特别亲切，在这里住了三天，然后，去浔阳的龙泉寺。龙泉寺也是慧远法师修建的。据说建寺时没有水，法师对天发愿，以锡杖叩地，忽然出现了两条青龙，在立杖处飞升上天，地上立刻喷出三尺高的泉水来。根据这个传说，这寺院便叫龙泉寺。

他们从此地陆行到江州城。江州太守召集州内僧尼、道士、女官和州县官民，焚香持花，奏乐出迎，并供养他们三天。出发时，太守又亲自从浔阳县送到九江驿。鉴真一行即在此上船，与太守告别。

以后，顺大江东下，凡七天，到润州江宁县(今南京)，诣瓦官寺，登著名的宝阁。阁为梁武帝所建，高二十丈，经历了三百多年岁月，已略有倾斜。传说某晚起了大风，第二天早晨，见阁下四隅，有四位尊神支持这个宝阁的足迹。此事发生以后，人们便在阁下四隅，造了四神王像。像高三尺，下端入地约三寸，神迹至今犹在。

江宁县有许多伽蓝，现存的有江宁寺、弥勒寺、长庆寺、延祚寺，都是梁武帝时修建的，寺容庄严，雕塑精美。他们一一朝拜了这些寺院。

正当他们游览度日的时候，意外地遇到了住在相去不远的摄山山麓栖霞寺里的灵祐，灵祐走到鉴真前仆身倒地，用脸擦着他的腿脚，泪流满脸地说："大和尚远去日本，我以为此生不能再见，想不到今天在此相逢。正如盲龟开眼，仰见天日，戒灯重明，消散了笼罩街头的阴沉之气。"

现在，鉴真对这位过去好意的告密人，已经不再生气了。由灵祐的邀请，失明的鉴真移居到栖霞寺。

这栖霞寺自齐永明七年(489)明僧绍舍私宅为寺以来，以三论宗高僧

① 江州，今江西九江。

慧布、慧峰等曾居住得名。近年，灵韦占之外，鉴真的弟子珞光、希瑜、昙静等人亦曾在此居住，对鉴真是颇有因缘的寺院。

在栖霞寺住了三天，便下摄山，踏上最后的行程，取道回扬州故乡。船渡过大江，从瓜洲到新河江岸，便在平野尽处望见一别数年梦寐怀念的扬州城城墙。他们没有直接进城，先到了郊外的既济寺。这既济寺是第一次计划渡日时做过根据地的，一草一木，都引起鉴真、思托无限的感慨。

江都僧俗闻鉴真回来，都出城夹道欢迎。运河中舳舻相接，也挤满了出迎的舟楫。

这样，他们便进了城，仍住在原来的龙兴寺。鉴真好像并没有经过长期的流浪，跟多少年前一样，立刻在龙兴寺中昂起了他意志坚定的脸，讲律受戒。只有一点同从前不同了，眼窝深深陷落，双目已黯然无光了。

五

普照在阿育王寺，从天宝十年春天到夏天，每天埋头写经。春天时已听到鉴真回扬州的消息，他没有去扬州探望，一则怕自己露面会扰乱鉴真的心境，再则也舍不得写经的时间去旅行。自从着手写经，他才知道这是一件多么需要时间和精力的功课。足不出户，终日伏案，每天进度还是极为有限。

他听说鉴真在龙兴寺之外，还在崇福寺、大明寺、延光寺等处讲律受戒。听到这消息的那天，他一次次放下写经的笔，从昏暗的室内举目望望光亮的窗外，想象着师父的音容。他从传闻中已知道师父双目失明，但总想象不出师父失明后的面貌。

在继续写经中，并没有去日本便船的消息。但普照自己也不知道，他到底希望有船，还是希望没船，他已不知不觉有点儿像业行了。他代业行写经，已写了三十多卷，但按照预定要写的数目，还不过一半。他发现自己陷入矛盾的心理，希望在写完其余一半之前，最好是没有便船。这正是业行曾经有过的，在旁人看来是一种优柔寡断的复杂心理。

过了年，普照动身去洛阳，向业行探问义净所译教典中，在阿育王寺找不到的一部分，要到什么地方去找。他到了大福先寺去访问业行，业行正卧病在床，以前每次去访问，总看见业行在埋头写经，只有这次，却不是伏在案头而仰卧在床上了。

普照问义净在景云二年（711 年）大荐福寺所译《称赞如来功德神咒经》等十二部二十一卷经典抄本的下落。业行告诉他几个可能藏有这些经卷的寺名，那些全是在长安的寺院。普照为了省却跑一次长安，问他洛阳或扬州的一些寺院，有没有这些抄本。业行说：

“不知道。找经典就是难嘛，我常常为了找一部经，在东都西都来回跑几次呢。”

口气中似乎责备普照不该怕苦。以前见面时已觉得业行这个人很别扭，现在变得更厉害了。以前那种看来好似迟钝的和气的神情，现在已从外表上消失了。满脸深刻的皱纹，表现出老人的倔脾气，觉得这位大半辈子留居异邦、写经度日的人，已经走到他应该到达的境地了。

普照知道由于把他所写的两箱经卷捐给了振州大安寺，业行对这件事余怒未消，但现在，普照虽认为业行的固执的怒气，是出于一切以自我为本位的任性，但也不是不可理解的了。捐给大安寺的两箱经卷，确实是业行用心血抄写出来的。

普照又从洛阳到了长安。自从天宝元年准备归国离开了长安，至今已整整十年了。处处事事，都引起他怀旧的心情。他去访问了崇福寺，那是他曾经作为留学僧居住过的地方。跨进寺门，胸头就涌起当时全心全意阅读《四分律疏》《饰宗义记》等经典的回忆。寺里还有几位旧的相识，大家见普照还留在唐土都大为惊奇。

普照探听到这寺里有他要找的经典抄本，便要求借用。但他已没有留学僧的学籍，又没有取得在唐八年以上可以取得的外国归化僧的资格，因此没有得到许可。

普照考虑通过阿倍仲麻吕的关系，可以得到借用的方便。当时仲麻吕官居卫尉卿，统理武器、武库、守宫三署，是一位掌管器械、文物政令的大官；他又和李白、王摩诘等交游，负一时文名。在普照十年流浪中，仲麻吕正作为朝廷名臣和文士，而日臻显赫的时代。普照曾在洛阳皇城内门下外省会见过仲麻吕，但现在已不像过去那么能轻易见到了，要先通过几位官员，将普照的申请转达给仲麻吕，然后又通过几位官员，把仲麻吕的回音转给普照。为了这次会见，不得不等候了四天。

会见的地点在通过一条平坦坡道的官厅街的一角。仲麻吕依然是十多年前始终无表情的不动感情的脸色,微微侧身而坐,好像在听取普照的申述。以后,大概明白了普照的意思,仍保持原来的姿势重重地点了两下头,便站起身来说今天还有点儿事,不等来客起身,自己先离开了屋子。

普照看这仲麻吕是一个很冷酷的不大可靠的老头子,可是同见面时的印象不同,第二天,仲麻吕就派一名部下的官员来访问普照,转达了他的答复:一切已照普照的请求办好,而且实际上也确实办好了。

以后,一直到此年夏季,普照便在崇福寺的一间屋子里,埋头抄写《称赞如来功德神咒经》等几部经典。这期间,普照很想知道玄朗的下落,四处托人打听,但终究没有得到消息。

七月,普照在从洛阳来长安的和尚那里,听说日本遣唐船已漂到扬州海岸,四条大船,全部人员,平安到达,这是一个出于意外的消息。同上次相隔二十年的第十次遣唐使团,又派遣到唐土来了。

这时候,普照寸阴必惜地埋头写经。遣唐使既已到达,他们乘船返航归国之期当然也不会很远了,早则今冬,迟则来春,必然要回去的。从现在起,他像受人催迫一般,整天地伏在案头写经。

奈良朝廷决定派遣第十次遣唐使团事,是天平胜宝二年(天宝九年),离上届多治比广成遣唐后二十年。九月二十四日任命藤原清河为遣唐大使,大伴古麻吕为副使,同时也发表了判官和主典的任命。接着,在十一月中旬,又添了一位乘上届遣唐船回国的吉备真备,和大伴古麻吕并任副使。

但藤原清河在内殿领赐节刀,则是过了两年的胜宝四年闰三月初九的事了。那天,光明皇后为大使清河颁赐御歌:“巨舶树多桅,众神送子去韩国。”[①]清河即席奉和:“春野拱御殿,红梅盛日我归来。”

同时,卫门督大伴古慈斐,也为他的族人大伴古麻吕副使,举行盛大家宴饯行。《万叶集》所载“荣行去唐土,一樽敬候壮士归”一歌,便是那次宴会上多治比真人鹰主赠给古麻吕的作品。

春尽时,从难波津出航的四条大船和五百多名乘员,到当年七月,在宁波附近平安登陆。秋末,一行进入长安。

---

① 韩国,日本古时习惯以韩国泛指外国,并非专指某一国。

普照闻悉遣唐使进京，马上去鸿胪寺访问满身带来乡情的同胞，他在那里，会见了清河、古麻吕和真备。

大使清河，容貌端正，举止娴雅，显然是出身于名门望族的人。他向普照问了长期留唐的生活。普照大致告诉了他和鉴真同艰共苦，在此土流离颠沛的情况。他的话对于年龄与自己相近的祖国高官，并没有引起感动。

吉备真备的情况也一样，对此也没表示什么感动。二十年前，普照曾在洛阳四方馆一室中遇见过真备。那时他是留唐学生，正准备回国。现在，他已记不起普照了。在四方馆时，普照曾从真备身上，得到一种类似唐人的气宇轩昂的印象，现在已完全感觉不到了，他现在已不过是一位有点儿傲气的、自尊心很强的、不和气的老头子罢了。真备回国后青云直上，官居右卫士督，现在已经年近六十了。他向普照问了几句学习和专攻的情况。普照的回答，并不能使这位祖国大名鼎鼎的指导人感到满意。荣睿在流浪中逝世，戒融在广州见了最后的一面，便说要西游天竺，以后再无音讯。玄朗的情况也一样，他们跟在唐以优秀留学生知名的真备都大不一样。

普照见真备的目光中，隐约地显出轻蔑的神情。当然，他也知道鉴真的大名，但当普照说到鉴真多年辛苦的经历，却连眉毛也没动一动，只是不耐烦地说：

"只要准备得好，使星月风波一切诸力，把船送往日本当然可以过海的嘛，如果不得其道，便永远也到不了日本啊！"

似乎责备他们不该遭难，正是在唐研究过经史，学过阴阳历算的人物，才会说出这样的话来。

只有大伴古麻吕默默地听了普照的陈说之后，漫然地说：

"既然这样想去日本，这次就带这个鉴真去吧。"

他好像并不知道鉴真是何等样人，也不知道传戒是什么意义，但听了普照的话，多少有点儿感动的，却只有他一个人。

这天，普照出了鸿胪寺，难得地在长安街头闲步。他从一个商人口里，听到宰相李林甫死亡的消息，心里发生了无限的感慨。第一次渡航计划曾得到过李林甫的帮助，以后没再见过面，那次会见，好像已经是很久很久以前的事了。

以后，直到第二年天宝十二年的春天，普照没有离开崇福寺的斗室，终日伏案写经。这期间，曾几次受到此届乘遣唐船入唐的青年留学僧的访问。普照回想自己入唐初期访问景云和业行的情景，现在在青年和尚的眼里，自己也正是和景云、业行一样，是毫无生气的寒碜的人物了。

从年轻的日本和尚口里，普照听到许多新闻。清河朝见天子时，玄宗皇帝赞叹地说："你们是来自礼仪君子之邦的使臣。"仲麻吕受玄宗之命，陪同使节，游览了供奉儒释道三教典的三教殿，和东西两街一百一十坊中的主要寺院。后来，清河、古麻吕、真备等又参加了唐廷新年贺宴，和新罗使臣互争席次，古麻吕不肯退让，最后在各外国使臣中占了最高的座位。

使普照感慨较深的，却不是日本使臣在长安的出色的活动，而是两月前去世的李林甫，死后又被剥夺了爵衔，据说李林甫有不臣之心，此事到死后才被揭发出来，所以采取了这样措施。从这儿，使人感到政界中有一股不健康的暗流，余波所及，影响了李林甫门下的人。普照记起荣睿在二十年前已隐约预感到，在大唐政治文化中，有一种不祥的征兆，现在，普照也有所觉察了。

三月，开始听到遣唐使准备回国的风声。据说将于秋初从长安出发去乘船地。而且特别听说，这一次，仲麻吕将结束长期留唐生活，与遣唐使同船回国。

第一次听到这消息时，普照感到必须早做离开长安的打算，同时还得到洛阳大福先寺去见业行，要他做归国的准备。自己也得回阿育王寺，办理离唐手续。幸而预定抄写的经，大部分已抄完了。

普照在离开长安的两天前，去拜访了大伴古麻吕，重新向他说明聘请鉴真去日本的意义。鉴真的赴日，表示把真正的戒律传入日本；戒律的传人表示在佛教流入日本一百八十年之后，第一次具备了完整的规模。古麻吕默默地听取了普照的说明，便叫普照提出与鉴真同时被聘赴日唐僧的名单。

普照提出了鉴真以外五位唐僧的名字：现在台州开元寺的思托，扬州白塔寺的法进，泉州超功寺的昙静，扬州兴云寺的义静，衢州灵耀寺的法载。这些人都是普照所尊敬的戒律峻严的律僧。思托、法载、昙静是第一次渡航计划以来，多年追随鉴真度过流浪生活的。古麻吕似乎准备向玄宗奏请，正面提出聘请鉴真的事。

普照不及等待古麻吕的奏请，便从长安出发了。他现在认为聘请鉴真的事，可以由遣唐使去办。如果鉴真至今仍有赴日的意思，便一定会接受日本使节的聘请；如果这愿望已经打消了，当然就会拒绝。

普照四月底离长安，他出城到北郊的小山上，最后一次望了望以后不能再见的九街十二衢，远眺围绕在新绿中的街市，下山以后，便直接离开长安而去。

到了洛阳，普照到大福先寺去探望业行，把自己两年来抄写的经卷告诉业行，同时又告诉他，遣唐使船的归国，今年大致可以实现，劝他马上做动身的准备。业行知道损失的经卷已经得到补偿，立刻心平气和，像换了一个人的样子，完全消除一向对普照的不满，表示愿意将自己的风烛残年和大量经卷，听任普照处置。

普照要业行设法把分在各处的经卷，全部集中到扬州的禅智寺，然后和他告别，离开洛阳，立刻返回鄮山阿育王寺，在那里等待归国的船期。遣唐船出航的时期一经决定，就有人和他联络。

在阿育王寺的生活，是普照长期留唐生活中最惬心的日子，特别在决定回国，单待船期的时间内，更使他对这儿的生活感到特别舒畅。已经快到五十岁了，比之长安、洛阳和扬州，他更爱好这个没有烦扰的安静的鄮山。他喜欢颇有来历而现在又十分清静的小寺院，也喜欢幽静地映照荒园的阳光和摇曳竹林的风声。

正在这期间，有一天，他在院子里遇见了一位客人。他没马上认出这位客人是谁，隔了好一会儿，才低声地问：

“你是玄朗吗？”

玄朗已改了唐装，完全像一个唐人，脸上现出马上会哭出来似的复杂的表情，说明自己是专诚来拜访他的。双方叙了契阔之后，玄朗说明了来意。

“我有一件事来求你。”

青年时代眉清目秀的玄朗的面影已经没有了。他穿的不是僧服，留长了头发，身上虽非十分褴褛，却显出一副凄凉的模样。

普照请玄朗进屋，玄朗便问：“还有同来的人，可以一起进来吗？”普照点点头，玄朗又回到外院，带进了一个相貌平凡、十分拘谨的妇人和两个十岁左右的闺女，这是玄朗的妻子和女儿。妇人笨嘴笨舌地向普照打了招呼，没有进屋，说是孩子们想在院子里玩玩，又走到外院去了。

玄朗的来意，是想带了妻女同回日本，询问能不能有这种方便。

"我身为留学僧，留唐二十年来，所学无成。入唐初年，虽学习了一些东西，已经完全忘光。现在一身所有的，只有肤色面形与自己不同的一个妻子和两个女儿，如果有钱，也可以带些礼物到日本去，可是没有钱，只是一心想回祖国，让妻女见见自己出生的乡土。"

玄朗黯然地道出了自己的心意，普照听了，也无言以对。在留学中丧失操守，剩下一个光身独自回去也还说得过去，可是还带上了妻女，这在玄朗的境地上是很不方便的。即使允许回国，但回去之后，世间的舆论也必然是相当严厉的。

"许不许同船，现在还不知道，我一定给你去尽力吧！"

普照这样答复了他。说明必须在使团到乘船地以后，才能提出申请。为了随时可以上船，叫玄朗和妻女一起去扬州等候，并约定以禅智寺为联络地点。

玄朗是专为此事远道到鄮山来的，谈完了话，马上站起来要走。普照认为多年老友，应该坐下来吃一顿饭好好谈谈，但玄朗神情很不安定，说是住在客店里。

"今天不再奉陪了。"

留下这句话，便匆匆告别而去。

玄朗走后，普照坐在廊下，好久好久地茫然若失。玄朗的立身处世，作为一个留学僧是应该受指责的，但作为一个人，好像也并无可责备之处。自己和荣睿两个人，为了聘请鉴真赴日，献出全部身心，长期过唐土生活。如果没有这一事业，那么，自己和荣睿也可能和玄朗一样，相差不过一纸。

而且玄朗和异国妇人结了姻缘，他重视这个姻缘，不肯随便抛弃她们，独自逃回祖国，还是一心想把妻女安置在自己故国乡人之中。普照想，为了玄朗这件事，一听到船期的通知，也应该立刻离开此地。

日本遣唐使团在决定了离开长安的日期以后，便向玄宗奏请招聘鉴真及其他五位僧人的事。玄宗不反对鉴真去日，但提出另派几位道士与鉴真同去。把道士带到日本去，这对使团是一个难题。玄宗尊重老子，崇尚道教,而佛教以外的教门,在日本是不流行的。

使团寻思无计,只好收回自己的请求,为了不使玄宗扫兴,反而在使团中挑选了春桃源等四人,留唐学习方伎,而把聘请鉴真的事,另行处理。清河等一行,于夏末离开长安,向乘船地进发。途中,清河、古麻吕、真备及与使团同行归国的阿倍仲麻吕四人,到扬州延光寺拜访了鉴真,将经过情况告诉了他,然后由古麻吕说了这样的话:

“一切听任大和尚自行方便。”

意思就是虽然没有得到朝廷正式许可,但只消鉴真有赴日的心愿,现成就有装备齐全的四条大船,可以利用。鉴真慢慢地点了点头回答,自己已五次渡海,都没有成功,这次既有日本的船,当然要了此夙愿。

但是日本使节四个人对鉴真的拜访,是一件很不稳妥的行动,扬州城里很快就传开了鉴真将再渡日本的消息,当地官厅对鉴真住进去做渡海准备的龙兴寺,马上布置了严密的警戒。

普照离鄮山到达扬州是十月初二,马上到禅智寺去访问业行,业行已把大批经卷分装十几大箱,做好随时出发的准备。可是还没有得到玄朗的消息。

去禅智寺的第二天,普照去访问遣唐使团的宿处,在那里遇见了大伴古麻吕,提出了玄朗的请求,并不如原来想象的困难,很简单地就替玄朗办好了回国的手续。

从古麻吕那里,知道鉴真仍有赴日的愿望,准备最近看机会离开龙兴寺,去起航地黄泗浦[1]搭乘遣唐船。普照急于拜见师父,可以帮师父做点儿什么,但龙兴寺戒备森严,恐怕自己去了会妨碍大事,便决定不去。

乘船的日期一天近似一天,禅智寺还没有玄朗的影子,玄朗一家四口归国的手续都已办好,只要等他们到来,可是这四位客人却毫无音讯。普照很着急,是不是本人认定不会批准回国,还是到时候又犹豫起来,因此不敢露面。四条遣唐船预定十一月中旬在黄泗浦开航,乘船的人最晚必须十月中到黄泗浦。

遣唐使团分三批去黄泗浦,第一批于十月十三日从扬州出发,第二批

---

① 黄泗浦,古时著名的港口,在江苏常熟江岸,福山港西北。清末时港口已经淤塞,不能使用。

相隔两天,以后又隔两天第三批出发。业行带了大批经箱乘上了第二批的船。

普照焦急地等着玄朗,准备乘第三批船离开扬州,开船那天,从准备同船的古麻吕处,得知鉴真准备于十九日夜间离开扬州,便改变预定计划,准备与鉴真同走,相差虽不过两三天,但为了等候玄朗,只好焦急地留在扬州。

据古麻吕说,鉴真的弟子婺州[①]的仁干,听说鉴真有渡日之行,准备当夜带船在江边悄悄等候,把鉴真等送到黄泗浦去。

普照在禅智寺一直待到十九日傍晚,终于得不到玄朗的音讯,只好断绝心念,只身走到扬州江边,马上找到仁干禅师的船,但普照到来时,还不见鉴真一行的踪影。他不安地坐在船上,等了约莫一刻光景,江边暗影中好像来了一队人马。普照从船上出来,立在堤上,来的不是鉴真等人,是二十四个沙弥,他们纷纷表示,大师父将渡海东去,在此一别,永无相见之日,特来请求最后的结缘。

沙弥们来了半刻时辰之后,鉴真一行人才到来了。普照从堤上走过去,在黑暗中报了自己的名字,立刻听到师父的回声:“是照吗?”

普照朝发声的方向走去,握住了师父的手,正如天宝九年夏六月在韶州开元寺一室告别时一样,他感到鉴真骨节粗大满是皱纹的手,摸到自己脸上、肩上和胸上,感动得连一句话也说不出来了。

鉴真给等待在江边的二十四名沙弥授了具足戒,然后一起上船,船马上向大江下游缓缓开去。

普照心里怀着无限的感慨,为了和鉴真同行赴日,东下大江,这是第三次了。第一次下船是天宝二年十二月,是一个月明之夜。第二次是天宝七年六月,同今天一样是一个黑夜。从第一次至今已经十年,从第二次以来,也已过了五年了。

普照上船以后,才知道自己向大伴古麻吕提名的五位僧人思托、法进、昙静、义静、法载都随鉴真来了。此外还有窦州[②]开元寺法成等九位

---

① 婺州,今浙江金华市。

② 窦州,今广东信宜市。

僧人和十位同行者。同行中也有胡人[1]、昆仑人[2]、瞻波人[3]。大家几乎都没有行李。鉴真准备了大批携带品,已分成几批,先运到起航地去了。

普照想看看鉴真的脸,也想看看思托、法载和昙静的脸,可是在天亮之前,就只好满足于听听他们的声音了。

破晓时,普照从睡眠中醒来,才见到了鉴真的脸,看不出他是醒着还是睡着,背靠在船舷上,微微地仰头而坐。五年以来,他以为师父一定已老了许多,现在看去却反而年轻了。双目虽已失明,却无丝毫阴沉的感觉。从来那种英武的古武士的风采,已变得更为静穆。六十六岁的鉴真的容颜,是安静而明朗的。

鉴真忽然向相隔一丈多远的普照那边转过脸来,从正面看去,好像非常平静,却依然是鉴真独有的意志坚定的脸色。

"照!晚上睡得好吗?"鉴真说。

"我刚刚醒来,你就看见了吗?"普照惊讶地说。

"眼睛不行了,当然没有看见,刚才我已叫了你几次了。"鉴真笑着说了。但普照没有笑,面迎清晨江上的寒风,任眼泪流在脸上,却没有透出哽咽的声音。

"照,你哭了吗?"

"没有。"普照回答道。

不一会儿,其他僧人都醒来了。思托已完全失却青年僧人的姿影,他长得体格壮实,举止安详,已具备鉴真门下高僧的风度。法载、昙静也和流浪时期不同,都变得体格健壮,已经认不出来了。普照面对这几位唐僧,想起多年共生活同流浪的荣睿和祥彦的音容,再也不能在此相见,心头感觉分外凄凉。

到了黄泗浦,他们着手将携带品的箱子,分别装上了第二船和第三船。

携带的佛像,主要有阿弥陀如来像、雕白梅檀千手像、绣千手像、救世观音像、药师像、弥陀像、弥勒菩萨像等等。

---

① 胡人,当时对龟兹、疏勒、高昌、天竺、波斯等域外人的通称。

② 昆仑人,南洋群岛马来族人。

③ 瞻波,即占婆,今越南广南省及平顺省等处,古时为一王国。

经卷类数量极为庞大，有《大方广佛华严经》八十卷，《大佛名经》十六卷，金字《大品经》一部，金字《大集经》一部，《南本涅槃经》一部四十卷，《四分律》一部六十卷，法砺师的《四分疏》五本各十卷，光统律师的《四分疏》一百二十页，《镜中记》二本，智周师的《菩萨戒疏》五卷，灵溪释师的《菩萨戒疏》二卷，天台的《止观法门》《玄义文句》各十卷，《四教义》十二卷，《次第禅门》十一卷，定宾律师的《饰宗义记》九卷，《补释饬宗记》一卷，《戒疏》二本各一卷，观音寺亮律师的《义记》二本十卷，南山宣律师的《合注戒本》一卷及《疏》，《行事钞》五本，《羯磨疏》二本，怀素律师的《戒本疏》四卷，玄奘法师的《西域记》一本十二卷，等等。

普照看了思托给他看的携带品目录，知道极大部分经典是自己熟悉的。在唐二十年的前半段，他废寝忘餐地把时间都花在学习这些经典上，只有目录上最后记载的玄奘法师《西域记》，仅仅在广州时从戒融口中听到过书名。

此外，在携带品目录上，记满着以如来肉舍利三千颗为首的各种珍宝、佛具、图像等等名目，特别是“阿育王寺塔样金铜塔一座”等文字，引起了普照的注目。

二十三日，鉴真一行二十四人，分别安顿在四条船上，按照公布的名单，鉴真与随从僧人十四人乘大使清河的第一船，十位同行者乘真备的第三船，业行和普照，乘古麻吕的第二船。

公布名单的一天，普照意外地收到玄朗的来信。这是从扬州来黄泗浦的舟人，受玄朗之托带来的。信中简要说明未如约到禅智寺联系，表示抱歉。自言虽归心如箭，但只是片面的愿望，最后考虑，觉得还是应当在唐终老。据捎信的舟人说，玄朗寄居在扬州西南市场的一家店铺里。

普照把玄朗的信反复读了几次，知道玄朗并没有什么明白的理由，不过自觉无面目见故国父老，便断绝了归国的心念，想想还是应该劝他回日本去。四条船预定十一月中旬开航，如果船期不变，还有足够时间再去一次扬州，将玄朗一家人带来。

普照当即将此意告诉了古麻吕。照古麻吕的想法，一个日本留学僧是否脱了僧籍，所学有无所成，都不是什么大问题。仅仅因为娶了唐国的妇女，就比那些满脑子装上乱七八糟东西的人，更有资格回国去。

他好像不大了解玄朗害怕回国的理由，他说：

"这傻家伙,不想回去,也就罢了,既然想回去,就去带他来吧。"

普照当即折返扬州,原来以为不会重踏扬州的土地,现在,为了玄朗,又重新到了十月终尽榆槐叶子开始枯黄的扬州。找到玄朗寄居的那家店铺,却没有见到玄朗,原来玄朗和他一家人,在那里住了几天,已于两天前回长安去了。

普照大失所望,忙乱中特地从乘船地赶来,一场辛苦,都落空了。

他打算立刻回黄泗浦,却因路途劳顿,突然发起高烧来,不得不在扬州客店里病倒了五天,躺在床上,心里很着急,等到烧退,马上支着虚弱的病体离开扬州,于十三日回到了乘船地。

他回到黄泗浦时,原来预定分乘第一船与第三船的鉴真一行,都集中到古麻吕的第二船了。原来普照不在时,鉴真一行中发生了一件事,就在他去扬州那天,他们上船之后,不多一会儿,发来了全员离船的命令。使团中有人提了意见,说假如现在广陵郡官府知道了鉴真赴日的消息,上船来搜查,把他们扣留下来,这对遣唐使来说是很麻烦的事;即使目前顺利开船,如果又漂到唐国海岸,也一样会泄露鉴真赴日的事,还不如现在请他们离船的好。对这样的措施当然有许多不同的意见,但最后,大使为了慎重起见,还是请鉴真他们离船了。

一行人遭到意外的打击,茫然地留在黄泗浦,是古麻吕来搭救了他们。古麻吕自作主张,把鉴真等二十四个人,私下收留在自己的船上,这是普照回船前三天,十一月初十夜的事。

普照和业行原乘古麻吕的第二船,因第二船的人太多了,便被安顿在吉备真备的第三船上。

另外一件事,也当普照不在的时候,业行又出了问题。他一定要把自己所带的经卷,放在自己同一条船上,无论如何对他说也说不通。他从第二船换到第三船,那大批的经卷箱,也得从第二船搬到第三船,在开船前忙乱不堪的时候,对舟人实在是件麻烦的事。好几个人同他商量,就是商量不通,最后只好照他的心愿。为这件事,许多同船的人和船上的舟子,都恨透了业行。

普照上了第三船,见业行独自占据了靠近船尾的舱位,周围堆积几十口经卷箱。实际也就是业行在堆满木箱的隙缝里,安置了一个小小的铺位。

十四日晚，普照离开自己的船，到第二船去见了师父和思托，大家不在一条船上渡海，可能各人身上会碰到不同的命运。

十五日夜半，利用月光，四条船同时开航。在大使清河的第一船上，曾经留唐三十六年的阿倍仲麻吕，就是在这晚上，作了“长天漫遥瞩，依稀三笠山头月”的歌。

向祖国开去的遣唐船，按第一船、第二船、第三船、第四船的顺序，离开黄泗浦江岸，开行约半刻时辰，望见第一船前头飞过一只雉鸡，像突然抛过一件黑色物体，在桅杆那么高的上空直线地划了过去。江上明如白昼，只有那小小的物体显出一个黑点儿。只有第一船上很少的几个人望见了这只雉鸡。船老大认为这是一个凶兆，马上向后面三条船打去灯火信号，四条船同时停下，在江上过了一夜。

十六日早上重新开航，幸而江上风平浪静，过了约一刻时辰，船的队形乱了，改变了第一船和第二船的顺序，但在黄浊的江水上，四条船还是向江口开出去了。

普照和业行所乘的副使真备的第三船，平安到达阿古奈波岛（冲绳），是离开黄泗浦的第六天，即二十日的夜半。在第三天，还在远远的南方，望见第一、第二船的船影，也望见更后面的第四船。但到第四天早晨，船队互相失散，第三船已是单独航行了。

第三船到阿古奈波的第二天傍晚，大使清河的第一船和副使古麻吕的第二船，在约莫迟了一天之后，先后开进岛上的港湾。

次日，三条船上的乘客，都下船登岛，互相庆贺路上的平安，同时又不安地等候第四船的消息。

又过一天，海上起风了，大浪泼上港边的悬崖，化成白沫，一天中飞来了几次大群的无名海鸟，冲过波涛汹涌的海面。三条船决定留在岛上，等待风浪平息。

乘客每天到岛上去，海上虽起了风浪，天空还是一片蔚蓝，阳光映照着岛上白色的泥土和覆盖全岛的槟榔林，意外地显出了在这时节很少有的晴朗的天气。普照和思托同在岛上蹓步，一直蹓到很远的地方。同过去一样，思托把岛上的风物，随时做详细的记录。

进十二月后不久，一部分乘客改变了船位。因古麻吕那条船搭乘了鉴真一批人，超过了定额，为了避免危险，分一部分人到其他两条船上。鉴真和思托等七人仍旧留在第二船上，另外的人分别搬到第一和第三船上。

同时又把识唐语的人分配在三条船上。业行移到第二船，普照移到第一船。但业行不服从这样的分配，他只肯移到清河的第一船，不肯到第二船。普照问他为什么要这样，他以为第一船是大使的船，船身大，舟人大半有航海的经验，因此要叫他移动，他一定要到第一船。

普照把业行的要求告诉了古麻吕，愿意自己与业行对调。他之所以愿到第二船，因为在回祖国的最后航程中，希望留在鉴真的身边，可以和师父共同享受踏上日本国土的欢乐。

可是当换船的时候，业行又跟黄泗浦那回一样闹起别扭来了，他一定要跟自己的经卷一起从第三船搬到第一船，普照又只好请古麻吕满足业行的愿望，他跟别人不一样，是了解业行重视经卷的心情的。

等到海上的风浪完全平静，已经是十二月初三了。现在只要等候顺风，就可以开航。初五傍晚，普照到第一船去探望业行。业行跟在第三船时一样，占据了靠近船尾的舱面，将自己衰老的身体，埋在高高堆积着的经箱中。

普照约业行一起走到岛上高地，这时候还不知道船何时可开，想乘机和业行见见面。那天，业行和平时不同，非常直率，跟普照一起走上高地，说自己到了这里还是第一次上岸。船已停靠了十天，他却一次也没上过岸，这在普照是颇难相信的，但照业行的脾气，又是完全可能的。从高地顶上俯瞰着夕暮的海面，业行的模样衰老得可怜，在辽阔明朗的背景中，更加无情地突出了业行在唐土劳瘁生活中一副形容枯槁的像相，他不像一个唐人，也不像一个日本人，而是一个佝偻衰弱的老人，冒着拂拂的海风站在高岸的顶上。

他面向海洋用含混不清的嗓音说道：

“我不知你心里怎样想法，我要搭大使的船，并不是为了爱惜自己的生命。我只是想到费了几十年工夫抄写的经卷，假如发生万一，那是无法补偿的损失。我必须把它们带到日本去。要是损失两三位律僧，还可以找到代替，但这些经卷是什么也不能代替的，你说是不是呢？”

业行长篇大论地说出了自己的意见，好像几十年很少开口，这会儿一下子都倾吐出来了，不断地低低地唠叨着。他似乎认为谁也没有承认他的苦劳，现在，他要对天诉苦了。

他说两三位律僧，可能见到使团对待鉴真他们特别周到，和对待自己不同，所以有些不满吧。

但普照也不能正确判断，到底是鉴真的赴日，还是业行所写一字一句、一丝不苟、堆积如山的经卷，对祖国更有意义呢？后者是一个人花费了毕生精力，放弃了人生的一切所得到的成果，而前者则是以两个人的生命，和许多人的多年颠沛流离的生活为代价而得来的，他所能理解的就是如此。

普照忽然想到，这老和尚回到日本将干什么呢。他作为僧人并没有获得特殊的资历，可能也不具备对某一教典的专长，回国后没有人会安排他的出路。业行好像看透了普照这种内心的想法，又接下去说：

"我写的那些经卷，一到日本，就会不胫而走，它们会离开我向四面八方传开去。有多少僧人要阅读，要传抄，要学习，使佛陀的心、佛陀的教义正确地宣扬开去，把佛殿建造起来，把佛法兴隆起来，寺院将变得更加庄严，供佛的仪式也将发生改变。"

他像中了魔似的说下去：

"在阿弥陀佛的大像前，内圈撒上二十五朵鲜花，象征二十五位菩萨。在日本就用菊花或是茶花，上面挂五幅佛幡，象征如来，然后……"

他的嗓门渐渐低下去。普照注意地听着，只断断续续地听到"伎乐""舍利""香露"那样的字句，以后就不知道他说什么了。似乎有一种奇妙的，唯有他本人才能理解的飘飘然的情绪，落到了这位回国途中的老留学僧的身上。

太阳下山，海风更加寒冷了。普照带业行走下高地，把他送到第一船跟前与他道别，再看他走过从岸边搭到船舷上的跳板，在船舱中消失了背影。

普照乘的第二船，停泊在第一船前面约二十丈远的岸边，他别了业行，一边在岸边走过去，一边想起自己带业行出来走了一回，结果什么话也没对他说，心里安定不下来，还想再见见他，和他好好谈谈。他一步步向自己的船走过去，心里觉得奇怪，为什么有这样的想法。

第二天早上，海上起了南风，三条船立刻离开了停泊半月的阿古奈波岛。船行不久,领先的第一船忽然搁浅,不能动了,谁也不知道这船搁在暗礁上要多少时候才能脱离。第一船发了信号,招呼第二、第三船往前开去。两条船便超过头船向海上开去,见第一船所有乘客都已下了船立在浅滩上,有几十个人在进行离礁作业。业行也站在浅滩上,但普照望不见他。

次日,初七,普照乘坐的第二船到了益救岛(即屋久岛),又在这里候了十天风。十八日从益救岛出发,十九日整天大风大雨,船上人陷入了绝境。到了午后,从浪头上望见了远山的尖端,舟人们说,这可能是萨摩岛南部的山,大家才稍稍有了一点儿希望。从这一天又到第二天,是二十日的早晨,波浪一直没有平静。鉴真、思托、普照都有过接连数十天更大风浪的经验,他们没有想到覆船的可能。

二十日拂晓,普照在似梦非梦中,似乎听到业行的叫唤,睁开眼来,没有证据可以证明他听到的是业行的呼声,但他的确认为是业行的声音。波浪很大,船还是跟一爿木片似的在海上漂荡,一会儿被掀到大浪的顶峰,一会儿又落进波涛的深谷,每次落入深谷的时候,普照眼里很奇妙地望见碧蓝的海,透过澄澈的海水,有许多绿色的绵长的海藻在海底游动,看见大叠大叠的经卷,陆续地向海底沉去。经卷一部一部地落入惊心动魄的海水里,沉到流动着绿色海藻的海底里去,一部又一部地,陆续不断地,隔一段时间向海底沉下去,好像永远没完没了,而又是无可挽救的。普照茫然地注视着这个幻象,耳边还好似听到不知从何处传来的业行的声声悲呼。

船一次次被掀到大浪的顶上,又一次次落进波涛的深沟,普照也一次次听见业行的悲呼,眼见无穷无尽的经卷,不断地向透明的海水沉下去,沉下去。

他陡然一惊,不知自己是在做梦,还是在现实世界中。他的耳朵里还留着不表现任何含义,只使人感到悲痛的业行的呼声,眼里也清楚地留下十部、百部经卷在绿色海藻中陆续下沉的模样,和把那些经卷吞下去的透明的海水。

他的心好像冻结了,他重新向四边扫望,船在大浪间缓缓地漂流,浪头还很高,暴风雨已经停止,危险过去了,四周围是奇异的沉寂。在东方透露的曙光下,海面完全和刚才的幻象不同,流动着墨汁似的黑潮。

普照又向舱内望了一圈，鉴真、思托、法进全像失了知觉似的仰卧着，全船没有一个人坐起身来。经过两天两夜同大风大浪的斗争，大家都昏昏地睡过去了。

这天下午，第二船到达了萨摩国阿多郡的秋妻屋浦（萨摩半岛西南部渔村）①。

在秋妻屋浦登陆，以副使古麻吕为首的遣唐使团，片刻不留地立即向大宰府②进发。普照和鉴真、思托、法进等八位唐僧，比古麻吕稍后一步，也从秋妻屋浦动身，于二十六日进入大宰府。

离开二十年之后，重新踏上祖国的土地，普照的眼中觉得祖国的大自然变得纤小了，山河、森林、平原和散布在大地的村落，都显得特别小巧。空气清新，和大陆比起来，有一股缥缈的香味。

大伴古麻吕完成遣唐使命，回到大宰府，这消息正式上奏，是正月十三日。

普照和鉴真一行于二月初一到达难波。他是二十年前和荣睿一起在难波出海的，现在却独自回来了。在难波，唐僧崇道等来迎。一行于初三日进入河内国③。在河内国府，有大纳言正两位藤原朝臣仲麻吕作欢迎使前来迎接。欢迎的队伍中，也有乘前次遣唐船来日的道璿所派来的弟子善谈等人，还有志忠、贤璟、灵福、晓贵等三十余位僧人，向来人殷勤慰问，鉴真周围，一下子变得异常热闹。

次日，初七日，一行离河内国府，经龙田，下大和平原到平群驿，做了一度短短的休息，由欢迎队带路，向京城奈良进发。

鉴真、普照、思托都骑了马，普照在马背上摇晃着，眺望着山麓上的寺院，法隆寺、梦殿、中宫寺、法轮寺、法起寺的宫殿和宝塔，在清新的大气中，沐着日本的静静的阳光。在进入奈良之前，又从四周的林木深处，望见寺院的屋顶。有些寺院是从前就有的，有的是普照留唐时新盖起来的。

一行人进入号称东西三十二町、南北三十六町的奈良城，在罗城门前

---

① 秋妻屋浦，今日本鹿儿岛边郡西南方村大字秋目地。

② 大宰府，古日本边防衙门。

③ 河内国，今日本奈良县地。

下了坐骑。正四位下安宿王作为敕使出来迎接，把客人请到下宿处东大寺。在东大寺又有大群人众，出来迎接，其中有武士，有公卿，也有僧人。

一行人由东大寺首座少僧都良辨引导到大佛殿，膜拜了那里高达十五丈的卢舍那佛。这大佛是前年天平胜宝四年四月开光供养的，还没有全部装金，好像只完成了一半。普照记得有人说过，这次清河遣唐使团使命之一，就是去采办装这座大佛的黄金，觉得此说果然不错。

良辨是一个瘦小的、面色冷静没有表情的僧人。他说明塑造大佛的由来，又问唐国有没有这样大的佛像。“没有。”鉴真低声回答了。普照想到鉴真已经失明，反正是见不到这座大佛的，不觉松了一口气。唐国也许确实没有这样大的大佛，但听良辨提这样的问题，心里觉得很不舒服。

大家拜了大佛，出了大佛殿，走进寺的客厅，又听了敕令的慰劳词。

第二天，初五，道墻及和道璿同行来日的婆罗门僧菩提仙那来了。道璿是天平八年来日本的，一直住在大安寺西唐院，讲授《梵纲经》和《四分律行事钞》，为弘布律藏打下了基础。天平胜宝三年四月，他与隆尊同任律师，曾作为咒愿师参与了东大寺的大佛开光典礼，在奈良的佛教界，现在是数一数二的人物了。菩提仙那来日后与道墻同住在大安寺，天平胜宝四年被任为僧正，大佛开光时，由行基的推荐成为导师，在奈良佛教界也是一位处在指导地位的人物。普照见了道璿，又想起了已故的荣睿，和还在唐土的戒融和玄朗。第一个提出来聘请道璿的是戒融，后来由普照和荣睿正式办了交涉。道璿、菩提来了之后，又来了林邑国(安南)的僧人佛哲。佛哲也是和道璿一起来日的，同住在大安寺，大佛开光时也和仙那同时被邀参加，演奏了舞乐。同一天中，右大臣丰成，大纳言仲麻吕及其他藤原氏大官，也都先后到来。

以后，约一个月之间，鉴真等每天接见来客，特别是第九次遣唐使团留学僧中唯一归国的普照，更是忙着接待来访的客人。

普照在唐二十年中，日本政教两界都发生了巨大的变化。最使普照感觉惊奇的，是乘上次遣唐船回国的玄昉所遭遇的命运的巨变。

玄昉回国后马上显赫了，天平九年当了僧正，成为佛教界的领袖。与他同时回国的真备也在一年之中，破格地提升了两级，晋级为五位上，次年又授右卫士督。两人均作为留唐归国的新学派而成为日本政界的要人。由于提升得太快了，受到藤原氏部分人士的嫉妒，大宰少贰藤原广嗣，甚至为清除真备和玄昉而举兵，战事虽马上平定了，但把真备和玄昉带回国来的遣唐副使中臣名代，却受这次事件的影响遭了不幸，他被认为是叛乱者的同党处了流刑，到天平十三年才得到特赦，于十七年在逆境中物故。

玄昉回国后十年中，受到天皇的宠眷，权势大盛，于十七年失势，被流放到筑紫的观音寺，次年，即天平十八年在那里圆寂了。

宗教界本身，在二十年间也起了大的变化。普照去唐时，农民为了逃避课役，纷纷出家，成为一个大的社会问题。以行基为首领的一派，在民间开始具有很大的潜力，因此引起了动乱，扩大到全国各地，僧尼的品行也大为堕落，政府取缔佛徒，成为一件棘手的事，什么法律都没有效力。因此隆尊献策，到唐国去聘请传戒师，以便用释尊的最高命令取缔和淘汰僧尼。

但得到人民支持的行基，后来渐渐有了实力，政府不得不借重行基的力量来整顿宗教界的混乱现象。于是，追随行基的那些流浪和尚，都得到了度牒。天平十七年，曾受政府种种压迫的行基，被任命为大僧正。这行基已在几年之前，即天平二十年中逝世了。

玄昉、行基等权势人物相继去世，于是，菩提、道墙等乘上次遣唐船来日的异国僧人，因才学高超而受到重用了。

现在，佛教界的情势，同普照去唐前完全改变了，普照、荣睿去唐聘请传戒师，原有两种意义，其中所谓防止日本佛教界混乱的政治意义，已经完全不存在了，现在，传授戒律，已纯粹是一个宗教问题了。

普照乘的第二船到后不久，副使真备的第三船也同样地漂到了萨摩国，大使清河的第一船和判官布势人主的第四船，则完全没有消息。

平安回国的第二、第三船乘客互相见面，大家总是谈没有音讯的第一、第四船，关心他们的安全。

普照对谁也没说，他在第二船漂到萨摩那天早上遇到的，似梦非梦的幻觉，光是自己天天在担心。他想，那天早上，第一船是不是出了重大事故，很可能翻了船，即使没有翻船，业行那些经卷，大概也沉到海里去了。他从自己的幻觉中得出这样不祥的结论，极力不从嘴里说出来。

第一和第四船总是没有消息，二月又匆匆过去了，到了三月。吉备真备现在又以敕使身份，到东大寺来宣布圣旨：

> 大和上远涉沧波，来至此国，诚副朕意，喜慰无喻。朕造此东大寺经十余年，欲立戒坛，传授戒律，自有此心，日夕不忘。今诸大德远来传戒，实契朕心。自今以后，受戒传律，一任大和上。

此后又敕令提出临坛僧侣名单，法进把名单交给了良辨。不久，鉴真、法进、普照、延庆、昙静、思托、义静等均赐位为传灯大法师。

这期间，在三月十七日，由大宰府送来了关于第一船的报告，据大宰府派人去阿古奈波岛调查，清河大使的船开往奄美岛后，就没有消息了。报告的内容只有这一句话。

四月初，东大寺卢舍那佛像前建立了戒坛，圣武天皇登坛，由鉴真、普照、法进、思托等为师证，给天皇授菩萨戒。皇太后和孝谦天皇也登坛受戒。接着，又有沙弥证修等四百四十余人受戒。

当天，在举行了空前盛大的仪式之后，时间已经是傍晚了。普照和思托两个人，在照长安形式建筑的奈良街道散步，走到朱雀大街，一路经过的寺院，都已开满了樱花。这儿虽不及长安繁华，但街上欣赏樱花的男男女女，人来人往，十分拥挤。

行人们时时回过头来看看他们两个人，一个唐僧和一个同唐僧亲密地说着唐语的日本和尚，在行人眼里显得特别稀罕。普照说唐语比说日语更方便，但他觉得自己变得和一般日本人最不同的地方，还不在讲话，而是对事物的感受和想法。同谁在一起，总不如在鉴真面前舒服；同谁说话，也不如同思托、法进他们说话惬意。多年来不惜生命在大陆过流浪的生活，成了一个解不开的结子，把普照和唐僧紧紧地结合起来了。

天子的受戒礼，在日本还是第一次。以后过了十天，得到了消息，判官布势人主的第四船也到了萨摩国的石篱浦，得了这个吉报，大家对第一船的命运又开始抱了希望。

五月，鉴真把从唐土带来的肉舍利三千颗、西国琉璃瓶、菩提子三斗、青莲花二十株、天竺草履二十双、王羲之真迹行书一帖、王献之真迹行书三帖、天竺朱和等杂体书五十帖等携带品，向宫中进贡。

从那时开始，把鉴真带来的，及以前已进贡的新人国的经疏，在东大寺写经堂抄写。有一天，普照到写经堂去，见大批僧侣正在伏案写经。他在一旁坐下，好久不肯离开，回想起长安的禅定寺、扬州的禅智寺，以及洛阳的大福先寺，和许多今天已记不起名字的洛阳郊外的小寺院里，业行驼着背伏案写经的姿影。

从普照所坐的一角中，越过廊下望见一个小院，那儿有一棵山茶花树还挂着几朵迟开的花。室内很黑，花的颜色显得特别殷红，又想起在阿古奈波岛高地上见最后一面的业行来。业行曾经喃喃地说过，内圈撒二十五朵鲜花，象征二十五位菩萨。那时他确实说过山茶花。他想到这里，马上有一种既非悲哀，也非愤怒的激情，猛烈地涌上他的全身。他站起身来，悄然地走出了经堂。

大使清河的第一船，在日本好久没有消息。天平胜宝六年[①]的夏天，在长安有了他们遇难的风传。《唐诗纪事》及《全唐诗》所载李白吊阿倍仲麻吕的诗，便是那时作的："日本晁卿辞帝都，征帆一片绕蓬壶。明月不归沉碧海，白云愁色满苍梧。"[②]

但到第二年，即天平胜宝七年六月，清河、仲麻吕和其他十余位生还者到了长安。原来他们的船，一直漂到安南驩州海岸，大部分乘客遭到土人袭击，有的病死了，清河和仲麻吕等人，仅以身免。生还者之中，并无业行。仲麻吕又重新留唐做官，清河也做了唐朝的官。

清河和仲麻吕生存的消息，经过四年岁月才传到日本。在唐土，从清河、仲麻吕入长安不久，便发生了安禄山之乱。玄宗皇帝于次年，即天平胜宝八年(天宝十五年)，终于蒙尘蜀都。因唐土的大乱，清河、仲麻吕的消息没有很快传到日本。

仲麻吕生还长安时，奈良大佛殿西边的戒坛院也快要落成了。这是前年天子受戒后，于五月初一下旨兴建戒坛院，并立即动工，按照正式规格建造了的戒坛堂、讲堂、回廊、僧房、经藏等建筑。在戒坛院北面，隔一口池塘的地方，建造了鉴真居住的唐禅院。此年九月，这座日本最早的结界净洁之地，全部落成。在戒坛堂里，安装了金铜雕塑的全身甲胄、作武

---

① 天平胜宝六年，755 年。

② 李白《哭晁卿衡》，见《李太白集》第二十五卷。

将形状的四天王像，使这受戒持律之地，有一股威武庄严的气象，映在初入戒院的奈良僧人的目中。

戒坛院落成不久，发生了一个新的问题，有人反对鉴真以三师七证受戒为佛法入门的正式仪式。贤璟、志忠、灵福寺的布衣高行的僧侣，认为日本一向都是自誓受戒的，并没有什么不可以的地方，他们反对唐僧新传入的受戒仪式。

在兴福寺的维摩堂，召开了一个辩论会来讨论这个问题。

答辩人本来可以由鉴真方面派人担任，派法进、派思托都可以，但他们讲不好日本话，便由普照自告奋勇来担任这名角色。对方虽都是大名鼎鼎的博学之士，但普照却感到有一股勇气去驳倒对方，而且也有驳倒对方的强烈的愿望。

当天，僧侣们闻知兴福寺举行辩论会，大家都涌去，讲堂里挤不下，许多人就围在讲堂的周围。正午，贤璟方面的人人堂，坐在东边，以后，鉴真方面的人人堂，坐在西边。鉴真方面，普照一个人，离开众人，独坐前席。辩论一会儿就开始了。贤璟引用《占察经》展开了论点。普照则根据《瑜伽论·抉择分》五十三卷，将对方质问住了，贤璟等闭口不答，因为他们回答不出了。普照又两次催促他们，贤璟等依然没有回答，讲堂一时静得同水底一般。普照什么也没有想，不知为什么缘故，这时候，在稍稍仰头坐在微暗堂内的普照眼前，忽然浮现了客死端州龙兴寺的荣睿的面影。

经过这场辩论之后不久，以贤璟为首的八十余位僧人，都放弃了旧戒，在戒坛院受戒。这贤璟后来当了大僧都，奉敕住西大寺，于八十岁圆寂。

此事发生以后，普照声名大盛，便住东大寺，在维摩堂专门讲解开遮、律疏。

天平胜宝七年二月，鉴真受赐西京新田部亲王旧地，营造精舍，号建初律寺。工程进行中，天皇驾崩，营造一时停顿下来。孝谦天皇继承天皇遗志，于天平宝字元年①下旨，开始兴建金堂等工程。三年八月落成，由天皇颁赐敕额"唐招提寺"，悬挂山门。

唐招提寺落成后，天皇宣旨，凡出家人必须先到唐招提寺研习律学，

① 天平宝字元年，公元757年。

然后可以选自己的宗派。寺中聚集四方学徒，讲律受戒，极一时之盛。

当唐招提寺工程正在进行的时候，天平宝字元年七月，大伴古麻吕为参右左大辨橘奈良麻吕等的废立，事败，下狱杖毙，这也算是他应得的下场。次年，天平宝字二年，遣渤海国使小野国田守归国，初次传闻唐土的大乱，同时也得到清河和仲麻吕等漂到安南，十余人生还长安，现在两个人同留唐为官的报告，详情虽不得而知，但生还者只有十余人，而且都已到了长安。普照听到了这个消息之后，便对业行的生存断绝了希望。既然生还者只有十余人，其中不可能有这个衰老的僧人，而且经卷都已损失了，也不可能想象业行还会活着。

在得到消息的那天，普照遥祭了业行的亡灵，并发愿在城外路边种植果木，作为对业行的供养。他记得长安城的九街十二衢，两边都种着榆树，认为在奈良街上，也应种上果木，使路上行人，夏天可以遮阴，秋天可以观赏。

普照这个愿望，不久就实现了。六月，上奏许可。这一年中，他每有余暇，便担当种树的事务。

遣渤海使小野国田守的回国，不但给普照带来了对业行的绝望，同时也给普照带来了一个甍，上面写明送给日本僧普照，只知道是从唐土经渤海送到日本，却不知道到底是谁送来的。

甍是安装在寺庙屋脊两端的鸱尾①，这带来的是一件古物，已有一条很粗的裂缝。普照依稀记得这鸱尾的形状，好像在唐土什么地方见过，可是左思右想也想不起来，是在入唐初期度过两年多光阴的洛阳大福先寺，还是以后长期住过的长安的崇福寺，或者是鄮山的阿育王寺，总之是见过多次的，也许见过的不是这个鸱尾，只是形状与它相同罢了。

他也想不出是谁把它送来的。如果是唐人，大概不会特别送这样的东西来。在唐相知的日本人已只有玄朗和戒融。不管是谁送来的，看着这个从大乱的唐土，经过渤海送到日本来给自己的这个奇形怪状的瓦制物，总不禁在心里引起很大的感慨。

---

① 鸱尾，安装在宫殿庙宇屋脊上的陶瓷饰物。亦作蚩尾。按蚩为海兽，汉武帝时建栢梁殿，以蚩尾为水之精，能却火灾，因置其像于殿顶。一说，东海有鱼似鸱，喷浪化雨，唐以来，置其像于屋脊。

这鸱尾在东大寺普照住屋门口放了好久，直到第三个月，才由普照送到唐招提寺工程司藤原高房的地方。

唐招提寺主要建筑物大体落成，是在天平宝字三年的八月。普照每次到招提寺，总是抬头望望金堂的屋顶，在这屋脊的两端，就安装着他送去的那唐式的鸱尾。

次年，天平宝字四年二月，菩提仙那向他的弟子们做了最后的遗诫，口里念着阿弥陀佛圆寂了，享年五十七岁。紧接着菩提之死，道墙示寂，享年五十九岁。与道璿有交谊的真备，写了道璿的行状。在最澄的《内证佛法相承血脉谱》中曾引用其文，有"和尚诵'梵纲'文，诵声另另可听，如玉如金，发人善心，吟味幽昧，律藏细密，禅法玄深"之句。后世视道璿为华严宗初传和禅宗第二传的祖师。与道璿圆寂同日，首创聘请律师，派普照、荣睿去唐的隆尊，也迁化了。

鉴真圆寂于唐招提寺落成后的第四年，即天平宝字七年的春天。弟子僧忍基，梦见讲堂栋梁折断，惊醒过来，认为这是师父行将迁化之兆，便召集众弟子，为鉴真画像。是年五月初六，鉴真结跏趺坐，面西而寂，享年七十六岁。死后三日，头部尚温，因之久久不能入殓。

次年，朝廷遣使去扬州各大寺。各寺僧众，都身穿丧服，面东三日，志哀悼之意。在鉴真长期居住过的龙兴寺，举行了大法事。后来，龙兴寺被毁于火，但鉴真住过的房院，却没有烧掉。

这一年，新罗使节金才伯来朝，他受经渤海国到新罗的唐敕使韩朝采的委托，询问前由唐经渤海国归日的日本留学僧戒融，已否到达。从这件事判断，戒融大概已改变了不重回祖国的志愿，可能在什么时候已回到了日本。另有一个史料，可以视为戒融回国的佐证，在古籍记载中，曾谓天平宝字七年，有僧人戒融，偕一优婆塞[①]自唐乘遣渤海使船经渤海回国，在海上遭遇风暴，船师以优婆塞投海云。

普照殁年不详。戒融的消息传来时，他可能已经死了，如那时尚在人间，则已年近六十了。

---

① 优婆塞，佛教居士，受三宝（即佛、法、僧三宝），守五戒（禁杀生、偷盗、邪淫、妄语、饮酒），奉仕于比丘僧。

篝火

〔日〕志贺直哉

牵牛花

我从十几年前以来，年年都种牵牛花。不但为了观赏，也因它的叶子是可以做治虫伤的药，所以，一直没有停止。不但蚊蚋，就是蜈蚣黄蜂的伤，也很有效。拿三四枚叶子，用两手搓出一种黏液来，连叶子一起揉擦咬伤的地方，马上止痛止痒，而且以后也不会流出水来。

现在我住的热海大洞台的房子，在后山半腰里搭了一座小房做书斋。房基很窄，窗前就是斜坡。为了安全，筑了一条低低的篱笆。篱下种上一些茶树籽，打算让它慢慢长成一道茶树的生篱。但这是几年前的事了，今年又种上了从东京百货公司买来的几种牵牛花籽。快到夏天时，篱上就爬满了藤蔓，有一些相反地蔓到地上去了，我便把它拉回到篱笆上。茶籽也到处抽出苗来，可是，因牵牛藤长得很茂盛，便照不到阳光了。

这个夏天，我家里住满了儿孙，因此，有一个多月，我都住在半山腰的书斋里。大概因为年龄关系，早晨五点钟醒来再也睡不住了，只好望望外边的风景，等正房里家人起来。我家正房风景就很好，书斋在高处，望出去视野更广，西南方是天城山、大室山、小室山、川奈的崎角和交叠的新岛。与川奈崎角相去不远，是利岛，更远，有时还可以望见三宅岛，但那只是在极晴朗的天气，一年中几次才能隐约望见罢了。正面，是小小的初岛，那后面是大岛，左边，是真鹤的崎角，再过去，可以望见三浦半岛的群山，是极难得的风景区。我以前也住过尾道、松江、我孙子、山科、奈良[①]等风景区，但比较起来还是这儿最好。

每天早晨起来，胡坐在阳台上，一边抽烟，一边看风景，而眼前，则看

---

① 均系日本地名。

篱笆上的牵牛花。

我一向不觉得牵牛花有多美，首先因为爱睡早觉，没有机会看初开的花，见到的大半已被太阳晒得有些蔫了，显出憔悴的样子，并不特别喜欢。可是今年夏天，一早就起床，见到了刚开的花，那娇嫩的样子，实在很美，同美人蕉、天竺葵比起来，又显得格外艳丽。牵牛花的生命不过一二小时，看它那娇嫩的神情，不由得想起自己的少年时代。后来想想，在少年时大概已知道娇嫩的美，可是感受还不深，一到老年，才真正觉得美。

听到正房的人声，我便走下坡去，想起给上小学的孙女做压花的材料，摘了几朵琉璃色、大红色或赤豆色的牵牛花，花心向上提在手里，从坡道走下去，忽然一只飞虻，在脸边嗡嗡飞绕，我举起空着的手把它赶开，可是，它还缠绕着不肯飞开。我在半道里停下来，这飞虻便翘起屁股钻进花心里吸起蜜来，圆圆的花斑肚子，一抽一吸地动着。

过了一息，飞虻从花心里退出来，又钻到另外一朵花里去了，吸了一会儿蜜，然后毫不留恋地飞走了。飞虻只见到花，全不把我这个人放在眼里，我觉得它亲切可爱。

把这事对最小的女孩说了，她听了大感兴趣，马上找出《昆虫图鉴》来，一起查看这是一种什么虻，好像叫花虻，要不就叫花蜂。据《图鉴》说明，虻科昆虫的翅膀都是一枚枚的，底下没有小翅，蜂科的翅膀，则大翅下还有小翅。这只追逐牵牛花的虫儿，见到时认为是虻，就称作虻吧，到底是虻是蜂，现在也没搞清。

（1954 年 1 月）

野鹁鸽

我喜欢野鹁鸽的形象，也喜欢听它特别粗壮的叫声。在世田谷新町住家时听到过，有几次去大仁温泉时也常常听到。它们总是成对地飞。现在住的热海大洞台山庄地势很高，常常见到一对野鹁鸽飞过齐眼高的空中，已经看得很熟了。

这年春天，是猎季的最后一天，住在吉浜锻冶屋的福田兰童君，肩上扛着猎枪跑来，说是刚打鸟回来，拿几只竹鸡、野鹁鸽和白头翁送给我们，战后还没吃过这些野禽，得了这礼物很高兴。

“再去打几只来吧。”他说了。我便提议：

“还是一起上热海打野鸭去吧！”

福田君是打鸟、钓鱼、捕鲍鱼的高手，又打得一手好麻雀，我们常常输给他。去打野鸭，那意思也是上热海去看广津和郎君，福田很高兴，马上同意了。

“下班公路车几点钟？”问了班车的时间。

“还有半小时，你先准备一下，我还可以去打一会儿鸟。”他说着，便把脚上的皮鞋换上水袜子，上后山去了。

约过了二十分钟，福田君回来了，我并没有听到枪声，以为他没有打到鸟，可是却带来了野鹁鸽、白头翁和黄道眉，鸟身上还带着体温，这是二十分钟内的收获。

我准备好了，等福田又把水袜子换了皮鞋，便一起下山，搭班车到热海去。

第二天，我发现空中那对野鹁鸽，只有一只在飞了。飞的样子也慌慌张张的，隔一段路，后面另有一只拼命赶上来。每天看惯了的，现在成了一只,一天中总有好几次在我眼前飞来飞去。那时我对一起吃了的竹鸡和白头翁倒不以为意,就是对福田君从别处打来的野鹁鸽也没有介意,可是,几个月来天天看惯的野鹁鸽,现在成了独自飞行,心里很不好受。打鸟的不是我,可是吃的是我,总觉得心里不安。

又过了几个月,我看见又有一对在飞,以为那野鹁鸽已找到了新对象,重新结婚了,觉得有点儿高兴。可是不对,这对是新搬来的,从前那只,依然孤零零地在飞。这情况一直继续到今天。

近来,又到猎季了。住在邻近的一位熟人,养着两头血统名贵的英国种赛特猎狗,常见他穿着猎装在近处出入。那猎狗虽挺厉害,可是狗主人打鸟的手段,倒是可以使鸟儿放心的。可怕的是那位穿水袜子的福田兰童君,四五天前,他又来了。

我对他说:“今年你可别再打了吧。”

“你是这样挂在心上吗?那我把剩下的那只也替你收拾了吧。”他笑着说了。对于鸟儿,他就是这样可怕的人。

(1950 年 1 月)

兔子

这回，养了一只兔子，用槲树叶和竹叶喂它，以后杂草长出来，饲料就方便了。

从前，住在山科时，养过一次兔子，在奈良时，又养过一次，觉得养兔子也并不好玩。在山科是放养的，住在地板底下。院子里有很大的池塘，在池边的绿草上有四五只白色小动物在游戏，家里人觉得好玩。可是一到春天，近处菜地上长出许多蔬菜，那些兔子便从篱笆里钻出去，开始糟蹋起来，终于庄稼户有意见了，只好全送到别处去。因为是放养，可能恢复了它的野性，要逮住还很不容易。

在奈良时，厨房前有五六株青桐树，两边是土墙，另外两边张上了铁丝网，兔子便养在那里。好像在那里掏了洞生小兔了，挖开洞来看，弯弯曲曲的有四五尺深，洞底窝着四五只小兔，底下铺着草，母兔还揪下自己肚子上的毛，同草垫在一起，看母兔的胸腹，还露出红红的肌肉。光繁殖，也不想吃它，因此，放到春天的树林子里去了，其后再没有见过，一定是被人或狗逮住了。

现在养的一只，是这儿街道办事处在它刚出生时送给我们的。去年底，最小的女儿贵美子提出要求："我们养兔子好吗？"

"养大了要吃的，如果答应这个条件，那就养吧。"

"可以可以……反正养熟了，爸爸一定不肯杀了吃的。"孩子一开头就打算好了。

"不，杀了吃，一定的。"

"好，没有关系。"贵美子笑了。马上做了一只木箱，又在餐室前打了一个木柱，用一块尺半见方的木板，做一个像盘子似的台架，架在上面。

贵美子把小兔抱来了,大概刚出生不过几天的样子。

白天,把小兔搁在台上,到晚放进木箱,搁在门间的水泥地上。

兔子很会吃,拉很多黑豆似的粪粒,每天早上把粪埋在牡丹根下,兔子渐渐大起来了。

把小木箱放在门台边,兔子听见天空中飞机飞过和长尾鸡啼叫的声音,便惊慌地逃进木箱去。鼻子总在索索地动,耳朵也好像很灵,只消听到远处的狗叫,马上竖起来,鼻子立刻不动,静静地伏着。有时站起两条后腿,两只长耳朵一会儿伸向前面,一会儿伏到后面。有时睡在阳光下,没精打采的样子,光竖起一只耳朵。

总之,是胆小的动物。有一次,楼上阳台上晒着被子,被子从上面挂下来,把它吓坏了,从高台上跳下来,逃到院中树荫下躲起来了。有时猫儿想跳上它的木台,它把两只前爪趴在板沿上,索索地动着鼻子,很害怕地从上面向下张望。

贵美子一人在餐室吃饭,忽然听见吱吱的怪叫,连忙跑出去瞧,见狗正在追兔子,狗见了贵美子就逃走了,可是兔子也害怕贵美子,要逮也逮不住它。那时它眼睛上面已被抓伤,流出血来,留下了伤痕。

原以为它不会叫,可是后来留意到,也会发声,高兴时,发出咕咕的低音,走到人跟前,凹进了肚子,便咕咕地叫了。人也学它咕咕地叫,它又咕咕地叫了。倒是比原来想象更容易养熟的动物。最近熬了几个夜,夜里上厕所——厕所就在门间边上——开头,兔子听到脚步声,惊慌了,躲到台阶底下去,等我从厕所出来,却正在门外等着我,高高兴兴地围着我脚边绕圈儿。一直跟我到走廊下,我只好举脚把它赶开,关上了廊门。

已经长大了,原来那个木台不够大了,另外又打了木柱,造一个三尺见方的台架。早上从木箱放出来,它在这台架上,又是跑,又是跳,又是溜跌,一只后脚常常蹈空,总是闹个没完。人走过去,就靠拢来,已经不怕人了,却跟狗一样,故意逃开着玩儿。给它打扫台架时,想叫它让开点儿可以打扫,它却蹲在那儿不肯移动,这也跟狗儿一样。也喜欢人用手去抚摸它,特别是按住它的头,把它的项颈扣在台板上,它便闭着眼睛不动了。养了三次兔,这一次最有趣了。因为饲料关系,家里已不养动物,大概由于好久不养,所以特别感兴趣吧。

从餐室玻璃窗,看外面木台上的兔子,是最近的一种娱乐。看看兔子的各种姿态，几乎一切都使我想起日本画中所画的兔子来，常常联想到宗达的画，画得很简单，寥寥数笔，便表现得特别生动。可是在看兔子时却很奇怪，没联想到栖凤的写实的兔子，光是写实，却抓不住兔子本来的神情。活着的兔子，可比栖凤的写实画，更接近宗达的写意画。想起来也是一件趣事。

叫孩子称了一称，兔子的体重已有四斤多了，背上的肌肉，摸起来很厚实。住在邻近的W君最近教我杀兔的方法，要吃兔肉不用刀杀，只要一条带子勒住它的脖子，挂在门外钉子上，不用去看它，过一会儿就死了，也不流血，不知何时已经断气了。

可是我们这只兔子没有杀，实际上，我同贵美子一起，在刚养起的时候已经知道了。

（1956年9月）

绣眼、白头翁和蝙蝠

“叔叔！”

好像是叫的叔叔，其实可能是叫爷爷吧①。

“叔叔，我们想上你这儿逮绣眼。”

“逮到了给我一只，就来逮吧。”

“好，给你，第一只逮到了就给你。”

我现在住的山庄，没有门也没有围墙，院子外只有一条低低的石垣，比路高一点儿，进口处有一个很阔的台阶，一上台阶就是院子了。那时我刚走出院子，下面路上正有三个十二三岁的孩子，提着媒鸟笼站在那里，对我说了。

得到我的允许，他们很高兴地走进院子里来。正是绿萼梅盛开时候，他们在繁茂的梅树上挂好媒鸟笼，插上几条竿头沾胶的竹竿，在离开三四尺处张起细网，便走到路边躲藏起来。我为了不去惊动鸟儿，也走进屋子里去了。

过了一会儿，听见孩子们大声叫唤。在我屋子前面，有五六只像是绣眼的小鸟，跟皮球似的从地上弹起来向空中飞跑了。

我走出去看。

“一只也没逮住吗？”孩子们听我一问，都害羞地说：

“不成！”开始把网卷起来。

“以后逮到了给我送来吧！”

“好，给你送来。”

---

① 日语“爷爷”“叔叔”只有长短音区别，听起来差不多。

大概失败了一次,就得换个地方才行,孩子们提着媒鸟笼走了。

以后约过了一星期,孩子们没有送绣眼来。那时我已从热海买来了两只鸟笼等着他们,等不及了,听说上我家来教缝纫的稻村一位叫S子的姑娘,她弟弟已逮了几只绣眼,就向她要了一只。可是据说还不肯好好吃食,要再等个把星期才能送来。

有一天,我正好走出院子去,上次那三个孩子又来了,其中最小的一个,用手指提着绣眼的小腿说:

"绣眼给你送来了。"绣眼倒悬着身子,合着翅膀,样子很老实。

"是活的吗?"看样子太老实了,我问。

"活的,刚逮住的。"

我叫女儿拿新鸟笼来,把鸟放进去,绣眼两腿一解放,马上活泼起来,在笼子里活蹦乱跳,一会儿,便在栖木上跳来跳去。

孩子站着看了一会儿,就要走了,我进屋子里拿来一张百元票①给他们,那小孩子说:

"不要,不要。"客气起来,但最后还是收了。因为那时我说过给我一只,所以,他们推辞了一下。

鸟儿马上吃食,也不大害怕人,可能正如孩子所说,是被人养过的鸟,又逃跑了的。又过了四五天,S子的绣眼也送来了,虽然已肯吃食,可是人走近去,便惊慌得乱跳。

过了几天,是邻居I夫人、门川的Y夫人和我的女人同姑娘请S子姑娘来教缝纫的一天。听I夫人说她儿子逮到了几只正在菜地啄卷心菜苗的白头翁,昨晚红烧着吃了,还剩两只关在橘子箱里放在浴室那儿,我便向她要来了一只。

女儿带着笼子到I夫人家去要来了,可是笼子太小,鸟儿性子暴躁,没绣眼那么老实。以前在东京养过鹊子,便托人去带那只大鸟笼来。

过了两天,恰巧武者小路②来做客,I君的儿子又另外送来一只白头翁。

光一只太孤单,便一起放在一只笼里,小小的笼子一下子挤了两只,

---

① 日金百元,约合人民币七角多。

② 武者小路实笃,日本作家。

都惊慌了。

“拿一块包袱布罩上。”女儿说。可是不多一会儿，马上便安静下来了。后进去的一只，装死躺在笼底上睡觉了。前一只从这条栖木跳到那条栖木时，也躺倒了。白头翁爱装死，可仍瞪着眼看人，却骗不过我。女儿已受了头一只的骗，现在更不安心了，瞧着笼子说：

“也许真死了，一定是太疲乏了。”

“死就死呗，可以红烧了吃嘛！”

我一说，可能是偶然的，白头翁突然跳起来，停在栖木上。

“你可把它吓醒了。”武者说。

又过了几天，听I夫人说，把白头翁舌子剪开，会学各种鸟儿的叫声。后来我对女人说：

“听说松鸡会学各种鸟叫，白头翁也会吗？”

“那就剪它舌子试试看！”我女人说。

“我不剪，剪舌子是女人活儿嘛。”说了，不觉连自己也觉得好笑。

白头翁和绣眼都喂蒸熟的芋头，白头翁爱吃南天星和山归来的籽，绣眼爱吃橘子汁，第一只绣眼能从人的手上直接进食。不久，东京的大鸟笼带到了，用水晶花枝做了栖木，把白头翁放在里面。白天，笼子搁在玻璃门外，别的白头翁飞来了，想吃笼里的蒸芋。在笼里的两只白头翁，同吃时是和和平平的，可是笼外白头翁来吃，就发怒了，从栖木上跳下来把它赶走。那白头翁捞不到吃，便飞到绣眼的笼里来，从竹丝栅栏中伸进尖喙，偷吃了绣眼的食，啼叫着逃走了。

有一件事是我不在家里时发生的。绣眼被飞来的伯劳抓住了，有一只受了伤。女儿跑去，它还抓住不放，女儿便把伯劳抓住，伯劳回头啄女儿的手，结果还是跑掉了。

“白头翁飞来啄芋头，它待在栖木上不在意，可是伯劳一来便大吵起来，反而被伯劳抓住了。”女儿说。

直到现在，绣眼一听伯劳叫，马上紧张得缩紧全身的羽毛，身子缩作一团。

飞来各种鸟儿，也因有些鸟食常常落在笼外。来的鸟儿有黄道眉、蒿雀、麻雀。麻雀一来便是七八只，胆子最小，见人就逃，最大胆的是黄道眉，人走到它身边五六尺，它还不逃。

最近我在屋前凉棚柱上钉了一块木板，用铁丝插上芋头绕在柱上，专门喂野鸟，每天总有白头翁一次次飞来吃，开始只一只，几天前已有两只了。

有一只绣眼已经养熟了，晚上便放在屋内让它自由飞，自己能回笼子。

去年夏天书房里飞来一只蝙蝠，捉到笼子里养起来，喂它它不吃，放在屋子里等它自由吃，不去管它，便去睡觉了，屋子关得好好的，第二天早上却不见了。到底同鸟儿不一样。可是看它在屋子里飞，却是很有趣的。它不像鸟，倒更像蝴蝶，在人脸边飞过，不出声，只见两只翅膀一扇一扇的，在离地四五寸高的地方飞来飞去，同鸟儿完全不一样。小脸蛋儿，好像长得很可爱，仔细瞧着——实际上也不太仔细，可能看错——从脸到翅膀，都长着同样的薄膜，样子挺怪，并不讨人欢喜。倒挂时身子不断地抽搐，脸皮微微抖索，看了很不愉快。睡觉的时候，两只翅膀把脸遮起来。

去年春天，我在门川等候班车，看见白头翁成群移动，五六十只——也许百来只——结成一队飞过去。刚出现这一队，四面八方就飞来许多别的白头翁，加入大队的移动，热热闹闹地向西边飞去了。大概不久就到季节了，想到家里养着的白头翁，到时候不知会怎样，如果那时把它们放了，恐怕翅膀已经乏力，飞不到远处去了。要是就这样把它们养下去，到底能养熟到什么程度呢？如果反正养不熟，不如趁这时候，不要错过时节，让它们逃了吧。

（1950 年 4 月）

小品四题

次　郎

是K的亲戚家的孩子，不知叫什么名字，据说是老二，那就叫他次郎吧。

次郎的哥哥是一个老实孩子，可是次郎却长得特别顽皮。

次郎家有一只很大的八角火钵，不知怎么一来，他就爬上去了，K的母亲既怕危险，又讨厌这孩子，一见就骂他，次郎只好不高兴地爬下来。

有时刚下来，要走出去了，却又爬上了。K的母亲恨极了，向他瞪眼睛，次郎又只好默默地下来，马上自言自语地说：

“哼，死老婆子，快点儿死吧！”

有一天，他同父亲一起洗澡，先爬出了浴桶，也不好好擦身，就往外跑。父亲在浴桶里叫唤：

“要着凉的，好好擦一擦！”次郎便举起胳臂，呼呼吹了几下，出去了。

还有一次，次郎在吃糖，就在那火钵跟前，嘴里唠叨着，一不留意，糖块掉进火钵里，当然沾满了灰，用火筷捡起来，懊恼地瞅着，便叫旁边的妹子吃下去，妹子不肯吃，他硬要她吃。

父亲见了，生气地说：

“那你自己吃吃看。”次郎愣了一愣，马上从怀里掏出手纸，把糖包起，丢进嘴里，就嚼了起来，毫不在乎地走出屋子去了。

真是一个有趣的孩子。

（1909年1月）

蜻　蜓

很热，今年夏天很不正常。院子里的八仙花，满树开着鲜艳的花，压得枝条都垂下来了。八角金盘的叶尖，一瓣瓣向上簇着，尽力挡住骄烈的阳光。种在八角金盘下面的鬼百合，大概原想不到热得这么厉害，伸展出有四五尺长的茎蔓，这会儿正在后悔，这茎蔓受不住花骨朵的重量，骨朵尖头全倒挂到被阳光烤干的地面上一动不动，像一只只垂死的鸟儿。

麦秆蜻蜓飞来了，停落在被阳光晒得没有一点儿青苔的光溜溜的石头上，碰上这样酷热好像非常满意，把翅膀收起来了。

大概在一个月前，我在院前的水沟里，看见水里游动着很难看的小虫，可能便是蜻蜓的幼虫，这幼虫蜕了壳就在空中飞起来了。这种不怕热的昆虫，看来是很幸福的。它们活不到秋天的短促的生命，正在欢欢喜喜享受阳光中的乐趣。它停下来大概十分钟的样子，又飞来了一只盐花蜻蜓，它的黑影在地面掠过去，先头停着的收敛着翅膀的麦秆蜻蜓，把长着一对大眼睛的脑袋，索索地动了几下，突然，以轻快的速度针对着盐花蜻蜓飞去。盐花蜻蜓还来不及避开，两只蜻蜓的翅膀碰在一起，发出摩擦声，一起掉到地上去了。马上两只蜻蜓合在一起，向空中高高飞去。空中凝滞着刺眼的夏云，把蜻蜓照成两点淡淡的影子。

（1914 年 7 月 23 日，松江）

壁　虎

独居松江，早晨起来，正要打开隔壁屋子的门，那儿桌上还亮着电灯，沙啦一声，一个什么东西落到席子上了，是壁虎。一看壁虎，已逃进桌子底下去了，我打开了窗板，窗外已升起朝阳。

我拿来拨灰的火筷，想把壁虎逮住。壁虎扭曲着软乎乎的身子，逃走了，逃到起坐的地方，终于被我夹住，扔到院子里，它在假山边停住了。我想不杀死它可能到晚上又爬进来，便走到院子里，用火筷夹住它的身体，按在地上。它的柔软的身体只是扭了几扭，没有死。我想找软弱的地方，戳它脑袋，戳了几下没有戳住，后来戳到两眼之间的脑门上。火筷尖头是烧焦的，很尖利。壁虎使劲甩着尾巴挣扎，我一用力，壁虎痛苦地叫了，再用一下力，有一只眼珠凸出来了，它还是在左右挣扎，张开嘴来抵抗，嘴的里面是淡红色的。筷子从脑门刺穿了咽喉。我把筷子提起来，看看壁虎，趴在那里还没完全死去，看来部分身体还活着，脑子已经破了，同死也差不离了。

我想把这条死壁虎去喂邻家的鸡，又怕有毒(我是每天吃邻鸡生的两个蛋的)，便作罢了。

用筷子捡起尸体扔在院角落里，然后把筷子从矮篱笆上扔出去，扔在外边路上了。

以后过了约半小时，我坐在檐廊下吃早饭，看见一只麻雀在院角落里啄什么，细细一看，是一只不会叫的知了。知了抖动着翅膀，已经无力逃命。我记起那只壁虎现在不知怎样了。吃完饭跑过去看，麻雀见了人，吓得叼着知了飞跑了。

壁虎在什么时候又活过来了，凸着一只眼珠，破着脑门，见我走过去，又索索地逃起来了，我心里一阵恶心。如果它能复原，重新得到生命，我也许会高兴，可是看起来反正活不成了，觉得讨厌，也有点儿生气，那时我穿的是一双软草履，不能用脚踩，便打算把它弄到水沟里淹死算了。我用扫帚把它扫到水沟里去，轻轻一拨拉，没使多少劲，这壁虎却像自己跳起来一般，一下子就扫到丈多远的水沟边无花果树下的乱草丛里，不见了。我再仔细找，用扫帚拨开草丛，又去水沟里看，又摇摇无花果树枝。无花果树枝上跳出两只青蛙，落到水沟去了，慌慌向沟边石磡游去。再仔细在草里找，终于没找到壁虎。我想象到了夜里，这只独眼破脑门的壁虎又跑进屋里来。我马上打消这个想象。可是总觉得这壁虎还活着，对自己好像是一场灾难，心里罩上了阴影。

幸而这天我已预定到伯耆大山去玩半个月，过了一会儿，把房子交托了邻家木匠青年夫妇，出发上车站去了。

(1914 年 10 月 31 日，松江)

野　　鸡

同孩子一起出去带狗散步。在一条小路上，见一只野鸡在我头上飞过，很近，拿起手杖就可以把它打到，可惜没留意。走到半道，狗追上一只野鸡，还是小野鸡，不大会飞，向我们这边逃过来，约莫六七尺远，正要从我们身边飞过去，我举起手杖打过去，我记得只打了一下，后来我那大女孩说是打了两下。

野鸡还活着，眼睛闭着，脑袋打歪了，脖子倒在背后，呼呼直喘，睁了睁眼睛，死了。为了不让孩子们看，我把它脑袋扭到背后，使的劲大了，把脖子扭断了，就把脑袋扔给狗，狗不吃。这没脑袋的野鸡，两条腿还抖了几下，叫人看了很不好受。

大孩子带了它回家，“红烧的野鸡，半夜的仙鹤”，不觉想起了这诗句。

最小的孩子，看着这没有脑袋的野鸡，厌恶得吐口水，回到家里还在吐。

第二天，红烧了吃，肉很嫩，味道很好。大的两个孩子，吃得津津有味，可是最小的那个，摇摇头，不吃。

（在沓挂）

矢岛柳堂

白　藤

画家矢岛柳堂，从冬末到春天，为坐骨神经痛吃了很大的苦。那年冬天特别冷，因为限期作一幅大画，带着病硬拼，后来就受罪了。另一原因，是已经住了五年的这所房子，靠近池塘，地气很潮湿。

总之，痛得厉害时，自己受罪，旁人见了也着急。他像牛似的叫唤，而且为一点儿小事，爱动肝火，随手抓起身边的东西，望他妹子阿种扔过去。

阿种是性情温和、聪明伶俐的姑娘，可是近来耳朵忽然有点儿背了，常把哥哥的话听错。哥脾气好时还没有什么，一遇到正发脾气，便“浑蛋”“聋子”地乱骂一气。阿种也不把挨骂当回事，知道哥的坏脾气也不是现在才开始的。只是看哥痛得厉害，在旁护理，急得不知如何才好，有时也流眼泪。

有一次，柳堂对阿种说：

“这次把你累苦了，等我稍微好点儿，一起上温泉去，你看上哪里去好。你去温泉也可以好好休养一下。”

“跟你在一起，上哪里也休养不好的。”

“哼哼！”

“事实如此嘛！”

“对，我只是说说的，心里也是这样想。”

快到春尽时，柳堂的病一点点好起来了，可以拿起手杖在屋子里走动走动了。只是遇到阴雨天觉得病又在发作了。

室外的景色也一天天在变化,池塘里的菰蒲长出许多新绿的叶子,水边芦苇上飞来许多鸟雀,开始啼叫了。

有一天,一个叫今西的年轻的弟子,正在打扫院子,伏在床上的柳堂,叫了他一声:

"喂,今西!"从身边一只小小的乱放东西的纸封袋里,拿出自己写的一张诗笺,默默地放在低低的靠手的窗沿上。

"……"今西放下身后翻起的下摆,拿过来看。

窗隐屏风竹几斜
卧看新燕到贫家
闲居心上浑无事
对雨唯忧损杏花

"你给我画一张画,把我这样躺着的姿态画出来,就用这四句诗题在画上。"

今西瞅着诗笺没作声。

"你给阿种说,我正在叫痛,要不,就说,见我正动肝火,特地给我画出来,我就不生气了。"

"那我就画吧。"

"这可不是开玩笑的。"

两个人都笑了。

"这首诗是先生作的吗?"

"我怎么能写这样悠闲的诗,这是高青邱的诗。"

"……闲居心上浑无事,对雨唯忧神经痛嘛。"

"哈哈哈哈。"

到了五月,心情好起来,行动还不正常,但痛苦一减少,在屋子里就待不住了。他也不听阿种说的吹了风又会不好,把躺椅搬到院子口藤花花棚的底下,整半天地眺望池塘的风景。

白藤上已结满了带壳的花蕾，像三番叟[①]的铃子，那花壳已开始散落，落到柳堂的脸上、胸口和脚边，他懒得动一动身体，光是闭着眼睛，恍恍惚惚地想象着让花壳把他的身体全掩盖起来。

送邮件来的今西，以为他已经睡着了，掏出腰里的手帕，轻轻给他拂去身上的花壳，柳堂闭着眼忧郁地说：

"啊！你真多事，我正做着长眠的好梦呢！"

天气好的时候，柳堂每天在花棚底下待上半天。花壳散落之后，马上就开花了。粗野的黄蜂整天嗡嗡地闹，常常把花碰下来，有时连自己也跌到地面上来。

柳堂忽然发现，藤蔓总是从左到右向同一方向缠绕，他便叫今西到邻近的山庄去看看人家的花藤。

过了一会儿，今西看了回来报告，果然如柳堂所说，花藤都是向同一方向缠绕，不过不是从左到右，而是从右到左。

"等一等，"柳堂依旧躺着，用指头在脸上画了一个圆圈圈说，"从右，到左……从右，到左……这就对了，是同一回事嘛。"

"可是，这儿是从左到右呀。"

"不，从右到左……"

"那是绕到树后面去的时候。"

"嗯，是吗，绕到树前面是从左到右——你看的是哪一边，从外边看，还是从里边看？"

"当然是从外边看的。"

"对啦，再去看看别的花藤吧。"

今西又跑了两三家有藤的人家，都是从右到左的。

"那么，这花藤是特别的——看这藤的怪样子，也是挺特别呢。"

第二天早晨，柳堂一醒来就叫今西。

"烦劳你跑一趟，去看看不动瀑布的那些花藤好吗，得仔仔细细看。

今西笑着去了。

到不动寺约有大半里路。

---

① 某种地方戏中一个角色。

约过了两小时，今西回来了，满脸高兴地说：

“先生想得完全对了，我去看了另外两棵，全是从左到右的。”

“对嘛！”柳堂也完全满意了，于是马上叫阿种来，很得意地把自己的大发现告诉她。

约过了一月。

“你还是不愿去温泉吗？”

“哥在家里不舒服，那就去吧。”

“我倒没什么不舒服，只是为你，为了你的健康，就去一次吧。”

“我身体没有什么的。”

“休养休养，对耳朵也有好处。”柳堂狡猾地笑了一笑。

“洗了温泉，火气上升，反而不好呢。”

“这倒也对，如果去退火的温泉，那对我的病可不好，同我的病合适的，对你的耳朵又不好，没有法子，我就只好一个人去了……一个人还省些开支呢。”

七月中旬，一个闷热的晚上，柳堂从乡下出来，在日暮里搭上去新潟的夜车。

一夜在火车上热得昏沉沉的，第二天天没亮在轻井泽下车。从池塘边潮湿的土地来到高原地带清凉的大气中，他感到很舒畅。

从新轻井泽到旧轻井泽，望望到处的红屋顶，轻便列车沿着高尔夫球场徐徐上山。山头开满桔梗花、女郎花、鬼百合、松虫草。尤其在上野、信浓国境一带，风景特别好。地藏川、吾妻高原，又使柳堂见了分外高兴。从前，他到涩川去访问儿玉果亭，归途越过山道曾经到过这里。经过应桑，然后通过有豺狼的六里原到浅间山山下的沓挂。当时六里原的水袍林，路上见不到人影，现在已变成别墅区，为几家地产公司占有了，这变化颇使他吃惊。

在温泉旅馆，被领到一间没有地板，没有阳台，像屋顶室似的三楼房间里，他想，这儿也好，还很清静呢。

发病以来已完全忌酒，现在住下来，觉得吃晚饭不喝点儿酒总不满足，便稍微喝了一点儿，马上感到挺舒服，把坐垫当枕头便躺下了。

旅馆掌柜拿了旅客登记簿走进来。

“请你写一写吧。”柳堂还是躺着，厌烦地说：“叶县东葛饰郡……”

“东葛饰郡。”

“我孙子町字新田。”

“我孙子町字新田。”

“矢岛柳堂。”

“矢岛？”掌柜停下笔来抬起了脸。

“啊，矢岛丑之介，子丑寅卯的丑，人字下面两直的介。”

“嗯。”

“年四十八岁。”

“……嗯。”

“还有吗？”

“请教贵干？”

“贱业吗……”他想了一下。

“就是农吧……”

“农？种庄稼的吗……啊，明白了。”

掌柜写完，点点头，站起来出去了。

在东京的画家中，柳堂一向被人叫作“村长先生”。

红带子

柳堂闲着无聊，老坐在栏杆很低的向东的窗台上，眺望外边的风景。温泉场一带，路上总是有人来往，来温泉十天了，来往行人的脸也渐渐看熟了。温泉场是定时开放的，招待浴客的是一个披散头发、个儿很矮、男性型的长得很丑的妇女，和一个在江湖班当过女角的高大的青年男子……

“那个男子……”有一次，柳堂对端饭来的女用人说，“这两天，见他在弹子房跟前洗衣服，把长褂子下摆挟在膝头上，头上包块头巾，倒比你们更像个妇女哩。”

“对啦，还有那走路的样子……奇形怪状的服装，屁股一扭一扭的样子……”

“你们妇女看他这样子觉得怎样？”

“什么怎样？”

“算好看还是难看？”

“无聊吗！”

“是吗，是无聊。可是还有个男人样的矮女人，也是一个怪物，我一直当她是男人哩。”

“那人很好，招待客人特别道地，客人送她东西，她一定拿去给老年的姐姐，这是个好人，她阿姐住在离这儿不远的一个村子里……”

“原来是个好婆婆，人就是不可貌相嘛。”

“还不能叫她婆婆，她要是可以叫婆婆，你先生就该叫爷爷啦。”

“那么，是一个好姑娘吧。”

“你这嘴真坏。”

“常见她从山上采来许多鲜花，她拿花做买卖的吗？”

“那是客人们送了她东西，她拿去还礼的。”

这样子，看熟的人还不少。他来到这儿，同别的客人绝不交际，可是看熟了的人倒特别多，在这样的人当中，有一个叫“红带子”的。

从他住的三楼，隔一个温泉场，对面山坡上有一家叫松琴亭的吃茶店，原来一定也是一家温泉旅馆，老式建筑，有一棵近二百年的大松树遮住了二楼的屋顶。

“红带子”是这家松琴亭的女招待，一个十四五岁的活泼的姑娘，衣服常常调换，可是总系着一条红色中国绸的带子，柳堂先认识了这条带子，特别穿白地花纹的衣服时，远眼望去，这带子显得更美。

红带子一天几次走过山坡下闪电式的道路上街去，有时像小伙子似的跨大步，有时手上端着东西，小心地慢慢地下山。见她在夕阳下曲折的路上跑过去，使柳堂联想到滚弹子的玩具。

有一家搞体育运动的吃茶店举行业余摔跤比赛，两三天前在浴场街口贴出红字海报。那一天，已经很迟了，柳堂正往那里走去，碰见红带子跟另一个像是下女的脸上抹白粉的女子一起回来。柳堂第一次从近处见到红带子，是一个个儿很小、干净利落的姑娘。当面时，红带子像小孩子似的抬起神经质的怯生生的眼睛，向柳堂愣然望着，同她一起的那个女子，则是一股颓唐相，对照看时，觉得红带子有一派新鲜气味，如果拿鸡来比，就好像一只漂亮的童子鸡。

有一天下午，柳堂坐在窗台上望见一个男子赶着一条黑牯牛慢慢上坡，黑牯牛向路面伸出长脑袋，一边走一边左右摇摆。这时候，恰巧红带子从松琴亭走出来，红带子在坡上，黑牯牛在坡下，正对同一拐角走。红带子走到拐角时，黑牯牛突然把脑袋伸了过来，把红带子吓了一大跳，连忙身子往后退，赶牛的家伙不知说了句什么话，红带子听也不听，跳落梯田逃到陡坡上，让下面的牛走过去，然后再回到原路上，还连连回过头去看牛，走下坡道去了。柳堂远远望着，笑起来了。

柳堂对红带子的兴趣渐渐提高了，坐在窗台上眺望时，总在盼红带子从松琴亭走出来。青年时代曾经有过、这几年早已没有影子的一种心理，在某种意义上，也可以说作一种恋情。当然柳堂是不肯承认的，总之，有一种漠然的欲念，巴望这姑娘能和自己生活得更接近些。觉得这种小姑娘，与其在现在这种地方长大，还不如由自己和阿种来带领她会更好些。大概除此以外，柳堂也不会有更大的欲念了。

有一天晚上，他出去散步，见温泉场栅门上挂着耶稣会的提灯，一个传教师正在讲道。一位穿着不合适洋服的年轻太太，坐在一架风琴前，旁边站着一个五十来岁的男人，呆乎乎的圆脸，个儿挺矮。

柳堂走进围观的听众中，站着听听。

什么神的真理啦，赎罪啦，得救的道路啦，那些话听起来空空洞洞。有一个时期，柳堂曾经是基督教的信徒，早已听厌了这种不费本钱的卑劣的说教，并非基督不值钱，而是认为这种传教师所制造出来的气氛，实在不干净。特别那五十来岁的男子讲自己的忏悔时，他耐不住听下去，便走开了。尼采说："《圣经》是一本不戴手套便碰不得的书。"柳堂对这句警句颇有体会，现在更觉这话是尼采真正的实感。

这晚上，他决定到松琴亭瞧瞧去，穿过院子，走进屋里，静悄悄不见人影，柳堂站在廊口叫了几声。

过了一会儿，走出一个四十多岁的妇女来。

“……”

“可以进来吗?”

“请进!”

他被领到楼上朝西一间大屋子里,这正是他从旅馆可以望见的一间,他自己选了一个向北的小房,换了个地方。

“你们这儿有一位老系着红带子的姑娘,请她来好吗?”

“哎哎!”那妇女睁大眼睛,“那是一个小娘,您单叫小娘吗?”

柳堂等了一会儿,走廊里有脚步声了。

“晚上好……”红带子怯生生走进来,特别的是,这回系的不是红带子,可能是从别人借来的,对小孩来说,是一条太讲究的缎带,照例目光懦怯地望着柳堂的脸。

柳堂见到跟原来脑中想象完全不同的一个俗气的姑娘,硬装出活泼样子,远望似乎不差,可是一到跟前就有一种粗俗的感觉,特别不系红带子的“红带子”,对柳堂就一点儿价值也没有了。(当然,这姑娘并未觉察。)只是柳堂心里在想罢了。

“坐过来一点儿呀!”他说。

这姑娘认真瞧着他的脸,忽然张大了嘴哈哈地笑起来,把柳堂吓了一跳。

“把我阿姐叫来好吗?”

“一个人害怕吗?”

“把她叫来,我去叫吧。”

柳堂没作声,姑娘马上站起来出去了。

不一会儿,来了一个衣衫整齐,浴衣外罩一件蓝褂子的女子,就是那天看摔跤见过的那人。柳堂觉得自己头脑里把这红带子想得太美了,觉得滑稽。

没有什么话好谈,柳堂便叫她们唱歌。那姑娘只会唱《有明节》①,别的什么都不会,她一边唱,一边尽量拉长着脸,做出要哭的样子,看起来也还可爱。

---

① 明治三十年代的流行歌。

柳堂随便说个笑话，姑娘便叫“讨厌、讨厌”，好像是一句口头禅，使柳堂苦笑了。

约过了一小时，红带子送着他走出这家吃茶店，温泉场那边，那传教师还在讲道。红带子站下了去听，柳堂离开远一点儿等着她。等她回来，柳堂说：“跟我上旅馆去好吗，我画了很好看的画送你一张。”

红带子不作声，过了一会儿，默默瞧着他，忽然把下颏一抬：

“啊啊，天父哪，讨厌、讨厌！”

这么说着，马上背过身去，像小鹿似的逃跑了。

鷭[1]

清秋静寂的午前，柳堂在沿廊下打开了折叠椅，眺望池塘的景色，瞧见池边道路上，一个人扛着鸟枪牵着猎狗走过去，远远地听到两声枪响，狗马上站下来竖起耳朵。

“我想养鷭鸟。”柳堂突然回头对阿种说，阿种正在沿廊下做针线。

“院子里挖一条小沟，引进池水养一二只鷭鸟。”

“等哪一天发了财，再搞吧。”阿种头也不抬，冷淡地说。

“搞那么一只玩意儿，不发财，现在也可以搞的呀。”

“造一所有庭院的房子吗？”

柳堂笑了。

“老想那些讲究的排场，不搞点儿钱不行呀！”

那晚上，洗过了澡，在茶间喝茶的时候，柳堂又跟弟子今西说了同样的事。

“种芦苇吗，还不如种朝鲜丹竹好呢。”

“那不行。”

“为什么？”

“不为什么，就是不行嘛！”

“我倒喜欢丹竹呢。”

---

① 鷭，音同“凡”，鸟名。鷭形状略像鸡，生活在沼泽或河、湖岸边。

“丹竹太粗，对鹬不合适。”

柳堂爱鹬鸟，这是柳堂的脾气。

头上系一条红带子，两只爪子像刚长出来的草苗，在芦苇丛中跑来跑去，怯生生的样子，像十四五岁的漂亮小姑娘。不过他没把自己的想象对阿种说出来。

十几年前住在京都的时候，他对这样的一个街坊上的小娘，闹过一次失恋，这件事只有阿种知道。

开始，他对自己干的事，受到良心的责备。经过了几年，也就不那么想了，不过常常怀着美好的心情缅怀这位小娘，老是梦见她，却并不觉得不快。而且不知不觉地把这小娘同鹬鸟联系起来了。

他可没想到，这小娘现在也应该有三十岁了。

过了一星期模样，柳堂正在单房的画室里，从写生簿上画一张横幅的画。那时候阿种身穿厨衣，两手用包袱布裹着个小东西，从院子木板门走进来。

“哥，送好东西给你来了，你得谢谢我。”阿种微笑着，在廊沿下坐下来。

“什么东西？”

“一只活的鹬鸟，是隔壁老大娘送来的。”

柳堂默默停下画笔，站了起来。

“怎么样，高兴吗？”

“干吗送我这个？”

“她用一条鳗鱼吊在田里，逮住了一只鹬鸟，给送来啦。”

柳堂伸手揭去包袱布，原来老老实实待着的鸟儿突然挣扎起来。

“不要动，会逃走的，现在今西正往邻家去借鸡笼呢。”

鸟儿没吱声，罩在布底下吵了一会儿，又老实待下了。

鹬鸟一点儿也养不服，不但不服，还不肯吃食，柳堂一离开，它便想逃跑，又挣扎起来，一见柳堂过来，又躲在笼角落不动了。

柳堂着急了，开头向邻家要了鮠①、小鲋鱼喂它，它不吃，又叫今西去买来了鱿鱼，到池塘里找来蜻蜓的蛹，它还是不吃。用竹竿捅它的腿，它

① 鮠，音同“维”，鱼名。鮠是鱼类的一属，生活在淡水中。

便惊慌地乱跳乱蹦，然后换一个地方，又待下不动了。

柳堂瞧着它惊慌的样子，和待在角落里别扭的样子，又想起那十五六岁的小娘，这是不愿想起的事情，心里很不愉快。

“哥老是这样折腾它，死死不放，反而养不服呀。还是不理它，让它自然习惯起来，肚子饿了，它就会自己吃东西的。”

“是吗？”柳堂难得爽快地接受了妹子的意见。

第二天柳堂起床后去看鹡鸟，鸟儿已躺倒笼底，伸开爪子死了。身边爬满鱿鱼和蜻蜓的幼虫。柳堂皱紧眉头看了一会儿。

那晚，在茶间里，今西说：

“鹡鸟味道很好，邻家听说我们埋了，很可惜。”

“不管味道多好，原来想养的，就不想吃了。我要是有一天发了财，我也不养鹡鸟了。”柳堂这样说着，笑起来了。

伯　劳

是杂草丛生的时候了，柳堂在院子里趴着拔草。骄烈的朝阳晒在背上，嗅着地面潮湿的泥土香，心里觉得很舒畅。去年这时候正犯坐骨神经痛，今年却能拔草了，想想也觉得幸福。

五六年前，从东京搬到这池塘边来住家，除了种树，院子都是自己收拾，不雇花匠。住在乡下的确舒服，出去散步时，见有好的树木，便托人交涉，买来移植在自己院里，见移植的树木同原有的树木一起长大起来了，对他是一种娱乐。

“先生，请你来一下。”

弟子今西在院子口叫他，他拍去满手的泥土，直起腰来走过去。

“先生，伯劳在同蛇打架啦。”

“哪里？”

“矗在储藏室后面。”

两人从厨房前绕过浴室，走到储藏室后面。

竹丛里发出窸窣的声响，一只伯劳鸟正在蹦跳，仔细一看，它的脖子上正缠着女人小指头粗的银色小蛇，蛇伸起脑袋，伯劳鸟拼命用尖喙啄它的脑袋。蛇已经萎弱下去了,脑袋被啄碎了,可是还伸起来想咬伯劳鸟。

“这种蛇叫作钻地蛇,样子很小,可是挺厉害,拿手杖去打,它会扑过来的。”

“现在双方都厉害,就斗起来了。”

“蛇已经完蛋了,拿一条棒把它挑开来吧。”

伯劳一边跟蛇斗,一边留意着人。今西拿了一条小竹竿来,将蛇从伯劳脖子上挑下来,蛇落到地上,一下子就逃跑了,逃到同邻家隔界的草丛中,蛇身碰在小松树的枝干上,伯劳已被拖落在地面。

今西马上跑过去,用竹竿去拨弄蛇身,伯劳还张着嘴咯咯地叫。

“浑蛋!”今西生气了,用空着的那只手去打伯劳的头,伯劳马上来啄他的手。

“人到底比蛇厉害呀!”柳堂站在旁边看着。

“再拿一条竹竿来。”

柳堂一时在近边找不到合适的竹竿,就折了一条活的竹梢。

“怎么样,行吗?”

蛇身蜷了两圈,打成结子,用竹竿还拨弄不开。

“要死了,还不肯放开,蛇这东西真是顽强。”

“这蛇,对花木有害,拉开来,把它打死得啦。依靠伯劳怎么办呢?”

“伯劳也不容易养呀。”

“养了它可以当媒鸟嘛。”

“不容易养服,已经吃过鹩鸟的苦头了。”

把蛇身解开,伯劳很快就逃走了。

“也不说声谢谢,就逃了!”柳堂笑着说。

柳堂在院子井头洗了洗手,回到单房的画室里,在化胶水的炉子上点了火,去看靠在墙边的画架。这是某画会的青年画家明天要来取的。可是看起来今天是画不完了。

妹子阿种曳着木屐,端了茶进来。

“你看看,画得如何?”

柳堂把下颏一抬。

阿种手里端着茶盘,站下来看了一会儿:“我看不出什么好处。”

“不，看起来不是很清新吗……我看还是不差，有点儿趣味。”

“今天一定得画好呀。

“浦岛是明天来取吗？”

“是明天。”

“不能因为不给画资，便马马虎虎画呢。”

“胡说，这个月的作品，还算这幅最好哪。”

阿种等柳堂搁上胶水锅，在火钵里添了炭，便出去了。

画室后面，刚才已听到小鸟吱吱大叫，柳堂上厕所去，顺便打开后窗望出去。后面是长满松林的小山。这画室是挖开了一部分山坡造起来的，挖开的坡下生着约莫已有三年的小松树，吱吱的鸟声便是从松树上传下来的。一会儿，有一棵松树的枝条动了一动，飞出麻雀大小的圆溜溜的小鸟来。看嘴巴的样子是小伯劳。小鸟向四边望望，发出吱吱的叫声。柳堂想，可能是刚才那只伯劳的儿子，也许那蛇是来吃小伯劳的。

听着小鸟惊慌不安地叫唤母鸟的声音，觉得挺可怜的。原应长得长长的尾巴还没长好，叫的时候一翘一翘。

柳堂叫今西把梯子搬来，自己爬上去抓小鸟，捧在手里，小鸟一点儿不显出害怕的样子，安安静静蹲在他的掌心里。

从前养过金丝雀，有一只八角形大鸟笼，把它放了进去。

“真好玩。”

“不管人或动物，孩子都是好玩的。”

“你现在喜欢它，过一阵子就厌烦了。”

“那可没有办法，到时候让它自己逃走吧。”

“它还小，所以一下子就肯吃东西了，现在不是已经不乱叫了吗？”

“样子挺老实，旁边有人在，好像就安心了。”

“它比鹞鸟有趣呀。”

“首先，性格不一样。哥嘛，你也只能养养伯劳。”

柳堂苦笑了一下。

柳堂有个怪脾气，对于有兴趣的东西，一天几次跑去看个没完，一直到厌烦为止，每天浪费掉许多时间。阿种知道他的癖性，便说：

“今天一天，由我替你收起来吧。”说着，就动手准备把笼子拿走。

“胡说，我又不是小孩子。工作休息时，看看也可以调剂调剂嘛。”

“不行，哥心里一惦上，就不肯放手了。明天人家要来取画，可不能耽误了呀。”

阿种答应好好喂它，终于把鸟笼拿走了。

也不一定是为了想快点儿去看看小伯劳，柳堂很难得地认真作起画来，到傍晚上灯时候，终于把画画成了。

他高高兴兴地走进已经摆好晚饭的茶间来。

“喂，把伯劳拿到这儿来。”他大声地叫了。

小伯劳同柳堂亲热起来了。鸟笼挂在庭前朴树上，柳堂拿一小块鸡肉走过去，小伯劳已经远远地盯住了他，竖起全身的羽毛，高高兴兴地跳起来。

“给你，傻小子。”

在筷头上夹着一小块肉送进鸟笼里去，小伯劳一点儿不害怕，立刻就吞下去了。

柳堂说：“想不到伯劳还这么可爱哪。”

有一次，柳堂有事上东京，一天没在家。

第二天早上睡过了头，刚从床上醒来，听见门外大伯劳大声啼叫。他想，如果是母鸟倒还好，要是来一只别的伯劳，会欺侮小伯劳了。连忙在睡衣外披上一件外衣，睡眼惺忪地跑到门外去。

鸟笼跟平时一样挂在朴树上，可是不知为什么，柳堂走过去，小伯劳在笼子里惊慌得乱蹦乱跳。

“怎么回事，怎么回事？”他说着回进屋子取了鸟食来。樱花树的高枝上，母鸟正在大声啼叫。

小伯劳不吃他给的鸡肉，拼命想从笼里出去。

“阿种，阿种！”他大声叫阿种，阿种边用手巾擦着手，边跑出来了。

“昨天你喂过吗？”

“喂了。”

“真怪，好像完全恢复野性了。”

“昨天，母鸟飞来，把鸟食啄走了。”

“是吗，可怪了——那边叫着的就是吗？”

“对了，一定是的。”

“可能它正教育小鸟，人是可怕的动物，千万不能相信。”

“真的！”阿种笑了，“还是放了它吧。”

“我救过它的命，它倒忘记了，这家伙！”

“可是自己的孩子给关在笼里，当然不放心嘛。从昨儿起，一直在这边啼叫，放了它吧！”

“不，再养几时看看。”

小伯劳从此一直不安静，柳堂断了心念。夜里原来是挂在檐下的，白天只要不下大雨，一般仍挂在朴树上，近来连鸟食也不喂了。母鸟不断地带了食物来，多得小伯劳吃也吃不了，堆积在鸟笼底上，有蜥蜴的身体，两边各带一条腿的，仰向着送进笼子里来。

“真要命，这可怎么办呢！”

“所以嘛，放了它算了。”阿种皱着眉头说。

“没有法子，放了吧。”

当母鸟在樱花树的高枝上不断啼叫的时候，柳堂打开了笼门。小鸟已经不大会飞，还是使劲向母鸟飞过去，飞到像笠帽似的太行松上，便隐没在枝叶中了。樱花树上的母鸟使劲地啼叫，小鸟也啼叫着，又重新飞起来，还是不能一下子飞到母鸟那儿，没有经验，落在一条细枝条上，不够顶住身体的重量，几乎掉了下去，样子十分狼狈。

母鸟见小鸟飞来，一边叫，一边上前迎接。小鸟飞到母鸟跟前，又上前一飞，结果两只鸟一起飞走了。

（1925 年 6 月）

住在沟沿

有一年整个夏天,我住在山阴的松江,市外的沟沿有一所小小的房子,对独居生活非常合适。从院子出去,走下一段石级便是壕沟。壕沟对岸是城墙后面的森林。粗大倾斜的树干,把枝条低低地伸到水面上。水很浅,长着许多菰蒲,非常幽静,虽然是一道壕沟,却有古池的风味,水鸟不断地在菰蒲间飞鸣。

我在这里尽量过简朴的生活。离开忙着同人打交道的生活来到这里,特别感到清静,一天到晚同昆虫禽鸟水草和天空为友。

晚上回来,门口电灯下趴着几条壁虎,这条小路只有我住的地方有门灯,近处的壁虎全爬到这儿来了。我缩着脖子带着不安地急急忙忙走过灯下,这滋味并不好受。要是有时我忘记关灯了,那就有各种昆虫飞进屋子里来,飞蛾、甲壳虫、灯蛾在灯边包围起来,还有几只想逮虫子的大蛤蟆,趴在席地上,听到我的脚步声,便跳到壕沟那边去了。可是待在柱上的癞蛤蟆,却还使劲地扭捏着身子,骨碌碌动着金色的眼睛,盯住我这个突然的闯入者,实际上,我是惊动了这昆虫之家的不速客。

我赶走所有的虫儿,收复了自己的失地,然后开始写作,一直到天色黎明,才把疲劳的身体躺进床上。寂静的黎明中,听壕沟里的鲤鱼鲋鱼之类,在我枕头边大吵大闹。正是产卵的时节,它们总是在沟里乱蹦乱跳,我就听着它们跳水的声响,迷迷糊糊地入睡了。

早上十点钟,已经热得不能再睡了,我便起来。院子隔邻家的大娘,已给我送了火来,小风炉总是放在院前毛桃树下,大娘从自己的灶膛里钳来几块火炭,给我生了炉子,放上茶罐,便回去了。我把床铺收拾好,到井口洗完脸,擦完身子,便给自己搞早点,面包加黄油——黄油是本地牧场出品的上等货——再加红茶、鲜黄瓜，有时是酸萝卜。

我从前在尾道过过单身生活，那时初次离家还不习惯寂寞，为了把生活搞得舒服点儿，日用家具备得很充足，可是到时候用不上，有了那次的经验，现在搞得尽可能简单。除了装面包红茶所必需的杯盘之外，什么也不带，如果来了客，就用搪瓷脸盆烧牛肉，也不觉不干净，不过再用来洗脸时，却觉得不大干净了。一只水吊子，既洗衣服，也洗碗碟，煮土豆时，便用厨房的切菜板盖在上面。

当我还在睡觉时，喜欢钓鱼的房东，常常出去钓鲤鱼和鲋鱼。有一回，他用一条细绳子像拴狗似的拴了一条七八寸长的大鲋鱼来，放在壕沟里送给我，我把它砍碎了，喂了邻家的鸡。

邻家是一对青年夫妇，男的当木匠，可是活儿不多，主要还是搞养鸡这行副业。院子里没有篱笆，鸡常常上我这边来。细细观赏鸡的生活，也很有趣。老母鸡真像个母亲，小鸡跟孩子一样天真，公鸡像是家长，样子很威严，它们就在这儿形成一种生活，看着叫人愉快。

城墙的森林里飞出老鹰来，在上空低低盘旋，那时母鸡和小鸡慌慌张张逃到草底下去，公鸡却昂然地对着敌人，在地面上很兴奋地大踏步来去。

小鸡学着母鸡的样子，用一只脚爪扒土，找虫子吃；见母亲趴在沙土中洗澡，它们也一齐在旁边的沙土中做洗澡的样子，看起来很有趣。特别是那些淡红鸡冠鲜黄爪子的半小公鸡，胆小，怕吓，行动敏捷，更加有味，完全像活泼的小姑娘，美而动人。

坐在檐廊下吃饭时，必定有一只叫熊坂长尾的凶巴巴的黑公鸡，带着五六只母鸡在院前徘徊，熊坂侧着脖子把一边的眼盯着我，等我喂它，可是我把面包片扔过去，它却吃了一惊，叫母鸡来啄，趁空子自己也啄一口，做出泰然自若的神气。

有一天风雨很大，我在上了窗板的屋子里闷得慌，又热得难受。到下午，索性披上雨衣，穿上橡胶靴，漫无目的地走到正在下雨的门外。回来时不想走原路，便沿着汽车道，听雨水打着脸，昂然地走到前面温泉街的站上。浑身被雨淋得精湿，雨衣里面冒出蒸汽来了。跟着我全身血液的循环，我的忧郁病完全治好了。

路上，见蓄水池中睡莲很美，四周围是树林的灰色的水面，朦朦胧胧地漂浮着点点的白花，在雨中看花，真是美得出奇。

从温泉街拐进一条一二百丈的山沟沟，那儿有一个叫玉造的温泉，那时恰巧有回头的汽车，我便搭车回来了。

在叫作松江殿町的路边深处，有一家由母子二人开设的家庭旅店，我常上那儿吃晚饭，在回家时，便走到那家旅店里去。

雨下起来了，天色已经黄昏。我从这家出来时外边在刮风，雨已经停了，闷热的白天，已变成凉快的夜晚。物产陈列所白墙头的老式洋房顶上，已升起苍白的半月，一朵朵淡淡的云彩，在空中匆匆流动。

适度的疲劳和吃饱的肚子，好容易使我恢复了舒畅的心情，觉得回去熬夜未免可惜，还是找一本轻松的书看看，舒舒服服睡觉吧。

回到家里，把床铺好，躺下身体，找不到合适的书，拿起一本刚看开了头的翻译小说，打算马上入睡了，可是老脾气，越是想睡，越是睡不着。

看了几页小说，忽然听到邻家的鸡屋里，鸡声大叫，好像在木笼里吵闹起来，木工夫妇俩大声吆喝着，从自己屋子里赶出来了。我从枕上抬起脑袋，侧耳一听，大概是来了黄鼠狼或夜猫子。吵闹停息了，只有母鸡咕咕的叫声。两夫妇说了些什么，过了一会儿，就回进屋子里去了。以后，一切又归静寂。鸡大概没出什么事吧。我这么想着，不多一会儿也就睡着了。

第二天，风停了，天气很好。每天我把窗板脱下来，邻家大娘便马上送火种来，这天，她一见我便说：

“昨晚上，一只鸡叫猫咬了。”

“……”

“是一只母鸡，它要逃是可以逃的，为了保护小鸡，才被咬死了。”

“太可怜了……”

“就是那边几只小鸡的妈妈。”

“猫怎么了？”

“逃啦。”

“真可惜。”

“今晚上它一定会落网的。”

“一定逮住吗？”

“一定逮住。”

小鸡都趴在沟边的草丛中，并排一溜小脑袋，不安地唧唧地叫，我走过去，小鸡朝我看看，其中一只突然站起来，别的也都站起来，把脖子使劲伸向前头，逃跑了。

“没有了老母鸡，还能养大吗?”

“这个可是……”

“别的老母鸡能带它们吗?”

“不带。”

果然，别的母鸡对孤儿们很不客气。孤儿们有时混进比自己先孵出的小鸡群里，想钻进它们母鸡的翼子下去，那母鸡就狠狠啄它们的头，啄它们的屁股，将它们赶走。孤儿们只好互相依赖似的聚成一团，不安地向四下探望。

被咬死的那只母鸡，就成了木工夫妻俩这一天的菜肴，只把咬断的红红的鸡头，扔在院子里，半开着口眼的鸡头，似乎还怀着仇恨。小鸡们怯生生围上去，似乎不认识这是自己妈妈的脑袋，有一只小鸡去啄断颈中的红红的碎肉，那脑袋被啄一下，便在沙地上翻滚一下。我想，今夜能把那野猫逮住就好了。

这晚上，到深夜时，果然野猫儿落了陷阱。木匠夫妇起来，兴奋地谈着，把用作陷阱的木箱取上来，还用草绳子紧紧捆住。

“这就行了，明天把它沉在壕沟里去。”我听见他们说。

木匠夫妇进屋去了，我便一个人开始写东西，猫在木箱中闹得很凶，听着那闹声静不下心来，想想这猫只有一夜的命了，也觉得未免可怜，可是我也没有办法。

猫儿安静了一下，又吵闹起来，发出恶狠狠的怪叫，使劲地抓，把木箱抓得很热闹，看看光吵闹没用了，又咪呜咪呜发出哀求的声音。这声音接连不断，可把我叫动了心，想去搭救它了。

猫继续哀鸣，看看仍然无用，于是又发出野蛮的嚎叫。如此一会儿哀求，一会儿顽抗，轮流交替，最后，大概是绝望了，安静下来了。

我想到这活东西一待天亮就会变成死尸，心里颇不好受。在这静寂的深夜，现在还醒着的，已只有我和猫儿，这样想时，心里也觉得寂寞，猫儿偷鸡也难怪它，特别是无家的野猫，当然得偷吃东西才能活命。养鸡的人有养鸡的装备，偶然因为下雨，忘记了关上鸡笼门，才被猫偷袭了。与其说是猫的错误，不如说是忘记关门的人的错误。应该实行特赦，饶猫一命，才是正理。这时候，我的心理跟白天见小鸡时已大大不同了。

可是我没有法子，我觉得我不好插手，我简直不知道要怎样办才好。小鸡可怜，母鸡也可怜，造成这灾祸的猫，现在被逮住，也变成可怜的了。在邻家夫妇看来，不让猫活下去，是理所当然的。我此刻对猫儿的这种心情，是无能为力的，除了默然旁观，并无其他办法，我认为这不是我的心太狠。如果说狠心，那么，上帝的心才真狠呢。人不是上帝——有自由意志的人，也跟上帝一样，无动于衷地袖手旁观，要批评当然也可以，可是我觉得这也是不可抗拒的命运，并不想从中插手。

第二天我醒来时，猫已经被淹死了，尸体被埋在土里，原来做陷阱的那只木箱，已经在阳光底下晒干了。

（1924 年 10 月）

转　生

一

某地有一男子,娶了一个愚笨的妻子。他非常爱他的妻子,但对于妻子的愚笨,常常生气,老是骂她,把妻子搞得很苦恼。每挨一次骂,妻子便怨自己生得太笨,大发怨言。

“你娶我这样的太太,一定很后悔,对不对?”

“嗯,当然后悔。”

“真的?”

“真的,不过现在后悔也来不及了。”

“讨厌,你真讨厌!”妻子哭了。

二

“女人就是一种莫名其妙的动物。”

有一天,丈夫生气了,心里这样想。

以后又过了一阵,心气多少平和了一点儿,他又这样想:

“一样养动物,还是养家畜可以太平点儿,有不少男人还养野兽呢,其中有的还养了猛兽啦。同猛兽一块儿过活,倒不如养一头猪放心些。没奈何,只好这样退一步想想了。”

三

物以类聚，家里雇的女用人也都是笨家伙，一切都不如人意。在他脾气好的时候也就罢了，可是心里一不高兴，他就动不动发牢骚。那时他火气特别大，自己也觉得不对头。

“看起来全是笨蛋，简直是笨蛋成了堆，看也不想看，说也不想说了。”他抱着这种心情，开口就骂。

“又想出家当和尚去吗？”

“真的，我要出门去，快替我收拾行李！”

“又发脾气啦？”

“快替我收拾！”

“干吗那样生气，并没有什么事触犯你啦，又是什么事情不对头啦？”

“从一到十都不对头，从十到百都不对头嘛！”

丈夫跟小孩一样，早晨起来脾气最坏，坐在早餐桌上发脾气。空肚子的时候，火气特别大。

四

“总之，你是聪明过头了。”

有一天，难得碰上丈夫脾气好的时候，妻子笑着对他说。

“你是愚笨过头了。”

“对，那么，等我下一世生得聪明点儿，你嘛，也生得愚笨点儿，这样，咱俩就扯平了。”

“下一世如果再做人，那还是一个样，女人天生就是笨嘛。”

“不做人，那做什么呢？”

“做猪吗？”

“只要配得上你……”妻子笑了。

“猪也不好。”

“夫妻最和睦的是什么动物呢？”

“什么？还是做狐狸吧。我看过桦太养狐场的故事。而且狐狸是严格的一夫一妇制。”

“那倒是很好的。”

这时候丈夫心里想，什么动物是一夫多妻制的呢？不过他没有说出来。

“我也不愿意做狐狸。”

“那做什么呢，还有什么动物夫妻最和睦的？”

“是鸳鸯吧，所谓同命鸟。”

“鸳鸯可漂亮呀。”

“只有公的才漂亮，你愿意吗？”

“那也好，我们现在就约定，可不能忘了呀！”

“你才爱忘事哪，可别变一只鸭子，那才无法挽救了。”

“不会忘的。”

“不会，你就老爱忘事呢。”

五

现在，故事转变为童话，过了几十年之后，这位爱唠叨的丈夫，骂了一辈子妻子，老在发脾气，终于阿弥陀佛，一命归阴了。

妻子一方面松了一口气，一方面听不到骂声也感到寂寞。她变得更老糊涂了，舒舒服服地活着，好像连死也忘记了。

死了的丈夫，按照和妻子的约定，转生为一只鸳鸯，正等着妻子的死亡。他觉得太太总是活得好好的，还是她那老脾气。回忆起大家活着时，约好一起出门，常常在门外老等。

六

又过了几年，妻子终于死了。到了该她转生的时候。要转生什么呢？她忘了，是鸳鸯，还是狐狸，还是猪？她想了半天。不做猪，那不会错，可记不准到底做鸳鸯还是做狐狸。好像记得是鸳鸯。这时候,她忽然记起丈夫活着的时候,常常说的话:“有两件事决不定的时候,你常常选不好的一件,有时偶然选了好的一件,反而注定是选错了,真奇怪!”

妻子记起这句话,心里又狐疑了。“我记得好像是鸳鸯,可能记错了,也许选狐狸还是不错的吧。”这样一想,她便转生为狐狸。

七

这只母狐从这个森林到那个森林,从这个山头到那个山头,到处找她的丈夫,可是没有找到。找得累了,走到一座深山,已经三天没有吃东西,困得快昏倒了。忽然听见山下流水的声音。心想还是喝口水吧,举起疲劳的腿儿,踉踉跄跄地走到水边。

丈夫鸳鸯,正在清澈的溪水中过着寂寞的生活。他刚从水中抬起头来,爬上一块溪石,用独腿站着发愣,忽然发现身边爬来一只动物。他吃了一惊,正要飞起来,却认出原来就是盼了好久的妻子,这使他更加吃惊了,不禁大叫一声,飞到她的旁边。

母狐也吃了一惊,她既欢喜,又饿得慌,便腼腼腆腆地爬过去。

两个一当面,才知造成了大错,大家都吓得发愣了。

丈夫闻到母狐的臊气,皱起鼻子,又发起他的老脾气来,大声呵斥道:

“你这个浑蛋!”

八

母狐哭了,承认自己的错误,可是尽管认错也好,尽管丈夫宽恕了她也好,反正都没法挽救了。

丈夫鸳鸯竖起头毛,扇拍着翼子发怒。母狐因饥饿和疲劳,几乎快要断气,连话也说不出来了。看着在自己眼前大发雷霆的那只鸳鸯,果然是自己的丈夫。可是神志朦胧起来,觉得这正是最好的食物,特别是前回追赶一只野鼠,没有追上,更使她加深了愿望。这不能吃,这是自己亲爱的丈夫呢。她心里反复斗争，努力克制自己的食欲，可是丈夫还是在恶狺狺地骂她。

终于憋不住了，母狐突然大叫一声，一扑扑到鸳鸯的身上，一张口就把他吞下去了。——故事就是这样。

这故事名为《骂人的报应》，是颇有教育意义的童话。

“这故事是教育爱唠叨的丈夫的吗？”

“对！”

“对愚笨的妻子也有教训吧。”

“为什么？”

“老婆一天到晚挨丈夫的骂，还是爱她的丈夫。”

“果然不错。”

“这是你拿自己的家庭做模特儿的吧？”

“没那回事。我内人很聪明，我又是一个性情温和的丈夫。《文艺春秋》这个刊物上还用我的名义登过广告，传授家庭和睦的秘诀哪。”

（1924 年 3 月）

秋　风

（戏剧）

父，四十八岁。

女，十九岁。

父：戴着老花眼镜在电灯下补袜子。女：整理着身上的衣服登场。父：抬起脸来。

“睡着了吗？”

“嗯，我陪着他睡，自己也睡着了。”拿起父缝补的袜子，“真不差哪，样子不好看，可是很结实。”

父：“从前住公寓上大学那会儿，不愿干也只得干嘛。样子不好看，可是学会了如何搞得结实。——我有一位朋友，还会编滑雪用的袜子，编得挺好。”

女：“爸，你没让他教你吗？”

父：“没有，我又不去滑雪。”

女：“滑雪的袜子跟普通不一样吗？——编法是相同的吧。”

父：“嗯，可能一样，他没编过普通袜子，就是常常一边谈话一边编。”

女：拿起身边一本刊物，翻了一下，便放下来，伸过手去：“给我，我来补。”

父：“我这马上就完，你去厨房里把要洗的东西洗洗吧。”

女：“都洗好了——给我，我来补。”从父手中夺过袜子，“以后，把我那件小红毛衫拆了，给你编一双好的。”

父：“叫我穿红袜子吗？”

女：笑了：“当然要染黑的。”

“啊！”父忍住了笑。

女:“先把毛线染好,以后再编。不过编袜子的毛线是另外有一种,可能不够结实。”

父站起身来:“穿了窟窿,我再来补嘛。……我上书房去,你补完了早点儿睡觉吧……现在几点?”抬头望挂钟,“九点多了,你早晨起得早,快去睡吧……半夜里还得叫醒一郎起来解手吧?”

女:“现在他自己能起来了,真乖哪……”

父:“是吗,这很好。”说着,拿起烟卷和火柴,走到廊下去了。

女:仍默默地补着袜子。电话铃响,女到廊下接电话。

“喂喂。”

电话:“你是圭子吗?”

女:“是!”马上显出不高兴的样子,把嗓音放低了。

电话:“爸在吗?”

女:“在书房里。”

电话:“一郎呢?”

女:“睡了!”

电话:“他好吗?”

女:“很好!”

电话:“一郎念叨我吗?”

女:“没有!”

电话:“前几天给你的信,给爸看了吗?”

女:“没有,我不能给他看。”

电话:“你对我还生气吗?”

女:“……”

电话:“你不想想一郎可怜吗?”

女:“把电话挂了吧!”有点儿兴奋的样子,“到现在还说这种话干什么呢?把电话挂了吧。”

女挂上电话,抹着眼泪走进屋子里,摇摇头坐下,又补起袜子来。

父手里提着老花眼镜登场。

父:“是妈打来的吗?”

女:“嗯。”

父:“是不是常来电话?”

女摇摇头，不作声。

父："讲了几句就完了，有什么事？"说着，在火钵边坐下。

女："也没讲什么话……我不愿同妈谈话，也许她有事，可是我把电话挂了。"

父："应该听听她有什么话，也许落下了什么东西，她要就给她送去嘛。"

女："不是那号事，我大抵知道，我就是不愿意问她，才把电话挂了的……前几天来过一封长信，我没有回她，所以打电话来问了。"

父："你没有把这封信给我看啊，写了什么，不能让我看看吗？"

女："没有什么不能看的话。她这封信，实际是写给爸的。我知道她这个意思，所以更不想给你看了。"

父："这不行，既然知道，就不该瞒我呀。"

女："好，我去拿来。"说着跑回自己卧室拿了一封厚厚的信，交给了父。

女："爸，现在还爱着妈呀。"恨恨地向父瞥了一眼，父拿着信。

父："不能说爱，我对你妈的心情，我自己也说不清。她走的那时候，我当然大大生气。现在回想起来，那时我气的，倒不完全为了嫉妒。想到家里的人，特别是想到一郎，是竭力想劝她留下的；不但如此，也为了你妈自己，我替她担心。我这么说，听起来好像完全出于好心，我不是这个意思。只因大家一起过了二十年，现在再看你妈自己葬送自己，心里总不舒服，我觉得你妈太可怜了。你妈这个人……你也跟我一样看法吧，实在也是一个好人。就是没有办法，总抱着一种不切实际的幻想。明年就是四十岁了，照老派说，也快抱孙子的人了，可是还做着小姑娘似的幻梦。这一点，同我是相反的。我也不是特别感到不满，搞科学的人，是不能不有些幻想的，为了科学的进步，还应该有梦想才对。我每次回到家里来，听了你妈那种带梦想的话，有时还高兴，大大地得到安慰。所以，我也以为你妈作为科学家的妻子，也不是完全不合适的。可是你妈对我这样的丈夫很不满足。比方，常有这样的事。外边出了一首好的和歌，我就没有你妈那么高兴，这使你妈对我很不满意……"戴上老花眼镜，从封套中抽出信来，开始阅读。

女："最近我见了和歌就不愉快，不想去读，我对所有的和歌都觉得讨厌了。”父从信上抬起头来笑了一笑。

父:“见了和歌就讨厌……你很像你妈,总是感情用事,对吗?我本来不大懂和歌,也不去看……可是三岛先生晚年的歌,大概会使我特别不快,好在我没有看……”

女:“看了叫人受不了。他还写了一本书,讲自己同妈的事,我在同学那里翻过一下,那么大年纪了,还写那种事,看了真叫人生气。调子写得很低,同学们也说,看了挺不愉快。”

父:“不要讲死人的坏话。现在我看信,你不要讲话了。”

二人暂时沉默。女时时窥探父的神情。父脸色略显忧郁。又继续沉默。过了一会儿,女忽然又兴奋地说。

女:“讨厌!爸,我对这种事最讨厌。”

父:“别作声!”阻止女,女悲哀地沉默了。继续沉默。过了一会儿,父看完了信,装进封套里,再看看信封的背面。

父:“还是住在原来的地方。”

女:“……”

父:“你绝对反对你妈回来吗?”

女:“我反对。可是爸愿意,我还说什么呢,不过,要是真回来,我就住到外边去,独自过活。”

父:“嗯!”点点头。

女:“不用考虑我。妈要是回来,第一个高兴的是一郎。妈也是惦着一郎,才想回来的。不过,这样的事,当初就该想想,现在三岛先生死了,一个人寂寞了,才说这样的话,真是只有自己,没有别人嘛。”

父:“不过,你妈就是那样的人,人是好人,也是光替自己打算的人。走的时候也是那样,归根到底是性子简单,我对这点,倒不恨你妈。决定走的那回,我对她说过:‘三岛先生已经七十岁了,你的幸福也不会太久,你得好好想一想呀。’可是她一听就光火了。”笑了一笑,“她说我一点儿也不了解她的心情,所以生气了。你妈看我就是对这种事不能了解,所以不能一块儿过下去了!”笑。

女(不屑地):“完全是歪道理嘛!”

父:“在旁人看来,自然是歪理,可是你妈自己不这么想。你妈是那种被文学啦艺术啦迷了心窍的人。但我可不那样,你妈就认为我不懂艺术,难怪她对我不满了。这一点可以同情她,可同时这也是你妈在现实生活中的弱点……当然也不能说三岛早对你妈有了存心,不过在若干程度上,是有意识地钻了她的空子。”

女:“我觉得三岛先生也不是什么艺术家,只不过一样是被艺术迷了心窍的人罢了。”

父:“嗯嗯……”点了几下头,“也许正是这样,我说他钻了你妈的空子,也许说得庸俗了一点儿,他自身也是被艺术迷了心窍的人,可能你说对了。”好像想了一想,“所以三岛死得这么快……是害了肺炎吧?”

女:“是脑溢血。”

父:“啊!”又想了一下,马上看看女的脸色,“不过,刚才讲的事,”又停了一停,“三岛这个人,在大学生时代就是歌人,出大学后进了实业界,一直担任大公司的高级职务,那时他好像还写和歌,但在实业家时期没有发生过这种事,如果在实业家时期干出这种事来,那就等于在社会上自杀。在实业家时期没发生过这种事,以后便退休了,又恢复歌人的生活便发生同你妈的事情。我觉得他是照职业来运用伦理的。看来,也不能完全说是被文学迷住心窍的人中间发生的事。”

女:“对啦,正如爸说的,我也是这样想呢。”

父:“在这点上,在你妈方面,可没有这种不纯洁的地方。”女一下子不能理解,忽然又觉得可笑了。父看出女的心理,苦笑了一下。女低头忍住了笑。这时候,眼泪落到膝盖上。

父:“你看我为你妈说好话,也许觉得可笑。我考虑的不单是你妈的处境,因为最近看了一部英国电影,我才这样想的。”

女(好像知道这部电影):“什么电影?”

父:“题名忘记了,大致的故事是……”

女:“是不是《幽会》?”

父:“对,是《幽会》,你也看过吗?”

女:“看了。”

父:“我看了那电影,觉得主人公太可怜了。女人家遇到那种事,会完全刹不住车;男的方面,碰到这种关头,就能刹住车,他带了妻子上非洲什么地方去,可是女的已差一点儿在铁道上自杀了。所以碰到这种事,女人不是单纯,便是本能,往往自己也做不得主,我看了觉得可怜。”

女:“我只看了半场。”

父:“你不看下去也许对了,我看着看着发生了许多感想……刚才说不讲死人的坏话,不觉又讲起来了,像三岛那样在生活上文学上都有相当经验的老人,为什么碰到这事却刹不住车呢,我想想总不明白。所以,我想他是故意不刹车的,不知是不是被艺术迷了心窍,总不能使人理解。可是你妈的心情,倒是很可理解的。我说三岛已经是一个老人,不会太久了,她就认真地发起怒来,可见她是一点儿打算都没有的。”

一郎的哭声。女站起来进里屋去了。父把信拿起来,又放下,去拿刚才那本刊物翻阅着。女回来。

父:“大概是做梦吧。”

女:“可能是。”

父:“也许梦见了妈吧。”

女:“也可能,不过他从来没有提起过妈呀。”

父:“当然,他多少也知道一点儿,他不提妈才有点儿怪呀,他对你也没有说过妈吗?”

女:“没有,不过近来好像睡得不大好,有时不作声,以为他已经睡着了,只听他嘴里低低念叨,‘妈,妈!’”

父:“……”流泪。

女:“……”沉默。

父:“把一郎送到你妈那里去,你看怎样?”

女:“……”不回答。

父:“我以为他忘记了,现在听了这话觉得很难过。想想一郎的将来,也觉得留在我身边教育为好……”

女:“当然嘛,叫妈去教育一郎不行呀。”

父:“……可是这样也麻烦,也许不满意的,只有你妈一人。总之嘛,一家四口人,原来过得好好儿的,来了这个三岛,把一切都搞垮了,实在经不起打击。就是我处理得不好,不过我也没想到,二十年的家庭生活,就这么一下子垮掉了……再加,不到半年,这三岛又死了。三岛嘛,也有他的烦恼吧,说不定正为此得了高血压,这也是一个很大的牺牲,老年人的恋爱,就得付这样大的代价啰。”

女:“爸,你对妈的信打算怎样办,用不到顾虑我,刚才我说她要是回家我就离开,现在我取消这句话,所以,对我这方面,可以不成问题……”

父:“你到底希望怎样呢?”

女:“不知道,我自己也说不清。我一想到一郎,便觉得自己的气愤也不算回事。不过这样一决定,总是片面的情绪。可是觉得这件事,还是应该为一郎着想才行。”

父:“嗯……”

女:“爸,你打算叫妈回来吗?”

父:“不。”摇摇头。

女:“……”脸色阴沉了。

父:“我一点儿也不恨你妈,为了一郎,叫她回来也可以,不过我也决不定。其实在三岛死的时候,我马上就想到过,好像还是这样办最好,可是又觉得有些为难。当然照社会情况说,这也是不能办的——社会观感确实不好,而且这样做也太轻率了。估计没有人会议论,如果人家要议论,我也会偏做给人看。我不怕别人笑话。我之所以不能做,可能还有一种不能做的更根本的原因。也许这就是所谓伦理,所谓道德,我可宁使承认这比伦理道德更主要的东西。有这么句老得发霉的成语——覆水难收。从更新的意义来说,这话好像也是真理。想幸福的人,因为有这种想法得不到幸福固然令人不快,可是我的心情就是不能这样办。我不知说得对不对,总之,我就是这样的心情。”

女:“这个,我也很了解。”

父:“我也不愿被社会上那种所谓伦理道德拘束住了,但比这更重要的东西,我是要考虑的。不考虑这个,即使形式上重新建立一个幸福的家庭,这种幸福也不能认为真正的幸福,可能还是保持现状为好。”

女:“爸,你不想再婚了吗?”

父:“这也难说,等你结了婚,那时有适当的对象,说不定也会再婚的。”

女:“对!”想通了,“可是妈怎样办哪?妈可是想得美美的,以为自己回来,爸就高兴了,过去的事,全可以原谅了。她认为从中作梗的就是我。”

父:“也许是这样,如果我同她一样想法,那就好办了,可是我不能。就是刚才说的那种想法,要是不顾一切,让她回来,我怕一辈子会留下清算不了的遗憾。我不能说我已想得很明白,可是我不想糊糊涂涂就算。”

又听到一郎的哭声。门外风声。

父:“你去睡,我也得睡了,虽然并不想睡,待在书房里反正什么也不能做,还是睡吧。”

女:“妈一定又会来信——我便回答她,告诉她,爸的心情并不像妈那么简单,这样写好吗?”

父:“就这样写好了——刚才我说的话,先不要写,我还得再稍微想一想。”

一郎哭声剧烈了。

父:“快去吧!”

女不回答,向哭声的方向大声说。

女:“好,马上来了……”急急忙忙收拾着。

父:“那么,睡吧。”立起来走向廊下。

女:“爸也休息吧!”收拾完了,向父相反的方向,匆匆退场。

舞台空了一会儿,哭声渐小……停止了。

——幕落——

(1949 年 6 月)

篝　火

这一天,从早晨起就下雨。午后,一直在楼上自己的房间里,同妻一起,跟画家 S 君、旅馆主人 K 君他们玩扑克。房间里弥漫着烟卷的烟雾,大家都有一点儿倦了。扑克也打厌了,糖果也吃腻了,大概是三点钟模样。

我站起身来,打开了窗子,雨不知在什么时候停了,山头的凉爽的空气,含着新绿的清香,飘进房间里来吹乱了烟卷的烟雾。大家好似重新活过来一般,互相打了个照面。

主人 K 君站起身来,两手插在裤子袋里踟蹰着说了:

"我到那小屋里去一下。"

"我也去画画吧。"画家 S 君也说,两个人都出去了。

我在窗栏上坐着,眺望白云渐渐散去,瓷青色的天空开朗起来,看见肩头背着画具的 S 君,同披着短外套的 K 君,一边说着话,一边往小屋子那边爬上去。他俩在小屋前站住说了几句话,S 君就一个人跑进林子里去了。

于是我就躺下来看书。到书也看倦了的时候,在旁边做着针线活的妻子说了:"到小屋里去吗?"

所谓小屋,是青年主人 K 君,和年老的烧炭的春君,为了我们要搬去住,特地给盖的小板屋。

K 君和春正在盖厕所。

"盖得很像个样子了。"K 君说。我就从旁去帮助,妻也不时在一边动手。

过了约莫半个钟头,S 君踏着水淋淋的旧年留下的落叶,从林子里走了出来。

“很不错呀，把屋檐板装好，就像一所房子了。”他赞赏起这个厕所的工事来。

“厕所本来是个累赘的东西，现在却变成很好的装饰了。”K君很喜欢地说了。盖小屋的事是全由K君负责了的；他对盖屋有兴趣，不仅在实用方面，对于全座屋子的形式、材料的配置等也都费了种种的苦心，尽可能地想盖成一所舒适的房子。

夜鹰开始叫起来，发出像两块硬木板互相拍击的激烈的声音。天色暗了，停了工。春用手掌装换短烟袋里的烟叶子，说：

“有牛马会上来的，得赶快把木栅栏做好。”

“对啦，刚盖好就给吃掉，可不痛快啦。”K君回答。说房子是可以吃掉的，大家都笑了。这个山里没有筑泥墙的泥，正屋的墙也都用的是木板。这小屋子的墙，就用做炭篓子的材料，拣比较粗一点儿的，编成两层，中间夹上席子。

“这种房子，恰好给牛马当点心。”春很认真地说着，大家又笑了。

山中的夕暮，什么时候都是非常轻快的，尤其是在雨霁后的夕暮。当工作以后，一边抽烟，一边望望劳动的成绩，谁的心中都融流着淡淡的欢喜，觉得精神快爽了。

前天也是在下午开晴的，夕暮很美丽。昨天从鸟居岭到黑桧山的一边，张起了一条大虹，看去更加美了；大家在这里玩了些时候。小屋是在青冈树林子里，因此大家都拣了高大的青冈树爬着玩。说是爬在树上看虹看得更清楚，连妻都要爬树，我就和K君，扶她爬到一丈多高的地方。

我同妻和K君都爬在一株树上，S君爬上邻旁的一株。K君和S君比高，大家都攀到两丈以上。

“简直像一把摇椅呀。”K君在高处的一个很适当的树杈上，仰躺着身子，抽着烟卷，摇荡着树枝。

叫作阿市的那从年龄上看来是个大脸的低能男孩，背着K君的第二个孩子，跑来通知吃夜饭，大家才从树上爬下来。这时候，地面上已经暗得很，连妻在树上掉落了的发栉，没有灯都不能找寻了。

我回想到上一天的快乐，就提议着说：

“今晚上划船去好吗？”大家都赞成了。

饭是分开吃的，吃过了饭，四个人又围在底下大围炉边。K君用炉子上大茶锅里的开水，冲炼乳给孩子喝。

K君到冰窖里拿了很厚的青冈树板来，四个人穿过掩满枞树的庙里的黑院子，走到神乐堂面前的时候，K君对卖神符的说："你去洗澡吧。"枞树的粗干间，看见湖面闪烁着银色的光。

小船一半歇在岸边的沙滩上，因为白天下过雨，船上有许多水，K君淘水的时候，三个人就站在又黑又湿的沙滩上等他。

K君又把掮了来的厚木板，搁在了船边适当的地方，就说："请上船吧！"妻打头，大家都坐定了，船就推进水里。

这是静寂的夜晚，西方的天边，还留着一点儿晚照的余霞；四围的山峦，黑漆漆的像蛴螬的背脊。

"K君你瞧，黑桧山看去像是低了好些呢？"S君在船头上说。

"晚上看山总是低的。"K君坐在船艄上，轻轻地划着短桨回答。

"在烧篝火啦。"妻说了，快要拐进小鸟岛后边的时候，看见了对岸上的火光，映在平静的水面，看去好像有两堆火。

"在这时候，真奇怪。"K君说，"也许掘薯的在野宿，那边有一座烧木炭的旧窑，大概在那边度夜吧，去看好吗？"

K君在桨上用力，把船头掉了向；船轻轻地在水面上溜过去。K君说了一个惊人的故事，有一次他自己一个人从小鸟岛游水到庙的这边来时，在湖心遇到了一条大蛇。

果然如K君所说，烧篝火的是炭窑的窑口。S君说：

"这里边真有人吗，K君？"

"当然有人呀，如果没有人，火不熄灭就危险啦。上去看，好吗？"

"上去一下吧。"妻说。

靠近了岸，S君先拉着绳子跳上去，把船头拉到石头中间。

K君蹲在窑洞口，向里边张望了一会儿。

"有人睡着呀。"

因为有点儿冷，大家都喜欢这火。

S君拾了地上的小树枝，夹了火块点燃了烟卷。

窑里面窸窸窣窣地响，有人打呼。

"这么睡着，倒很暖和啦。"S君说。

K君拾了些散落在近边的小枝，丢进火里：

“就要熄灭的，如果睡熟了不醒，到天亮就很冷。”

“在身边烧着这么大的火，不会气闷吗？”

“只要里面不烧，倒不要紧。可是窑子太老了，常常会自己倒塌下来的，尤其是下了雨以后，更危险。”

“噢哟，好怕人呢，K君，你去告诉他吧。”

“真的，还是去告诉他好。”S君也说了。

“何必特地去告诉呢，”K君笑了起来，“我们说话说得这么高声，他怕什么都听见了吧。”

窑里边又有窸窸窣窣的枯叶的声音，大家都笑起来。

“走吧。”妻不安地说。到了船边，S君第一个跳下去：“现在我来划桨。”

小鸟岛与湖岸之间，显得特别静寂，从船边上往水里瞧，就可以望见明星灿烂的天空。

“我们也来烧篝火好吗？”K君说了。

S君一边习惯地用口哨吹着《蓝色的多瑙河》的调子，一边划桨。

“喂，K君，咱们划到哪里去呢？”S君问了。K君回过身子来看着回答了：

“就一直往前去吧。”

接着，大家自然地沉默起来了，船静静地前进。

“从这里到岸边，你游得过去吗？”我向妻问。

“啊，也许可以游的。”

“夫人会游水吗？”K君吃惊地说了。

“从什么时候起可以游水？”K君又问我。

“天气要是暖些，现在也可以游，去年也是现在这时候，还游了呢。”

“太冷了一点儿，”我把手浸在水里试试，“以前去看红叶，早晨就在芦湖游过水，也不怎么冷，后来四月初在芦湖又游过。”

“从前他是很厉害的呢。”妻笑起怕冷的我来。

“靠这边好吗？”

“好，就这边吧。”

S君用力划了三四桨，船头沙沙地响着，搁上了沙滩。

大家跳上了沙滩。

“这样湿的地方也可以烧篝火吗?”

“用白桦树皮可以烧的,因为有油,虽然湿点儿,也可以烧得很旺。我去捡树枝,你们多撕些白桦树皮。”

说着,他就跑进繁生着羊齿草、山蕗、八叶树的暗沉沉的林子中,找烧火的树枝去了。

大家都分散了,只是远远地看见烟头上的火,就知道K君和S君在哪里。

白桦树的老皮脱下来了,一头向外翻着,用手一撕就撕了下来。不时地听到K君折枯枝的劈泼的声音,播散在静静的林中。

结结实实抱了一捆,搬到沙滩上,已经有了一大堆。

K君突然从林子里跳出来,好像受了惊。

“怎么啦?”

“有虫呀!屁股发光的虫呀!屁股一扭一扭地动着,真怕人。”K君对于尺蠖虫之类怕得很,不住地喘着气。

跑过去看,S君打头:

“是这里吗?”他回头对后边的K君说。

“这边不是有光吗?”

“呀,是这家伙。”S君擦了火柴看,是寸把长的裸虫,屁股特别的大,不住地扭动着。

屁股尖上发着青光。

“这有什么怕人的?”S君说。

“再过去地上都有这些虫,简直不能走道。”K君说,“已经不少了,就烧起来吧。”

大家又走到沙滩上。

白桦树皮燃着了火,带着水汽,冒着像烛台上的油烟一般的黑烟,烘烘地烧了起来。K君先折小枝,然后渐渐拣大的投进火里,四周围就明亮了起来,直映到前边小鸟岛的林子里。

K君又从船上拿来了那块青冈树的厚板,做了我们坐地的垫子。

“看你怕虫的样子,倒不像是山里人了。”S君说。

“真的。“K君也说了,“如果预先知道,当然不至于如此;因为是突然的事，所以吓了一跳。”

“山里还有别的怕人的东西吗？”

“没有什么怕人的。”

“有蟒蛇没有呢？”

“没有。”

“蝮蛇呢？”我问。

“下山到箕轮那边，不时可以见到，山上可从来没有见过。”

“从前还有狼吧？”S君说。

“小时候常常听见叫声，半夜里听见远远的狼叫，那种凄厉不快的气味，现在还记着呢。”

K君又讲了他那已故的父亲，很喜欢晚上去钓鱼，有一天晚上被狼围住了，跳下水才逃回来的。有一年在这山中开了牧场，曾经看见过被狼吃剩了一半的死马。

“就在那年把火药放在肉里喂狼，一星期就绝了迹。”

当我讲起了四五天前在地狱谷那边，看见一只小兽的骷髅以后，K君说：“那一定是竹狗吧，也许是被老鹰吃了的；因为竹狗是最孱弱的野兽。”

“那么，这山里真没怕人的东西了呀？”胆小的妻又向K君问了。

可是K君却笑了起来：“夫人，我还见过长人鬼呢。”

“那个我知道。”妻得意地说，“大概在雾中映了自己的影子吧？”有一次清晨到鸟居岭去看云海，妻有过这样的经验。

“不，不是那么回事。”

小时候往前桥去了夜里回来，走到离小暮约九里地的大松林里，就看见了这东西。十几丈前边忽然有一股亮光，中间站着一个一丈多高的黑东西。不过过了一会儿也就明白了，原来是一个背着大包裹的人在路边休息，他站起身来一边走，一边背过身去擦洋火抽烟，所以闪出了光亮。

“所谓怪事，大概都不过如此而已。”S君说。

“奇怪的事，可是真有的。”妻说，“比方做梦预兆的事，似乎真是有的。”

“这是另一回事了。”S君又说，同时好像想起了什么，“喂，K君，去年你在雪中遭难的事，真是一件怪事。你还没有听过吗？”他回头来对我说。

“没有。”

“那真是怪事。”K 君也说了。事情是这样的——

去年雪下得很大，山里积了二三尺的时候，得了信息，说在东京的姊姊病得很重，K 君就急忙下山去探望。

姊的病并不如意想那样厉害，宿了三夜就回家来了。火车到水沼的时候，已经是下午三点。原打算第二天再上山，可是相隔只有十几里路，不想再住一夜客栈，K 君就变更了预定，打算要是不能上山，也到山脚下再找宿处，这样就从水沼出发了。

傍晚的时候，走到两道石牌轩的近边，身体精神都一点儿不觉得累，又有月亮，K 君就决定上山。可是愈到山上，雪愈深，比 K 君前几天下山时，几乎深了一倍。如果在有人走过的地方，纵使厚些，面上总还硬实，走起来不至于怎样困难；可是从没有人走过，松软的雪就一直没到腰边。加之，一片都是雪，不知道哪里有路，任便 K 君是从小在山里长大的，也有点儿彷徨起来了。

月光中，抬头就看见鸟居岭。在夏天，这一带都是郁森森的林子，冬天树林没叶子，看起来好似特别近。而且因为有雪光，看起来好像距离更近。他不愿重新回头，便像蚂蚁一样地向上爬去，看看很近，却总是不容易走到。要回头去呢，如果能照来时的脚印子不走错，倒还不打紧，假使错了路，那也是一样的困难。再抬头望望，却就在眼前了。

K 君喘呼呼地一步又一步地爬着，心头也不觉得什么恐怖与不安，可是不知怎的精神上却感到了有点儿恍惚的样子。

“后来回想起来，真是危险。死在雪里的人，大都就这么躺倒的，躺下就冻死了。”

K 君在当时虽很明白那种情形，很奇怪地，却一点儿也没有感到不安，终于是支住了精神；大概因为身体是向来结实的，在雪中也习惯了。结果，又爬了两个多钟头，终于爬到了岭顶上。

山后边的雪更深，可是只有一段路就是山下了，下了山就一直是平地。看表已经过了一点。

远远地看见两只提灯，K 君觉得奇怪，为什么这时候会有灯呢？但是在踽踽独行的夜道中，即使是遇到一个陌生人擦身走过，也是快乐的事。于是 K 君又振起精神，向山下走去。走到觉满渊的边上，和提灯的人们遇到了，这是叫作 U 的，K 君的义兄，和三个住在家里的打冰的工夫。“噢哟，回来了。路上辛苦了吧？”U 说了。

K 君问了：“在这时候，你还到哪里去？”

“是你妈妈叫我们来接你的呀。”U 全不惊奇地回答，K 君悚然吃了一惊。

“这天回家来，我并没有预先通知；后来听说，母亲抱了阿光（K 君的大儿子）睡了，好像还没有睡着过，突然把 U 叫了起来，说是 K 君回来了，快去迎接。她说是听见 K 君在那里喊；因为说得清清楚楚，U 也不觉得奇怪，就叫起了工夫准备着来接。仔细一问，那正是我走得倦了，精神有点儿恍惚的时候。山里的人都是睡得很早的，到了晚上七点或八点钟就睡了。那时正是大家熟睡的时候。母亲一定是听得很明白，否则何至于特地叫醒了四个人来接呢？”

“K 君你叫了的吗？”妻问。

“不，隔了一重山头，即使叫也不会听到的呀。”

“嗯。”妻说着，眼中含了泪珠。

“如果母亲只是那么觉得，何至于要别人半夜里起来，从深到腰边的雪堆中来接我呢。那时候，即使只有一条裹脚带捆得不好，解下来，就会立刻冻成一条棒，再也捆不上去。所以晚上出来，就得做好一番准备，够麻烦的，至少也得花二十分钟。这期间，母亲却一点儿也不犹豫地，烧火，备点心，打发人来。”

知道 K 君与他母亲的关系，这故事就更加令人感动。我虽不十分详细，但被人叫作易卜生的 K 君的父亲，虽不是怎样的坏人，至少不是一个好的丈夫。平日总是在前桥那边，跟年轻的姨太太住在一起，一到夏天，就带到山里来，把山里的一笔收入都收了去。K 君对于父亲的行为，很抱不快，常常发生冲突。为了这事使 K 君对母亲更加恋恋，而母亲也更加喜爱 K 君了。

在小鸟岛那边，刚才猫头鹰已叫起了“老五、老五”的声音，过了一会儿，又叫起“做工、做工”的声音来了。

篝火也渐渐地暗下去了。K 君拿出表来看。

“几点？”

“十一点多了呀。”

“可以回去了吧。”妻说。

K 君把烧剩的柴头远远地向湖心抛去。柴头爆散着红红的火星向湖心飞去，映在湖水中，水里边的柴影子也在红红地跳动，一上一下，画出两条同样的弧线，线头在水面上一碰合，就发哧哧的声音，熄灭了。于是四围就暗黑起来。看着很有趣，大家都来抛了。K 君留在最后，用桨子把水很巧妙地泼到火渣里，把火都弄熄了。

又坐上船，掘薯人的篝火，已经快要熄灭了。船绕过了小鸟岛，向庙子的森林那面滑去。猫头鹰的声音，渐渐地远了。

（1920 年 3 月）

真　鹤

伊豆半岛的岁暮，太阳落山，四围风物染上苍苍暮色的时候，一个十二三岁的男孩，拉着弟弟的手，脸色沉郁地，在面向深海的高岸上走过来。弟弟似乎疲乏了，虽是个小孩却紧皱着眉头，满不高兴地拖着懒步；阿哥是在默默地沉思，他还不知道什么叫恋爱，而现在却正在恋爱的苦闷之中。

有过这样的事，一次，他小学校里的一个教员，和一个新来的年轻的女教员在一起走路，他莫名其妙地跟在他们后边。这时候，“喂，”不意教员忽然转过身来说，“‘我的爱像一只被弃的小舟，在千丈大海的波涛里，无边又无岸’，你懂不懂这首歌的意思？”教员这么说着，笑着向女教员的侧脸望，女教员低下了头，没出声，耳根边红了起来。

他也觉得非常害羞，恰如自己被人这么说了，又像这句话是自己说的。

“怎么样，你懂吗？”又被这样一问，他也跟女教员一般默默地低下头去了。而且自然而然地在眼前浮出一片图画，浩浩大海中，一只小舟在波间漂荡。他不知道恋爱是什么，所以也不懂歌中的意思。

他是真鹤地方的渔夫的儿子，一个黑皮肤、大脑袋的孩子。

现在，他这大脑袋上，像戴方巾似的，戴着一顶不合适的海军帽，橡皮帽带扣住了脖子。把这副神气认作恋爱的苦闷者，实在不调和得可笑。可是在他看来，不调和也罢，可笑也罢，滑稽也罢，这顶海军帽是不能亵渎的。

这天，他从父亲那儿拿到了压岁钱，到小田原去买弟弟和自己的木屐，还没走到木屐铺，却无意地在洋货铺的玻璃橱里，看到了小海军帽，他突然想要，就忘了所以，把钱袋子都倒光了。

他有一个叔父，原是在根府江挑石块的，现在当了海军的班长，他常常听到叔父谈海军，就下决心长大了去当海军。

“噢哟，这汽罐多小，简直是小孩玩的！”有一次叔父这样嘲笑了烟囱上好似戴着帽子的往热海去的小火车的车头，他从来没有见过大火车，光听了这话，已足够引起对叔父的敬意。于是他的海军热更高了。

因此，得到一顶海军帽，在他是无上的欢喜。同时他也有点儿懊悔，觉得热心着一双木屐而跟了来的弟弟是太可怜了。本来是大家有份的钱，却单买了自己的东西，暴躁的父亲，不知道会怎样发怒，这样想时，心里就阴沉起来了。

可是当他在满挂着松枝的热闹的街上走着的时候，他不知不觉地把这个心事忘记了；想去拜参从前听到过的二宫尊德的庙，向庙那边走去；却在一条街的拐角上，遇到几个卖唱的正热热闹闹地走过来。

他们是三个人，一个四十来岁的瞎子拉着胡琴，还有一个女的像是瞎子的老婆，手上脸上粉擦得雪白，高声地弹着月琴，另外一个和他差不多大小的女孩，憔悴的脸上涂抹着一块块厚厚的脂粉，一边打着两块木拍子，一边哭喊般地唱着。

他对那个弹月琴的女子着了迷。那女子梳着倒卷的发髻，使本来吊上的眼睛显得更加往上吊，眼梢眼角抹上一点儿胭脂。一条略呈灰黑的白绵绸的男腰带，结在背上打一个蓬松松的结子。他从来没有见过这样美丽这样白净的女子，他完全出神了，就一直跟着他们的队伍跑。

当他们走进一条横街的饭店时，他就像一条忠实的狗，拉着弟弟的手，在店门口站着。

向海中伸展过去的三浦半岛，在遥远的薄暮中闪着光的水平线上浮沉着，笼罩在暮影中的近处，看去反而显得暗黑，离岸几十丈远，在平静的波涛中摇荡着一只挂着网的渔船，船头映出红红的焚火。脚下，宁静地听见打岸的浪声。在他听来，好像还是刚才那胡琴和月琴的声音。心中想“这是浪声”，一刹间就变成了浪声；恰如刚从梦中醒来，不禁又回到梦中一般，一会儿这浪声又变成了胡琴和月琴的声音。而且从这声音的后边，他还隐约地听见女人的嗓音，甚至还听出了“梅花儿……”那样的歌词来。

“真是她呢。”他这样地说着，就想象起双手合拱，两膝分开打一个坐马势，摇着脑袋，几次举足向前的形状，舞剑似的高举涂白的臂腕，哭叫的模样和玩偶样的脸。他感到异常苦闷。

在暮霭中，回头远望小田原的海岸。他重新感到自己和那女子的隔离，想她现在不知在做什么。

他非常羡慕那个嗓音像哭喊一般的少女。但他对那少女却没有好感。当他站在饭店门前的时候，那少女常常对他射过来恶意的眼光。最后她对那正在替男人一次一次斟酒的女子，一边望着他，一边说了什么话，使他觉得凛然。那女子似乎也不甚在意地向他望了一眼，又管自对男人说话了。这又使他发生了安心的感觉。

夜色渐浓，海中映出点点渔火。高高悬挂着的白色的半月，已经放出皎洁的光。回到真鹤，还有三里多地，往热海去的小火车，喷着星星的火花，恰巧从他们的旁边赶过去。两辆连接的车厢的窗子里，闪出模糊的灯光，照过他们两人的侧脸。

一会儿，拉在手里走得很慢的弟弟说了：“今天那几个卖唱的人在这火车上哩。”

他听了这话，听见自己心跳的声音。他好像也看见他们在车厢里。火车一会儿就走过了前边的拐角，已经听不到轰声了。

这时候他才注意到弟弟的疲劳的样子，立刻感得怜惜起来，便问了：“走累了吗？”

弟弟没有回答。

“背你好吗？”很亲切地说。弟弟仍没回答，却把脸转向海中去了。弟弟这时开一声口就好像会哭出来，如果再对他说得亲切些，他也许要更难受的。

“来，我背你。”他说着，放开了手，在弟弟面前蹲下。弟弟一声不响把身子倒在他背上，竭力忍住了哭，把脸偎在哥哥的脖子上，闭上了眼睛。

“冷吗？”

弟弟微微地把头摇摇。

他又想起了那个女子。一想到那女子现在坐在火车里，他的幻想活动了起来。火车在前边拐角上出了轨，跌在山崖下，女子的头在岩石上跌伤了。他像真有其事地想着。他又几次三番地想象那女子在路边出现，他觉得那女子似乎在哪儿等待着他。

弟弟一会儿就在背上睡着了。弟弟的身体渐渐重起来，他不停地在背上把他耸了又耸，渐渐觉得背不动了，胳臂酸得像要脱下来一样，他竭力忍耐着走。他感到他非支撑住不行，为什么不行呢，他自己也不明白。总之，他把脖子伸得像个乌龟，一边喘着气一边走了。

一会儿，走到了拐角上了，这儿并没发生什么事故。拐过了弯，他忽然看见一个女人提着提灯走来。他吃了一惊，那女的忽然叫了，原来是母亲担心他们晚了还不回来，特地自己迎上来的。

已经沉睡的弟弟，从他的背上移到母亲的背上，就醒过来了。一知道是母亲，一向忍受着的郁抑就突然爆发出来，嘴里胡乱喊着什么，又哭又闹。母亲一吆喝，就闹得更凶。弄得两人没了办法。忽然他记起自己头上戴着的海军帽，便摘下来戴在弟弟的头上：

“噢哟，不要闹啦，把这个给你。”这样地说了。

现在，对于这顶海军帽，他已经不怎么怜惜了。

（1920年8月）

学徒的菩萨

一

仙吉是神田一家磅秤铺里的学徒。

有一次，当淡淡的秋阳，从褪色的蓝布檐帘下，静静照进铺前的时候，铺子里一个顾客也没有。掌柜的坐在账台边懒洋洋地抽着烟卷，对正坐在火钵边看报纸的小掌柜说：

"喂，阿幸，是你喜欢的鲟鱼上市的时候了。"

"哎。"

"今晚上收了铺子一起出去吧。"

"好吧。"

"在外濠上电车，只消十五分钟就行啦。"

"是呀。"

"只有那一家的好吃，这附近一带，可没有好的。"

"对啦。"

学徒仙吉，正在小掌柜后面，保持适当距离的地位，两手插在衣衩里，很恭敬地坐着；他听了他们的谈话，心里在想："啊，他们在谈醋鱼饭店了。"京桥有一家叫作S的同业，仙吉时常被差到那边去，那家醋鱼饭店的地址他是知道的，他只想自己早点儿升作伙计，便可以谈谈这种内行话，自由自在地去做那种点心铺的顾主。

"听说与兵卫家的儿子，在松屋百货公司附近新开了一家，阿幸，你知道吗？"

"啊，我不知道，是什么地方的松屋百货公司？"

“我也不大详细，大概是今川桥的松屋吧。”

“啊，那家也很不错吗？”

“大家都这么说。”

“招牌也叫与兵卫吗？”

“不，不知叫什么，叫什么屋；听过忘记了。”

“有名的点心铺竟这么多。”仙吉听着想了，“说是滋味好，毕竟怎样好法呢？”这样想着，偷偷地咽了口水。

二

几天后的傍晚。仙吉被差到京桥的S铺去，出门的时候，掌柜给了他来回的电车钱。

从外濠搭电车到锻冶桥下，他特意绕过醋鱼饭店的门口，望望那铺子门口的布帘，想象掌柜他们很神气地撩开布帘走进去的模样。

这时候他肚子有点儿饿，油腻腻黄沉沉的鲟鱼饭团映到想象的眼中。他想：“能够吃它一个也好。”一向他常常拿了来回的电车钱，只坐单道；回去的时候就步行；这一次也还剩四个铜子装在衣袋里锵锒地响。

“有四个铜子，可以吃一个，但不能说只要一个。”他这样盘算着，断了念头，从店门前走开。

在S铺办完了事，他拿了一只装着几个小铜砝码的重沉沉的纸板箱，走出了那家铺子。

不知被一种什么力量吸引，他又走回到来的那条路上，自然而然地想绕到刚才看到的那家醋鱼饭店去，不料却在十字路对角的那条横街上，忽然发现一个挂着同样招牌名的布帘的卖醋鱼饭的摊子，他就呆木木地向那边走去。

三

年轻的贵族院议员A，时常在同僚B议员那儿，听说吃醋鱼饭团，只有在摊子上用手捏的才有趣味；他就想几时有机会到摊子上去站着吃，便问明了那所最好的摊子。

有一天，天色快黑的时候，A 从银座走过京桥，就顺便到那家卖醋鱼饭团的摊子边看看。那儿已经站着三个食客，他稍微踌躇了一下，就把脑袋钻进布帘里去，为着不想挤进站着的人列中去，他就站在布帘底下后一点儿的地方。

不料旁边来了一个十三四岁的学徒，学徒擦过他身边，挤到他面前的空位里，两眼忙碌地向排列着五六个鱼饭团的木盘子上望。

“没有紫菜卷的吗？”

“啊，今天没做。”肥胖的摊主人，一边捏着饭团，一边睃着眼向学徒直望。

学徒打定了主意，做出老内行的神气，伸手抓了三个排在一起的鲟鱼饭团中的一个，可是当他把手缩回的时候，却不像刚才伸出来时那么神气，不知怎的忽然有点儿迟疑。

“一个得六个铜子啦。”摊主人说了。

学徒突然沉默了，又把那饭团放回木盘上了。

“手里拿过又放下，真讨厌。”主人说着，把拿过的鲟鱼饭团放在自己的手边。

学徒没有吭声，脸色愣愣的，不知怎样才好；可是一会儿又鼓起勇气，掉过头向帘外走去了。

“现在醋鱼饭也涨价啦，当学徒的人可不容易吃呢。”摊主有点儿不高兴，这样说着，把一个饭团捏好，就把学徒拿过的一个，丢进自己的嘴里，吃了起来。

四

“你说的那个摊子，我去吃过了。”

“怎样？”

“很不错。我还看见大家都把手指装成这模样，把鱼肉放在下面，一下子放进嘴里，这样才是内行的吃法吗？”

"啊,鲟鱼饭团都是这么吃的。"

"为什么把鱼肉放在下面?"

"如果鱼不新鲜,舌头挨到就马上明白了。"

"这样说,你的内行也不可靠啦。"A 笑了。

于是,A 就谈起那个学徒来。

"真有点儿可怜,我真想请他吃一顿。"

"那么你就请他得啦,让他吃个痛快,一定很高兴呢。"

"他自然高兴,可是我却得冷汗浃背啦。"

"怕人注目,没有勇气吗?"

"不管是不是勇气的问题,不过做不出来,马上带他到别的地方去吃一顿,也许还做得到。"

"人就是这样的。"B 同意了。

五

在幼稚园念书的儿子,眼看着一天天地长大起来,想从数字上知道他成长的程度,A 打算在浴室里预备一只称体重的小磅秤。有一天,他偶然走到神田的仙吉的铺子里。

仙吉没注意 A,A 却是认识仙吉的。

通到铺子横头深处去的三和土地上,顺次放着七八架从大到小的磅秤。A 拣了其中最小的一架,模样跟车站和运货店里的大磅秤一样,不过小得可爱。他想女人和孩子见了,一定会欢喜。

掌柜拿了一本老式账簿说:

"送到什么地方?"

"啊……"A 想了一下向仙吉望望,"这位师兄有工夫没有?"

"呃,空着的……"

"因为有急用,就跟我一起去好吗?"

"可以,可以,那就装上手车送吧。"

A 因为那天没有请这学徒,今天存心要请他一顿。

"那就请你在这儿留下台甫和府上的地址。"付了钱以后,掌柜又拿了另一本簿子要他写。

他愣了一愣，原来他不知道，照规矩，凡是买磅秤的，都要把姓名住址跟磅秤号码一同登记。请这学徒吃一顿，让他知道自己的姓名下落，同样有点儿不好受，没有办法，想了一想，只得写了一个假的姓名和地址。

六

A 斟酌着脚步，在前边缓吞吞地走，仙吉拉着装磅秤的小手车跟在后面，相隔五六丈。

到了一家人力车车行前，A 叫仙吉等在外边，自己进去交涉，一会儿磅秤就搬到雇好的人力车上。

“好，你先拉去，车钱到那边拿，我在条子上写明了。”这样说着 A 从门口出来，笑着对仙吉说，“你辛苦了，跟我来，请你吃点儿点心吧。”

仙吉听着这口吻很亲切，也很有点儿难受，总之，他是欢喜了，恭恭敬敬地点了几下头。

面铺子走过了，鱼饭铺子走过了，鸡铺子也走过了：“带我上哪儿去呢？”仙吉有点儿忐忑不安了。走过神田车站的高架电车的旱桥，到松屋百货店的横头，越过电车道，那客人在横街的一家小醋鱼饭店门口站住。

“你等一等。”客人说着先走了进去，仙吉放下了手车的把手，站着等。

一会儿，客人出来，后边跟出一个年轻的气派很好的女老板说：

“请进来。”

“我先走了，你多吃点儿吧。”这么说着，客人像逃走一般很快地向电车路走去。

仙吉在这铺子里吃了三客醋鱼饭，恰如饿狗上灶，一会儿工夫，吃了个精光。没有别的客人，女老板故意用屏风遮住了，仙吉也不管三七二十一，把肚子装了个挺饱。

女老板倒了茶来，笑着说：

“再吃一客吧。”被这么一说，仙吉有点儿脸红了。

“不，够了。”他把头低下了，站起来准备走。

“下次再来吃吧。付下的钱还多着呢。”

仙吉沉默着。

“你同那先生以前认识吗？”

“不。”

“啊……”女老板这么说着，就对走过来的老板打了个照面。

“这人倒有趣，那么，下次你要不来吃，我们就没法办啦。”

仙吉把木屐穿上，只是胡乱点头。

七

A 别了学徒，心里恰如被人赶着似的，走到了电车道，叫了一辆恰从身边驰过的空汽车，立刻向 B 家开去。

他心中觉得很黯然，自从那天见了这学徒，从心里发生了同情，存心找机会使他满足一下，而终于在偶然中实现了这个心愿。学徒是满足了，自己总该也满足吧。使人家欢喜不能算坏事，自己当然应该感到欢喜的。可是为什么，心里却奇怪地觉得黯然，不好受。这是什么缘故，从何而来的呢？好似背着人偷偷地做了坏事一样。

他想：难道是自己觉得自己做了好事，这种特别的意识，却受了本心的批评和嘲谑，所以感到了那种黯然的感觉的吗？如果把这件事稍稍看得轻松点儿，也许不算一回事，而自己却在无意地执拗着。可是总而言之，到底并不是干了丢人的事，至少总不该留着不快的感觉吧。

因为预先有过约会，B 在家里等着他。到了晚上，乘了 B 家的汽车，到 Y 夫人的音乐会上去。

A 很晚才回来，自从见了 B 和听了 Y 夫人的动人的独唱，他那黯然的心境，几乎已完全治好了。

“那架磅秤真爱人。”果然妻子很喜欢那小磅秤；孩子已经睡了，妻又说了孩子见了是怎样高兴。

“还有，那天在醋鱼饭摊子上见到的学徒，又遇到了呀。”

“噢哟，在哪儿？”

“就是那家磅秤店里的学徒。”

“多巧呀。”

接着A就讲起了怎样请学徒吃鲟鱼，怎样地又觉得心里有些黯然的感觉。

“为什么有这种感觉，这倒怪了。”贤惠的妻子很担心地皱皱眉尖，她好似沉思了一下。“啊，我明白了！”忽然说了，“那样的事是有的，不知为了一件什么事，我也有过这种心境的。”

“啊。”

“真有这样的事，B君他怎么说？”

“碰到学徒的事，我没有对B说起。”

“可是那学徒一定很快活的，在无意中大吃一顿，谁都会觉得快活的；就是我也很想吃，这醋鱼饭能打一个电话去叫来吗？”

八

仙吉拉着空车回到铺子里，他的肚子胀得厉害，肚子挺饱的时候从前也常常有，可是吃这么美味的东西吃得这么饱，却是没有过的。

他忽然想起几天前在京桥摊子上倒霉的事来。一想起这件事，就想到今天这一顿美味，好像同那次有着连带关系。他想，也许那客人那天恰巧见到了我。可是他怎么会知道我的地方呢？这可怪了！而且他今天带我去的那一家，恰巧就是前几天掌柜们说的那家。这客人难道连掌柜的闲谈都听到了吗？

仙吉愈想愈糊涂了。他绝不会想象到A跟B他们，也同掌柜他们一样，谈起那些有名的醋鱼饭店的。他想，那次他们的闲谈，一定这位客人也知道，所以他今天特地带我到那儿去。要不然，为什么在这以前，走过好几家同样的铺子，他却头也没转一转地走过去了。

愈想他愈觉得那客人绝不是一个平常的凡人。知道自己在摊子上倒的霉，又知道掌柜们的闲谈，而且看透了自己的心，肯这么请自己大吃一顿，这毕竟不是凡人能做的事。也许他是菩萨，要不然就是神仙，说不定还是稻荷菩萨[1]哩，他想。

---

① 原文为“稻荷神”，即狐仙。

他所以想到稻荷菩萨，因为他有一位伯母，信稻荷菩萨信得发疯。稻荷菩萨一附到她身上，她就浑身发抖，口吐预言，说出在远处所发生的事来。他曾经有一次见到过。说那客人是稻荷菩萨，却似乎太漂亮了一点儿。但是总之，愈想愈觉得这不是一回平凡的遭逢。

九

A 的那种黯然的感情，过了几天已消失得无影无踪。可是他总觉得再没有勇气走过神田的那家磅秤铺门口，而且那家醋鱼饭店，也不想再去了。

“这反而好呢，叫到家里来，大家都能吃了。”妻笑了。

可是 A 没有笑，他说：“像我这样窄心眼儿的人，连这么点儿小事也做不成啦。”

十

仙吉愈想愈加忘不了“那位客人”，他是人还是神，现在已不当作问题了。他只是衷心地铭感不忘。

他虽然受了那家店主夫妇再三的叮咛，却总不想再到那儿去吃醋鱼饭了，他不敢再去了。他害怕吃惯了以后没办法。

当他悲哀、当他苦恼的时候，他总是想着“那个客人”。只有想起他时，心中就感得安慰。他相信，总有一天“那客人”会带了意外的恩惠到自己面前来的。

作者写到这儿就搁笔了。原想再写那学徒为着要知道“那客人”的真相，从掌柜那儿问了登记的姓名地址，特地跑去一看，这地方并没有住家，只有一个小小的稻荷庙，把学徒骇呆了。

可是这么一写，对这学徒未免太残酷了一点儿，因此作者就在上边搁笔了。

（1919 年 12 月）

十一月三日午后的事

天上吹着南风，这在晚秋时节是少有的；头觉得很重，身上皮肤发黏，是挺不舒服的日子。我在起坐室里独自躺着看《旅行指南》，并没有要出去旅行的意思，只是做些空想，在这种日子，也好比服一帖清凉剂，反正准备困了就睡的。这时候，住在根户的表弟来了。

我起来走到檐廊下。表弟在院子里水满溢出来的井边洗脚，他说：

"今天炮声很厉害啦。"

"你在那边听见了吗，好像是在小金原那边放的炮。"

"是开始演习了。昨天上车站去，瞅见很多马。"

表弟擦过脚走上来，两人一起走进椅子间①。他瞅见我手上的《旅行指南》，便说："看这个干吗，有什么谋反②的计划吗？"

两个人便谈起旅行来。说上九州方面去，与其坐火车不如搭往濠洲的轮船之类有趣，便在书上找去长崎的火车票和轮船票的价目。

四五只土蜂，发出钝拙的翅声在左近来回地飞。每年到现在这时节，土蜂怕冷就都聚到这间向阳的屋子的天花板上来。今年孩子大了，怕他们伸手去捉，一瞅见便用苍蝇拍子去打。现在，我一边跟表弟谈话，一边便用苍蝇拍把它们打死，扔掉。

"今天七十三度呀。"

"七十三度，怎样？"

"现在这时节，七十三度是很热的，有些山区里，正夏的时候也不过

① 日本住房内，一般都是席地而坐，这是指备有椅子的屋子。

② 意谓不在家安居，想出门活动活动，是对家人的谋反。

如此。”

“又闷得慌，一闷，脑袋就挺不舒服。”表弟这样说明着，又皱了皱眉头说，“刚才睡了午睡，可是……”边说着，边用两手的手指搔着已经长起来的剪成平头的头发。

“好久不散步了，去散散步吧。”

“好吧。”

“到柴崎去买只鸭子也好。”

“好吧。”

我向妻子要了钱包和手帕。妻子说：

“不知差人上城里去买怎样？今晚上能来得及吗？”

“今晚上来不及了。”

两人从院子里走到后山，北面天空中有一堵阴云。从庄稼地走到子神路，走了一段，又穿过庄稼地绕到小学校附近。远远望见一队骑兵，帽子上都缠着白布，越过成田铁路的杆道口向前走去。

一会儿，我们也越过这条铁路。这时候，后面又来了一队步兵，不过隔得还远，我们也不去注意，只顾一边走一边谈话，可是他们跑得特别快，不多会儿就赶到我们身后面。

“大概是在追踪敌人吧。”表弟说。

天气这样闷，他们可都穿着大衣，大概不管多热，没有命令是不能随便脱的。只是帽子却都拿在手里，帽上也缠着白布。可是走在前头的一位青年军官，偶然回了回头，便发出了短促的命令，大家便都戴上了。大家脸上都流着汗，好像刚从热闷的澡堂里出来，而且都闷着声急急地跑，身上带着一股汗臭和皮革气味。

队伍有三四十丈长，一会儿便越过了我们，表弟望着一个掉队的精疲力尽的兵士说：“身上那些东西没有一样是合身的，还可以做得更合适一点儿嘛。”

“背上不是还背着一件大衣吗？”

“背包上的吗，那是军毯呀。”表弟说。

兵士们渐渐去远了，路上散落着许多平常没有的新的马粪。我们一边走，一边谈起中学时代的行军。

再越过常磐路的杆道口走上一段坡路，就望见高坡那一边的桑田里，展开一条散兵线，农民们东一堆西一堆地在围着看。

从走向东源寺——一座以大榧子树著名的寺院——去的近道，在有一座木柱子的地方离开了大路。在左边的田路上，有七八个骑兵排成一排，正控着马在慢慢地蹓。一会儿，我们走下了竹林中的狭窄的坡路，走向目的地的鸭铺。

一只鸭子也没有，说是恰巧今天早上都送到东京去了。又说："现在只有几只黄鸭什么的。"看那些黄鸭好像还没有养熟，躲在笼角落里缩成一团，斜着一只眼向我们望，显出不安的样子。"那只雄的还是小鸭，是分头捉来的，不是母子，所以被雌的欺侮。"雄的肚子贴地卧着不动，如果走动起来腰身倒是肥肥的，老板特地替它辩护。

他说附近人家有鸭子，我们就托他给我们去拿鸭子。趁老板去拿鸭子的时候，我们就走到前面十多丈地的利根河的河堤上去看看。河堤离水还有三里地模样，那里是一片大泥滩，上边长着许多茭白之类。

听见接连几发枪声，近边立刻有野鸭的惊惶的叫声。远远望见一群小野鸭飞起来。枪声还在响。受了惊吓的野鸭群，越飞越高了。

河堤上有二十来个骑兵对着我们很快地跑过来。一会儿，枪声停了。我们便下了堤，回到卖鸭的铺子里。

对面岔路上有一个拿着地图的军官，带着几个兵正在大声问路。隔着一片小小的水田，鸭铺的老婆婆也大声地回答他们。军官跟兵士便急匆匆向指引的方面走去。

我们走到岔路上的时候，就碰上老板带来了一只青青的鸭子，把翅膀绞在一起提在手里。我瞅见鸭子的满不在乎的脸，想到再过几分钟就要给人杀了，心里觉得不好过。但是为了要吃才来买，却带了一只回家去养，这也没多大意思，是值得考虑的。不过，先决定不杀它，把活的带回家去。

走到鸭铺，老板提着鸭子穿过外间走到里面去了。我想，他大概去杀了，心里挺不舒服，可是也漠然地想，既然要杀就杀了也好。

"他去杀了吗？"这时候表弟说了。我便大声向老板喊：

"喂，不用杀呀。"

"把活的带回去吗？"老板把已经扭转脖子的鸭又提到外间来。

鸭子也不闹，也不叫，我们就让老板把它包在包袱里，离开了鸭铺。

再回到东源寺附近的木柱子旁边，瞅见那儿的农家门口拴着几匹军马。

“有个兵士在里边睡觉，这是怎么回事呀。”表弟向农家张望着说。我们一边走着，倒反而通过杂树篱笆，隐约地望见农家屋内的动静。“在休息吗，帽子上却没有缠白布，大概刚才见到的是逃跑的敌人啦。”表弟说。

走到大路上，瞅见离着两丈多远的路边上，有一个兵光着上身仰靠在背包上睡觉。旁边有一个在看护他，把手帕摊在他胸口上，从水壶里倒出水来弄湿手帕。病人似乎有点儿昏迷，闭着眼，没劲地张大着嘴，可是脸上流着汗，满脸通红，看着叫人难受，也不想站下来看了。

随后走下迂缓的下坡道，碰上一队二百来人的军队擦身过去，步子很急。队伍过到一半，我便瞅见一个精疲力尽的兵，有两个人在两边用手插在他腋下扶着他，步子还是走得一样急。那兵没有睁开眼睛，像喝醉了似的，脖子已经直不起来，每跨一步，脑袋不是往后仰，就是往左右两边晃来晃去。

接着，又来了个同样情况的，那人脸上一点儿表情也没有，使人感到他已经痛苦得连痛苦的表情也没有了。恰巧通过杆道口的时候，他的脚在轨道缝里绊了一下，便突然往上一蹦，仆倒了。扶着他的兵胳臂也没有劲了，仆下去的人便响也不响地倒在地上了。

急行的部队在这里受了阻碍，后面人愈拥愈多。

“不准停止！”军官大声地喊。好像流水分道，队伍从这儿分成两路走过去了。每双眼睛瞅一下倒下的人，谁也不吱声，大伙默默地边瞅边走过去。

“喂，起来，起不来吗？”站在头面前的班长吆喝了。有一个兵拉着地上人的胳臂想把他拉起来。班长还在吆喝。倒下的人想起来，缩起仆倒在地上的身子，把腰部望上一弓，可是，没有劲，立刻又仆倒了。这样的动作反复了几次。舞台上表演被杀的人仆倒地上，就做这样的动作。这印象不愉快地反映在我的脑子里。这倒地的是一个一年志愿兵，跟别的兵比，显得又矮小又孱弱。

“这不行，把背包去掉。”军官说。道口夫的老婆急忙提来一桶水。以后，我就没有看下去。我气得忍受不住了，我流出了眼泪。

表弟从身后追上来，说：

“只听见说，不准睡，不准睡。”

又走了十几丈路，那儿也倒着一个。没劲地半闭着眼睛。这个兵赤着上半身就爬起来想走，嘴里什么也没说。

“不要起来，不要起来。”看护的兵阻止了他。另外一个兵，却正在把下面水田里的泥水装进水壶里。表弟做一个鬼脸，指点给我看。

又走了四五丈远，又有一个人倒在那里，也是一副没有表情的木然的脸。

又碰到一个兵，在自己的背包上又加上两个背包，两个肩膀上各挂一支步枪，默默地走过来，是年轻的小个子。

再走了一段，又瞅见一个倒在地上的。

“请你给一点儿水吧。”旁边看护他的兵抬头望着正从这里走过的四人一起的兵说。

“两个水壶一滴水也没啦。”

“大概还有一点儿。”其中一个说着，就站下来把自己的水壶交给他。

那兵便给仰躺着闭着眼的兵，从口里倒进一点儿水去。随后，又在他脑袋上倒了几滴，在铺着手帕的胸口上，又倒了几滴，像在做什么仪式似的倒一倒，害怕把水使完，然后道了谢，把水壶还给等候在旁边的兵。这兵拿起水壶就跑步追自己的同伴去了。

接着，我们又在七八十丈长的一段路中间，看见了四五个同样的倒着的兵。

在小学校面前，我跟表弟分了手，急忙赶上黄昏中的田野路。当我独自一人的时候，我又感到激动起来了。

不知怎样一来，我走错了路，原该拐弯的地方，忘记了拐。一直走到子神庙门口，又折回来朝自己家里的方向走去。

回到家里，我把包裹打开来，鸭子两只翅膀反剪在一起，脖子仰着盘在翅膀下。我把它放在原来关鸽子的小屋里，让它恢复了自由。可是鸭子已经半死了。它拍拍翅膀想站起来，可是脖子伸不直了，它把脖子伸了一伸拖在地上挣扎着。我抱起它，把它放在池里。不知怎的，一下子浮不起来了，翻了个身，白肚子朝天，乱颠了一会儿。我愈看心里愈难受了。

“啊,爸爸把鸭子买来了,爸爸。”妻子抱着小女孩出来,说。

“不要瞧它,走开……”我莫名其妙地发气了,便叫女佣把它送到隔壁庄稼人家去,请他们给杀了。可是,我再也不想吃了,第二天,把它送了人。

(1918 年)

老　　人

他在五十四岁上死了妻子，那正是秋天，大儿子进工科大学，大女儿养了第三个女孩的时候。他好像一刹间老了五六岁；任凭是一个精悍的事业家，也显出了一点儿衰老的影子。至少在别人看来是这样。

过了四个月，他娶了一个曾经在贵族家当过十几年女佣的女人做后妻，年纪比他大女儿小一岁，是一个每天早晨忘不了擦粉的女人。

得了年轻的妻子，他把前妻死后衰老了的年龄又恢复过来了，甚至好像还更年轻了一些。他带着妻去看戏，去看拳斗，又到山上的温泉里去避暑；那些事有十来年没玩了；但也不过继续了半年，不久，他又回复了精悍的事业家风度。

他的行业是掘井的大包工，缺乏水利的地方，经他精明的考察和丰富的经验开掘出来的井泉，真不知有多少。因为他所发现了的矿泉，而使庸碌的荒村变成名胜地的，也不止几处。

自从回复了精悍的事业家之后，他又忙着奔走各地去了。开头妻对这很不快。当时大儿子是寄寓在大学附近的公寓里，只有一个在高等商业学校走读的第二个儿子，局促地同着跟自己差不多年岁的新母亲住在一起。

约过了二年，他担任一家石油公司的顾问，有很高的收入，只需不时往北方去走走，别的地方就不大去跑了。

可是在第五年上，他辞了公司的职务，原因是为了那公司里的青年技师不尊重他的意见，而经理先生好像也特别信任学问比他新的技师。这个技师是比他大儿子后二年出工科大学的，要去信任那种人的意见，在他是无论如何办不到的。

这时候，他六十五岁了。

后妻没有孩子，他们把大儿子的女孩领来养育着，他带着做祖父的心，对这孙女儿非常慈爱。

自从隐退以后，他就专心于从来所喜欢的建造事业。七年间，在一块不满六百平方米的屋基地上，盖了拆掉出卖，拆了又盖起来出卖，一共翻了三次；他也全不顾惜每次所受的损失。

这次，他定了个一年计划，又建盖新房子，他自己说这是最后一次了。这房子还没有盖好，妻死了。妻的病是从贫血而起的肺结核，病状断定以后，就把孙女儿还给大儿子。现在他完全过独身生活了。年纪是六十九岁。

从此以后，他常常去逛妓院。

妓院的人和艺伎们，只要钱花得多，一样地跟他亲热。只是有些时候，他自己感到有些不愉快。晚上回家时，年轻的艺伎送他到电车站，并着肩在街上走，对面碰见年轻的行人，就斜着眼睛望他。在这样的时候，这些年轻人心中所想的事立刻就反映在他的心头，同时他又不能不想到在并走着的年轻女子，也一定感到同样的反映。这种感觉虽不像青年人那么的强烈，可是任凭怎样淡薄，却也很够使他的心境上罩上一层黯淡的感觉，于是还不到车站口，他就硬叫艺伎先回去。艺伎虽然不住地说：再送一段，再送一段，可是和一个老头子一起走到许多人在等车的红灯下，对青年的女子会多么的痛苦，他是完全明白的。

不久，他又在闹市中一条横巷子里，盖了一所小巧精致的名古屋式的房子。房子盖好以后，他给一个跟自己最好的年轻艺伎赎了身，娶作姨太太。而且预先约定，满三年就分手，把这所房子送给她。

当他二十来岁的时候，有一个熟悉的妓女，有两个有钱的客人，一个是辖有金矿的四十五六岁的中年；一个是一家商店的退隐的老板，已经有七十二岁了；两个都想娶她，这妓女以前曾经嫁过一次人，吃了不小的亏，这一次就不肯再蹈覆辙，她拒绝了。过了不久，女的忽然厌倦了目前的生活，决心从良，那时候，她就拣了那个七十二岁的老人。

特地拣了年老的前途短促的人，在社会上是很普通的，并不觉得女的是怀着不良的心意；但当事情宣布的时候，他听到了觉得很是黯然。他对于那位余生有限的老人，感到衷心的怜悯。

而现在，只经过了四十多年，自己也已处在那老人所处过的地位了。这么想时，回顾那四十多年，也觉得真是很快的一刹那。

当时他对于这事，很责备了那个女子，但是现在的他，却已不能对等待老人之死的青年女子的心有所责备了。不过想着叫人等自己的死期，毕竟是不愉快的，因此他跟姨太太约了三年的期限。到第三年自己就是七十二岁，正是从前那个老人娶妓女的年龄。

姨太太跟他最大的一个孙女儿同年，是一个两腮胖胖、眼睛恍惚、身体丰满的女子。

在吐放着新木香的房子里，四周围着新购办的家具，他也曾忽然地回复到二三十岁时的心情。但这只是在开头的时候。不久，三年过去了，他已经七十二岁；要跟女的分手，实在是说不出的难受。

那女人虽然有情人，但是要照原来的约定和老人分手，总觉得不大忍心，而且离开这位熟悉一切世故人情的老人，在自己也似乎是太冒险；因此就自动提出，愿意再留一年。老人自然是很喜欢地接受了。

隔着一个火钵，老人和女子对坐着，看着女的手背上有涡的柔软的手，就觉得自己那双皮包骨的干枯的手，再也不敢伸出来了。他伤心自己已没有气力拥抱女人的手臂；更伤心的是自己的心，却不肯跟别的老人一样地老。

过了一年，女的养了一个男孩，他虽明明知道不是自己的儿子，可是没有发作的勇气，甚至也不能怨恨女人。而女的又要求再留一年，听了这要求，老人的眼里流出泪来。

第二年，老人希望死了，女的肚子里又怀了情人的第二个孩子。这情人他是看见过的，是一个讨人欢喜的活泼青年，他对于这孙子一般的青年也不曾发生嫉妒的心情；但是希望在这孩子未出世以前，自己能够死去。

这期间又过了一年，孩子下地了，老人却没有死。这一次，却由他提出再留一年，女的很爽快地答应了。

在这一年快要完结的秋天，他着了凉在床上躺倒了，是流行性的感冒，病势严重起来了。女的搬到他的老家，跟他的子孙们一起，很尽心地服侍他。约莫过了一星期，他就如愿以偿地，在女人和子孙们的围绕中，以七十五岁的高龄，静静地长眠了。

按照他的遗嘱，除了那所房子以外，女的又得了不少的遗产，作为两个孩子的抚养费。

四个月以后,从前那个老人坐过的坐垫上,已公然地坐着孩子们的父亲。背后的壁龛上,挂着一张装在玻璃框子里的四开大的老人的和服端坐的全身照。

(1919 年)

正义派

上

某日傍晚，从日本桥方面来的电车，开过永代桥，刚刚下桥就轧死了一个四五岁的女孩。这女孩由二十一二岁的母亲携带着，好像刚从澡堂里洗了澡出来。

当时在相去十余丈的前边，有三个线路工人，正用铁杠子撬起了电车路下的铺石，划平下边的泥沙。他们听见那母亲的惊呼声，抬起头来望，正看见那沙弥发的女孩儿，背向着电车，身子在电车路中像浮水一般地朝这一边飞跑过来。开电车的着了慌，使劲地扳动车闸……可是女孩已跌倒在地下，轻得像个纸人似的在地下滚着，仰面朝天，脸上什么表情也没有，动也不动。

因为是在刚下桥的地方，普通车闸毕竟不容易刹住。当工人中的一个一声惊喊的时候，女孩的身体已落进了最前面的一道救命板底下。可是工人想，司机台底下的第二道救命板，是跟捕鼠器的装置一样的，应该立刻落下来，女孩还不至于轧死。轰然的一声，车子起了一个大大的震动就停住了，原来是司机那时才想起刹上紧急车闸的。可是不知为什么，应该落下的第二道救命板却没有下来，使女孩的小小的身子从底下通过，已经轧死了。

立刻，围满了人，警察从桥头的岗亭里跑过来。

年轻的母亲脸色转了苍白，睁起了眼睛，吓得说不出话来。她只走近女儿的身边来看了一下，以后就在相离不远的地方站住，木然地呆望着。当警察从车底下拖出鲜血淋漓的小小的尸体时，母亲的脸上显出一种凄惨的冷淡，好似这东西和自己没有多大关系似的，而且不时地，把失了光的空灵灵的眼睛伤心地眯缝着，越过骚乱的人群，想向自己家中的一边望去。

不知从哪儿来了许多警察和电车公司的管理员，把人堆分开了，警察大声呵喝着，把人圈扩大了一些。

在人圈中，管理员向那开车的问了这样的话：

“紧急车闸是刹了的吗？”

“刹了的。”声音出奇的低，开车的咳了一声，“是突然跳进轨道里来的……”声音发嗄，自己好似觉得不是自己的声音。开车的又咳了二三声，打算再说什么，管理员像拦住似的说：

“好，得啦。到警察局去，镇定点儿，把事实说明白就是了。懂了没有？你只说紧急刹车来不及，救命板落不下来；那就不过是过失致死，没有办法的事。”

“是。”开车的硬挺着身子，垂着头。

“那么，我跟山本君一起去……”那管理员说到这里，把嗓音放低了，“只要这一点供述明白，交涉起来就颇有出入。”

“是。”开车的低下头，管理员又换了普通的声调：

“再弄清楚一下，这女孩子想穿过电车路，跌倒了，立刻刹上紧急车闸已经来不及，记住了吗……”

这时候忽然从人堆中有人高声说话：

“啊，干的好把戏呀。”人们都望发言的人看，说话的正是眉心上有一个小瘤的，刚才三个线路工人中的一个。工人由于某种兴奋，又使劲努了一把力，忍住了大众视线的压迫，把甚至带些恶意的微笑的脸，高高地伸在人面前。

轧死女孩的那辆电车，把搭客移到了后一辆车子上，下了“客满”的牌子，由管理员中的一个，拼命地踏着脚铃，穿过了人群，就此回到本所的车厂去了。附近一带停留下来的六七辆电车，都间隔着相当的距离，顺次跟随着开动了。

像失了神魂似的那个年轻的母亲，由警察和管理员送回去了。

警官、警察、警医，一会儿就带着一辆人力车子来了，公式地验了一下尸，问了一下，最后把开车的带走了，同去的还有卖票的，并且还说要带几个目睹的人去当证人。一个四十来岁的买卖人,曾搭了这辆车来的,就担任了证人的一个。警察又喊还有谁愿意去的时候,刚才那三个工人,正在相离不远的地方,很兴奋地谈着,由一个老成的圆脸带头,声明自愿充当证人。

下

在警察局审问的时间很长。开车的说女孩是自己跳到电车面前来的,因此紧急刹车已经来不及了。工人们却做了反证,说开车的着了慌,把紧急车闸忘掉了,开始女孩跟电车的距离还相当的远,如果立刻刹住紧急车闸,绝不会轧死的。管理员在其间作了种种的关说,三个人绝不退让;而且不时对开车的说:“你还说什么谎呢!”说时狠狠地望着他。

三个人走出警察局大门的时候,已经快到晚上九点钟了。他们走到灯火辉煌的街头,心头陡然轻快了起来,并无什么目的,却自然而然地开起了快步。感到有一种不知为什么的愉快的兴奋,融流到各人的胸头。不知为什么缘故,他们特别喜欢咬起舌头来说话了。碰到身边走过的人,甚至想对他们说:“认得老子吗?”

“坏蛋,无论怎样说,不对总是不对。”老成的圆脸,这么大声地说了,“那个混账的管理员,跑过来对我说:‘老兄,事情已经发生了,有什么办法呢,你们也是吃公司的饭。’嘿?我真想在警官面前把他当场戳穿。”

“干吗不把他戳破呢……”长瘤的青年很懊丧地说。可是夜的街头,跟平时全无两样;这却使他们有点儿不满意了。身背后过来的人力车,呵斥了一声向前跑去了;这样的事,在这时候的他们,也觉得是一种不应该的侮辱了。一边走,一边为着愉快的兴奋渐渐消退,感得不痛快起来;于是开始感觉应该受报而没有得报,心里不满起来了。他们的嘴,一歇儿也静不下来。这期间已经走向白天做工的地方来了,到了女孩轧死的地方。这儿跟平时全无什么变动,已经回复了常态。这却使他们感到有点儿稀奇。“为什么这样空荡荡的?”三个人站下来,不禁互相不高兴地,气愤地,倾吐了不平。

他们走到桥头岗亭前,看见站在红电灯底下的,已不是刚才那个,而是一个陌生的新来的警察了。“后来不知怎样，我们问问警察去好不好？”

“得啦，得啦，到这会儿还问什么呢！”

老成的一个说了：“闲话少说，可是，我的肚子倒饿起来了。”这么说着，一边走去一边向警察望了一眼。那时候这年轻的警察正怒目地望着他们。

“啊，哈，哈，哈……”老成的因为心里不痛快，笑得声音特别高，“弄不好，明天真会打破饭碗呢。”

“弄不好，这是一定的，还有什么可疑惑的吗。”没有瘤的那个青年说了。他这样说着，心里不禁想起在阴暗的家中，等待着自己的母亲。

“不管，去喝杯酒再说吧。”老成的说。

他们抱着一种不知什么缘故总感觉不能安定的心，走到了茅场町，走上了那儿一家大牛肉店的楼上。楼上还有四五起客人，正对着锅子切切谈心。其中有两个，互相斟着酒，把发红的脸凑在一块，在低声地谈话。他们三个找定了座位，要了酒菜，就盘着腿坐下来，开始感到心里安定了一些。但他们对那件事还不肯就此结束，不禁又故意大声地来重新讲起刚才一路讲来的事，故意引起旁边客人和女侍们的注意。

女侍们已知道了白天肇祸的事，立刻有四五个人围着他们坐下。

“啊哟，手臂脑袋都轧烂了，看了这情形，那母亲就当场昏了过去……”谈话不觉夸大了起来。但他们三个却一点儿也不感到奇怪。女侍们昂昂头，伤了心似的眯着眼睛静听。

老成的和长瘤的青年很喝了点儿酒，他俩把自己在警察局里做证的口供，都一一背出来，而且不时地插进这样的话：

“这些，明天报纸上，不知要怎样登呢！”

楼上那些客人，大半都停了自己的谈话，听他们三个讲述。自从他们跑出警察局大门以来的那些不平，开始感到一点儿满足了。可是，这满足也没有持久。当他们的话快要说完的时候，女侍们已一个、两个地走开，收拾客人们留下的碗碟去了。一会儿一起都跑光了。他们又只剩下了他们自己三个。这时候快近十二点钟了，可是老成的和长瘤的青年，还不肯停杯。而且这时候，他们又依然回复了原来的不痛快的气愤难受的心情。起初还不甚厉害，酒喝得愈多，老成的兴奋得就愈厉害。吃公司的饭，固然是不错，但不对还是不对，打破饭碗算得什么呢？这可吓不倒我们的呀。他旁若无人地这样独自大声骂了起来。

过了一会儿,那没瘤的青年说了:

“我要回去了。”

“混账东西!”老成的怒吼吼地说了,“这么不痛快的时候,回到家里还睡得着吗?”

“对啦!”长瘤的青年立刻应声了。

两个醉得糊里糊涂,不知在什么时候,让另外的一个青年溜跑了,他们一边嘴里抱怨着,一边跌跌跄跄地走出了牛肉店的大门的时候,夜已很深了,路上已经没有电车。

他们俩就从左近的车行里,搭上了人力车,向着相去不远的窑子里去了。

“师傅,今天兴致很好呀。”一个车夫一边拉着车,一边这样说了。

“什么兴致……”长瘤的青年回答了,就此引起了话头,又讲了起来。那桩事车夫也知道:

“啊,听说是修电车路的去做了证人,原来就是师傅吗!”

大街像刚扫清的一般,显得异常的静寂,看去比白天宽大得多了。大声讲话的音声响遍了街头。

老成的在前边一辆车子上,身子团成一堆,像死了一般地摇晃着,后边的青年想:“啊哟,他倒睡着了。”

过了永代桥。

“啊,就是这里,就是这个地方呀!”后边的青年这样对车夫说了。

听见了这声音,死过去了似的老成的,挺起身来:

“啊,这里这里……让我下一下车……呃,让我下一下车。”不知怎的忽然哭了起来。

“得啦,得啦。”长瘤的青年大声制止他。

“啊,让我下一下车。”这样说着哭着,想在踏脚板上站起来。

“糟了,糟了!”青年呵斥地说,“朋友,别理他,你跑得啦!”

车子就这样地一直跑去了。

老成的也不想再下来,又团成了一堆,哭出了声来。

(1912 年 1 月)

清兵卫与葫芦

这是一个叫清兵卫的孩子跟葫芦的故事。自从发生了这件事以后，清兵卫和葫芦就断了关系。过了不久，他又有了代替葫芦的东西。那便是绘画，正如他过去热衷于葫芦一样，现在他正热衷着绘画……

清兵卫常常买了葫芦来玩，他爸妈是知道的。从三四分钱到一毛五分钱一个的带皮葫芦，他大概已有十来个了。他能够自己把葫芦口切开，把里边的子掏出来，技巧很好，塞子也是自己装上的。先用茶汁一泡，把气味泡干净了，然后就把父亲喝剩的淡酒装在里面，不停地把表皮擦亮。

他对于这爱好异常专心。有一天，他在海边的街上走，心里依然在想着葫芦，忽然眼前看见一件东西，使他吓了一跳。原来路边背海一带都是摊户，这时候忽然从一个摊户伸出一个老头子的秃脑袋，清兵卫把它错看作葫芦了。“这葫芦真好！”心里这么想着，有好一会儿没有看清楚，再仔细一看，连自己也吃惊了。那老头子昂着光彩奕奕的秃脑袋，走进巷子里去了。清兵卫觉得好笑，就大声地笑了起来，一边不住地笑着，一边跑过了半条街，还是忍不住地笑。

因为他热衷得这么厉害，所以他每次上街的时候，走过古董店、水果铺、旧货店、糖食店以及专门卖葫芦的铺子或仅仅门口挂着葫芦的店铺，总是呆呆地站在门前望。

清兵卫是一个才十二岁的小学生，每天学校里放学回来，他也不跟别的孩子一起玩，常常一个人上街去看葫芦。一到晚上，就坐在起坐室里收拾葫芦；收拾好了，就装上酒，用手巾包好，放在罐子里，又把罐子藏在火炉箱中，然后去睡觉。第二天早晨起来，立刻又打开罐子看，葫芦皮上冒出了许多水珠。他永远不倦地看着,看过之后,很郑重地系好络绳,挂在朝阳的檐廊下,然后上学校去。

清兵卫居住的小镇,是个商业码头,虽然算个市镇,其实是很狭小的一条细长的市街,只要二十分钟就可以走完了。所以卖葫芦的店铺纵使怎样多,像清兵卫这样几乎每天都跑去看,大概所有的葫芦,也都已被他一一看过了。

他对于旧的葫芦,没有多大的兴趣,他所喜欢的是还没有开过口的带皮葫芦。而且他所有的大抵都是葫芦形很周正的平凡的东西。

"真是小孩子呢,不是这种葫芦他就不喜欢。"来看望做木匠的他爸爸的客人,看见清兵卫在一旁很专心地擦葫芦,就这样说。

"是呀,一个小孩子,却喜欢这种玩意儿……"他爸爸很不高兴地向那边望了一望。

"阿清,这些并不见什么好,再去买几个奇特点的来呀。"客人说。

"这样的好呀。"清兵卫只是这样回答了一句。

清兵卫的父亲与客人就谈到了葫芦。

"今年春天开评品会时,有人拿出了马琴的葫芦来做参考品,那才是出色的呢。"清兵卫的父亲说了。

"是一个很大的葫芦吧。"

"又大又长。"

听见这样的话,清兵卫偷偷地发笑。他们所说的马琴的葫芦,是那时候一件很有名的东西,他也去看了一看。他不知道马琴是什么人,立刻觉得并不见得怎样好,就掉头走了。

"那种葫芦我可不喜欢,不过大一点就是了。"他插嘴说。

听了这话父亲就圆睁着眼呵斥:

"什么话,你懂得什么,也来多嘴!"

清兵卫沉默了。

有一天,清兵卫走过后街,在平时不大注意的地方,一家闭了门的住房前,有一个老婆婆摆着一个卖柿子橘子的摊子。他发现摊子后边的店板门上,挂着二十来个葫芦,就立刻说:

"让我看一看。"说着走近去一个一个地仔细把玩。其中有一个,约五寸高,看那模样是很普通的,他却喜欢得什么似的。

他心头发着跳，问了：

“这个葫芦卖多少钱?”

“看你是个小哥儿，就便宜点儿算一毛钱吧。”老婆婆回答了。他喘着气：“好，你别卖给别人，我回家去马上拿钱来。”急匆匆地说定，就跑回家去。

不多一会儿，他红着脸，呼呼地喘着气跑回来，买了葫芦就跑着回去了。

从此，他片刻也不离这个葫芦，还带到学校里去。终于因为在上课的时候也偷偷地藏在桌子底下摩擦，给级任教员看见了。恰巧上的是修身课，所以教员更加生气。

这位外来的教员，对于本地人爱好葫芦的风气心里本来不舒服，他是喜欢武士道的，每次名伶云右卫门来的时候，平时连走过都不大高兴的新地的戏院子，演四天戏，倒要去听三天。学生在操场里唱戏，他也不会怎么生气，可是对于清兵卫的葫芦，却气得连声音都抖起来，甚至说：“这种小孩子将来不会有出息的。”于是这个一心热衷的葫芦，终于被当场没收。清兵卫连哭也没有哭一声。

他脸无人色地回到家里，靠在火炉边发呆。

这时候，教员夹着一只书包来访问他的父亲，父亲恰巧不在家。

“这种事情，家里应该干涉他……”教员对清兵卫的母亲这样说，母亲吓得只是战战兢兢地不敢出声。

清兵卫对于这位教员的顽固，恨得什么似的，哆嗦着嘴唇，在屋角里缩作一团。在教员身后边的柱子上正挂着许多收拾好了的葫芦。清兵卫心头别别地跳着，怕他会注意到。

训斥了一顿之后，教员终于没有注意到葫芦，回去了，清兵卫透了一口大气。清兵卫的母亲却哭了起来，唠唠叨叨发了许多没意味的怨言。

不多一会儿，清兵卫的父亲做工回来了，听了这话，立刻抓住正在身边的清兵卫，使劲揍了一顿。在这儿，清兵卫又被骂了“没出息的孩子”。还说，“像你这种家伙，赶快给我滚蛋吧。”

清兵卫的父亲忽然注意到柱子上的葫芦，就拿起槌子来一个一个地砸碎，清兵卫只是脸色发青，不敢作声。

教员把在清兵卫那儿没收来的那个葫芦，当作脏东西似的交给老年的校役,叫他去扔了。校役拿了来挂在自己那间煤污的小屋子的柱子上。

约莫过了两个月,校役恰巧因为没有钱花,想起这葫芦,准备多少换几个钱,就拿到附近的古董店里去看。

古董店老板横捧竖捧地仔细瞧了半天,马上做出一副冷淡的神气,把葫芦向校役一推:

“要卖就算五块钱吧。”

校役暗暗吃了一惊,可是他是乖觉的,连忙板起脸回答了:

“五块钱可不卖。”古董店马上加到了十块;可是校役还不肯答应。

结果是五十块钱成了交。校役从那位教员手中好像平白地得了四个月的薪水,心里偷偷地高兴。他当然不曾告诉教员,对清兵卫也隐瞒到底。因此这个葫芦的去处,终竟没有人知道。

可是凭校役怎样聪明,也不会想到古董店把这个葫芦卖给当地的富家,价钱是六百块。

清兵卫现在正热衷于绘画,自从有了新的寄托,他早已不怨恨教员和用槌子打破了他十多只葫芦的父亲了。

可是他的父亲,对于他的喜欢绘画,又在开始嘀咕了。

(1912 年 12 月)

佐佐木的遭遇

——呈故夏目先生

你还记得吗，我在山田家当下人，那时你正在故乡的中学里念书？不，不管你记不记得，总之那时候，我一面在山田家看门房，一面准备士官学校的入学考试。……我跟小姐的保姆发生了关系。她比我小三岁，大概是十六岁。那时候，这姑娘个儿还不很大，身体很强健，脸蛋平常，却有一种撩拨男子的地方。我还是第一次经验，性子比较急躁，为了对方小心眼儿、胆怯怕人的模样，常常要生气。晚上，她常常让我在腌菜臭的杂物间里久等。真是不漂亮的幽会，但这是保姆跟门房的恋爱，可有什么法子呢？她是一个毫无长处的人，可是很顺从。顺从固然是长处，但没有勇气却是缺点，因此时常惹我动火。

两个月平安过去了，也许女佣中已有人稍微觉察到，总之，没发生什么破绽。快近岁暮了，院子里因为建造主人母亲的静室，每天有七八个木匠瓦匠在做工。收工以后，弄些刨花和碎木头生个火堆，抽一筒烟，成了每天晚上的习惯。一个拌和泥灰的滑稽的老瓦匠，常常成为谈话的中心。他讲些自己青年时代在吉原和根津[①]浪荡的故事，使大家听得乐而忘返。虽然爱听这种故事心里有点儿难为情，可是这个未识的世界，却也颇引起了我的好奇，因此我也时常加入队伴中去烤火。有时候，等大家都走散了，我就一个人留在最后，弄水泼熄火堆。

有一天晚上，我正跟他们一起烤火，阿富来叫我，说是主人差我马上到筑地去一趟。我正蹲在地上，立刻站起身来就走。阿富从后面跟了上来。“不要逃呀，”拌泥灰的老瓦匠叫了，“人家爱你爱得在哭呢。”大家哄

① 都是妓院地带。

然笑了起来。阿富追过我，满脸通红，自己往前跑了。我觉得自己好像也一起受了侮辱，有些恨起阿富来。这晚上，我就对阿富生气。因为自己也不明白生什么气，就扮了个莫名其妙的脸。阿富受了气，就愈加显得胆怯。

阿富便是那保姆的名字。自从这次以后，她不敢再到别人面前找我，等大家都散了，有时候，就抱了小姐过来。小姐大概是五岁的样子，斜白眼，尖瘦脸，性子很倔强，是个惹人厌恶的女孩子。我原是不大爱小孩子的，对这位小姐却更加厌恶。小姐也讨厌我。她又讨厌我，又有点儿怕我。我从来没跟她好声好气地说过一句话，有时正在看书，见她跑进屋子里来，就斜着眼瞪她。更奇怪的是，这么小的孩子，对于我跟阿富的关系，也好似有点儿懂。或许是我疑心的缘故，但也不一定是这样，总之，对于我跟阿富会面，她是非常不痛快的。这么一个讨厌的孩子，阿富却特别痛她。她性子虽然倔强，却也喜欢阿富，这关系真有点儿怪。我还时常听人说，为了小姐不听话，阿富就会哭的。我对她说过好几次，这工作太无聊，不要再干了，那时，她大抵总是赞成的。但是过了几天，又全然忘掉了。把小姐跟阿富搅在一起，我看起来总是特别不调和。小姐虽不懂事，对我和阿富的关系，却抱着一种嫉妒；同样的情绪，也蠕动在我的心头，觉得这孩子实在比眼睛所看见的模样还要讨厌。我常常觉得在我们的关系之中，小姐却跟魔物一样纠缠在一起。她虽是个孩子，却常常故意打扰我们，但也常常不是故意而是偶然地打扰，真叫人不愉快。

我俩幽会最好的机会，是主人们洗了澡后，浴池里水少了，又添水重烧的时候。这工作大抵由阿富担任，因那时小姐总是睡着了。我们就常常利用这个机会。不料这时候，应该熟睡的小姐，却哭了起来。“阿富，阿富！”太太叫了，“阿富姐。”别的女佣也帮着叫起来。我听了这声音，总是惹气。虽然阿富并不像我那么想，而我却觉得好像是故意的似的。每次，阿富都是慌慌张张地、一点儿也不留恋地把我扔下就走，使我对阿富也恼恨起来了。

阿富的懦怯实在令人丧气，最难堪的是她把我们俩的事完全认为一种罪恶。我不知对她说过多少次，我们的关系并不是一时闹着玩的，等我当了少尉或是中尉，我们一定要正式结婚。阿富听了当然很喜欢，可是仍然免不了认为自己是做了坏事的那种心思。总之，她是一个头脑封建的、庸庸碌碌的女子,但我却觉得她并不坏,有一种舍不得不爱的心思。我虽然老跟她发脾气,却没有一次憎厌过她。她受了我的气,也从不反抗,只是为了我对小姐的恶感,口头虽然没说,心里却常常在苦恼。不过阿富倒是一个心情安闲的人,而我的心却在不住地烦乱。烦乱的原因,主要大抵是为了嫉妒,在现在想来,大抵是无谓的嫉妒。我对主人也有过这种心理,还有一个年已五十许的包车夫,对他我也感到过这种不快。一一数来也没有意思,总之,如果没有这点儿关系,原可以忽略过去的事,却一一发生感触。实际上,虽然并不十分明显,但那样的事,确是可以有的,所以这种感觉也就无法自禁。还有,主人家对阿富的使唤,也常触动我的神经,有时觉得那种事尽可以叫别人去做,心里就感到不快。主人使唤我使唤得多些,我倒还不放在心上,可是对阿富却不是这样;虽然我也明明知道,硬认是别个女佣的职务,实在也未免独断了一点儿。

快近岁暮的有一天的晚上,木匠们火堆边的聚会散了之后,我正拿了一本考试问答的书独自留在那儿,阿富带着小姐来了,我心里正有点儿不快,突然好像生气似的喊了:

“不中用的东西。”阿富以为我又在发她的脾气了,脸上略略显出不安,故意想假装玩笑,向我送了一个媚眼说:

“好汉!”

“笨蛋!”

“聪明人。”

小姐靠在阿富的身边,默默抬着眼望住我们两人的面孔,突然带着满肚子的恶意骂了:

“佐佐木浑蛋! 佐佐木浑蛋!”

“啊哟,小姐,不许骂人呀。”阿富阻止了小姐,我只是做了一个苦脸。

客室里的板窗还有几扇没关上的得马上去关,在这以前,我的心头却起了跟阿富亲一个热吻的强烈的欲望:我们两人的关系,主要地也只是亲吻,我们没有娓娓情话的余闲,在短促的时间内能够表现爱情的,实际除了亲吻也没有别的了。可是我的亲吻是很粗暴的,站着,像扑上去一般,结结实实一把抱住,小个儿的阿富,常常呜的一声呻吟出来。

“你看一看。”这样说着,我在地上拾了一个钉子。

“什么? 小姐你等一等。”她把靠在身边的小姐扶在地上站正,走了过来。

“好吗?”我在地上写了,“晚上。”

阿富瞧着,点点头,脸上微微笑。

“还有,”我说着又写,“马上来。”不料阿富只是笑,没有点头。我又写:“傻子”。斜着眼望她,她脸上有点儿为难,眼里似乎在说:“有小姐在,不行呀。”我有一种坏脾气,这样的时候,总不肯罢休。我发怒了,把写着的字擦去,站起来走开。一方面固然是生气,同时也明白,懦弱的阿富一定不敢不来的。

照例,到那腌菜臭的杂物间去等,果然阿富怯生生地来了,同时像哀求似的低声说:“只准亲嘴呢。”

“当然。”

瞧她像尽义务的样子真叫人生气,让她伸起了身子,抬起嘴下颏等待亲吻,故意装作接不着,用力结结实实地把她抱起来,使她感到痛。

忽然,听见女佣的惊呼声,大家都吓了一跳,连忙跳出杂物间。原来小姐正仰天倒在火堆里,虽然火已经快熄了。立刻抱起来,已经哭不出声了,不知是烧了头发还是皮肉,发出一股特别的焦臭的气味。旁边倒着一只木匠随便做的粗木凳。大概是爬上去连凳子一齐倒下来了,一定是后脑受了冲击,起了震荡,要不然,纵使是孩子,在没有烫伤以前,也一定会自己从火堆里爬出来的。总之,这位宝贝小姐的肩头烧烂了,身上的衣服烧着了,棉花还在轻轻地烧,再也弄不灭,穿在身上又不能用力扑打,立刻脱下来,肩后已经烧烂了好些,幸而头跌在火堆的边上,还没烧得这么厉害。可是脖子上面已经烂了一块,就是好起来也不会长头发了。起先是昏过去了,后来呼吸恢复了,仍有两三天不省人事,差一点儿就死了。家中的吵乱,也可想而知了。

我难受极了,我的心激动得很厉害,愈是平常憎恨小姐,现在想起来愈感到痛苦。我觉得太对不起她了。但并不因此在我的心中,引起对她的爱。这种意识更使我感到难受,我是再也忍受不住了。首先,所有的责任都落在阿富的身上。阿富的难受,比我更加厉害,她疯了,几乎连饭也不吃。这么小心眼儿的人,不会因此自杀吗?这种不安击袭了我的心,可是我没有同她说话的机会,即使有机会,阿富也只当没见我,她已不再理我了。我担心她即使不自杀,也一定会发疯的。我想到主人面前去自白,但是我不能够，当我想着，这将使阿富更为窘苦。

据大夫说，肩头的火伤，恐怕不会再生新肉，唯一的医法，只有从别人身上割一块好肉补上去。听了这话，我就想自己提出，从自己身上割一块肉，而且觉得一定得这么做。但是老实说，这是有一点儿勉强的，不是完全出于自愿的。据说要割的是臀部的肉，割过的地方，大概一定会留一个深的疤痕。这使我觉醒了可耻的自私的意识。原来埋头在事变中的我，好像忽然被人带到了宽阔的野外，我觉得这是一件大事。不管对不对，总之我想到我现在正在预备士官学校的入学考试，如果因为身上有深大的疤痕，在体格检验上受到影响，这不是太怕人了吗。我害怕，我害怕因此要改变自己人生的目的。这在现在当然不会如此想法，但在一个二十岁以前的青年，可不能超脱那种对人生目的的执着。

终于阿富自愿提出了。她要求无论如何要允许她。我吃了一惊，我感到自己的卑鄙，但是也觉得为着阿富，这是好的。如果不是这样做，懦弱而正直的阿富的心，一定不会得到片刻的安静。

主人原打算立刻把阿富开除，只因她在石川县的亲属那里，得事先去通知，已去了通知，正在等待回音，可是，谁都可以看出阿富的痛苦的神情。主人夫妇过了一时的怒气，嘴上虽然不说，心里已解消了不少。但总觉得不愿意再使用她。这期间，因为要人肉，照主妇的意见，当然是要叫阿富来割，但主人反对，他认为这是不行的，想把这事托大夫办。不料阿富自愿提出，主人明白了她是真心，心里就完全对她和解了。

你还记得吗，我突然地回到故乡来，那时虽瞒着没说，实在是逃回来的。我再不能装作没事人似的留在那里了。阿富是狠狠地受了罚了，从此以后，再不跟我说话。照阿富的想法，这不幸都是由于与我的关系才发生的。从来就在良心上痛苦着的阿富，要这样想是没有办法的。我实在没有想逃脱责任的心思。我对不起小姐。我对阿富的责任心也因此更加强了。我想，我总有一天会报答她的。我本想对阿富说了再离开那儿；可是总没有说话的机会。从心地受了惩罚的阿富，好似故意不给我这种机会。大概是阿富到医院受手术后的第二天，我就逃出了山田家，不消说，这一定留下了很坏的后果，可是我实在再不能够若无其事地留在那儿了。

以后的事，也不必细说，我的事，你都知道。（佐佐木当大尉时，随大使馆到俄国住了大概七八年，还是最近才回来的。）但这期间，我从来没有忘记过阿富。虽然思念得并不怎样强烈,总之是没有忘记。每次别人劝我结婚,我都拒绝了,就是为此。我在日本时,虽不曾有见一次面的机会,但阿富的情况多少也知道一点儿。阿富是人人见了都喜欢的人,为了割肉的事,特别受了主人夫妇的器重,就此做了小姐的伴娘,留在山田家里。

现在要说到最近的事,是一星期前,偶然在银座街头,看见了阿富与小姐两人。过去在日本时一次都不曾见到,过了七年从外国回来,立刻就遇见了,真有点儿怪。我的模样已改变,对方当然早忘记了。但我却注意到了小姐,已是二十一二岁的样子。脸子虽已不同,但领口到面颊边的火伤疤,却使我记了起来,同时也立刻认出了阿富。她模样完全变了。本来是一个小个儿的姑娘,已变成了一个特别高大的妇人。你还记得常陆山那个死了的妻子吗,虽然在气质上并不相同,那神情恰一模一样。是三十二三岁了,因为没有养过孩子,还有一点儿少女气,样子很镇定,看去像心境是很安定的。我不知要怎样做才好。阿富给我的印象很好;当然想完成从来的责任的心思是不曾忘记,同时我又觉得涌起了一种新的感情。我觉得与其转转弯弯地通词达意,还是想法直接会面的好。她们俩走进专门卖妇女用品的洋货铺里去了,我在离开稍远一点儿的地方站着等待。可是她俩却老不出来,如果只是阿富一个人,也许我会一直等着的,可是有小姐在一起,我的心里起了暗影。很奇怪地,我怕小姐,我想,还是打个电话再说吧。

这天晚上,打电话到山田家。阿富来接电话了。我觉得声音好似换了一个人。白天见到时那么年轻轻的,现在却好像是一个有年纪的妇人了。也许因为我打电话时没有告诉名字,所以她有点儿不安吧,口气是那么冷冰冰的。

"我是十六年前分别的佐佐木。"我这样一说,她似乎大吃一惊,在阿富看来,我这个名字一定是暗示着不祥之兆。她没有回答。我又说了,无论如何想见面谈一谈。她依然没有作声,我也就不作声了。双方沉默了一会儿,突然听她说:"在哪儿见面呢?"是硬声硬气的口吻。

"随便哪儿都行,如果可能,就到我旅馆里来谈比较好,明天怎么样?"她好似略略想了一下说:

"可以来就来。"

我告诉了地址,约定了时间,把电话搁上了。

过分的淡漠,使我茫然了好一会儿。我原觉得自己现在是幸福了,当然,这不过是说世俗的幸福而已,而阿富是在不幸的境地中,我现在跟阿富打交道,是幸福的人去拯救不幸的人。可是现在这次电话中的对谈,却使我得了相反的感觉,我觉得自己好似是挟持了过去的关系,去搅乱了幸福的人了。

第二天等了一天,终于没有等到,电话也没有来。晚上又打了电话去,说是同小姐一起出去看戏去了。好像是真的。

又过了一天,依然没有音信。觉得直接的办法不行了,不再打电话。第二天早上,来了一封信。

信里说,决心不再会面了。自己现在是尼姑一样的心境。小姐至今还没提婚事,处境很寂寞,在这样的时候,要跟你会面,心里总觉不安。如果信里可说,就请把附上的信封写了信来。信中附着两个封上写好女性名字的信封,不是一个而是两个,我心里感到舒快了。信的后面,还附加了一行,说以后请不要再打电话。依然是那样的怯虫。

因为白天有事,晚上我写了一封长信。约过了两天来了回信;我又写了一封去。

总之,阿富对于与我的关系,是衷心地在忏悔着,她认为这关系葬送了小姐的一生。“无论如何,自己不再跟男子发生关系了。而且已经在老太太、主人夫妇和小姐面前起过誓。自从家中只剩了太太和小姐两人,对待自己更加好了,请再不要使自己痛苦吧,我的良心绝不容许我做你所说的事。同时,世人也绝不会容许我的。你这样怜悯我,可是,我现在一点儿也没有什么不幸,我的不幸,只是小姐还没有出嫁。当你离开的时候,我确曾非常悲痛,我曾经怨恨你,当你是一个口是心非的薄幸的男子。但是从你的信中,知道分别以后的事,心里很感激你,我很安慰。我已不是普通女子般的身体,也没有人会要我,我自己也不想到哪儿去,只打算一辈子在小姐身边服侍她。请你忘掉了我,早日娶一个贤德的夫人组织快乐的家庭,这反而是使我安心的。”

信中说了这样的话,一切是这么真切,一切是这么古板,使我不知要怎样才好。我原想见了面就一定能够成事。可是如果我在信中把自己所想的都写了,说不定更为使她惊骇,于是就没写。实在,我是在想,要怎样才好呢?真恼人,写了两次信。信封已经没有了,情况是这样,写信也是白白写的了。

我只写了:“如果小姐有了婿家,你便怎样呢?”可是再没有回音。首先小姐能不能结婚还不可知,虽然有头发盖住了,但脑后秃了一大块,恐怕不会再有希望。终于我只能咒诅小姐了。不过,说了这种话,请不要对我起恶感吧。

佐佐木好像以为现在只要她能够屏除那古板的道义心与牺牲心,问题就可以解决了。可是不能确实地认识道义心与牺牲心的价值,在这一点上佐佐木是可怜的,我不能对他有什么同情。并不是我把它的价值看得过高,但我觉得佐佐木是把它看得过低了。纵使是出于消极的动机,但她那种坚执自己所信的强韧的力量,实使人发生好感。佐佐木对于自己现在的地位多少有点儿夸耀,这也是自然的。但我却不觉得她做了佐佐木的妻子就一定是幸福。也许正是佐佐木自己所信的一般,能够给她一种幸福,但是她不能不放弃现在自己所有的另一种幸福,也是事实。但是我觉得佐佐木没有真正了解她现在所有的幸福是一种怎样的幸福。

我不知要怎样说才好,眼前看着佐佐木痛苦的神情,觉得可怜,实际上佐佐木是一个自私自利的人。但并不是那种惹厌的自利者。因为自己所做的事,要负责任,像他的年龄,普通该有三四个孩子,可是他还守着独身,不肯忘却前事,衷心地灌注着爱,这是绝不会使人起着不好的感觉的。不过女的既然不答应,也是没有办法的事。但话可不能这样说,佐佐木是熟悉她的从顺和懦弱的性情的,他之不肯就此断念,也是难怪。同时他有一种自己所感觉不到的强烈的欲情,于是我就不知要怎样说才好了。

赤西蛎太

从前,仙台坂伊达兵部府有一个名叫赤西蛎太的武士,是新来的家将。据说是三十四五岁,却显得老,谁看来都觉得有四十以上。相貌是所谓丑男子,口音很难懂,人土头土脑,整个模样却有点儿乡下武士的味道。他的口音跟仙台音不同,因此人家以为他是秋田一带的人,实际却是云州松江出生。因为他爱独个儿认真埋头干活,一般对他印象还不坏,特别是看来也不像特别能干的,那些自作聪明的青年武士们,便把他当傻子,有时故意利用他。蛎太被人利用,也显得满不在乎。可是青年武士们看出蛎太并不真傻,明明知道是人家在利用他的,便觉得自己作弄他的心事已经被他看穿了,感到不痛快,以后,也渐渐不去作弄他了。

蛎太是单身汉,独自住在武士宿舍的一间屋子里,也不使唤人。他不爱喝酒,不爱女人,人家想,他下班的时候一定没法消磨时间,可是他本人却一点儿也不烦闷。他爱吃饽饽,代替别人的喝酒。卖饽饽的挑着用棉纱带子捆上一叠扁木盒的担子跑来,只要他在,就不会跑空趟。可是他买饽饽也并不那么大方。他有一种不大好的脾气,要一件一件问过价钱,用指头当筷子在饽饽上摸来摸去。有时卖饽饽的心情不好,便想:“也没有带来什么特别的饽饽,这个人却还记不住价钱。”不觉冒起火来。可是蛎太即使知道价钱,不问过总是不放心的。

爱饽饽的蛎太,是一个害胃气病的。他的屋子里不断饽饽,相反地同时也不断黄连粉。什么时候,屋子里都发散一股黄连味。

除饽饽之外,外一种消遣是将棋,他下将棋是一个能手,谁也比不上。买饽饽时他的脾气虽不大好,下起将棋来,可有几着痛快棋子,使对手大吃一惊。这种杀手锏挺不像他的为人,使对手常常出于意外。可是他爱下棋，并不硬找对手，他喜欢膝头上搁一本棋谱，独个儿在棋盘上布棋子。棋盘对面放上一管捉灯，常常琢磨到深夜。看去好像在跟提灯下棋，同僚就爱开他玩笑，问他："昨天晚上跟提灯下棋，胜败怎么样？"

这地方，有一位住在爱岩下仙台府邸原田甲斐家的家将，名叫银鲛鳟次郎的青年武士。这人生得活泼机智，而且是美男子，爱喝酒，爱女人，跟蛎太模样、嗜好完全相反，只有爱将棋是一致的。

有一次，老爷差蛎太到爱岩下府邸去，那时候，偶然认识了，从此以后，两个人就成了极亲密的棋友。

人家瞅见这两个太不相同的人变成了朋友，便说："交朋友这件事真奇怪。"说虽这样说，实际上也并没感到特别奇怪。

这样过了一年，两人照例十天一次、半月一次地互相往来，比将棋的输赢。

有一次，关于蛎太忽然发生了奇怪的流言。据说蛎太切腹自杀，没有死成。人家跑去看他，果然，半死的蛎太正躺在床上迷迷糊糊，旁边坐着他的朋友鳟次郎。鳟次郎不知道蛎太为什么要自杀，向大夫问时，据说肚子上缝了十几针才缝上了。

有人说："大概因为胃气痛，做梦做糊涂了才干出这种事来，真傻蛋。"也有人说："大概是发神经病了吧。"

最后，在一天晚上，按摩师安甲，在嬷嬷虾夷菊的屋子里，偷偷说出了切腹未遂的真相。他的话是这样的——

那晚上蛎太叫安甲去，说："肚子痛得受不了啦，按摩也好，扎针也好，赶快替我治一治。"他正痛得厉害，背脊缩得跟虾米一样。安甲马上给扎了五六枚金针。蛎太还是痛，说"一点儿也没好"。安甲想，大概是胃痉挛吧，又在心窝边扎了五六针。蛎太说："痛的地方还在下面小肚上。"摸到小肚上，又说在右边，再摸到右边，又说是左边。摸到了痛处，便说："别管了，就在这一带，给我使劲按摩一下。"安甲给他按摩了一会儿，觉得那儿鼓起来的样子有点儿奇怪。安甲想，这我可治不了啦。蛎太却冒火了："再给我使点儿劲呀。"安甲回答他说："按摩可不能这样使劲，要是引起了肠子绞，可不得了呢。"

"什么叫作肠子绞？"蛎太问。"肠子绞便是肚子里脏腑绞乱的病。"

安甲说着，就稍稍加了一把劲按摩着，可是肚子愈来愈鼓了，蛎太的脸也眼看着愈来愈灰白了。蛎太“呜、呜”地呼着气，发出一种怪声，安甲着急了。原来（他对虾夷菊讲的时候这一点没有说）他年轻时因为按摩得不好，曾有一次把人家肠子弄绞了，送过一条性命。他记得那次按摩之后，第二天去看那个病人，那样子就跟现在的蛎太一样。他知道再找大夫已经来不及了，可是自己心里害怕起来。“事情可不得了啦，不知道是我按摩坏了，还是在按摩以前已经起了绞肠，这样一来，以后还有什么人再要我按摩呢？”安甲心里这样想了，于是便怯生生地说：“去请大夫来吧。”蛎太痛苦地说：“我害了肠子绞吗？”安甲回答道：“大概是吧。”这时候，蛎太满脸怒气地盯着安甲。安甲心里更慌了。可是，不多一会儿，蛎太反而安静地说：“你老实说呀。”安甲说：“是。”把脑袋低下了。蛎太便说：“我这个病，找大夫也没有用。”那时候，安甲到底不敢再说一个“是”字，沉默着没有吱声……

多嘴的安甲，说到这儿忽然沉默了，接着，不知什么缘故，显出坐立不安的神气，把话讲得非常简单。原来蛎太说“反正我是不会好的了”，他便用刀拉自己的肚子，还要安甲帮忙，弄好自己绞乱的肠子。

（当嬷嬷听他这样讲的时候，若是稍微有点儿医学知识的话，一定会问“流出来的血怎样止的呢”。恰巧嬷嬷并没有这种知识，即使有，也许因为那时她心里光在佩服蛎太的勇气，没有引起这样的疑问。读下去就会明白，为什么蛎太竟会没有害腹膜炎。）

“这样坚气的人实在没有见过。”安甲说。

“不过，这件事你得好好保守，对谁也别说出去呀。”嬷嬷再三叮嘱了他，他便回去了。

以后，过了几天的早上，安甲在仙台坂坡脚下被人砍死了，尸首就倒在那儿，有凶手从背后在他脖子上砍了一刀的刀伤。

又过了几天的午后，蛎太经过良好，已经能够讲一点儿话，鳟次郎坐在他枕头边。

躺在那里的蛎太，抬起眼来瞅着鳟次郎的脸，缓吞吞地说：

“安甲是你砍死的吧？”

“谁说的。”鳟次郎笑嘻嘻地回答。

“可怜。”蛎太这么说着，又很使劲地把眼合上了。

又过了一星期的样子，鳟次郎来探望的时候，蛎太又说起这件事。那时，蛎太的精神已经很好了。

“你真傻，那样多嘴的人，你怎么能把藏密信的地方告诉他。”鳟次郎微笑着责备了蛎太。

“你别这样说，一样是死，总要死得值得，花了两年工夫写了那个报告，没给白石的老爷见到，光放在天花板上跟老鼠屎一起烂掉，要死也死不去呀。”

“这话也不错，不过也得看什么人，你怎么能告诉那种人。”

“在那时候，我还能告诉谁呢？”

“你不用告诉人，连这一点也想不到，我一听到你死了，就会立刻跑来，找个空子，我也可以找到的呀。”

“现在你知道我藏在天花板上什么地方吗？”

“那还要猜吗，那按摩师已经仔细对我说了，这是在你活过来过了几天之后，才把这话对我说的。他装得很秘密的样子，满脸得意地，用轻薄的口气说了一大套。那时我想，让这家伙活着，他一定马上会跟别人去搬嘴。不管怎样，反正他得死在我手里。若是你就这样死了，他真照你的遗嘱，把天花板上的密信送到我手里来，我也不会让他活下去的呀。”

“这也许是。”

“这也许是，现在我当然不这么想了，若是你死了，我一定也会想，你叫他办这件事，你是存心要他死的。”

“我一点儿没有这样想过，我对他还有点儿信任，虽然明明知道他是个多嘴的人，但认为至少在我们的事办好以前，他是会保守秘密的，因为这是遗嘱呀。”

“你到底是君子人。”鳟次郎这样说着，脸上显出了不快的神气。

蛎太不作声了。

鳟次郎的脾气，在这样的时候是不能沉默的。

“君子人就是没办法，自己的命险些丧在他手里，还要替他辩护。”

“据大夫说，他没给我按摩以前，我的肠子已经绞起来了，并不是按摩引起的。”

“可是他按摩得不好，使你的病坏得更快了呀。”

蛎太又不吱声了。这一会儿，鳟次郎也不吱声了。可是过了一会儿，鳟次郎又开口了："这就不去说它了，我们的事，眼看也差不多了，等你身体好了，找一个机会，还是回白石去吧。"

"嗯，对。"

过了两个月光景，是九月底了，蛎太已经完全好了。这天鳟次郎也不值班，两人从筑地贷了一只小船，下海去钓沙鱼。蛎太除饭盒之外带了饽饽，鳟次郎除饭盒之外带了酒。他们在御滨御殿的石墙边钓到了好些鱼，可是那儿有很多船，谈话不方便。

"怎么样，已经钓了这么些，可以歇手吧，咱们划远一点儿，在开畅点儿的地方再吃饭吧。"鳟次郎开始把几条放下的钓丝卷在钓竿上。

"嗯，对。"蛎太也把钓竿收起来回答了。

"那边郁森森高高耸起的，叫作鹿野山。"

"是吗。"

"一边看着这种风景，一边喝一杯，倒别有风味呢，可是一边看风景一边咯咯地啃饽饽，碰到这样的对手真是毫无办法。"

蛎太只是笑了一笑。

"可是饽饽吃太多了，会送命啦。今天带什么饽饽来啦，这么吃饽饽，又会出毛病呀。"

"今天是松饼。"

"简直是吃奶的孩子嘛。"鳟次郎放声大笑起来。

把钓具收拾完了，鳟次郎便把船向海心划去。划到航道的木桩边，就在那儿把船系了。那儿四周已经没有别的钓鱼船。他们便舒舒坦坦地各人打开自己的饭盒。

"你的身体怎样，可以赶道了吗？"鳟次郎说。

"大概行了。"

"刚才划了船累不累？"

"也不怎么累。"

"那么，怎么样，你准备回白石吧，我的报告大致也差不离啦。"

"等你写好，你先走好不好，我也大致都搞好啦。"

"不过，甲斐方面，还可以再跟他一下吧？"

"这个也对。"

“只消你动身的日子一决定，在这以前，我的报告也可以送去了。”

“动身是可以的，不过用什么理由请假呢？”

“你要是正式请假，若是对方不答应就不好办了。”

“那么，潜逃吗，这要是没有让对方相信的动机，说不准也危险。对于留在后面的你，也一样危险。”

“甲斐这家伙是很精明的，事情办得不好，让咱们的把柄抓在对方手里，可不得了。怎么想个法子，使你的潜逃显得很自然的样子？”

蛎太认为这种过细的功夫，不是自己的本领，不如一切听鳟次郎的主意，因此也没有好好去用心思。

“总之，你得干出一件丧失面子的、见不得人的事。”鳟次郎狡猾地笑着，望着蛎太的脸说。

“让一个武士丧失面子吗？”

“对，让一个武士丧失面子。”鳟次郎高兴地学了一句。

“反正，你总不会叫我偷东西吧？”

“偷东西也可以呀。”

“人家追上来，马上会逮住呢。”

“追上来逮住倒还好，只怕东西没偷到人倒逮住了。”

两个人大笑起来。

蛎太默默地吃着饭，鳟次郎抓起菜来下酒，不时地望着开朗的景色，还是在动脑筋。

“有了，”鳟次郎突然把手掌在膝头上一拍，得意地说，“给谁写一封情书，好不好？要找一个长得漂亮的、性气高傲的女子，你给她去一封情书，这样，你就得委屈一下，遭到拒绝，被大伙笑话，失了面子，在府邸待不住了，连夜逃走，这不是很好吗？像你这样的脸，这样做一定成功。你看这办法好不好？一定有这种对象吧，在侍女当中。年纪大的不行。年纪大的女子中，常常有正急着找男子的，碰到这样的人，那就得失败，得找一个爱漂亮的，要不然就不行。”

蛎太想，这家伙真是胡说八道，可是也没生气，便随口回答道：

“这比偷东西也许好些。”

“不但好些，再没有比这更好的办法了。你心目中有这样的女子吗，平常你对这方面是鲁男子。”

蛎太没有回答。

“年轻人当中常常谈起的女子,总是有的吧?”

“有一个叫小江的,很漂亮的侍女。”

“小江吗,原来你也看中小江,谁说你是鲁男子呢。好,小江,那一定成功无疑。”

蛎太一向并没有爱慕小江的意思,可是很知道她的美貌,而且她的美是一种秀气的美。现在要他给她写情书,虽然不过是为达到严肃的目的的一种手段,想起来总感到不调和、可怕。

“不要找小江,另外找一个侍女吧。”

“不行不行,这样婆婆妈妈,不行。”鳟次郎这样说时,已经没有刚才那种开玩笑的口气。蛎太虽然不了解他说的婆婆妈妈是什么意思,总觉得给小江写这种情书很不调和,好比使完美的东西沾上一个污点,不想干这样的事。可是要照鳟次郎所说,把事情办成功,就一定得找一个年轻美貌的女子,那除了小江,蛎太的头脑里就想不起旁的女子来。这样,他只好下了决心,答应拿小江做对象了。

“那么,你给我起一个稿吧。”蛎太说。

“这非你自己动笔不行,我写,就变成我的情书,对方是小江,我一写,太使了劲,说不定中了她的意,她倒答应了呢。”

蛎太苦笑了。他想,不叫鳟次郎写也好,让自己来写,倒不至于太侮辱了小江。

起风了,两人便把船划回去。仙台府邸就在蛎太回去的途中,他在鳟次郎那里留下来,两个人下了好久没下的将棋。

到秋天后第一个特别寒冷的晚上。蛎太静悄悄地坐在自己的屋子里,手烤着埋在灰里的微微的炭火,面前摊开一幅粗糙的卷纸,不断地思考着。他的脸色显得非常认真,不时地做出没有办法的表情,把拿着笔的手搔着头皮上剃去的一块地方①。

终于他在纸上落笔了。

---

① 日本古代武士的发式,是在脑顶剃去一圈,中间留一绺头发,结成小结,束向脑后。

可是，很不顺利。字是写得很漂亮，就是文章不行，干巴巴的一点儿感情也没有。“哪有这样的情书呢！”他苦笑了。

他试着回想读过的话本①，也没有想起话本上情书的调子。没有办法，他再把自己想象成话本的插图上见到过的二十来岁的年轻美貌的武士，把眼睛闭下来使劲地推动自己的想象力，偶然也会真有这样的感觉，可是张开眼来，马上瞅见放在眼前的又黑又粗的手，把他的幻影打得粉碎。

他又怀疑起来了。他想，要是对象不是小江，写起来也许会容易一些。又想，不写信，直接对她说吧。可是，这却更加为难了。又想，那时候，情书叫鳟次郎写就好了。

他想小江接到情书，一定又吃惊又生气，他心里更加不好受了。他觉得这不行，便又鼓起勇气另换一个样子写写看。可是，仍旧不如理想，写得太干脆了，一点儿没有为爱情苦恼的样子。他想，这真要了我的命啦。

他想，写情书这个办法根本就行不通，要写，就得有真正的感情。这么想着，他便试着硬把自己引进到爱慕小江的心情中去，使自己变成真正思念小江的人。这感情多少有点儿引起来了，他乘这个感情还没有消失，急忙拿起笔来写。可是一到这感情快要消失的时候，他又写不下去了。不过他想到被自己这样丑男子看上的小江，实在可怜，这一种同情心，倒是一点儿没有虚假的。因此在写到这一点的地方还是出于真情的，这样就写成了一封情书。他想，反正再多也写不出了，便从头读了一遍，把纸卷起来，封好，郑重地放进抽斗里，然后准备睡觉。

第二天早晨，蛎太比平常都早地到上房去，不引起别人注意地在长廊下徘徊着，等候小江出来。他觉得心里有些发慌，也不知道要使自己安静下来，应该从哪里下力。见到小江，就得抓紧机会把信给她，他这样想着，手插在裤袋里捏着那封信等候着。他感到手心里的汗把信都渗湿了。

他感到小江好像是一个可怕的人，他害怕她。他想这不成，便让自己的思想集中到自己现在要做的、作为一个武士的使命上去。可是在这种情况中，总不能不想到美丽的小江确是一个强者，丑陋的自己是一个不能

---

① 原文是“草双低”，日本古时的一种话本。

跟她并比的弱者。蛎太特别深刻体会到，由于两性的不同的关系，美丑之分会直接变成强弱的区别。他受不住这样的压迫，栗碌不安地从廊下走进没人的侧屋，又从那里走出来。

不一会儿，时候来了，他猛生地一惊，然后却出于意外地镇静了，好像他并不是偷送情书的人。

“请你看一看。”他这样说着，脸色严肃地正视着小江，把信交给她了。

小江好似吃了一惊的样子，把信收下了：

“要回信吗？”她这样说了。蛎太明明不想得到她的回信，却回答道：

“请你回信。”

小江行了一个礼走了。蛎太抽了一口气，觉得终于把事情办妥了，发生一种快乐的感觉。

他想，不是今天便是明天，就会发生事情，得开始做逃跑的准备了。可是当天没有发生什么事。

于是，到了第二天，他没打算得到回信，也便没找机会去取回信，这一天也没发生什么事。他觉得奇怪，担起心事来，是不是小江不愿我遭受耻辱，只当没有这回事，把那封信抹杀了呢？实际上，小江年纪虽轻，倒是一个很老练的女子，若是真这样做了，那才糟糕呢。

又过了一天，依旧平安过去了。他没有机会与小江单独会面，后来他自己才觉察到，原来他不知不觉地在躲开她。在有人的地方会面的时候，小江的脸色好像跟没有发生过事一样。蛎太从心里佩服她了。可是他觉得不能这样下去，没有办法，只好再写一封情书，对不起，就把它扔在地上吧。

那晚上他又写了一封信，他写得特别留意，尽可能不让小江做太多的牺牲。信中写了这些话，你没有给我回信，我了解你的好意是不愿让我遭受耻辱。对于你这样的好心，我又写这样的信给你，我知道是很不应该的，可是我还是不能不写。他想象青年武士会围起来看这封信，不禁背脊上流下了冷汗。

第二天，他出去上班，马上把它扔在长廊拐角的罩着铁丝网的行灯边。

过了约莫一个钟头，随便跑去一看，已经不在那儿了。他一面觉得安心，一面又感到不快，带着这种混合的奇怪的心情走了回来，偶然碰见小江正从对面独自走来。他不觉把眼睛望着地下，想当作没事地擦身走过去，忽然手上碰着一件东西，他不知不觉地收下了，是一封厚厚的信。

那晚回到屋子里，把灯芯挑高一点儿，马上打开来看，回信完全出乎他的意外，封袋装着两封信，原来先写了一封信，因为没有机会交给他，回去又写了一封装在里边。

信里的大意是这样的：

我没有爱过你，可是一向对你是有好感的。我正想到自己不久就得结婚的问题。现在在这府邸里所见的一些年轻的武士，我对谁都没有这种心思。当然我也没对你有过意思，因为我从来没有想过。请你不要误会我这样说的意思。

我是一个商人家的女儿，再过一年半，就要回到父母家里去了，我原来想，最后我还是要嫁到商人家去的。可是，现在收到了你的信，便使我发生了新的问题。我想过了。我的心里涌起了一种新的感情。我一向对你是有某种尊敬的，现在我忽然明白了，一向我自己在朦胧中追求着的东西，现在第一次发现，这东西正在你的身上。我明白了，我一向不满意那些所谓年轻美貌的武士，就因为在青年武士的身上并没有这样的东西，自从我得到了你的信，我真正第一次明白了自己所追求的东西。现在，我感到幸福。

你的顾虑太多了，这和你是不相称的，我是不会曲解你的。不过你这种顾虑是多余的，请你以后不要再那样说吧。我是从心里高兴着呢。

她用比这个美得多的、有色有香的女性的感情，写了这样的意思。

后写的一封，写着这样的话。我不懂你为什么避开取我回信的机会，我真感到遗憾。后边又详细地写着实际的，今后怎样办的话。说最近得到假期，准备回家向父母禀明。

蛎太的脸红了，他听见自己心跳的声音，他愣了好一会儿，他糊涂了，这难道是真的事情吗？他感到自己的胸头，有一种奇怪的东西，这在五分钟以前是没有的。他忘记了自己的年龄，因为他胸头感到一种奇怪的东西，只有当他十二三岁还在云州松江的时候，曾经有过一次。那时候，由于对方的冷笑而遭到悲惨的幻灭以来，他已完全失却了自信。照他自己的说法，他自知了。从那以后，直到今天为止，他的胸头再也不曾有过这样的感觉。

他觉得他是在做梦。可是不多一会儿，他想起今天扔了情书的事，他吃惊了。我怎么办呢？他坐立不安了。他想他自己真是一个傻蛋。虽然他可以为自己的动机辩护，但是想到自己是对人的最神圣的感情开了玩笑，这是应该受到尊重的，为什么他忘记了呢，他应该怎样赎自己的罪呢，他完全发起热来了。

夜深了。躺在床上，睡不着。心里还是在想，为什么会弄出这样的事来呢？他再也没有办法，他只好等那封扔在地上的情书来解决这个纠纷，听凭事情自己去变化了。

他的感情渐渐镇静下去了。他的头脑重新回到他的武士的使命上去。他觉得他好像如梦初醒。他心里觉得对不起，在关乎五十四郡人民命运的大事中，自己却只顾埋头在个人的私事。我现在应该使自己变得残酷，无论如何得完成自己的使命。小江以后也会明白的。只要一切的事能够顺利进行，跟小江的事将来还是可以重新来过的，到那时候什么都可以解决了。他这样想着，心里留下一种凄凉的感觉，他带着这凄凉的感觉，一会儿就睡着了。

第二天早上，蛎太按时去上班，他的脸色比平常都青，他显得没有精神，可是心里很奋昂。

过了一会儿，嬷嬷虾夷菊差人叫他到她屋子里去一下，蛎太悄然地去了。他觉得这态度对自己是很适当的，他什么也不想隐瞒。

嬷嬷把别人支开了，拿他的信给他，信已经开封了。“幸而落在我的手里，要是被别人捡去怎么办呢？”嬷嬷责备地说了。

这嬷嬷对蛎太也是有好感的，特别从蛎太切腹未遂以来，对蛎太更加佩服了。她觉得为了这件事，使这位武士受到损伤是太可惜了。嬷嬷对他说，她自己一定不说出去，你应该只当没有这回事，一切照常，好好服务。我有机会一定把给小江的第一封信取回来还给你。接着又对他的前途，训诫了一番。

蛎太一句话也没有说。他没有想到这正是他的好品质从别人心上的反映。他想，为什么他碰到的尽是这些好人。兵部是恶人，但这家里有这许多好人，现在他必须破灭这个家，他觉得心里有一点儿凄然。

他称病回到自己的屋子里，想到事情已经如此，就只有照计划干下去了。他给虾夷菊写了一封信。

我忘记了自己的年龄，堕入痴情，感到非常羞耻，再也没有脸见你了。事情既已如此，以后要我忘记小江，照常服务是不可能的，实在自己对自己也觉得没有办法了。

信中大致是这样的意思。

蛎太把收在天花板上的自己和鳟次郎的秘密报告贴身藏好，等到夜深人静，便逃出了府邸。

他就向白石急急地赶去。

信到了虾夷菊的手里。虾夷菊觉得事情弄坏了，现在再没有别的办法了，她不能再把这事情隐瞒下去，便把信送给兵部看。兵部从心里笑起来了，在旁边的武士们，也从心里笑起来了。把蛎太跟小江对照起来，他们觉得再没有比这个更可笑的了。这虽然是一个笑话，可是在人们的眼里，却看出小江变得非常萎弱起来了，谁也不明白是什么原因。

小江对蛎太所做的事，怎么也不能了解。但小江不是笨蛋，她想其中必有原因。小江独自忍受着苦痛对谁也没说。虾夷菊要她把第一封信拿出来给她看，她说她已经烧掉了，后来便真的把它烧了。因此蛎太和小江的事，在大伙中间只留下一个笑柄。

以后又过了几时，有一天原田甲斐来访了。甲斐跟兵部两人，在隔离的客室里避开从人秘密地谈了一会儿话，谈完之后又回到正厅上来，开始跟大家宴会。这时候，兵部在闲谈中，谈起蛎太和小江的事。开头，甲斐和兵部一起笑。随后，他的脸渐渐变色，最后，变成了非常不高兴的样子。

甲斐要兵部再一次支开从人，两人又密谈了一会儿。不多一会儿，虾夷菊和小江被叫去了。小江受到甲斐的严厉的审问，现在，她只好讲实话了，小江便毫不畏怯地讲了实话，甲斐的脸愈来愈难看了。

小江立刻被送还到自己家去，在那里受到管制。虾夷菊自己提出，退了役。

不久，发生了所谓伊达之乱[1]，经过长期的混乱，最后，大家都知道，原田甲斐一派失败了。

事情完结之后，蛎太回复了他的本名，来找同样变名的鳟次郎，谁也不知道他的下落，他已经被甲斐秘密杀死了。

最后，蛎太和小江的恋爱怎样了呢，这是应该交代的，但这是古时候的事情，现在已经无法查考，没有人知道了。

（1917 年 8 月）

① 发生于 1658 年，德川幕府时代，伊达宗胜与原田甲斐勾结，废黜了伊达纲宗。后来甲斐又被蜂谷六左卫门所杀。

灰色的月亮

站在东京车站失掉了屋顶的走廊里，虽然没有风，却感到一阵阵的寒气，幸而出来的时候穿了一件夹大衣。同来的两个人，搭上先到的绕道上野的车子走了，我一个人留在后面，等候绕道品川的车子。

从阴暗的天空中，灰色的月亮朦胧地照着日本桥边的火烧场。大概是阴历初十左右，月亮很低，不知什么缘故，看来好像很近。时间是八点半的样子，人很少，宽大的走廊显得更加宽大了。

远远望见电车的头灯，不一会儿便突然进来了。车内乘客不多，我在对面的车门边找到了空位坐下。右首是一个穿扎脚裤子约五十岁的妇女，左首一个十七八岁的小伙子，大概是少年工人，背对着我。座椅没有靠手，他便横坐着，面对车门。我刚上车时偶然见到这小伙子的脸，他闭着眼睛，茫然地张着大嘴，上半截身子前仰后合地摇晃着。他不是故意，是身体往前面倒下去，再直起来，又倒下去，这样不断地反复着。如果是打瞌睡，这样打个没完，叫人瞅着不好受。我出于本能地和他保持了一定的距离。

车子到有乐町，到新桥，上来了许多客人，有几个像是买了东西回家的。一个二十五六岁的红圆脸的青年，把扛在肩上的一只挺大的帆布包，放在少年工人身边，劈开两腿在旁边站住。在他身后，又被人挤上来一个也扛帆布包的四十来岁的汉子，望了望前面的青年：

“搁上去行吗？”不等人回答，就把肩上的包往下卸。

“慢着，不能压！”青年护住自己布包，回头望那汉子。

“啊，对不起。”他抬头望望行李架，行李架根本搁不下那个包，便只好在狭窄的地方，局促地侧着身子，仍旧把包扛在肩上。

青年觉得对不起他，说他那个包可以把一半搁在我和少年工人座位的中间。

“不用了，并不沉，只是嫌累赘，才想搁一搁，不用了！”那汉子这么说着，轻轻点了点头。我从旁瞧着觉得惬意，这时节，看来人的脾气都变好了。

车子经过滨松町，接着到了品川，有人下去，可上来的更多。这期间，那少年工人依然前仰后合地摇着他的身子。

“啊，瞧他那张脸。”有人这么说了。说话的是四五个像公司职员的人中的一个，他的同伴都笑起来了。我这边望不见少年工人的脸，可那公司职员说可笑，大概样子一定是可笑的吧，车子里一时充满了快活的气氛。

那时，圆脸青年回头望望身后的汉子，用手指点点自己胃部，小声说：

“看样子差不多啦。”

那汉子好像吃了一惊，默默望一望少年工人说：

“是吗？”

刚才那批发笑的人，好像也觉得有点儿怪。

“是病了？”

“恐怕喝醉了吧？”

他们这样猜测着，其中一人说：“看样子也不像。”

这样，大家好像都明白是怎么回事，马上不作声了。

少年工人的粗布工服肩头是破的，从里边缝上了块手巾布，倒戴一顶军帽，帽檐下露出肮脏的脖子，瘦得可怜。现在，他不摇晃身子了，脸不住地挨擦着车窗与车门间那块夹板。这样子，完全是个孩子，在他迷迷糊糊的头脑里，大概把这块夹板当作了什么人，正在和他亲热吧。

“喂，”站在前面那条汉子，用手拍拍他肩头，问了，“你上哪儿去？”少年没答话，那汉子又问了一句。

“到上野去！”他很忧郁地回答了。

“不对呀，你坐倒啦，这是到涩谷去的电车啊。”

少年工人站起来想往窗外看，身体失了重心，突然向我这边倒过来。当他倒过来的时候，我几乎像反射一样，用肩头把他顶回去了。完全是出于无意的，但后来想想觉得奇怪，这动作与我当时的心情是完全相反的，使我自己也不能理解。当我把他顶回去的时候,他的身体很少有抵抗力,这使我觉得更不好受。我的体重已减到八十多斤,可是少年工人的身体却比我轻得多。

“在东京站已经在车上了,坐过了站了,你是在哪儿上车的?”我从他身后问。

少年工人没回过头来说:“在涩谷上的车。”

“从涩谷上车,绕了一个大圈了。”有人说。

少年工人脑门贴在窗玻璃上,想往窗外望,一会儿又不望了,用仅能听见的低低的声音说:“到哪儿都没有关系。”

他这句自言自语的话,后来一直留在我的心里。

身边的乘客们,以后再没谈那少年工人,大家觉得反正没有办法了。我也是其中的一个,觉得反正没有办法了,假如我带着吃的,我会送给他安安自己的心,如果给他钱,即使在白天,也不一定能买到吃的,何况现在是晚上九点钟了。我带着黯淡的心情,在涩谷站下了电车。

这是一九四五年十月十六日的事情。

(1945 年 11 月)

到网走去

我给宇都宫的朋友去了一封信说："等我去日光回来，一定顺道来府上打扰。"

回信说："请你来约我吧，我也想去呢。"

这是八月里天气很热的时候，我特地拣了下午四点二十分的火车，决定上朋友那儿去。这是去青森的火车，我到上野车站的时候，已经有很多人围在检票处的门口，我也就挤进他们的队里。

铃响了，检票处的门打开来，大伙儿一下子哄起来。轧钳声接连地响着。有的手提行李给检票门的木栅扣住了，咧着嘴使劲扯，有的从行列里挤了出来，还使劲想挤进去，别人却不让他进来，照例是乱作一团。警察用厌恶的眼光在检票员身后对一个一个的旅客瞅看。好容易过了这道关口的人，就在月台上疾步地跑，也不管站务员连连叫喊"前边空着，前边空着"，还是争先恐后地想上最近的车厢。我准备上最前边的车厢，便急着往前跑。

前边的车厢照例是空的。我走进最前面一节车厢的后边的一个车座里。那些挤不上后面车厢的人，紧跟着也赶到这里来了，但也只坐满了七成的样子。快到开车的时刻，只听见远近关闭车门和挂上铁钩的声音，我坐的一节车厢边，一个帽子上钉着红条的站务员正打算关上车门，忽然举起了胳臂叫道："请到这边来，请到这边来。"

他开着车门等候着。这期间，一个二十六七岁脸色白净头发稀薄的女人，背上背着一个，手里挽着一个，走上车来。火车便立刻开动了。

女人在我对面当西晒的窗边坐下了，除了那里也没有别的空位了。

"妈，让我坐！"七岁模样的男孩子皱着眉头说。

“这里太热呢。”母亲一边将背上的婴儿放下来，一边低低地说。

“热也不要紧！”

“坐在太阳底下，你的头又要痛啦。”

“不要紧就不要紧……”孩子脸色阴沉地盯着母亲。

“泷呀！”母亲把脸凑近他轻轻地说，“这回咱们上好远好远的地方去，半路里你的头再痛起来妈妈就要急得哭了。乖孩子，听妈的话，等会儿没有太阳的窗边空出来，你就可以移到那里去，懂吗？”

“头不会痛的。”孩子还是在那儿闹别扭。母亲脸上现出悲伤的神气说：

“真别扭呀！”

我突然插进去说：

“请到这边来吧。”在窗边让出一尺一空位，“这儿太阳晒不着。”

孩子用嫌厌的眼色望了望我，我看到这是一个脸色很不好看，头顶角向两边张开的怪孩子，觉得不大愉快，孩子的耳朵和鼻孔里都塞着药棉。

“啊，真对不起。”女人悲伤的脸上现出笑影，“泷呀，谢谢这位伯伯，就坐在那地方吧。”她用手推着孩子的背脊，叫他到我这边来。

“请过来吧！”我挽起男孩的手，让他坐在我的身边。男孩不断地用奇怪的眼色望着我的脸，过了一会儿，便渐渐专心去看窗外的景色了。

“你光往那一边看，要不，煤灰会吹进你的眼睛里来的。”我这样对他说的时候，孩子也没有搭理我。一会儿，火车到了浦和，坐在我对面的两位客人在这里下车了，女人便带着行李搬到这边来。说是行李，也不过是女人使的布手袋和一个包袱罢了。

“泷呀，到这边来吧，谢谢您。”女的说着，向我行了一个礼。她身子一动，背上睡着的婴儿醒了，便啼哭起来。

“不哭，不哭。”母亲把婴儿放在膝上摇着，哄弄着说，“吃奶吧，吃奶吧！”婴儿却倔着身子哭得更厉害了。“好宝宝，不哭，不哭。”母亲还只是这样说着，后来又说：“吃吃吧，给你。”一只手从布手袋里掏出一块饽饽给了婴儿，婴儿还尽是哭个不停。

“妈，我哪！”旁边那男孩很不满意地说了。

“你自己拿着吃吧。”母亲说着，解开胸怀给婴儿吃奶，又从腰带中掏出一块不很干净的绸帕，围在自己领下，拉下边儿盖住了解开的胸脯。

男孩伸手在布袋里摸了一会儿，摇摇头说："不，不是这个！"

"不是这个，是什么呢？"

"圆球儿的。"

"没有圆球儿的，没有带那样的来。"

"不！不是圆球儿的不行！"孩子使着鼻音说。

"下面还有水果糖，你吃水果糖吧，乖孩子，水果糖多甜呀。"

男孩不大愿意地点点头，母亲又用一只手拿出糖来，放了四颗在孩子的手里。

"还要！"男孩说，母亲又给添了两颗。

婴儿吃饱了奶，便拿起从母亲头上落下来的蜜蜡栉子玩儿。玩了一会儿，全送进嘴里去。

"不行不行。"母亲按住她的小手，婴儿张大了嘴，将脸凑过去，下颌的牙床上，露出两颗小小的白牙。

"吃吃，吃吃。"母亲捡起落在膝上的饽饽，送到她的面前。她正在呀呀地叫着，这才不作声了，瞪着小眼珠瞅了一会儿，便把栉子扔了，拿起饽饽，连小拳头一起往嘴里送去，口角上接连地流出了口涎。

女人将婴儿横倒了，用手摸一摸填在屁股上的尿布，尿布似乎已经湿了。

"换一块褯子吧。"她自言自语地说着，又对男孩子说，"泷呀，你让一让，我给宝宝换褯子。"

"真麻烦……妈妈。"男孩不大高兴地站起来。

"到这儿来坐吧！"我把他以前坐过的地方让出来。

"对不起，性子就那么别扭，真要命。"女人寂寞地笑了一笑。

"大概是耳朵、鼻子有病的缘故吧。"

"真对不起。"女人转过身去，从包袱里拿出干尿布和包湿尿布的油纸，一边说，"也许是这个缘故。"

"是什么时候得的毛病呢？"

"出生就是这样的，大夫说，是因为他爸爸酒喝得太多的缘故。鼻子耳朵倒还罢了，可是头脑也不大好，我想也是这个缘故吧。"

在座席上仰躺着的婴儿，毫无目的地注视着什么，摇动着两手，呀呀地叫唤。一会儿，换好了尿布，把湿的收拾好，母亲抱起婴儿说：

“谢谢您……泷呀，上这边来。”

“没有关系，就坐在这边吧。”我说。男孩却默默地站起来，坐到对面去，立刻靠着窗子往外边望。

“啊，对不起……”女人抱歉地道谢。

过了一会儿，我问：“上哪里去呀？”

“北海道，叫网走的，是一个很远很不便的地方。”

“网走的什么地方？”

“听说是叫作北见的。”

“可不得了呀，至少也得走五天吧。”

“听说路上一点儿不耽搁，也得走七天呢。”

火车刚过了间间田车站，从路边的森林里发出来的蝉声，仿佛追着火车叫喊。太阳下去了，坐在西边窗下的乘客都打开了遮阳窗，凉风便吹进来了。刚才抱在母亲怀里睡着了的婴儿，头上寸把长的胎发，在风中轻轻颤动。婴儿微微张开的口边，有两三个苍蝇很惹厌地来回飞舞。母亲一边凝然地想着什么，一边用手里的绸帕赶着苍蝇。过了一会儿，女人收拾了一下行李，放下婴儿，从布手袋里拿出几张明信片和一支铅笔，写起信来，但是她的笔很迟钝。

“妈。”小孩看厌了外景，眼睛像打瞌睡似的说。

“什么？”

“还很远吗？”

“还很远呀，你困了吗？就靠着妈妈睡吧。”

“不困。”

“那你拿些画本瞅瞅吧。”

孩子默默地点点头，母亲从包袱里拿出四五册画本子给他，里面也有旧的什么《泼克》[①]之类。孩子很安静地把书一册一册翻看起来。这时候，我忽然注意到，身子向后靠着、俯视着看书的孩子的眼睛，和同样俯视着写信片的母亲的眼睛完全一样。

我每次瞅见被父母携带着的孩子——譬如在电车上坐在对面的时候，常常觉得惊异，往往两个全不相像的男女，在外貌上所显出的个性，会

---

① 东京出版的一种滑稽画报。

在一个小孩的脸上、身上，非常自然地调和起来，变成一个。先把母亲和孩子来对比，觉得很像，再把父亲和孩子来比较，还是觉得很像，最后把父亲跟母亲来比较，就没有一点儿相像的地方，这真是叫人很难理解的事。

现在想起，我不禁想象这位母亲所生的孩子，他的父亲会是怎样的人呢？而且也不由得想象这个人现在的命运。

从这奇怪的联想，我立刻能够想象出这位女人的丈夫的容貌和神情。在我从前住过的一所学校里，有一个姓曲木的公卿贵族，年级跟我相去不远，年纪比我大概大五六岁。那时我便想起了这个人。他也是一个爱喝酒的，喝醉了酒便吹牛，老鹰鼻子的脸发着青色，大个子，一点儿也不用功，接连留了两三次级，终于自己退学走了。日俄战争之后，我偶然在什么报纸上看见他的名字，上边署着的头衔是上州制麻有限公司的总经理，以后怎样，就不知道了。

我忽然想起这个人，就想到她的丈夫可不就是这样的人吗。可是那人虽然爱吹牛，性子却不十分别扭，有一点儿快活而轻浮的地方。当然那种性格的人常常是没有准的，无论多快活，要是接连碰上坏运气，也会变成别扭和阴沉，住在肮脏不堪的家里，老跟懦弱的妻子发脾气，借此发散自己的郁闷。

这孩子的父亲，可不就是这样的人吗？

这女人穿一件旧的绉绸的单袍，系着茄花色的带子，使我能够想象在她结婚以前，和刚结婚时的那种娇贵的气派，甚至也能够想象她后来的辛苦的情景。

火车过了小山，过了小金井和石桥，往前开去。窗外渐渐暗下来了。

女人把两张明信片写完的时候，孩子忽然叫道：

“妈，撒尿！”这客车上是没有厕所的。

“一会儿也憋不住了吗？”母亲很为难地问。孩子紧皱着眉头点了一点头。

女人想把孩子抱起来，向周围扫了一眼，却没有想出什么办法。

“再憋一会儿吧。”母亲不断地哄着他。孩子摇晃着身体，说是要尿出来了。

火车不久到了雀之宫，去问乘务员，说这里停车的时间很短，请等到下一站吧。下一站是宇都宫，有八分钟的停车时间。

到宇都宫以前的时间，母亲被孩子逼得毫无办法。这时候，睡着的婴儿也醒了。母亲一边给婴儿喂奶，一边不断地说：

“马上就到了。”我觉得这个母亲会被她的丈夫逼死的，即使从丈夫手里留下一条命，也有一天一定会被这孩子折磨死。

过了一会儿，火车嘟地叫了一声，沿着月台，进了车站。车子还没有停下，“快呀，快呀！”孩子便偻着身体，按着小肚直嚷。

“好，走吧。”母亲把婴儿放在座位上，凑过脸去说，“好好儿躺着呀。”又对我说：“对不起，请您照顾一下。”

“可以。”我很爽快地回答了。

火车停下，我马上把门打开，孩子下去了。

“君呀，好好儿躺着呀！”正要从这儿离开，婴儿从后面伸出手来，像火烫了似的哭了起来。

“真没有办法。”母亲踌躇了一下，从包袱里拿出一条捆小孩子用的狭狭的博多带，络在婴儿的两腋下，就想背上去了，却从袖底里拿出棉布的手帕来，围在自己的后领上，赶快将带子捆好，背上婴儿，走上月台去。我也跟着走了下去，说：“那么，我在这里下车了。”

女人吃惊地说：“啊，你要下车吗？”

随后便行了一个礼说：“麻烦您啦，谢谢。”

在人堆里一起走着的时候，女人说：“很对不起，请您把这明信片……”

她想从怀里拿出明信片来，可是博多带交叉地捆在胸前，很不容易掏出来，女人停住脚步。

“妈，你怎么啦！”孩子回过头来，责备似的说。

“等一等……”女人缩着下颏，使劲想把胸前解开，因为使劲，耳根都红了。我瞅见她后领上的手帕，当背起婴孩的时候，已经夹在一边的肩头上去了，我没有作声，想帮她拉一拉正，我的手便碰上了她的肩头，女人吃惊地抬起脸来。

“手帕歪了。”我这样说着，脸上有点儿红了。

“对不起。”女人静静地站着，等我替她拉好手帕，一直到我的两手离开她的肩头，女人又再一次说：“对不起。”

我们在月台上，连姓名也没通一个，就这样分开了。

我拿着明信片走到车站门口,那儿挂着一只邮政信箱。我想把这明信片翻过来看一看,觉得看一看也没有什么关系。

我迟疑了一下,走到信箱跟前,将信面朝上,一张一张投了进去,投进之后,又想再拿出来看一看。只是在投进去的时候,偶然瞅见两张信片都是寄到东京的,受信人的名字,一个是女人的,一个是男子的。

(1908 年 2 月)

菜花和小女孩

在一个明媚寂静的春日下午,小女孩独个儿在山上拾枯枝。

不久,夕阳透过新绿,照得大地一片通红,小女孩把捡来的小树枝捧到小草坪上,装进自己背来的大竹筐里。

突然,小女孩感到有人在叫她。

“哎?”小女孩不觉问道,站起身环顾四周,但是周围什么人也没有。

“谁叫我?”小女孩又大声问了一遍。可是仍然没人应答。

那声音叫了她两三遍之后,小女孩才注意到叫她的原来是在杂草丛中勉强探出脑袋的一朵小小的菜花。

小女孩用披在头上的手巾擦一擦脸上的汗水说:“你在这样的地方很寂寞吧?”

“是啊!”菜花亲昵地答道。

“那你为什么到这儿来呢?”小女孩带着责备的口吻说。

“种子沾在云雀胸部的羽毛上,掉落在这里的呀。真没办法!”菜花可怜地回答,并恳求她把自己带到伙伴众多的山下村子里去。

小女孩很同情菜花,一心想满足它的愿望。她轻轻地把它从土里连根取出,握在手中,顺山路向村子方向走去。

清澈的小溪,流水潺潺,沿路边往下流淌。一会儿,“你的手真烫啊。”菜花说,“我被你捏得脖子酸疼难受,快挺不起来啦。”说着,垂下了脑袋,随着小女孩的步伐无精打采地左右摇晃。

小女孩有点儿为难。

然而,小女孩想出了个好主意。她轻捷地在路旁蹲下,默默地把菜花根浸到溪水中。

“嘿!”菜花苏醒过来,发出洪亮的声音,仰视着小女孩。于是,小女孩恫吓它说:“就这样淌下去啦!”

菜花不安地摇摇头说:“一直淌下去,我怕!”

“不用担心。”小女孩边说边松开手。

“我怕呀! 我怕呀!”菜花惊恐地喊道。被溪水带向前方,眼看离小女孩渐渐远了。小女孩不声不响地把两手向后伸去,按住在背上晃动的竹筐,跑了过来。

菜花放心了。它高举着头从水面仰望着小女孩,开始跟她攀谈起来。

不知从哪儿轻飘飘飞来一只黄蝴蝶,而且老盯着菜花飞舞。菜花很喜欢它。可是,黄蝴蝶性情急躁,不知何时又飞向什么地方去了。

菜花发现小女孩鼻尖渗出了点点珍珠般的汗水。

“这下可叫你受累啦!”菜花关切地说。可小女孩却简慢地回答:“不用你担心!”

菜花受了申斥,默不作声。

不一会儿,小女孩听得菜花的呻吟声,大吃一惊。菜花根被水中起伏的头发般的水草缠住了,正苦恼地摇晃着脑袋。

“那就这样休息会儿吧。”小女孩气喘吁吁地说罢,就在一旁的石头上坐了下来。

“让这种东西缠住脚休息很不舒服。”菜花不高兴地继续摇晃脑袋。

“就那样行啦!”小女孩说。

“不嘛。休息好是好,可是,这样怪不舒服的。拉我一把吧,求求你!”它恳求着。“行啦。”小女孩笑笑,不予理睬。

这时,由于水的冲力,菜花根渐渐离开了水草,突然菜花大声呼喊:“流啦!”它又被水冲走了。小女孩急忙站起来,跳步追去。

小女孩走近了,菜花提心吊胆地说:“又让你辛苦啊。”

“没什么。”小女孩亲切地回答,她为了不再让菜花着急,特地跑在它前面四五公尺。

山脚下的村庄就在眼前,小女孩说:“马上就到啦。”

“是吗?”菜花在后边答道。

对话停了一会儿。这时,只有小女孩草屐啪嗒啪嗒的响声和潺潺的溪水声。

“扑通。”小女孩脚边响起了落水声，菜花发出凄惨的悲鸣。小女孩惊愕地停住脚步一看，“快，快！”菜花挺着身子呼救，吓得花瓣和叶子几乎变了颜色。小女孩赶紧把它捧起来。

“怎么啦？”小女孩把菜花捧在怀里，环视着身后的溪流。

“有个东西从你脚边跳入水中。”菜花心口跳得厉害，话说了一半便哽住了。

“是一只田鸡，它一下子潜入水中，忽地出现在我面前，尖尖的嘴巴，脸长得和那心术不良的河童一般，我险些撞着它的脸。”菜花说。

小女孩放声大笑。

“还笑哪！”菜花埋怨说，“话说回来，我失声大叫倒反而吓得田鸡慌慌张张潜到水底去了。”菜花这么说着，自己也笑了。

不多时，到了村庄。

小女孩立即把菜花种到自家的菜园里。

那儿土壤肥沃，和山上杂草丛中的泥土大不相同。

有花茁壮地成长。

现在，它正和许多伙伴们和睦、幸福地生活在一起。

译者后记

这里收辑历来所译日本志贺直哉的一些小品和短篇小说，分为两辑。前辑题为“牵牛花”，基本上都是小品文，或小品式的短篇小说，共九题十五篇，是1976年所译。后辑题为“篝火”，都是短篇，共十篇，除了其中一二篇外，大部分是新中国成立前翻译的。现在合在一起，用“牵牛花”作为总题。（编者注：本次再版未分前后辑，仅用“篝火”作为总题。）

我译前辑部分的动机和背景，完全和译《芥川龙之介十一篇》相同，当时在自己誊清的原稿前，曾写过一篇《小引》：

> 四十年前，译过志贺的几个短篇，编成一集，名曰《焚火》。新中国成立后又新译数篇，与人合集，成《志贺直哉小说集》。今来老而多闲，仍热爱志贺作品，先后选译了他的几个小品，用以自遣，亦供同好。
>
> 夸庐　1976年11月

所谓“四十年前”，其实是在1934年的秋冬，正确地说，应该是“四十多年前”了。那时身在特殊环境，居然有机会能够执笔，帮助我的人恐怕闯祸，再三叮嘱，只搞翻译，不要写作，而手头恰巧有一部日本改造社版的《志贺直哉全集》，这位作家，又是我从小就喜欢的，于是就动手译了他的几个短篇。译成了几万字，托人把稿子送到上海，天马书店很快就印出来了。因为其中有一篇，写作家夫妇与友人夜间郊游，焚起了一堆篝火，大家围在火堆旁促膝话旧，所写的完全是一种闲适的情境。日本语称野外烧火堆作“焚火”，译成中文应该是“篝火”，我因在那种特殊场合，心中不免窝着一团火，便故意保留原语，并把短篇集的题名也称为“焚火”了，也大概多少带点儿阿Q精神吧！

不料到了1956年的春天，人民文学出版社的同志却把这本破破烂烂的古老的《焚火》从什么角落里扯了出来，说中国作协邀请志贺直哉访华，可能不久到来，我们得赶快出一本他的作品来欢迎他。要我加译几篇并约张梦麟同志译了他的著名的中篇《和解》，又收了谢六逸与韩侍桁所译各一篇，加上我的新译《赤西蛎太》和《灰色的月亮》，就很快地出版了一本《志贺直哉小说集》。那时作者已经是七十三岁的高龄，虽曾欣然接受邀请，届时终于没有成行。但接到了我们寄去的精装的译集，却非常高兴，特地托一个访华的日本美术家代表团给我送来了一本新版的短篇集《朝颜》。这本以限定本形式装帧的特别朴素典雅的集子，一直保藏在我的书柜里，甚至逃过了史无前例的浩劫。我曾心心念念想把它全译出来，作为对于作者的感谢与纪念，但实际我只译了集中的《朝颜》和《秋风》二篇。朝颜亦名牵牛花，我照中国语的习惯，把“牵牛花”作为现在这个集子的名字，也保留了纪念作者的意思。

志贺直哉是经历了明治、大正、昭和三个时期的日本现代的一位重要作家。他于1883年2月20日出生于日本宫城县石卷町，是志贺直温的次子。他的祖父直道，曾为相马藩府的家令（总管），因此他是在富裕的官宦家庭出身的。他在专门为贵族和资产阶级子弟而设的学习院卒业，并入东京帝国大学文科大学英国文学科求学，于1904年立志从事文学创作，写了最早的短篇《菜花与少女》。1910年与武者小路实笃、有岛武郎等共同创刊《白桦》杂志。环绕这个刊物的一些年轻的文学家与美术家，不满当时主张纯客观主义的自然主义文艺思潮，肯定积极的人性，主张尊重个性，发挥人的意志的作用，提倡人道主义和理想主义的文学，形成对日本现代文学有深远影响的白桦运动的一派。

志贺最早发表了《到网走去》、《剃刀》（1911年）、《克罗谛思日记》（1912年）等卓越的短篇小说，显示了优秀的才华，引起了文坛的瞩目，成为白桦派的重要作家。到他于1971年八十八岁高龄去世为止，在长达六十年的创作生涯中，写的极大部分是短篇、小品和少数中篇，并从1921年开始创作到1937年最后完成的唯一的长篇小说《暗夜行路》，在日本现代著名作家中，是一位稀产的大家。

他具有极为锐敏的观察力和彻透的写实精神，朴素而精练的文笔，显出其深厚的学养和对生活的深刻的探索。他的作品大部分取之于亲身的经历、见闻、接触与感受的材料，他的视野也常常只停留于自己及直接与自己有关的周围的日常生活中，也是日本现代作家中从自我体验即所谓身边琐事中取材最多的一位作家。他尽量不使用虚饰和夸张的手法，写出平凡的生活现实，不过早地做主观的阐述，不透露自己的思想感情，不是通过抽象的思考而是通过具体的形象，从个体而不是从综合地来观察和抒写事物，把作者自己所要说的话让读者自己去思考和感受，是一位出色的现实主义作家。例如短篇《到网走去》《十一月三日午后的事》《灰色的月亮》，都只是一些街头、车厢中的片段的琐屑的见闻，却令人深刻地领会到一个劳动妇女的悲惨的命运，和日本军国主义给人民带来的痛苦与灾难。这对于"题材决定""主题先行"的文艺论，实在是一个很好的对照。

如集中的《篝火》及前辑中某些小品，更充分地表现了作者的闲适的东方情调的一面，这首先与作者的生活经历有一定的关系。它可能与当前斗争剧烈的时代生活是不大协调的，但在译者专门选择这些来加以翻译的时期，它们事实上对我起过很好的精神调剂作用。万事一张一弛，人也总不能一年三百六十日，一日二十四小时都过着剑拔弩张的生活，有"刑天舞干戚，猛志固常在"的陶渊明，也有"采菊东篱下，悠然见南山"的陶渊明。悠闲的心情，不是作为生活的全部，大概有时也应该有一点儿的，因此我在翻译的时候，特别喜欢它们，本来只为"自遣"，没有要拿来发表和出版的打算，但今天有机会印行出来，在紧张的斗争和建设的生活中，大概有些人仍能同好，不致被打成毒草吧。只是由于独成一书，深嫌篇幅的单薄，而今天我又没有力量，另外添译一些别的作品，为此取得人民文学出版社编辑部的同意，把 1956 年版《小说集》中我所译的部分，另成一辑，收入此集，这只是我所译的志贺作品的辑存，要全面介绍作者具有代表性的作品，自必须等待别的选本。

1981 年 2 月

罗生门

〔日〕芥川龙之介

罗生门[①]

某日傍晚，有一家将，在罗生门下避雨。

宽广的门下，除他以外，没有别人，只在朱漆斑驳的大圆柱上，蹲着一只蟋蟀。罗生门正当朱雀大路，本该有不少戴女笠和乌软帽的男女行人到这儿来避雨，可是现在却只有他一个。

这是为什么呢？因为这数年来，接连遭了地震、台风、大火、饥馑等几次灾难，京城已格外荒凉了。照那时留下来的记载，还有把佛像、供具打碎，将带有朱漆和飞金的木头堆在路边当柴卖的。京里的情况如此，像修理罗生门那样的事，当然也无人来管了。在这种荒凉景象中，便有狐狸和强盗来乘机做窝。甚至最后变成了一种习惯，把无主的尸体，扔到门里来了。所以一到夕阳西下，气象阴森，谁也不上这里来了。

倒是不知从哪里，飞来了许多乌鸦。白昼，这些乌鸦成群地在高高的门楼顶空飞翔啼叫，特别到夕阳通红时，黑魆魆的好似在天空撒了黑芝麻，看得分外清楚。当然，它们是到门楼上来啄死人肉的——今天因为时间已晚，一只也见不到，但在倒塌了的砖石缝里长着长草的台阶上，还可以看到点点白色的鸟粪。这家将穿着洗旧了的宝蓝袄，一屁股坐在共有七级的最高一层的台阶上，手护着右颊上一个大肿泡，茫然地等雨停下来。

说是这家将在避雨，可是雨停之后，他也想不出要上哪里去。照说应当回主人家去，可是主人在四五天前已把他辞退了。上边提到，当时京城

---

① 这个短篇，是作者根据日本11世纪的古籍《今昔物语》中的故事改写的。

市面正是一片萧条，现在这家将被多年老主人辞退出来，也不外是这萧条的一个小小的余波。所以家将的避雨，说正确一点儿，便是“被雨淋湿的家将，正在无路可走”。而且今天的天气也影响了这位平安朝[1]家将的忧郁的心情。从申末下起的雨，到酉时还没停下来。家将一边不断地在想明天的日子怎样过——也就是从无办法中求办法，一边耳朵里似听非听地听着朱雀大路上的雨声。

雨包围着罗生门从远处飒飒地打过来，黄昏渐渐压到头顶，抬头望望，门楼顶上斜出的飞檐上正挑起一朵沉重的暗云。

要从无办法中找办法，便只好不择手段。要择手段便只有饿死在街头的垃圾堆里，然后像狗一样，被人拖到这门上扔掉。倘若不择手段哩——家将反复想了多次，最后便跑到这儿来了。可是这“倘若”，想来想去结果还是一个“倘若”。原来家将既决定不择手段，又加上了一个“倘若”，对于以后要去干的“走当强盗的路”，当然是提不起积极肯定的勇气了。

家将打了一个大喷嚏，又大模大样地站起来，夜间的京城已冷得需要烤火了，风同夜暗毫不客气地吹进门柱间。蹲在朱漆圆柱上的蟋蟀已经不见了。

家将缩着脖子，耸起里面衬黄小衫的宝蓝袄子的肩头，向门内四处张望，如有一个地方，既可以避风雨，又可以不给人看到能安安静静睡觉，就想在这儿过夜了。这时候，他发现了通门楼的宽大的也漆朱漆的楼梯。楼上即使有人，也不过是些死人。他便留意着腰间的刀，别让脱出鞘来，举起穿草鞋的脚，跨上楼梯最下面的一级。

过了一会儿，在罗生门门楼宽广的楼梯中段，便有一个人，像猫儿似的缩着身体，憋着呼吸在窥探上面的光景。楼上漏下火光，隐约照见这人的右脸，短胡子中长着一个红肿化脓的面疱。当初，他估量这上头只有死人，可是上了几级楼梯，看见还有人点着火。这火光又这儿那儿地在移动，模糊的黄色的火光，在屋顶挂满蛛网的天花板下摇晃。他心里明白，在这儿点着火的，绝不是一个寻常的人。

家将壁虎似的忍着脚声，好不容易才爬到这险陡的楼梯上最高的一

---

① 平安朝，794—1192 年。

级，尽量伏倒身体，伸长脖子，小心翼翼地向楼房望去。

果然，正如传闻所说，楼里胡乱扔着几具尸体。火光照到的地方挺小，看不出到底有多少具。能见到的，有光腚的，也有穿着衣服的，当然，有男也有女。这些尸体全不像曾经活过的人，而像泥塑的，张着嘴，摊开胳臂，横七竖八躺在楼板上。只有肩膀胸口略高的部分，照在朦胧的火光里；低的部分，黑黢黢的看不分明，只是哑巴似的沉默着。

一股腐烂的尸臭，家将连忙掩住鼻子，可是一刹那，他忘记掩鼻子了，有一种强烈的感情，夺去了他的嗅觉。

这时家将发现尸首堆里蹲着一个人，是穿棕色衣服、又矮又瘦像只猴子似的老婆子。这老婆子右手擎着一片点燃的松明，正在窥探一具尸体的脸，那尸体头发很长，估量是一个女人。

家将带着六分恐怖四分好奇的心理，一阵激动，连呼吸也忘了。照旧记的作者的说法，就是“毛骨悚然”了。老婆子把松明插在楼板上，两手在那尸体的脑袋上，跟母猴替小猴捉虱子一般，一根一根地拔着头发，头皮似乎也随手拔下来了。

看着头发一根根拔下来，家将的恐怖也一点点消失了，同时对这老婆子的怒气，却一点点升上来了——不，对这老婆子，也许有语病，应该说是对一切罪恶引起的反感，愈来愈强烈了。此时如有人向这家将重提刚才他在门下想的是饿死还是当强盗的那个问题，大概他将毫不犹豫地选择饿死。他的恶劣之心，正如老婆子插在楼板上的松明，烘烘地冒出火来。

他当然还不明白老婆子为什么要拔死人头发，不能公平判断这是好事还是坏事，不过他觉得在雨夜罗生门上拔死人头发，单单这一点，已是不可饶恕的罪恶。当然他已忘记刚才自己还打算当强盗呢。

于是，家将两腿一蹬，一个箭步跳上了楼板，一手抓住刀柄，大步走到老婆子跟前。不消说，老婆子大吃一惊，并像弹弓似的跳了起来。

“呔，哪里走！”

家将挡住了在尸体中跌跌撞撞地跑着、慌忙逃走的老婆子，大声吆喝。老婆子还想把他推开，赶快逃跑，家将不让她逃，一把拉了回来，两人便在尸堆里扭结起来。胜败当然早已注定，家将终于揪住老婆子的胳臂，把她按倒在地。那胳臂瘦嶙嶙地皮包骨头，同鸡脚骨一样。

“你在干吗？老实说，不说就宰了你！”

家将甩开老婆子，拔刀出鞘，举起来晃了一晃。可是老婆子不作声，两手发着抖，气喘吁吁地耸动着双肩，睁圆大眼，眼珠子几乎从眼眶里蹦出来，像哑巴似的顽固地沉默着。家将意识到老婆子的死活已全操在自己手上，刚才火似的怒气，便渐渐冷却了，只想搞明白究竟是怎么一回事，便低头看着老婆子放缓了口气说：

"我不是巡捕厅的差人，是经过这门下的行路人，不会拿绳子捆你的。只消告诉我，你为什么在这个时候在门楼上，到底干什么？"

于是，老婆子眼睛睁得更大，用眼眶红烂的肉食鸟一般矍铄的眼光盯住家将的脸，然后把发皱的同鼻子挤在一起的嘴，像吃食似的动着，牵动了细脖子的喉尖，从喉头发出乌鸦似的嗓音，一边喘气，一边传到家将的耳朵里。

"拔了这头发，拔了这头发，是做假发的。"

一听老婆子的回答，竟是意外的平凡，一阵失望，刚才那怒气又同冷酷的轻蔑一起兜上了心头。老婆子看出他的神气，一手还捏着一把刚拔下的死人头发，又像蛤蟆似的动着嘴巴，做了这样的说明：

"拔死人头发，是不对，不过这儿这些死人，活着时也都是干这类营生的。这位我拔了她头发的女人，活着时就是把蛇肉切成一段段，晒干了当干鱼到兵营去卖的。要是不害瘟病死了，如今还在卖呢。她卖的干鱼味道很鲜，兵营的人买去做菜还缺少不得呢。她干那营生也不坏，要不干就得饿死，反正是没有法子嘛。你当我干这坏事，我不干就得饿死，也是没有法子呀！我跟她一样都没法子，大概她也会原谅我的。"

老婆子大致讲了这些话。

家将把刀插进鞘里，左手按着刀柄，冷淡地听着，右手又去摸摸脸上的肿泡，听着听着，他的勇气就鼓起来了。这是他刚在门下所缺乏的勇气，而且同刚上楼来逮老婆子的相比是另外的一种勇气。他不但不再为着饿死还是当强盗的问题烦恼，现在他已把饿死的念头完全逐到意识之外去了。

"确实是这样吗？"

老婆子的话刚说完，他讥笑地说了一声，便下定了决心，立刻跨前一步，右手离开肿泡，抓住老婆子的大襟，狠狠地说：

"那么，我剥你的衣服，你也不要怪我，我不这样，我也得饿死嘛。"

家将一下子把老婆子剥光,把缠住他大腿的老婆子一脚踢到尸体上,只跨了五大步便到了楼梯口腋下挟着剥下的棕色衣服,一溜烟走下楼梯,消失在夜暗中了。

没多一会儿,死去似的老婆子从尸堆里爬起光赤的身子,嘴里哼哼哈哈地,借着还在燃烧的松明的光,爬到楼梯口,然后披散着短短的白发,向门下张望。外边是一片沉沉的黑夜。

谁也不知这家将到哪里去了。

1915 年 9 月作

1976 年 4 月译

地狱变

一

像堀川大公那种人物，不但过去没有，恐怕到了后世，也是独一无二的了。据说在他诞生以前，他母亲曾梦见大威德的神灵，出现在她的床头。可见出世以后，一定不是一位常人。他的一生行事，没一件不出人意外。先看看堀川府的气派，那个宏伟、豪华呀，究竟不是咱们这种人想象得出的。外面不少议论，把大公的性格比之秦始皇、隋炀帝，那也不过如俗话所说"瞎子摸象"，照他本人的想法，像那样的荣华富贵，才不在他的心上呢。他还什么鸡毛蒜皮的事都关心，有一种所谓"与民同乐"的度量。

因此，遇到二条大宫的百鬼夜行，他也全不害怕。甚至据说，那位画陆奥盐灶风景的鼎鼎有名的融左大臣的幽灵，夜夜在东三条河原院出现，只要大公一声大喝，立刻就消隐了。因为他有那么大的威光，难怪那时京师男女老幼，一提到这位大公，便肃然起敬，好像见到了大神显灵。有一次，大公参加了大内的梅花宴回府，拉车的牛在路上发性子，撞翻了一位过路的老人。那老人却双手合十，喃喃地说，被大公的牛撞伤，真是多么大的荣幸。

所以在大公一生之间，给后代留下的遗闻逸事，是相当多的。例如在宫廷大宴上，一高兴，就赏人白马三十匹；叫宠爱的童子，立在长良桥的桥柱顶；叫一位有华佗术的震旦僧，给他的腿疮开刀——像这样的逸事，真是屈指难数。在许多逸事中，再也没有一件比那至今为止，还一直在他府里当宝物传下来的《地狱变》屏风的故事更吓人的了。甚至平时对什么都满不在乎的大公,只有在那一回,毕竟也大大吃惊了,不消说,像我们这种人,当然一个个都吓得魂飞胆战了。其中比方是我,给大公奉职二十年来,也从来没见到过这样凄厉的场面。

不过,要讲这故事,先得讲一讲那位画《地狱变》屏风的,名叫良秀的画师。

二

讲起良秀,直到今天,大概也还有人记得。那时大家都说,拿画笔的人,没一个出于良秀之上,他就是那样一位大名鼎鼎的画师。发生那事的时候,他已过了五十大关,有年纪了。模样是一个矮小的、瘦得皮包骨头的、脾气很坏的老头儿。他上大公府来,总穿一件丁香色的猎衣,戴一顶软乌帽,形容卑褒。他有一张不像老人该有的血红的嘴,显得特别难看,好像什么野兽。有人说,那是因为舔画笔的缘故,可不知是不是这么回事。特别是那些贫嘴的人,说良秀的模样像一只猴子,给他起了个诨名叫猿秀。

起这个诨名也有一段故事。那时大公府有良秀的一个十五岁的独生女,是当小女侍的。她可不像老子,是一位很娇美的姑娘,可能因为早年丧母,年纪虽小,却特别懂事、伶俐,对世事很关心。大公夫人和所有女侍都喜欢她。

有一次,丹波国献上了一只养熟了的猴子。顽皮的小公子,给起了个名字叫良秀,因为模样可笑,所以起了这名字,府里没一个人见了不乐。为了好玩,大家见它趴在大院松树上,或躺在宫殿席地上,便叫着"良秀良秀",逗它玩乐,故意作弄它。

有一天,良秀的女儿给主人送一封系有梅枝的书信[1],走过长廊,只见廊门外逃来那只小猴良秀,大概腿给打伤了,爬不上廊柱去,一拐一拐地跑着。在它后面,小公子扬起一条棍子赶上来,嘴里嚷着:"偷橘子的小贼,看你往哪儿逃!"良秀女儿见了,略一踌躇,这时逃过来的小猴抓住她

---

① 日本古代贵族在传递书信时,在信上系一花枝。

的裙边,呜呜地直叫——她心里不忍,一手提着梅枝,一手将紫香色的大袖轻轻一甩,把猴儿抱了起来,向小公子弯了弯腰,柔和地说:“饶了它吧,它是畜生嘛!”

小公子正追得起劲,马上脸孔一板,顿起脚来:“不行,它偷了我的橘子!”

“畜生呀,不懂事嘛……”女儿又求着情,轻轻地一笑,“它叫良秀,是我父亲的名字,父亲遭难,做女儿的怎能不管呢?”

既然这样说了,迫得小公子也只好罢手了。

“呵呵,给老子求情,那就饶了它吧。”

勉勉强强说了一声,便把棍子扔掉,走向廊门回去了。

三

从此以后,良秀女儿便和小猴亲热起来。女儿把公主给她的金铃,用红绸绦系在猴儿脖子上。猴儿依恋着她,不管遇到什么总绕在她的身边不肯离开。有一次女儿得了感冒躺在床上,小猴就守在她枕边,愁容满面地咬自己的爪子。

奇怪的是,从此也没人再欺侮小猴了,最后连小公子也与它和好了,不但常常喂它栗子,有时哪个武士踢了它一脚,小公子便大大生气。到后来,大公还特地叫良秀女儿抱着猴子到自己跟前来,可能听到了小公子追猴的事,对良秀女儿同猴发生了好感。

“看不出还是一个孝女哩,值得夸奖呀!”大公当场赏了她一方红帕,那猴儿见女儿捧着红帕谢恩,也依样对大公恭恭敬敬地鞠了一躬,逗得大公都乐了。因此大公分外宠爱良秀的闺女,是为了喜欢她爱护猴儿的一片孝心,并不是世上所说的出于好色。当然闲言闲语也不是没有,这到后来再慢慢讲。这儿先说明,大公对画师女儿,并非别有用心。

却说良秀女儿挣到很大面子,从大公跟前退出来。因为本来是一位灵巧的姑娘,也没引起其他女侍的嫉妒。反而从此以后,跟猴儿一起,总是不离公主的身边,每次公主乘车出外游览,也缺不了她的陪从。

话分两头,现在把女儿的事搁在一边,再谈谈父亲良秀。从那以后,猴儿良秀虽讨得了大家的欢喜，可是本人的良秀，仍被大家憎厌，依然叫他猿秀。不但在府里，连横川的那位方丈，一谈起良秀，也好像遇见了魔鬼，脸色就变了。（也有人说，良秀画过方丈的漫画。可能这是无稽的谣言，不确实的。）总之，不问在哪里，他的名声都是不妙的。不说他坏话的，只是在少数画师之间，或只见过他的画，没见过他本人的那些人。

事实是，良秀不但其貌不扬，而且还有惹人厌的坏脾气，所以那坏名声，也不过是自己招来的，怨不得别人。

四

他的脾气，就是吝啬、贪心、不顾面子、懒得要命、唯利是图——其中特别厉害的，是霸道、傲慢，把本朝第一大画师的招牌挂在鼻子上。如果单在画道上，倒还可原，可他就是骄傲得对世上一切习惯常规，全都不放在眼里。据他一位多年的弟子说，有一次府里请来一位大名鼎鼎的桧垣的女巫，降起神来，口里宣着神意。可他听也不听，随手抓起笔墨，仔细画出女巫那张吓人的鬼脸。大概在他的眼里，什么神道附体，不过是骗小孩子的玩意儿。

因为他是这样的人，画吉祥天神时，画成一张卑鄙的小丑脸；画不动明王时，画成一幅流氓无赖相，故意做出那种怪僻的行径。人家当面责备他时，他便大声嚷嚷："我良秀画的神佛，要是会给我降灾，那才怪呢！"因此连他的弟子们都害怕将来会受他牵连，有不少人就半途同他分手了。反正一句话，就是放荡不羁，自以为老子天下第一。

因此不管良秀画法怎样高明，也只是到此为止了。特别是他的绘画，甚至用笔、着色，全跟别的画师不一样，许多同他不对劲的画师中，有不少人说他就是邪门歪道。据他们说，对川成、金冈和此外古代名画师的画，都有种种奇异的评品，比方画在板门上的梅花，每到月夜便会放出一阵阵的清香；画在屏风上的宫女，会发出吹笛子的声音。可是对良秀的画却另有阴森森的怪评，比如说，他画在龙盖寺大门上的《五趣生死图》，有人深夜走过门前，能听到天神叹气和哭泣的声音。不但如此，甚至说，还可以闻到图中尸体腐烂的臭气。又说，大公叫他画那些女侍的肖像，被画的人,不出三年,都得疯病死了。照那些恶评的人说,这是良秀堕入邪道的证据。

如上所说,他那么蛮不讲理,反而还因此得意。有一次,大公在闲谈时对他说:“你这个人就是喜欢丑恶的东西。”他便张开那张不似老人的红嘴,傲然回答:“正是这样,现在这班画师,全不懂丑中的美嘛!”尽管是本朝第一的大画师吧,居然当着大公的面,也敢放言高论。难怪他那些弟子,背地给他起一个诨名,叫“智罗永寿”,讽刺他的傲慢。大家也许知道,所谓“智罗永寿”,那是古代从震旦传来的天狗的名字。

可是,甚至这个良秀——这样目空一切的良秀,唯独对一个人怀着极为深厚的情爱。

五

原来良秀对独生女的小女侍,爱得简直跟发疯似的。前面说过,女儿是性情温和的孝女,可是他对女儿的爱,也不下于女儿对他的爱。寺庙向他化缘,他向来一毛不拔,可是对女儿,身上的衣衫,头上的首饰,却毫不吝惜金钱,都备办得周周到到,慷慨得叫人不能相信。

良秀对女儿光是爱,可做梦也想不到给女儿找个好女婿。倘有人讲他女儿一句坏话,他就不难雇几个街头的流氓,把人家暗地里揍一顿。因此大公把他女儿提拔为小女侍时,老头子大为不服,当场向大公诉苦。所以外边流言:大公看中他女儿的美貌,不管她老子情不情愿,硬要收房,大半是从这里来的。

这流言是不确的,可是溺爱女儿的良秀一直在求大公放还他的女儿,倒是事实。有一次大公叫一个宠爱的童儿做模特儿,命良秀画一张幼年的文殊像,画得很逼真,大公大为满意,便向他表示好意说:“你要什么赏赐,尽管说吧!”

“请你放还我的女儿吧!”他就老实不客气地提出了请求。别的府邸不说,侍奉堀川大公的人,不管你当老子的多么疼爱,居然请求放还,这是任何一国都没有的规矩。这位宽宏大量的大公,听了这个请求,脸色就难看了,沉默了一会儿,低头瞧着良秀的脸,马上喝了一声:“这不行!”站起身来就进去了。这类事有过四五次,后来回想起来,每经一次,大公对良秀的眼光,就更加冷淡了。和这同时,女儿也可能因担心父亲的际遇,每从殿上下来,常咬着衫袖低声哭泣。于是,大公爱上良秀女儿的流言也多起来了。其中有人说,画《地狱变》屏风的事,起因就是女儿不肯顺从大公,当然这种事是不会有的。

在我们看来,大公不肯放还良秀的女儿,倒是为了爱护她,以为她去跟那怪老子一起,还不如在府里过得舒服。本来是对这女子的好意嘛,好色的那种说法,不过是牵强附会、无影无踪的谣言。

总而言之,就为了女儿的事,大公对良秀开始不快了。正在这时候,大公突然命令良秀画一座《地狱变》的屏风。

六

说到《地狱变》屏风,画面上骇人的景象,立刻出现在我的眼前。

同样的《地狱变》,良秀画的同别的画师所画,气象全不一样。屏风的一角,画着小型的十殿阎王和他们的下属,以后满画面都跟大红莲小红莲一般,一片连刀山剑树都会烧得熔化的熊熊火海。除掉捕人的冥司服装上着的黄色蓝色以外,到处是烈焰漫天的色彩。空顶上,飞舞着十字形墨点儿的黑烟和金色的火花。

这笔法已够惊人,再加上中间在烈火中烧身,正在痛苦挣扎的罪魂,那种可怕的形象,在通常的地狱图里是看不到的。良秀所画的罪魂,上自公卿大夫,下至乞丐贱人,包括各种身份的人物。既有峨冠博带的宫殿人,也有浓妆艳抹的仕女,挂佛珠的和尚,曳高齿屐的文官、武士,穿细长宫袍的女童,端供品的阴阳师——简直数不胜数。正是这些人物,被卷在火烟里,受牛头马面鬼卒们的酷虐,像秋风扫落叶,正在四散奔逃,走投无路。一个女人,头发挂在钢叉上,手脚像蜘蛛似的缩为一团,大概是女巫。一个男子,被长矛刺穿胸膛,像蝙蝠似的倒挂着身体,大概是新上任的国司①。此外,有遭钢鞭痛打的,有压在千斤石下的,有的吊在怪鸟的尖喙

① 地方行政长官。

上，有的叼在毒龙的大嘴里——按照罪行不同，受着各种各样的折磨。

其中最触目惊心的，是半空中落下一辆牛车，已有一半跌落到野兽牙齿似的尖刀山上。（这刀山上已有累累的尸体，五体刺穿了刀尖。）被地狱的狂风吹起的车帘里，有一个形似嫔妃、满身绫罗的宫女，在火焰中披散着长发，扭歪了雪白的脖子，显出万分痛苦的神情。从这宫女的形象到正在燃烧的牛车，无一不令人切身体会火焰地狱的苦难。整个画面的恐怖气氛，可说几乎全集中在这人物的身上了。它画得这样出神入化，看着看着，耳里好似听见凄厉的疾叫。

哎哎，就是这，就为了画这场面，发生了骇人的惨剧。如没有这场惨剧，良秀又怎能画出这活生生的地狱苦难呢。他为画这屏风，遭受了最悲惨的命运，结果连命也送掉了。这画中的地狱，也正可说是本朝第一大画师良秀自己有一天也将落进去的地狱。

我急着讲这珍贵的《地狱变》屏风，把讲的次序颠倒了。接下去讲良秀奉命绘画的事吧。

七

却说良秀自从奉命以后，五六个月都没上府，一心一意在画那座屏风，平时那么惦着的女儿，一拿起了画笔，硬连面也不想见了。真怪，据刚才那位弟子说，他一动手作画，便好像被狐仙迷了心窍。不，事实那时就有人说，良秀能在画道上成名，是向福德大神[①]许过愿的，那证据是，每当他作画时，只要偷偷地去张望，便能看见好几只阴沉沉的狐狸围绕在他的身边。所以他一提起画笔，除了画好画以外，世界上的什么事都忘了，白天黑夜躲在见不到阳光的黑屋子里——特别是这次画《地狱变》屏风，那种狂热的劲头，显得更加厉害。

据说他在四面挂上蒲席的屋子里，点上许多灯台，调制着秘传的颜料，把弟子们叫进去，让他们穿上礼服、猎装等等各式衣服，做出各种姿态，一一写生——不但如此，这种写生即使不画《地狱变》屏风，也是常有

① 狐仙。

的。比方那回画龙盖寺的《五趣生死图》,他就不画眼前的活人,却静坐在街头的死尸前,仔细观察半腐的手脸,一丝不苟地写生下来。可这一回,他新兴了一些怪名堂,简直叫人想也想不出来的。此刻没工夫详细讲说,单听听最主要的一点,就可以想象全部的模样了。

良秀的一个弟子(这人上面已说起过),有一天正在调颜料,忽然师父走过来对他说:

"我想睡会儿午觉,可是最近老是做噩梦。"这话也平常,弟子仍旧调着颜料,慢然地应了一声:"是吗?"

可是良秀显出悄然的神色,那是平时没有过的,很郑重地托付他:"在我睡午觉时,请你坐在我头旁边。"

弟子想不到师父这回为什么怕起做梦来,但也不以为怪,便信口答道:"好吧。"

师父却还担心地说:"那你马上到里屋来,往后见到别的弟子,别让他们进我的卧室。"

他迟迟疑疑地做好了嘱咐。那里屋也是他的画室,白天黑夜都关着门,点着朦胧的灯火,周围竖立起那座仅用木炭勾好了底图的屏风。他一进里屋,便躺下来,拿手臂当枕头,好像已经很困倦,一下便呼呼地睡着了。还不到半刻时间,坐在他枕边的弟子,忽然听见他发出模糊的叫唤,不像说话,声音很难听。

八

开头只发声,渐渐地变成断续的言语,好像掉在水里,咕噜咕噜地说着:

"什么,叫我来……来哪里……到哪里来?到地狱来,到火焰地狱来……谁?你是……你是谁?……我当是谁呢!"

弟子不觉停下调颜料的手,望望师父那张骇人的脸。满脸的皱纹,一片苍白,爆出大颗大颗的汗珠。干巴巴的嘴唇,缺了牙的口张得很大。口中有个什么东西好像被线牵着骨碌碌地动,那不是舌头吗?断断续续的声音便是从这条舌头上发出来的。

“我当是谁……哼，是你吗？我想，大概是你。什么，你是来接我的吗？来啊，到地狱来啊。地狱里……我的闺女在地狱里等着我。”

这时候，弟子好像看见一个朦胧的怪影，从屏风的画面上蠕蠕地走下来，感到一阵异样的恐怖。当然，他马上用手使劲地去摇良秀的身体。师父还在说梦话，没有很快醒过来。弟子只好拿笔洗里的水泼到他脸上。

“她在等，坐上这个车子来啊……坐上这个车子到地狱里来啊……”说到这里，已变成抑住嗓子的怪声，好不容易才睁开了眼睛，比给人刺了一针还慌张地一下子跳起身来，好像还留着梦中的怪样，睁着恐怖的圆眼，张开大口，向空中望着，好一会儿才清醒过来。

“现在行了，你出去吧！”这才好像没事似的，叫弟子出去。弟子平时被他吆喝惯了，也不敢违抗，赶紧走出师父的屋子，望见外边的阳光，不禁透了一口大气，倒像自己也做了一场噩梦。

这一次也还罢了。后来又过了一月光景，他把另一个弟子叫进屋去，自己仍在幽暗的油灯下咬着画笔，忽然回过头来命令弟子：

“劳驾，把你的衣服全脱下来。”听了师父的命令，那弟子急忙脱去自己身上的衣服，赤裸了身子。他奇怪地皱皱眉头，全无怜惜的神气，冷冰冰地说：“我想瞧瞧铁索缠身的人，麻烦你，你得照我的吩咐，装出那样子来。”原来这弟子是拿画笔还不如拿大刀更合适的结实汉子，可是听了师父的吩咐，也不免大吃一惊。后来他对人说起这事时说：“那时候我以为师父发精神病要把我杀死哩。”原来良秀见弟子迟迟疑疑，已经冒起火来，不知从哪儿拿出一副铁索，在手里晃着，突然扑到弟子的背上，扭转他的胳臂，用铁索捆绑起来，使劲拉紧铁索头，把捆着的铁索深深勒紧在弟子的肌肉里。当啷一声，把他整个身体推到地板上了。

九

那时这弟子像酒桶似的滚在地上，手脚都被捆成一团，只有脑袋还能活动。肥胖的身体被铁索抑住了血液的循环，头脸和全身的皮肤都憋得通红。良秀却泰然自若地从这边瞅瞅，从那边望望，打量这酒桶似的身体，画了好几张不同的速写。那时弟子的痛苦，当然是不消说了。

要不是中途发生了变故，这罪还不知要受到几时才完。幸而（也可说是不幸）过了一阵，屋角落的坛子后面，好像流出一道黑油，蜿蜒地流了过来。开头只是慢慢移动，渐渐地快起来，发出一道闪烁的光亮，一直流到弟子的鼻尖边，一看，才吓坏了：

“蛇！……蛇！”弟子惊叫了，全身的血液好似突然冻结，原来蛇的舌头已经舐到他被铁索捆着的脖子上了。发生了这意外事故，尽管良秀很倔，也不禁惊慌起来，连忙扔下画笔，弯下腰去，一把抓住蛇尾巴，倒提起来。被倒提的蛇昂起头来，蜷缩自己的身体，只是还够不到他手上。

“这畜生，害我出了一个败笔。”

良秀狠狠地嘟哝着，将蛇放进屋角的坛子里，才勉强解开弟子身上的铁索，也不对弟子说声慰劳话。在他看来，让弟子被蛇咬伤，还不如在画上出一笔败笔更使他冒火……后来听说，这蛇也是他特地豢养了作写生用的。

听了这故事，大概可以了解良秀这种像发疯做梦似的怪现象了。可是最后，还有一个只有十三四岁的小弟子，为这《地狱变》屏风遇了一场险，差一点儿送了命。这弟子生得特别白皙，像个姑娘，有一天晚上，被叫到师父屋里。良秀正坐在灯台旁，手里托着一块血淋淋的生肉，在喂一只怪鸟。这鸟跟普通猫儿那么大小，头上长两撮毛，像一对耳朵，两只琥珀似的大圆眼，像一只猫。

十

原来良秀这人，自己干的事，不愿别人来插手。像刚才说的那条蛇以及他屋子里其他东西，从不告诉弟子。所以有时桌子上放一个骷髅，有时放着银碗、漆器的高脚杯，常有些意想不到的东西用来绘画。平时这些东西藏在哪里也没人知道。人家说他有福德大神保佑，原因之一，大概也是由这种事引起来的。

那弟子见了桌上的怪鸟，心里估量，大概也是为画《地狱变》使用的。他走到师父跟前，恭恭敬敬问道：“师父有什么吩咐？”良秀好像没听见，伸出舌头舔舔红嘴唇，用下颏往鸟儿一指：

“看看，样子很老实吧。”

“这是什么鸟，我没有见过呀！”

弟子细细打量这只长耳朵的猫样的怪鸟，这样问了。良秀照例带着嘲笑的口气：

“从来没有见过？难怪啦，在城里长大的孩子。这鸟儿叫枭，也叫猫头鹰，是前几天鞍马的猎人送给我的，只是这么老实的还不多。”

说着，举手抚抚刚吃完肉的猫头鹰的背脊。这时鸟儿忽地一声尖叫，从桌上飞起来，张开爪子，扑向弟子的脸上来。那时弟子要不连忙举起袖管掩住面孔，早被它抓破了脸皮。正当弟子一声疾叫，举手赶开鸟儿的时候，猫头鹰又威吓地叫着再一次扑过来——弟子忘了在师父跟前，一会儿站住了防御，一会儿坐下来赶它，在狭窄的屋子里被逼得走投无路。那怪鸟还是盯着不放，忽高忽低地飞着，找空子一次次向他扑去，想啄他的眼睛。每次大翅膀拍出可怕的声响，像一阵横扫的落叶，像瀑布的飞沫。似乎有猴儿藏在树洞里发烂的果实味在诱惑着怪鸟，形势十分惊人。这弟子在油灯光中，好像落进朦胧的月夜，师父的屋子变成了深山里喷吐着妖雾的幽谷，骇得连魂都掉了。

害怕的还不仅是猫头鹰的袭击，更使他毛骨悚然的，是那位良秀师父，他在一边冷静地旁观这场吵闹，慢慢地摊开纸，拿起笔，写生这个姑娘似的少年被怪鸟迫胁的恐怖模样。弟子一见师父那神气，更恐怖得要命。事后他对别人说，那时候他心里想，这回一定会被师父送命了。

十一

被师父送命的可能不是完全没有。像这晚上，他就是把弟子叫进去，特地让猫头鹰去袭击，然后观察弟子逃命的模样，进行他的写生。所以弟子一见师父的样子，立即两手护住了脑袋，发出一声绝叫，逃到屋角落门口墙根前蹲下身体。这时，忽闻良秀一声惊呼，慌张地跳起身来。猫头鹰大翅膀扇动得更猛烈了，同时地下咔嚓一声，是打破东西的声响。吓得弟子又一次失魂落魄，抬起护着的脑袋，只见屋子里已一片漆黑，听到师父在焦急地叫唤外边的弟子。

一会儿，便有一个弟子在屋外答应，提着一盏灯匆匆跑来。在油灯的烟火中，一看，屋里的灯台已经跌翻，灯油流了一地。那猫头鹰只有一只翅膀痛苦地扇动，身子已落在地上了。良秀在桌子的那边，伸出了半个身体，居然也在发愣，嘴里咕咕地呢喃着别人听不懂的话。原来一条黑蛇把猫头鹰缠上了，紧紧地用身子绞住了猫头鹰的脖子同一边的翅膀。大概是弟子蹲下身去的时候，碰倒了那里的坛子，坛子里的蛇又游出来了，猫头鹰去抓蛇，蛇便缠住了猫头鹰，引起了这场大吵闹。两个弟子你望望我，我望望你，茫然瞧着这奇异的场面，然后向师父默默地行了一个注目礼，跑出屋外去了。至于那蛇和猫头鹰后来怎样，那可没有人知道了。

这类的事以后还发生过几次。上面还说漏了一点，画《地狱变》屏风是秋初开始的，以后直到冬尽，良秀的弟子们一直受师父怪僻行径的折磨。可是一到冬尽时候，似乎良秀对绘事的进展，遇到了困难，神情显得更加阴郁，说起话来也变得气势汹汹了。屏风上的画，画到约莫八成的时候，便画不下去了。不，看那光景，似乎也可能会把画好的全部抹掉。

可是，发生了什么困难呢，这是没有人了解的，同时也没有人想去了解。弟子们遭过以前几次灾难，谁都提心吊胆地过日子，尽可能离开师父远一点儿。

十二

这期间，别无什么可讲的事情。倘一定要讲，那么这倔老头不知什么缘故，忽然变得感情脆弱起来，常常独自掉眼泪。特别是有一天，一个弟子有事上院子里去，看见师父站在廊下，望着快到春天的天空，眼睛里含着满眶泪水。弟子见了觉得不好意思，急忙默默退回身去。他心里感到奇怪，这位高傲的画师，画《五趣生死图》时连路边的死尸都能去写生，这次画屏风不顺利，却会像孩子似的哭起鼻子，这可不是怪事吗。

可是一边良秀发狂似的一心画屏风，另一边，他那位闺女，也不知为了何事，渐渐地变得忧郁起来。连我们这些下人，也看出来她那忍泪含悲的样子。原来便带着愁容的这位白皙腼腆的姑娘，更变得睫毛低垂，眼圈黝黑，显出分外忧伤的神情了。开头，大家估量她是想念父亲，或是受了爱情的烦恼。这期间，有一种说法，说是大公要收她上房，她不肯依从。从此以后，大家似乎忘记了她，再也没人讲她闲话了。

就在这时候，有一天晚上，已经夜深了，我一个人独自走过廊下，那只名叫良秀的猴儿，忽然不知从哪里跳出来，使劲拉住我的衣边。这是一个梅花吐放清香的暖和的月夜，月光下，只见猴儿露出雪白的牙齿，紧紧撅起鼻子尖，发狂似的啼叫着。我感到三分惊异，七分生气，怕它扯破我的新裤子。开头打算把猴儿踢开，向前走去，后来想起这猴儿受小公子折磨的事，看样子可能出了什么事，便朝它拉我去的方向走了约三四丈路。

走到长廊的一个拐角，已望见夜色中池水发光、松枝横斜的地方。这时候，邻近一间屋子里，似乎有人挣扎似的，有一种慌乱而奇特的轻微的声响，吹进我的耳朵。四周寂静，月色皎洁，天无片云，除了游鱼跃水，并听不到人语。我觉察到那儿的声响，不禁停下脚来，心想，倘若进来了小偷，这回可得显一番身手了。于是憋住了喘息，轻轻地走到屋外。

十三

那猴儿见我行动迟缓，可能着急了，老在我脚边转来转去，忽然憋紧了嗓门大声啼叫，一下子跳上我的肩头，我马上回过头去，不让它的爪子抓住我的身子。可猴儿还是紧紧扯住我蓝绸衫的袖管，硬是不肯离开——这时候，我两腿摇晃几下，向门边退去。忽然一个跌跄，背部狠狠地撞在门上。已经没法躲开，便大胆推开了门，跳进月光照不到的屋内，这时出现在我眼前的——不，我才一步跨进去，立刻从屋子里像弹丸似的冲出来一位姑娘，把我吓了一跳。姑娘差一点儿正撞到我的身上，一下子蹿到门外去了，不知为了什么，她还一边喘气，一边跪到地上，抬起头来，害怕地望着我，身体还在发抖。

不用说，这姑娘正是良秀的闺女。今晚这姑娘完全变了样，两眼射出光来，脸色通红通红，衣衫凌乱，同平时小姑娘的样子完全不同，而且看起来显得分外艳丽。难道这真是弱不禁风楚楚可怜的良秀的闺女吗？我靠在门上，一边在月光中望着这美丽的女子，一边听到另一个人的脚音，正急急忙忙向远处跑去，心里估量着这个人究竟是谁。

闺女咬紧嘴唇,默然低头,显得十分懊丧。

我弯下身去,把嘴靠在她耳边小声地问:“这个人是谁?”闺女摇摇头,什么也不回答。同时在她的长睫毛上,已积满泪水,把嘴闭得更紧了。

我是笨蛋,向来除了一目了然的事,都是不能了解的。我不知再对她说什么好,便听着她心头急跳的声音,呆呆地站了一会儿,觉得这件事不好再过问了。

也不知经过了多少时候,我关上身后的门,回头看看脸色已转成苍白的闺女,尽可能低声地对她说:“回自己房里去吧。”我觉得我见到了不该见到的事,心里十分不安,带着见不得人的心情,走向原来的方向。走了不到十来步,我的裤脚管又在后面被悄悄拉住,我吃了一惊,回头一看,你猜,拉我的是谁?

原来还是那只猴子,它像人一样跪倒在我的脚边,脖子上金铃丁零作声,正朝我连连叩头。

十四

那晚的事约莫过了半月。有一天,良秀突然到府里来,请求会见大公。他虽地位低微,但一向受特别知遇,任何人都不能轻易拜见的大公,这天很快就召见了。良秀还是穿那件丁香色猎衣,戴那顶皱瘪的乌软帽,脸色比平时显得更阴气,恭恭敬敬跪伏在大公座前,然后嗄声地说:

“自奉大公严命,制作《地狱变》屏风,一直在无日无夜专心执笔,已有一点儿成绩,大体可以告成了。”

“这很好,我高兴。”

不知为什么,在大公俨然的口气中,有一种随声附和没有劲儿的样子。

“不过,还不成。”良秀不快地低下了眼睑,说,“大体虽已完成,但有一处还画不出来。”

“什么地方画不出来?”

“是的,我一向绘画,遇到没亲眼见过的事物便画不出来,即使画出来了,也总是不满意,跟不画一样。”

大公带讽刺地说:“那你画《地狱变》,也得落到地狱里去瞧瞧吗?”

“是,前年遭大火那回,我便亲眼瞧见火焰地狱猛火中火花飞溅的景色。后来我画不动天尊的火焰,正因为见过这场火灾,这画您是知道的。”

“那里画的地狱的罪魂、鬼卒,难道你也见过吗?”大公不听良秀的话,又继续问了。

“我瞧见过铁索捆着的人,也写生过被怪鸟追袭的人,这不能说我没见过罪魂,还有那些鬼卒……”良秀现出难看的苦笑,又说,“那些鬼卒嘛,我常常在梦中瞧见的。牛头马面、三头六臂的鬼王,不出声地拍手、不出声地张开的大口,几乎每天都在梦里折磨我——我想画而画不出的,倒不是这个。”

大公听了惊异起来,狠狠地注视着良秀有好一会儿,然后蹙紧眉头叱问道:

“那你究竟要画什么啊?”

十五

“我准备在屏风正当中,画一辆槟榔毛车[①]正从空中掉下来。”

良秀说着,抬头注视大公的脸色。平常他一谈到作画总像发疯一般,这回他的眼光更显得怕人。

“在车里乘一位华贵的嫔妃,正在烈火中披散着乱发,显出万分痛苦的神情,脸上熏着蒙蒙的黑烟,紧蹙着眉头,望着头顶上的车篷,一手抓住车帘,好像在抵御暴雨一般落下来的火星。车边有一二十只猛禽,张大尖喙,围着车子——可是,我画不出这车子里的嫔妃。”

“那……你准备怎么样?”

大公好像听得有点儿兴趣了,催问了良秀。良秀也像上了火似的,抖索着红红的嘴唇,又像说梦话似的重复了一遍。

“我画不出这个场面。”然后,又咬一咬牙,说,“我请求一辆槟榔毛车,在我眼前用火来烧,要是可以的话……”

---

① 一种以蒲席作篷的牛车,为贵族专用。

大公脸色一沉，突然哈哈大笑，然后一边忍住笑，一边说：

“啊，就照你的办，没有什么可以不可以。”

那时我正在大公身边伺候，觉得大公的话里带一股杀气，口里吐着白沫，太阳穴索索跳动，似乎传染了良秀的疯狂，不像平时的样子。他说完话，马上又像爆炸似的，嗓门里发出咯咯的声音，笑起来了。

“一辆槟榔毛车，被火烧着，车上一个华贵的女人，穿着嫔妃的服装，四周包围着火焰和黑烟，快将烧死这车中的女子……你想象出这样一个场面，真不愧是本朝第一大画师，了不起啊，真了不起！”

良秀听着大公的话，忽然脸色苍白，像喘息似的抖索着嘴唇，身体一软，忙把双手撑在地上。

“感谢大人的鸿恩。”他用仅能听见的低声说着，深深地行了个礼。可能因为自己设想出来的场面，由大公一说，便出现在他眼前来。站在一旁的我，一辈子第一次觉得良秀是一个可怜的人。

十六

几天后的一个晚上，大公依照诺言，把良秀召来，让他观看火烧槟榔毛车的场面。可不是在堀川府，地点是挑了一个叫化雪庄的地方，那里是一座在京师郊外的山庄，从前是大公妹子住的。就在这山庄里，布置了火烧的场面。

这化雪山庄已不能住人，广大的庭园，显得一片荒凉，大概是特地选这种无人的场所的吧。关于已经去世的大公妹子，也有一些流言蜚语，据说每当没有月亮的黑夜，这里常有鬼魂出现，穿着绯红裙子，足不履地地在廊上移动——这儿连白天也是静悄悄的，流水声都带一股阴气，偶然像流星似的，掠过几只鹭鸶鸟，同怪鸟一般，令人毛骨悚然，也难怪会有这样的流言。

恰巧那晚也没有月亮，天空漆黑，在大殿的油灯光中，大公在檐下台阶上，身穿淡黄色绣紫花镶白缎边的大袍，高高坐在围椅上，前后左右，簇拥着五六个侍从，恭恭敬敬地侍候着。这些侍从中有一个据说几年前在陆奥战事中吃过人肉，双手能扳下鹿角。他腰围肚兜，身上挂一把大刀，威风凛凛地站在檐下——灯火在夜风中摇晃，忽明忽暗，犹如梦境，充满着恐怖的气氛。

院子里放着一辆槟榔毛车，高高的车篷顶上压着深深的黑暗。车子没有驾牛，车辕倒向一边，铜铰链像星星似的闪光。时候虽在春天，还冷得彻骨。车上有流苏边的蓝色帘子蒙得严严的，不知里面有什么。车子周围一群下人，人人手执松明，小心地高擎着，留意不使松烟吹到檐下去。

那良秀面对台阶，跪在稍远一点儿的地上，依然穿那件丁香色猎衣，戴那顶皱瘪的乌软帽，在星空的高压下，显得特别瘦小。在他身后，还蹲着一个乌帽猎衣的人，可能是他的一个弟子。两人匍匐在暗中，从我所站的檐下远远望去，连衣服的颜色也分辨不清了。

十七

时候已近午夜，在四围林泉的黑暗中，万籁无声，大家憋住气注视着这场面，只听见一阵阵夜风吹来，送来油烟的气味。大公无言地坐了一会儿，眼望着这奇异的景象，然后膝头向前移动了一下：

"良秀！"一声厉声的叫唤。

良秀不知说了什么，在我耳里只听到喃喃的声响。

"良秀，现在依照你的请求，给你观看放火烧车的场面。"

大公说着，向四周扫了一眼，那时大公身边，每个人互相会心地一笑。不过，也许这只是我的感觉。良秀战战兢兢地抬起头来，望着台阶，似乎要说话，却又克制了。

"好好看吧，这是我日常乘用的车子，你认识吧。现在我准备将车烧毁，使你亲眼观看火焰地狱的景象。"

大公说到这里，向旁边的人递过一个眼色，然后换成阴郁的口气说："车子里捆着一个犯罪的女子，车子一烧，她就得皮焦肉烂，化成灰烬，受最后的苦难，一命归阴。这对你画屏风，是最好的样板啊。你得仔细观看，看她的雪肤花容，在火中焦烂，满头青丝，化成一蓬火炬，在空中飞扬。"

大公第三次停下嘴来,不知想着什么,只是摇晃着肩头,无声地笑着:

“这种场面几辈子也难得见到的,好吧,把帘子打开,叫良秀看看车中的女子。”

这时便有一个下人,高举松明火炬,走到车旁,伸手撩开车帘。爆着火星的松明,显得更红亮了,赫然照进车内。在窄狭的车厢里,用铁索残酷地锁着一个女子……啊哟,谁都不相信自己的眼睛了。绣着樱花的灿烂夺目的宫袍,垂着光亮的黑发,斜插着黄金的簪子,发出美丽的金光。服装虽已改变,但那娇小的身材,白净的颈项,沉静娴淑的脸容,这不是良秀的闺女吗？我差一点儿叫出声来。

这时站在我对面的武士,连忙跳起身子,一手按住刀把,盯住良秀的动静。良秀见了这景象可能已经昏迷了,只见他蹲着的身体突然跳起来,伸出两臂,向车子跑去。上面说过,相离得比较远,所以还看不清他脸部的表情。一刹那间,陡然失色的良秀的脸,似乎有一种冥冥之力使他突然跳起身来,在深深的暗色中出现在我的眼前。这时候,只听到大公一声号令:

“点火!”

那辆锁着闺女的槟榔毛车,已在下人们纷纷抛去的火炬中,融融燃烧起来了。

十八

火焰逐渐包围了车篷,篷门上紫色的流苏被风火吹起,篷下冒起在黑夜中也显出白色的浓烟。车帘子,靠手,还有顶篷上的铜铰链,炸裂开来,火星像雨似的飞腾……景象十分凄厉。更骇人的,是沿着车子靠手,吐出万道红舌、烈烈升腾的火焰,像落在地上的红太阳,像突然迸爆的天火。刚才差一点儿叫出声来的我,现在已只能木然地张开大口,注视这恐怖的场面。可是作为父亲的良秀呢……

良秀那时的脸色,我至今还不能忘记。当他茫然向车子奔去,忽然望见火焰升起,马上停下脚来,两臂依然伸向前面,眼睛好像要把当前的景象一下子吞进去似的,紧紧注视着包卷在火焰中的车子,满身映在红红的火光中,连胡子楂也看得很清楚,睁圆的眼,吓歪的嘴以及瑟瑟发抖的脸上的肌肉,历历如画地写出了他心头的恐怖、悲哀、惊慌,即使在刑场上要砍头的强盗,即使是拉上阎王殿的十恶不赦的罪魂,也不会有这样吓人的颜色。甚至那个力大无穷的武士,这时候也骇然失色,战战栗栗地望着大公。

可是大公却紧紧咬着嘴唇,不时恶狠狠地笑着,眼睛一眨不眨地盯着这个场景。在车子里——啊,这时候我看到车中的闺女的情形,即使到了今天,也实在没有勇气讲下去了。她仰起被浓烟闷住的苍白的脸,披着被火焰燃烧的长发,一下子变成了一支火炬,绣着樱花的美丽的宫袍——多惨厉的景象啊!特别是夜风吹散浓烟时,只见在火花缤纷的烈焰中,现出口咬黑发,在铁索中使劲挣扎的身子,活活地画出了地狱的苦难,从我到那位大力武士,都感到全身的毫毛一条条竖立起来了。

又一阵风吹过庭园的树梢,谁也意想不到:漆黑的暗空中突然发出一声响,一个黑魆魆的物体凭空而下,像一个大皮球似的,从房顶一条直线跳进火烧的车中。在朱漆的车靠手的迸裂声中,从后面抱住了闺女的肩头。烟雾里,发出一声裂帛的惨叫,接着又是第二声、第三声——所有我们这些观众,全都异口同声地一声尖叫。在四面火墙的烈焰中抱住闺女肩头的,正是被系在崛川府里的那只诨名良秀的猴儿。谁也不知道它已偷偷地找到这儿来了。只要跟这位平时最亲密的姑娘在一起,它不惜跳进大火里去。

十九

但大家看见这猴只不过一刹那的工夫。一阵像黄金果似的火星,又一次向空中飞腾的时候,猴儿和闺女的身影却已埋进黑烟深处,再也见不到了。庭院里只有一辆火烧着的车子,发出轰轰的骇人声响,在那里燃烧。不,它已经不是一辆燃烧的车,它已成了一根火柱,直向星空冲去。只有这样说时,才能说明这骇人的火景。

最奇怪的,是在火柱前木然站着的良秀,刚才还同落入地狱般在受罪的良秀,现在在他皱瘪的脸上,却发出了一种不能形容的光辉,这好像是一种神情恍惚的法悦[1]的光。大概他已忘记身在大公的座前，两臂紧紧抱住胸口，昂然地站着，似乎在他眼中已不见婉转就死的闺女，而只有美丽的烈火和火中殉难的美女，正感到无限的兴趣似的——观看着当前的一切。

奇怪的是这人似乎还十分高兴见到自己亲闺女临死的惨痛。不但如此，似乎这时候，他已不是一个凡人，样子极其威猛，像梦中所见的怒狮。骇得连无数被火焰惊起在四周飞鸣的夜鸟，也不敢飞近他的头边。可能那些无知的鸟，看见他头上有一圈圆光，犹如庄严的神。

鸟犹如此，又何况我们这些下人哩。大家憋住呼吸，战战兢兢地、一眼不瞬地望着这个心中充满法悦的良秀，好像瞻仰开眼大佛一般。天空中，是一片销魂落魄的大火的怒吼，屹立不动的良秀，竟然是一种庄严而欢悦的气派。而坐在檐下的大公，却又像换了一个人似的，脸色一阵青一阵白，口角流出泡沫，两手抓紧盖着紫花绣袍的膝盖，嗓子里，像一匹口渴的野兽，呼呼地喘着粗气……

二十

这一夜，大公在化雪庄火烧车子的事，后来不知从谁口里泄露到外边，外人便有不少议论。首先，大公为什么要烧死良秀的闺女？最多的一种说法，是大公想这女子想不到手，出于对女子的报复。可是我从大公口气中了解，好像大公烧车杀人，是作为对屏风画师怪脾气的一种惩罚。

此外，那良秀死心眼儿为画这屏风，不惜让闺女在自己眼前活活烧死，这铁石心肠也遭到世间的物议。有人骂他只知道绘画，连一点点父女之情都没有，是个人面兽心的坏蛋。那位横川的方丈，就是发此种议论的一人，他常说："不管艺道多高明，作为一个人，违反人伦五常，就该落入阿鼻地狱。"

后来又经过一月光景，《地狱变》屏风画成了，良秀马上送到府上，请大公鉴赏。这时候，恰巧那位方丈僧也在座，一看屏风上的图画，果然狂

---

① 佛家语，意思是从信仰中得到的内心喜悦。

风烈火，漫天盖地，不觉大吃一惊。然后扮了一个苦脸，斜睨着身边的良秀，突然把膝盖一拍："闹出大事来了！"大公听了这话时，脸上的一副苦相，我到现在还没忘记。

以后，至少在堀川府里，再没有人说良秀的坏话了。无论谁，凡见到过这座屏风的，即使平时最嫌恶良秀的人，也受到他严格精神的影响，深深感受到火焰地狱的大苦难。

不过，到那时候，良秀已不是此世之人了。画好屏风的第二天晚上，他在自己屋子里悬梁自尽了。失掉了独生女，可能他已无法安心地活下去了。他的尸体埋在他那所屋子的遗址上，特别是那块小小的墓碑，经过数十年风吹雨淋，已经长满了苍苔，成为不知墓主的荒冢了。

1918 年 4 月作

1976 年 4 月译

奉教人之死[1]

纵令人寿三百岁，愉逸度世，较之永生无尽之乐趣，亦不过梦幻耳。

——庆长译 Guia do Fecador[2]

唯立心为善者，乃能于圣教中得不可思议之妙趣。

——庆长译 *Imitatione Chnisti*[3]

昔日本长崎圣鲁卡堂，有此邦少年罗连若者，于圣诞夜饥极仆地，匍匐堂门外，得诣堂奉教人之援手，并受神甫哀悯，收养堂中。问其籍贯，则谓家在天国，父名天主。众皆失笑，然亦卒莫明其来历，唯彼腕系青玉念珠，知非异教。于是神甫以次，合堂法众，皆不之怪，而悉意扶持之。尤以其道心坚定，不似孺子，即长老辈亦为之惊诧，以为罗连若即非天童转世，亦良家子，乃以深挚之爱慈遇之。

罗连若颜如冠玉，其声呖呖类小女子，性复温柔，故深得爱怜。法众中有此邦人西美昂者，尤视罗连若如兄弟，日常出入相偕，如影随形。西美昂出身于奉仕大名之武士家，魁伟出众，孔武有力，每教堂受异教徒投石滋扰，神甫辄令挺身防卫。彼与罗连若之相亲，诚若雄鹰之伴乳鸽，或如葡萄之藤，缘列巴农之巨桧而放其幽葩也。

岁月如流，倏忽三载。罗连若已臻弱冠，时谣诼繁兴，谓距堂不远坊

---

① 此篇作者托名古籍，以日本文言体写作，因亦以文言试译之。

② 人名。

③ 《教徒景行录》，书名。

间一伞铺之女与罗连若有暧昧事。此铺老翁亦为天主教徒，常携女来堂顶礼，祈祷之余，其女常向职司提炉之罗连若眉目传情。且彼女每诣教堂，必盛其容饰，瞩目于罗连若，以之常为堂中教众所侧目。有人谓见女于行动时，故触罗连若之足，并见二人密通情札云。

事闻于神甫，某日，召罗连若入室，婉言询之："外传尔与伞铺女行止不检，此事究属实否？"罗连若满脸愁云，频频摇首，哽咽中再三声言："绝无其事。"神甫视其年事尚幼，平时信心坚笃，知其绝无虚言，遂亦信之。

无奈神甫之疑窦虽解，而出入教堂之众人间，流言仍未稍戢，西美昂与罗连若既亲如手足，自更悬悬于怀。方其初闻恶诼，深感羞涩，亦以严词究询，终至羞与罗连若为伍。某日，在圣鲁卡堂后园，拾得女致罗连若艳书，值室中无人，即面掷罗连若前，载恫载诱，再次反复究询，而罗连若仍唯红霞蒙其美颜，力言："此女虽倾心于余，余但纳其书翰，从未置答也！"唯西美昂仍不之信，追究不休，罗连若乃勃然曰："尔以余为欺上帝之人欤？"言讫，离室而去，如小鸟之惊逝。西美昂方深悔己之多疑，嗒然欲出，忽见罗连若匆匆折返，腾身抱西美昂首，嗫嚅而言曰："余过矣！"西美昂不及置答，则彼已掩其泪濡之脸，又复疾奔而出矣。而此"余过矣"之低语，终乃不明其寓意，谓己确已与女有染，自知过恶，抑以己疾言厉色答西美昂，而深表歉仄耶？

后此不久，又传伞铺女身怀六甲，且自白于乃父，谓腹中胎儿乃罗连若之裔。伞翁大怒，立诉于神甫。事至于此，罗连若无辞自解。是日，神甫集法众磋议，决予破门之处分。罗连若既遭破门，即面临逐离教堂，生计中断之厄。但如此罪人，若容其留堂，则事关上帝之荣光，断不可行。平时亲密相处之法众，遂亦不得不挥泪摒罗连若于门外。

其哀痛最甚者，西美昂也。西美昂既悯罗连若之被逐，又怒其欺罔，遂于少年仓皇去堂时，在门际迎面饷以老拳，罗连若受击仆地，复强自起立，泪眼望天，喟然长叹曰："主乎，乞宥恕西美昂，彼实不明余真相也！"西美昂闻语悚然，唯伫立门际，向空续舞其老拳。自余法众，亦乘机敛手，默然无言，面色阴沉。据彼时临场目击者云，时暴风将至，天色惨淡，罗连若嗒然低首，向长崎西空夕阳残照处，踽踽而行，其萧条之清影，如飘摇于火焰中也。

自后罗连若一变其昔日圣鲁卡堂提炉童子之风貌，栖身郊外卑田院中，赫然为一可悯之乞儿矣。尤以原为异教人所嫉视之天主教徒，现身街头，不仅遭儿童之嘲谑，且常有棍棒瓦石之厄。又曾一度突罹热病，匍匐长崎道旁七昼夜，呻吟欲绝。幸以天主无涯之怜悯尚得苟延一息，在不得钱米之日，山间野果与海滨鱼介，均可充一日之粮。而此际罗连若仍不忘圣鲁卡堂之日课，勤晨昏之祈祷，其腕际念珠，亦不变青玉之光泽。且每于夜阑人静时，悄然逸出卑田院，践稀微月色，独诣鲁卡堂前，默求主耶稣之加护也。

昔时同堂，久已疏远罗连若，避之唯恐不及。神甫以次，无人予以垂怜。知此破门之无耻少年，犹存每夜诣堂祈祷之信心，虽由主力无边，仍视为不当之行，罗连若对此，自是深痛难言。

伞铺女于罗连若破门不及弥月后，产一儿，伞翁虽为之愕然，然见幼孙之稚容，亦不憎愠，遂与女同加抚育，提携抱持，习以为乐。尤奇者，则法众西美昂，此力敌巨魔之大汉，闻伞女产儿，每诣翁处，以巨臂抱儿，熟视其颜，泫然欲涕，固不忘如弟罗连若也。伞铺女自罗连若晦迹，常有怨悔之色，于西美昂来访，似不甚怡。

此邦有俗谚曰："流光如矢没遮拦。"物换星移，倏又年所。是地突遭巨灾，长崎市一夜间半化焦土，大火事也。景象惨厉，如闻最后裁判之号角，吹渡于烈火冲天之空际，令人毛骨为之悚然。时伞翁家适当风势，父女狼狈离室，仓皇间忽失稚儿所在，盖忘置室内矣。翁大惊号啕，女则如不被众阻止，亦几奋身入火谷矣。而风益骤，火益盛，烈焰轰轰而鸣，直欲煅夜空之繁星。众救火者张皇扰攘，亦唯争阻半癫之女，束手无策矣。时有一人，排众而入，则法众西美昂也。此不畏身冒矢石之彪炳巨汉，略一顾视，即奔向巨火，唯火势过烈，浓烟扑面，数度辟易，遂至翁父女前曰："此事唯任天父之意志矣，究非人力所能胜任也。"是时翁身后忽有人大呼曰："天主乎，加护哉！"其声似甚熟，西美昂返首觅所从来，则赫然罗连若也。火光映其癯颜，疾风靡黑发于肩际，眉目清丽，一目即识其人。罗连若以乞儿姿伫立众前，目炯炯遥瞩火中之家宅，咄嗟间，于狂风烈焰中，一跃而前，向火柱、火壁、火梁隙地疾奔而入。西美昂瞿然失色，急向空频频画十字而呼曰："天主乎，加护哉！"心目间仿佛见圣鲁卡堂前，夕阳残光中，罗连若秀沏悲寂之清影。

时四周教众，目睹罗连若一往无前之雄姿，亦顿忘其破门之耻，呼声雷动，交口互议曰："亲子之情，终莫能移，此自愧获咎久晦踪影之罗连若，终因拯其血胤，舍身入火窟矣。"伞翁亦同此感，目送罗连若之逝影，不能匿其沉郁，而大声喧豗。伞女则跪伏于地，双掌掩脸，一心祈祷，不动声色。空中火鹰飞舞，纷纷坠落，浓烟卷地，扑面而来。女唯低首默祷，不复知有人间世矣。

是时环火人众，忽又跃然齐呼，则见罗连若乱发蓬蓬，手抱幼儿，如天神之降临，自大火中奋身而出。适一烬余之屋梁，訇然自空坠落，声震如雷，烈焰飞腾，顿失罗连若所在，唯有融融火柱，赤光闪耀如珊瑚树。

西美昂以次，迄至伞翁，临场人众，睹此巨祸，莫不触目惊心，茫然失色。其间伞女大号，如遭迅雷之猛击，突自地上跃起，旋又颓然仆倒，则见生死不明之稚儿滚地而来，伞女接过，立即紧搂于怀。帝力无边，圣智弥穷，已不知何辞以谢。盖罗连若置身火梁下，奋其必死之力，遥掷手中幼儿于女之足下，而儿竟无恙也。

当伞女匍匐地面，且哭且喜之际，其旁，正高举双腕之伞翁，亦不觉肃然高诵赞美天父之大慈大悲。时西美昂方图拯罗连若于大火中，腾跃而前，翁之颂声，顿易为祷词，高闻空际矣。临场教众亦随之齐声高呼："天主乎，加护哉！"且祈且哭。于是圣马利亚之圣子，我人之主耶稣基督，以己饥己溺之心，倾听呼吁，则见通体焦煅之罗连若，已抱持于西美昂之双腕，自火中得救矣。

是夕巨变，不第此也，当罗连若一命如缕，由教众合力舁至教堂前，寂然仰卧时，手抱幼儿泪盈满面之伞女，忽跪伏自门中出现之神甫足下，于众目睽睽中，作意外之忏悔，大声言曰："此儿实非罗连若之裔，系妾与邻人异教徒私通所产！"其声凛凛然，无泪之目炯炯有光，正证其忏悔绝无虚言。诚哉此言！环立教众，闻之皆瞿然屏息，顿忘目前漫天之巨焰。

女又止泣而言曰："妾私恋罗连若，奈其信心坚笃，凛然峻拒，私心怨愤，遂诬称腹中儿为罗连若血胤，以资报复。罗连若品德崇高，竟不声辩，亦不尤妾，犯此巨愆，今夜忘一身之安危，敢冒地狱之烈火，拯儿一命，其慈心盛德，诚耶稣再生矣，妾身罹大恶，虽肌肉寸裂于魔爪而死，亦所甘愿也。"女忏悔既毕，又伏地哀哭不止。

时重重环立之教众中，有交口惊呼者曰："殉教！""殉教！"声如波涛之起伏。特于罗连若心悯罪人，虽堕身乞儿，不自辩白，即如父之神甫与如兄之西美昂，亦未识其懿行盛德，此诚殉教之士哉。

罗连若闻女忏悔，但微颔其首，其时肌发焦毁，四肢失灵，默然无语，但听之而已。翁则五中欲裂，遂与西美昂踞跛于罗连若之侧，思欲有以救助。罗连若喘息愈促，弥留在即，唯以平日如星之双眸，仰瞩天宇而已。

神甫侧耳于女之忏悔，白巾飘拂夜风中，背门而立，肃然宣告："悔改者有福矣，与其待人手之惩处，宁如深铭天主之戒律，静待末日之裁判乎。罗连若生平行事，深体基督之意志，在此邦教众中，实为稀有之德行。彼以少男之身……"神甫语至此，突然噤口，似见圣光一闪，孰视罗连若横陈之姿，骤然易色，形容庄肃，双手微颤，如见奇迹。在枯萎之颜际，热泪夺眶而出。其时西美昂与伞翁，始见此身映火光、寂然仰卧于鲁卡堂前之美少年，于焦破胸衣中，垂垂露其少女之双乳，莹然如玉。而焦煅之玉容，益不能掩其娇姿。"呜呼，罗连若乃女郎也！罗连若乃女郎也！"则见身背火场而环伺之教众，皆木然失色，以破色戒被逐鲁卡堂之罗连若，竟与伞女同性，乃一美目盈盈之此邦少女也。

瞬息间众皆肃然起敬，如闻天主玉音，自无星之夜空遥遥传来。于是圣鲁卡堂前教众，如风靡麦穗，低首环跪于罗连若之侧，耳所闻，唯万丈烈焰于空际呼啸。自后，不仅伞女，其如兄之西美昂，亦均于静默中高举双腕于罗连若之上，肃听神甫喃喃诵经，而高呼罗连若之名。此邦之窈窕少女，遂脸含微笑，仰视天空而溘然长逝矣。

此女生平，所知仅此，他无所闻，然此何事哉。夫人生之尊严，实已极于此刹那之铭感，无物可与之匹俦矣。世途茫茫如夜海，一波崛起，触新月之明光，苟不然者，又乌足以道生命之意义。故知罗连若之最后，亦足以知罗连若之一生矣！

余庆藏长崎耶稣会刊行一书，曰《列干达 · 奥乌里亚》，盖 *Legenda Aurea* 之音译也。内容虽非尽如西欧之"黄金传说"，然于记载彼土使徒圣者言行而外，亦采录此邦西教徒猛志精进之事迹，为福音传道书之一种。

体式分上下二卷，以美浓纸刷交杂草体汉字与平假名文字，印刷不甚鲜明，亦不知是否活版。上卷扉页，刷横行拉丁文，其下刷汉字"千五百九十六年，庆长二年三月上旬镂刻也"，作二直行。纪年两侧有吹唢呐天使画像，技不甚工而楚楚可观。下卷扉页，除"五月镂刻也"一语，与上卷无异。

二卷各约六十页，所载“黄金传说”，上卷八篇，下卷十篇。又二卷卷首各有序言，不署作者之名及拉丁文目次。序言文不甚驯，间杂如欧文直译之语法，一目即知必出于西教士手。

上所采录《奉教人之死》一篇，系据下卷第二篇，疑为长崎西教堂遗事之实录。但所记火灾，查《长崎港草》等书，未能证实有无其事，事实发生之年代，遂亦无从确定之。

余于《奉教人之死》一篇，为发表之必要已稍加文字之润饰，如原作平易雅驯之笔致，能无所损毁，则幸甚矣。

1918 年 8 月作

1976 年 4 月译

老年的素盏鸣尊[①]

一

素盏鸣斩除了高志大蛇，娶栉名田姬为妻，同时做了足名椎所治理的部落的首长。

足名椎为他们夫妇两人，在出云须贺地方，盖了一座八广殿。那宫殿规模宏大，如一座隐在云雾里的丛林。

他和新夫人开始安度和平的生活，风声浪花，夜空繁星，现在不会有什么引诱他再到浩渺的太古天地去流浪了。他快当父亲了。在宫殿的大栋梁下，描着红白的狩猎图的四壁中，幸福地发现了在高天原中所得不到的安适的炉边生活。

他们在餐桌上，商量着今后生活的计划，又常常一起在宫外柏树林中散步，践着满地落英，听梦境似的小鸟的啼鸣。他爱他的妻子，把性格都改变过来了，从那以后，在言谈的声气、行动的姿态和看人的眼色中，再也没有从前那种粗暴的腔调了。

不过偶然也在睡梦中，梦见黝黑的怪物和无形的手所挥舞的刀光剑影，又来引诱他去投入杀伐的生活。可是从梦里醒来，他想的仍是妻子和

---

① 素盏鸣尊是日本神话中的英雄，他是勇武粗暴的神子，他不服从父神伊奘诺尊命令，和姐姐天照大神争闹，被逐出高天原，流浪各地，后在出云国肥河高志地方，斩蛇除害，娶当地足名椎的女儿为妻，安居须贺。小说根据神话，做了创造性的发展，写老年时代的素盏鸣。

神话出自日本《古事记》和《日本书纪》两书，前者有周启明译本，后者原文即为汉文。

部落，把梦境忘了。

不久，他们当了父母。他给初生的男孩起名为八岛士奴美。八岛士奴美更像他的母亲，是一个很漂亮的婴儿。

岁月如流。他又娶了几个妻子，成了几个孩子的父亲。孩子们都长大成人了，各依照他的命令，率领兵士，出发到各部落去了。

随着儿孙的兴盛，他的声名也渐渐流传到远方。很多部落，现在都在他统领之下，向他朝贡。那些进贡的船，满载着丝绸、毛革和珠玉，也有到须贺宫廷来朝见的部落民。

有一天，他在来朝见的人中，见到三个从高天原来的青年。他们同当年的他一样，一个个都是形容魁伟的大汉。他请他们进宫，亲自给他们斟酒。这是从未有人受过的这位英雄部落长的待遇。青年开始感到惶惑，多少还带点儿敬畏的心理。可是待到酒酣耳热，也就放肆起来，听从他的要求，开始敲着瓮底，唱起高天原的国歌来了。

当他们告辞离宫时，他拿出一口宝剑来，说：

“这是我斩高志大蛇时，从大蛇尾上得来的一口宝剑，现在交给你们，请你们献给祖国的女王。”

青年们接了宝剑，跪在他面前，发誓一定送到，决不违背他的命令。

以后，他就独自走到海边，目送他们的船帆在奔腾的波涛中逐渐远去。船帆映照着从云雾中漏出来的阳光，像飘在空中一般，一闪而逝。

二

但死亡并未饶过素盏鸣夫妇。

当八岛士奴美成为一个美貌的青年时，栉名田姬突然得病，约一月之后，黯然逝世了。他虽有好几个妻子，但衷心热爱的却只她一人。因此在宫中布置灵堂的时候，他在美丽妻子的遗体前，整整守了七日夜，默默地流着眼泪。

此时宫中充满一片痛哭之声，特别是幼女须世理姬悲啼不止，使经过宫外的行人也为之流泪。她是八岛士奴美唯一的妹子，哥哥像母亲，她却更像感情热烈的父亲，是一位有男子气的姑娘。

不久，栉名田姬的遗体，连同她生前使用的珠玉、宝镜、衣服，埋葬在离须贺宫不远的小山腰上，素盏鸣为了慰灵，也没忘了把一向服侍妻子的十一个女奴杀死殉葬。那些女奴正在盛装待死时，部落的老人见了都不以为然，私下非难素盏鸣的专擅。

“十一个人，尊人完全无视部落的旧习，死了一位元妃，只用十一人殉葬，难道有这种规矩吗？只有十一人！”

葬事完后，素盏鸣便决定将王位传给八岛士奴美，自己带着须世理姬移居到遥远的海外根坚洲国去了。

那是他流浪时代最喜欢的风景优美的地方，一个四面环海的无人岛。他在小岛南端小山上，盖了一座茅顶的宫殿，安度自己的晚年。

他已经白发苍苍。年纪虽老，但他浑身的精力还很充沛，两眼炯炯有光。有时，也同在须贺宫时不同，他的脸色不免添上一种粗野的色彩。自从移居岛上，又不自觉地唤醒了潜伏在他身上的野性。

他同女儿须世理姬，豢养了蜜蜂和毒蛇。蜜蜂是取蜜的，蛇是用来采取毒液炼制箭头的。在渔猎之暇，他把一身武艺和魔术，传授给须世理姬。须世理姬在这样的生活环境中，也就成长为一位不弱于男儿的雄健的女丈夫。只有容貌还保留栉名田姬的面影，不失为一位秀丽的美女。

宫外的朴树林，一年年长出新绿，又吹满落叶。每换一次新绿，在他长满胡子的脸上，也增添一些皱纹。须世理姬始终含笑的眼神中，也添上一层冷峻的光焰。

三

有一天，素盏鸣正在宫前的朴树下剥大雄鹿的皮，去海里洗浴回来的须世理姬，带来了一位陌生的青年。

“爸爸，这一位是刚才遇见的，我带他来了。”

须世理姬向站起来的素盏鸣介绍了这位远来的青年。

这青年长得面目如画，身材魁梧，挂着红蓝的项链，佩一口粗大的高丽剑，那容姿正如青年时代的素盏鸣。

素盏鸣接受了青年恭敬的谒见，冷淡地问：

"你叫什么名字?"

"我的名字叫苇原丑男。"

"到岛上来有什么事?"

"我乘船而来,寻找水和食物!"

青年毫不迟疑,一一明白对答。

"是吗,那请到里边去,尽量吃吧。须世理姬,你带他去。"

两人走进宫去,素盏鸣又在朴树下拿起刀来剥鹿皮,心里不禁感到奇异的波动,素来似晴海一般安静的生活中,开始升起一朵预告暴风雨的阴云。

他剥完鹿皮回到宫中,天色已经黄昏。他走上宽阔的台阶,照例掀开宫门的白帘帷,立刻见到须世理姬和苇原丑男两人,像躲在窝里的一对亲密的小鸟,慌慌张张从席地上站起来。他皱皱眉头,慢慢向内室走去,然后不高兴地向苇原丑男瞥了一眼,半命令式地说:

"今晚你可以宿在这儿,驱除一下船上的疲劳!"

苇原丑男乐意地接受了邀请,却掩饰不住脸色的尴尬。

"那就请他上那边屋子去,随意休息吧,须世理姬……"

素盏鸣说着,看一眼女儿,忽然发出讥刺的口气:

"快带他到蜂房去!"

须世理姬一愣。

"还不快去!"

父亲见她踌躇,便发出野熊似的叱声。

"是,请上这边来吧!"

苇原丑男又向素盏鸣敬了一礼,便跟须世理姬急忙走出大厅。

四

出了大厅,须世理姬取下肩上的披肩,交到苇原丑男手上,低声说:

"你进了蜂房,把这披肩挥舞三次,蜂便不会咬你了。"

苇原丑男不明白,也没工夫细问,须世理姬已打开小门,请他进去。

室中已经很黑,苇原丑男进到里面,伸手去拉她,可是手指头只碰到她的发辫,就听到急急关门的声响。

他一边探摸着那条披肩,一边茫然站在室中,眼睛渐渐习惯了黑暗,看见一些模糊的阴影。

从淡淡的光线中,只见屋顶挂着几个大木桶似的蜂窝,窝的四周围,有大群大群比他腰间高丽剑还粗大的蜂群,在蠕蠕爬动。

他一惊,连忙退到门口,拼命推门,门已关得严严实实,一动不动。这时已有一只大蜜蜂飞落地上,张着翅膀,渐渐爬到他身边来了。

他立刻慌张起来,不等蜜蜂爬到脚边,连忙用脚去踩。蜂儿却已飞起来,飞到他头上来了。同时又有很多蜂儿,似乎见了生人发起怒来,如风中烈火一般,纷纷落到他的身上。

须世理姬回到大厅,点上墙头的松明,火光闪闪地照见躺在席地上的素盏鸣。

"带他进蜂房了吗?"

素盏鸣眼望女儿,不高兴地问了。

"我从不违反爸爸的吩咐。"

须世理姬避开父亲的目光,自己在大厅角落睡下。

"是吗,那以后也不许违反爸爸的吩咐呀!"

素盏鸣的口气中带着讥刺,须世理姬不作声,顾自收拾自己的项链。

"你不说话,你准备违反吗?"

"不,爸爸为什么说这种话?"

"你不准备违反,你就得答应呀。我不同意你做那青年的妻子。素盏鸣的女儿,得找一个素盏鸣中意的女婿。对不对?你可别忘了。"

夜深后,素盏鸣已响起鼾声。须世理姬独自悄然地凭着厅屋的窗口,望着红沉沉的月儿无声地沉向海去。

五

第二天早晨,素盏鸣照习惯到多石的海边去游泳,苇原丑男精神饱满地从宫殿那边跑过来,追上了他。

一见素盏鸣,便高高兴兴地招呼了:

“早!”

“怎样,晚上睡得好吗?”

素盏鸣在岩石边站下,狐疑地望着他。果然,一个精神抖擞的小伙子,怎么没有叫蜜蜂蜇死?这是出乎他意料的。

“好,托福托福,睡得很香!”

苇原丑男回答着,从地上捡起一片石头,使劲向海中抛去。石片画出一道长长的弧线,向照满红光的海里飞过去,落在很远的海水中,要素盏鸣自己来抛,是抛不到这样远的。

素盏鸣咬咬嘴唇,默然望着落进海里的石片。

两人从海边回来了。吃早饭的时候,素盏鸣板着苦脸,咬一只鹿腿,对坐在对面的苇原丑男说:

“你喜欢我们这个地方,请多住几天吧。”

坐在身边的须世理姬,向苇原丑男瞟了一个眉眼,要他谢绝这个不怀好意的邀请。可他正在用筷子夹碟上的鱼肉,没留意她的眼色,却高高兴兴地接受了:“谢谢,我便再打扰几天吧!”

幸而到下午,素盏鸣睡午觉了,两个恋人溜出宫殿,到系着独木舟的幽静的海边岩石中,偷度了一段幸福的时间。须世理姬躺在芳香的海草上,梦似的仰视着苇原丑男的脸,轻轻地推开他的手臂,担心地告诉他:

“今晚你再住在这儿,性命就危险了,不要惦记我,你快逃走吧!”

可是苇原丑男笑笑,像小孩似的摇摇头:

“有你在这儿,我死也不离开了。”

“你要是一旦有什么好歹……”

“那咱们一起逃出这个岛子吧!”

须世理姬犹豫了。

“你要是不跟我一道走,我就永远在这儿。”

苇原丑男重新拥抱了她,她一手把他推开,从海草上突然起来,焦急地说:

“爸爸在叫我了。”马上像一匹小鹿似的蹿出岩穴,向宫殿跑去了。

留在后边的苇原丑男,笑嘻嘻地望着她的后影,在她躺过的地方,落下一条同昨夜给他的那样的披肩。

六

这天晚上，素盏鸣亲自把苇原丑男送进蜂房对面的另一间屋子里。

这屋子跟昨天那间一样是一片漆黑的，只一点跟昨天不同，在黑暗的地上，到处好像堆着宝石，发出闪闪的光亮。

苇原丑男觉得这闪光有点儿怪，等眼睛逐渐习惯了黑暗，在他周围才看出这些星一般的闪光，原来是连马匹也能吞下的大蛇的眼睛。大蛇很多，有的绕在屋梁上，有的盘在屋角里，有的盘在地上，满屋子全是蛇，发出一股难闻的腥气。

他大吃一惊，伸手抓腰间的剑把子，可纵使他拔出剑来斩死了一条，另一条也会立刻把他绞死。这时候，正有一条大蛇，从地上望着他的脸，而比这更大的一条，则尾巴挂在屋梁上，正从上面伸下身子来，蛇头直冲他的肩头。

屋子的门当然是打不开的，而且白发的素盏鸣正在门外带着一脸狞笑，听门内的动静。苇原丑男使劲抓紧剑把子，瞪眼不动地站着不知怎样才好，那时在他脚边盘成一座小山似的大蛇，身子已渐渐松开来，高高地抬起蛇头，好像马上要扑到他咽喉上来了。

这时候，他灵机一动，想起昨夜在蜂房里，蜜蜂扑上他身来时，他把须世理姬给他的那条披肩举手一挥，才救了自己的命。那么，今天须世理姬留在海边的那条披肩，也许会有同样的效果——这一想，便立刻把拾来的披肩拿出来，向空中挥舞了三次。

第二天早晨，素盏鸣又在多岩石的海边遇见了英气勃勃的苇原丑男。

“怎样，昨晚睡得好吗？”

“好，托您老的福，睡得很好！”

素盏鸣脸色一沉，盯了对方一眼，又想了一想，换成平静的声调，似乎全不介意地说：

“是吗，这可好呢，现在跟我一起游泳吧。”

两人脱了衣服，向波涛汹涌的海面远远游去。素盏鸣在高天原的时候，是数一无二的游泳好手，可是苇原丑男比他更高一招，他像一只海豚，自由自在地在波浪中翻腾。两个浮在水上的脑袋,像一黑一白的两只海鸥,从海边岩石上望去,距离渐渐拉开了。

七

海潮不断地涨上来,两人身边漂满了雪花似的浪沫。素盏鸣不时回过头来,向苇原丑男投来恶意的目光。可是对方依然悠游自在地冲着翻滚的波涛,越过一个又一个的浪头。

苇原丑男已渐渐游到素盏鸣前头去了。素盏鸣咬紧牙关,连一尺也不肯落后,但当两三次大浪散开的时候,对方早已轻易地超过了素盏鸣,已不知何时,在波浪重叠中不见了影子。

"这回准得收拾这讨厌的家伙,把他葬在海底里。"

素盏鸣暗地下了决心,觉得不杀死他总不甘心。

"见他的鬼,让鳄鱼吞了这坏家伙才好!"

可是不一会儿,苇原丑男像鳄鱼似的游回来了。

"再游一会儿吧!"

他一边在海里游着,一边照旧笑嘻嘻地从远处招呼素盏鸣。素盏鸣即使还想逞强,却也没有再游泳的兴趣了……

这天午后,素盏鸣又带苇原丑男到岛的西部荒野里去猎狐兔。

两人登上荒野尽头一座半高的石岩上,一眼望去,吹在两人身上的大风,把荒野上一片离离的荒草,刮得跟海浪一般。素盏鸣沉默了片刻,把箭扣在弦上,回身向苇原丑男说:

"真不凑巧,刮这么大的风,我们来比箭吧,看谁射得远。"

"好,那就比吧。"

苇原丑男也提起弓箭来,表现出很有自信的样子。

"好,同时射出去!"

两人并肩站定,一齐拉足了弓,两支箭同时离弦飞去,在起着波浪的草原上,一字儿前进,不先不后,两支箭羽在日光中闪烁着光芒,在大风的天空下,一下子都不见了。

"分了胜败吗?"

“不,再来一次!”

素盏鸣皱着眉,不痛快地摇了摇头。

“再射也一样,烦劳你跑过去,把我的箭找回来,我那箭是高天原带回来的,涂了朱漆,是名贵的箭呀。”

苇原丑男依照吩咐,向刮着狂风的草原跑去。素盏鸣望定他的后影,乘他还没隐没在草丛中,从挂包里取出打火的镰石,点着了岩下的荒草。

八

白热的火焰,一下子便升起了浓浓的黑烟。在黑烟下,噼噼啪啪地发出燃烧乱草和杂木的声音。

“这一回,准把这家伙收拾了。”

素盏鸣站在岩顶,手扶长弓,脸上露出狞笑。

火势轰轰烈烈地伸延开去,鸟儿哀鸣着,飞上红黑的天空,立刻又被浓烟卷住,纷纷落入火中,像是大风吹来了远处的果实,不断地在半空飞舞。

“这一回,真把这家伙收拾了。”

素盏鸣从内心流露出得意的神气,有一种难言的寂寞之感。

这天傍晚,他得意扬扬地交叠着两手,站在宫门口,望着还在冒烟的荒野的上空。那时须世理姬跑来,悄然地告诉他,晚饭已经备好了。她好像给亲人服孝似的,在黄昏的暗影中,已换上了白衣。

素盏鸣打量着女儿的神情,故意作弄地说:

“你看看这天空,这回,苇原丑男……”

“我知道。”

须世理姬两眼望地,打断了父亲的话。

“那你很伤心吧?”

“当然伤心喽。如果死了爸爸,我还没这样伤心呢。”

素盏鸣眉毛一竖,看住须世理姬的脸,可是也没法惩罚她。

“你伤心,你就痛痛快快哭吧。”

他背过女儿,大踏步向门内走去,气冲冲地说了一句:

“要是平时,我也不必说话,我会揍你一顿……”

父亲走后，须世理姬又在门口站了一会儿，抬起泪眼，望着被火光照亮的黑沉沉的天空，然后低下头去，默默地走进宫中。

这晚上，素盏鸣总是睡不着，谋杀了苇原丑男，在他心里留下了一个疙瘩。

“我几次三番想谋杀他，可总没像今晚这样地惦在心里……”

他这样想着，在发出一阵阵清香的草席上，翻来覆去地折腾着，久久不能入睡。

这期间，寂寞的晨光，已从黑暗的海外，露出淡淡的寒色。

九

第二天，当早晨的阳光洒遍海面时，没有睡好的素盏鸣，倦眼惺忪地慢慢走到宫门口；出乎意外地在宫门的台阶上，看见正坐着苇原丑男和须世理姬二人，在兴高采烈地谈话。

二人一见素盏鸣，吃了一惊，苇原丑男还照样快活，立刻站起来，拿一支朱漆的箭说：

“好不容易，把箭找回来了。”

素盏鸣还在惊疑，看看青年平安无事，也感到欣慰了。

“受伤了吗？”

“还好，终于逃了命。火烧过来时，我正捡到这支箭，四边被火围住了，拼命向没有火的地方逃，不管跑得多快，也快不过狂风烈火呀……”

苇原丑男说到这儿，停了一下，对听着的父女俩一笑：

“我估量这回得烧死啦，正跑着，脚底下踏了一个空，地面上一块土塌下去，跌进一个大窟窿里。里边开头漆黑一团，什么也瞧不见，后来洞口的荒草也燃着了，火光照进洞里，才见到洞底密密地爬满了几百只野鼠，连泥土都盖住了……”

“哎哟，幸而是野鼠，若是毒蛇……”

须世理姬眼中，又是眼泪又是欢笑，一齐都迸出来了。

“哪里，野鼠也够厉害的，你看，把箭尾的羽毛全咬光了。幸而火没有进洞，从洞口上烧过去了。”

素盏鸣听着听着，又对这走运的青年勾起了仇恨，既然一心想杀死他，目的没有达到，总是不能甘心的。

“是吗，运气真好，运气这东西，有时也要转风的嘛……现在事情已经过去，总算捡到了一条命。好吧，你们两个进来，给我捉捉头发上的虱子吧。”

苇原丑男和须世理姬没奈何只好走到他身后，撩开正对阳光的宫门上的白帘帷。

素盏鸣坐在大厅正中，不高兴地打了一个哈欠，动手解开盘在头上的发结，干巴巴的麻似的长发，披散开来像一条小小的河流。

“我的虱子可厉害着呢！”

苇原丑男听他这么说，便动手分开他的白发，打算见到虱子就捻，可是出于意外的，在发根上爬动的，不是小小的虱子，而是红铜色的吓人的蜈蚣。

十

苇原丑男吓慌了，正不知如何动手，旁边的须世理姬早已偷偷拿来一把朴树果和黄土，交到他手里。他把硬壳果在嘴里咬碎，和上黄土，吐在地上，当即捉了蜈蚣。

这时素盏鸣因昨晚没有睡好，已经困了，不知不觉就睡着了。

……素盏鸣被人从高天原驱逐出来，给拔去了趾甲。他趴在山坡上，登上崎岖的山道。山坡上长满羊齿草，乌鸦在叫，头上是青铜色的寒空……他见到的只是一片荒凉的景色。

“我到底犯了什么罪？我比他们强，就是我的罪吗？犯罪的是他们，他们才是满心嫉妒的阴险人物。”

他满怀愤恨地走着一段艰难的道路。路断了，在龟背似的山顶上，挂着六个铃铛，放着一面铜镜，他在山前站下来，无意地瞧那面铜镜。在发光的镜面上，鲜明地照出了年轻的脸，这不是他的脸，是他几次想杀死的苇原丑男的脸……这一想，他从梦中醒过来了。

他睁开眼睛往大厅四周一看，大厅里淡淡地照着早晨的阳光，苇原丑男和须世理姬已经不见了,而且举头一看,自己的长头发已分作三股,高高地系在屋顶椽子上。

“浑蛋!”

他立刻明白了一切,发起威来,用力把脑袋一甩,宫殿顶上便发出雷鸣似的响声。原来系在椽柱上的头发,把三条椽子一下子拉下来,发出了可怕的响声。可是素盏鸣听也不听,首先伸出右手抓起粗大的天鹿弓,伸出左手拿起天羽箭的箭袋。然后两足一蹬,一下子站起身子,便拖着那三条椽木,像山崩似的傲然地冲出宫去。

宫外的朴树林中,震动起他的脚音,连躲在树上的松鼠,都吓得纷纷落地。他像一阵暴风雨似的穿过了树林。

林外是一道海堤,堤下便是大海。他站在堤上,手搭凉棚,向辽阔的海面望去,海中白浪滔天,连天上的太阳也变成了苍色。滚滚的波涛中,那只熟识的独木舟,正向海心急急驶去。

素盏鸣把弓当作手杖,注视着远去的小舟。小舟故意作弄他似的,小小的席帆在阳光中闪烁,顺利地乘风破浪而去,而且还清清楚楚看见船头上是苇原丑男,船尾上是须世理姬。

素盏鸣举起天鹿弓,搭上天羽箭,拉紧了弓弦,用箭头瞄准小舟,可是箭还架在弦上,久久地没有射出去。这时候,他眼中显出了似笑非笑的笑影,同时也流出了似泪非泪的眼泪,把肩头松下来,将弓箭扔开了,然后发出了一阵憋了很久的、像瀑布声的大笑。

“我向你们祝福!”

他在堤上远远向两人挥手。

“祝你们比我更强,祝你们比我更智慧……”

素盏鸣又停了一下,作了更大的祝福:

“祝你们比我更幸福!”

他的祝贺声随着风声响遍大海。这时候的素盏鸣,显出了比他同大日灵贵争吵时,比从高天原被逐时,比在高志斩大蛇时,更近似天神的威灵赫赫的气概。

1920 年 5 月作

1976 年 4 月译

秋山图

“……黄大痴,哎,您见过大痴的《秋山图》吗?”

一个秋夜,王石谷到瓯香阁做客,同主人恽南田一边喝茶,一边谈话。

“呵,没有见过,您见过吗?”

大痴老人黄公望,同梅道人、黄鹤山樵,都是元代绘画的神手。恽南田一边说,一边想起曾经见过的《沙碛图》《富春卷》,仿佛还在眼前一般。

“是啊,可以说见过,也可以说没有见过,这是一件怪事哩……”

“那到底见过还是没有见过呢?”

恽南田惊异地瞅着王石谷的脸,问道:

“见过的是摹本吗?”

“不,也不是摹本,算是见过了真迹……不过,不但我,烟客先生(王时敏)和廉州先生(王鉴)对这《秋山图》也都有过一段因缘。”

“您要是有兴趣,我就谈一谈!”

“请吧!”

恽南田拨拨灯檠的火头,便请客人谈谈这件事。

是元宰先生(董其昌)在世的时候,有一年秋天,正同烟客翁谈画,忽然问翁,见过黄一峰的《秋山图》没有。您知道翁在画道上是师法大痴的,凡是大痴的画,只要留在世上的,差不多全见过,可是这《秋山图》却始终没有见过。

“不,不但没有见过,连听也几乎没有听说过。”

烟客翁这样回答了,觉得挺不好意思。

“那么,有机会务必看一看吧。那画比《夏山图》《浮岚图》更出色哩。

大概可以算大痴老人生平所作中的极品了。”

“有这样好的作品,一定得看一看,这画在谁手里呢?”

“在润州张氏家,您去金山寺的时候,可以去登门拜访,我给您写封介绍信。”

烟客翁得了元宰先生的介绍信,马上出发到润州去。他想,张氏家既收藏这样的好画,一定还有许多历代妙品……因此他在自己西园的书房里待不住了。

可是到润州一访问,一心想往的张氏家,虽然屋院很大,却显得一片荒凉。墙上爬满了藤蔓,院子里长着长草,成群的鸡鸭,见到客来表现出好奇的神气。翁对元宰先生的话都怀疑起来了:这种人家能收藏大痴的名画吗?但既已来了,也不能过门不入。对门口出来接待的小厮说明了来意,是远道而来,想拜观黄一峰的《秋山图》的,然后,交出了思白先生的介绍信。

不一会儿,烟客翁被请到厅堂里。这儿空空洞洞的,陈设着紫檀木的椅子,上面蒙着一层淡淡的尘土。……青砖地上,飘起一股荒落的气味。幸而那位出来接待的主人,虽然一脸病容,却还风雅,苍白的脸色,纤巧的手势,有贵族的品格。翁和主人做了初见的应对之后,马上提出想拜观黄一峰名画的愿望。翁好像有些迷信的想法,以为现在不马上观看,这画便会烟消云散了。

主人立刻答应。原来这厅堂正墙上,就挂着一幅中堂。

“这就是您要看的《秋山图》。”

烟客翁抬头一看,不觉发出一声惊叹。

画是青绿山水,蜿蜒的溪流,点缀着小桥茅舍……后面,在主峰的中腰,流动着一片悠然的秋云,用蛤粉染出浓浓淡淡的层次,用点墨描出高高低低的丛山,显出新雨后的翠黛,又着上一点点朱笔,到处表现出林丛的红叶,美得简直无法用言语来形容了。好一幅绚烂的图画,而布局又极为宏大,笔致十分浑厚……在灿烂的色彩中,自然地洋溢着空灵淡荡的古趣。

烟客翁完全被迷住了,恋恋不舍地看着看着,真是愈看愈觉神奇。

“怎样,喜欢吗?”

主人笑眯眯地望着翁的侧脸。

“神品，神品，元宰先生的称赏果非虚言，耳闻不如目见，以前我所见过的许多佳作，对此都要甘拜下风了。”

烟客翁一边说，一边眼睛仍没离开画幅。

“是吗，真是这样的杰作吗？”

翁听了这话，不觉把吃惊的眼光转向主人。

“什么，您觉得我看得不对吗？”

“不，没有什么不对，实际是……”

主人像少女似的羞红了脸，然后淡淡一笑，怯生生地看着墙上的画，接下去说：

“实际是，我每次看这画时，总觉得好像在睁眼做梦。不错，《秋山图》是美的，但这个美，是否只有我觉得到呢？让别人看时，也许认为只是一张平常的画。不知为什么，我总是这样怀疑。这也许是我的迷惑，也许在世上所有的画中，这幅画是太美了，其中必有一个原因。反正我就一直那么感觉，今天听了您的称赏，我才安心了。”

这时烟客翁对主人的辩解，也没特别放在心上，这不仅是因为他看画看入迷了，同时也认为这主人不懂得鉴赏，硬充内行，所以胡乱说出这种话来。

过了一会儿之后，翁告别了这个荒院一般的张氏家。

可是总忘不了那幅留在眼里的《秋山图》。对于师事大痴法灯的烟客翁，什么都可以放弃不要，只一心想得到这幅《秋山图》。翁是一位收藏家，在家藏书画中，甚至用二十镒黄金易得的李营丘《山阴泛雪图》，比之这幅《秋山图》的神趣，也不免相形见绌。因之，以收藏家出名的翁，无论如何都想得到这幅稀世的黄一峰的画。

于是，在逗留润州时，他几次派人到张氏家去交涉，希望把《秋山图》让给他，可是张氏家无论如何都不肯接受翁的请求。据派去的人说，那位脸色苍白的主人说：“王先生既然喜欢这幅画，可以借给他，但是不能出让。”这使高傲的翁有点儿生气了。他想，现在不借，总有一天可以搞到手的，终于没有去借，就离开了润州。

以后过了一年，烟客翁又到润州，再次访问张氏家。那墙上的藤蔓和院中的荒草，仍如过去，可是出来应客的小厮，却说主人不在家。翁告诉他不见主人也行，只要再看看那幅《秋山图》就可以了。可是提了几次，小厮总推托主人不在，不让他进去，最后甚至把大门关上，不理睬了。于是，翁无可奈何，只好想象着藏在这荒院中的名画，怅然而归。

可是后来又见到元宰先生，先生对翁说，张氏家不仅有大痴的《秋山图》，还收藏着沈南田的《雨夜止宿图》《自寿图》那样的名画。

“上次忘记告诉了，这两幅跟《秋山图》一样，可称为画苑的奇观，我再给您封介绍信，务必去看看。”

烟客马上又派急使到张氏家，使者除了元宰先生的介绍信，还带去收购名画的现金。可张氏家仍同上次一样，别的画都可以，不过黄一峰那一幅是决不出让的。于是，翁也只好从此断念了。

王石谷讲到此处，停了一下，又说：

“这是我从烟客先生那里听说的。”

“那么，只有烟客先生见过《秋山图》的了。”

恽南田捋捋长髯，点点头，眼望着王石谷。

“先生说是见到了，可到底是不是真见到，那就谁也说不上了。”

“不是您刚才还说……”

“嘿，您听我讲，等我讲完，您也会同我一样想了。”

这回，王石谷没喝茶，又娓娓地讲下去了。

烟客翁同我讲这事，是在第一次见过《秋山图》以后，经过快五十年星霜的时候，那时元宰先生早已物故，张氏家也不知不觉到了第三代。所以这《秋山图》已落谁家，是不是已经消灭了，也已无人知道。烟客翁好像如在手中似的给我讲了《秋山图》的妙处以后，又遗憾地说：

“这黄一峰的《秋山图》，正如公孙大娘的剑器，有笔墨而不见笔墨，只是一股难言的神韵，直逼观者的心头……正是神龙驾雾，既不见剑，也不见人。”

此后过了约一月，正是春气萌动时节，我独自去南方游历。翁对我说：“这是一个良机，务请探问《秋山图》下落，倘能再度出世，真画苑大庆了。”

我当也如此愿望，马上请翁写了介绍信。预定的旅程要到不少地方，一时不容易去访问润州张氏，我藏着介绍信一直到布谷啼叫时，还没有去找《秋山图》。

其间偶然听到传言，说那《秋山图》已落入贵戚王氏之手。在我旅程上烟客给的介绍信中，也有认识王氏的人。王氏既为贵戚，大概事先必定知道《秋山图》在张氏家。据书画界说，张家子孙接到王氏的使者，立地将传家的彝鼎、法书连同大痴的《秋山图》，全都献给了王氏。王氏大喜，即请张家子孙坐上首席，献出家中歌姬，奏乐设筵，举行盛大宴会，以千金为礼。我听到这消息十分高兴，想不到饱经五十年沧桑之后，这《秋山图》竟然平安无恙，而且到了相识的王氏家。烟客翁多年来费了多少苦心，只想重见此画，鬼使神差，总以失败告终。现在王氏家不费我们的烦劳，自然地将此画如海市蜃楼般展现在我们眼前，正是天缘巧合。我便行李也不带，急忙到金阊王氏府，去拜观《秋山图》了。

现在还记得很清楚，这正是王氏庭院的牡丹花在玉栏边盛放的初夏的午后。在匆匆谒见中，不觉就笑了起来：

"闻说《秋山图》今已归府上所有，烟客先生为此画曾大费苦心，现在他可以安心了，这样一想，真是十分快慰。"

王氏满脸得意地说：

"今天烟客先生、廉州先生都约好了要来，先到的请先看吧！"

王氏马上叫人在厅堂侧墙上挂起了《秋山图》。临水的红叶村舍，笼罩山谷的白云，远远近近侧立屏风似的青翠的群峰立刻在我的眼前，出现了大痴老人手创的比天地更灵巧的一座小天地。我带着心头的激动，眼睛一眨不眨地注视墙上的画。

云烟丘壑的气势，无疑是黄一峰的真品，用这样多的皴点，而墨色又这样灵活……着这样重叠的色彩，而看不出一点儿笔痕，除了痴翁，别人究竟是不可能的。可是——可是这《秋山图》，和烟客翁曾在张氏家所见那幅，确不是同一黄一峰的手笔。比之那幅，这恐怕是比较下品的黄一峰了。

王氏和合座的食客，都在我身边窥探我的脸色，我必须竭力不使失望之色露出脸上。尽管我十分注意，可是不服气的表情，还是不知不觉透露出来。过了一会儿，王氏带着担心的神气向我问了：

"您看如何？"

我连忙回答：

“神品，神品，难怪烟客先生大为惊奇。”

王氏的脸色，这才缓和起来，可是眉头眼底，好像对我的赞赏还有点儿不大满足。

这时候，恰巧对我大讲《秋山图》妙趣的烟客先生也到来了。翁同王氏寒暄着，显出高兴的笑容。

“五十年前在张家荒园看的《秋山图》，现在，又在华贵的尊府再度相逢，真是意外的因缘。”

烟客翁如此说着，举头观看墙上的大痴。这《秋山图》究竟是否是翁见过的那幅，翁当然是最明白的。因此我也同王氏一样，深深注意翁看图的表情。果然，翁的脸上渐渐笼上了一道阴云。

沉默了一会儿之后，王氏更加不安了，他怯生生地问翁：

“您看如何，刚才石谷先生也大大赞赏了……”

我担心正直的翁会老实回答王氏，心里感到一阵阵寒意。可是，大概翁也不忍使王氏失望吧，他看完了画，便郑重地对王氏说：

“您得到这画，真是莫大幸运，它给府上的珍藏，又添加了一重光彩。”

可王氏听了，脸上的愁雾却更深了。

那时候，倘使那位迟到的廉州先生不突然到来，我们就会更加尴尬了。正当烟客翁迟迟疑疑不知如何赞赏时，幸而他来了，给座中增添了生气。

“这就是所谓《秋山图》吗？”

先生随意打座中招呼了一下，就去看黄一峰的画，看着看着，只是默默地咬嚼口边的胡子。

“烟客先生，听说您五十年前见过这画呀？”

王氏愈加尴尬起来，又添上了这句话。廉州先生还没听翁说过《秋山图》的妙处。

“依您的鉴定，如何呢？”

先生吐了一口气，还照样在看画。

“请不客气地说吧……”

王氏勉强一笑，又向先生催问了。

“这个嘛，这个……”

廉州先生又把嘴闭住了。

“这个……”

“这是痴翁第一名作……请看，这云烟的浓淡，多么泼辣的气概；这林木的色彩，正可说天造地设。那儿不是一座远峰吗，从整个布局中，多么生动的气韵呀。”

一直没开口的廉州先生，对王氏一一指出画的佳处，开始大大赞赏了一番。王氏听了，脸色渐渐开朗，那是不消说了。

这期间，我向烟客做了一个眼色，小声地说：

“这就是那幅《秋山图》吗？”

烟客翁摇摇头，回我一个奇妙的眼色：

“真是一切如在梦中，也许那张氏家的主人是一位狐仙吧？”

“《秋山图》的故事就是如此。”

王石谷讲完了话，慢慢地喝了一杯茶。

“果然，真是一个怪谈。”

恽南田两眼盯视着铜檠的火焰。

“以后王氏又热心地提了不少问题。归根到底，所谓痴翁的《秋山图》，除此以外，连张氏家的子孙也不知道了。过去烟客先生见过的那幅，要不是已隐灭不见，那就是先生记错了，我不明白究竟是怎么一回事，总不至于全部是一场幻梦吧……”

“可是烟客先生心中，不是明明留下了那幅奇怪的《秋山图》，而且你心中也……”

“青绿的山岩，深朱的红叶，即使现在，还好像历历在目呢。”

“那么，没有《秋山图》，也大可不必遗憾了吧？”

恽王两大家谈到这儿，不禁拊掌一笑。

1920 年 12 月作

1976 年 4 月译

莽丛中

受巡捕官审讯的时候一个砍柴人的证言

是的，那尸体是我发现的。今天我照每天的习惯到后山去砍杉树，忽然看见山后的荒草地上躺着那个尸体。那地方嘛，是离开山科大路约一里地，到处长着竹丛和小杉树，难得有人迹的地方。

尸体穿的是浅蓝绸子外衣，戴一顶城里人的老式花帽，仰躺在地上，胸口受了刀伤，好像不止一刀，尸体旁边的竹叶全被血染红了。不，血已经不流，伤口已发干，恰好有一只马蝇停在伤口上，没有听到我的脚声。

我没有发现凶刀，不，什么也没有发现，只有旁边杉树上落着一条绳子。尸体边便是这两样东西。不过地上的草和落叶，都践得很乱，一定在被杀以前有过一场恶斗。什么？马？没有马，那地方马进不去，能走马的山路，还隔一个草丛。

受巡捕官审讯的时候一个行脚僧的证言

这个现在已成了尸体的人，我昨天确实遇见过。是昨天……大概是中午，地点是从关山到山科的路上，他同一个骑马的女人一起在走，女的低着脑袋，我没看清她的脸，只见到穿胡枝花纹的衣服，马是棕色的，两绺长鬣披在脸上，马的高度大概是四寸①吧。我是出家人，所以不大内行。

① 日本古代计马体的高度，以古日尺四尺为基础，单说它的余数。

男的——不,他带着腰刀,还带着弓箭,有一只黑漆的箭筒,插着二十来支箭。这我现在还记得很清楚。

我可做梦也没有想到,这个人会变成现在的样子,正是人生朝露,电光石火嘛。哎哟,没什么可说的了,真伤心!

受巡捕官审讯的时候捕手证言

我逮住这个人,他确实叫多襄丸,一个有名的强盗。我逮他的时候,他正从马上跌下来在栗田口石桥上呜呜叫痛。时间嘛,是昨晚初更模样。那时他穿的就是这件蓝黑绸衫,带一把没鞘的刀子,也就是现在看见的样子,还带得有弓箭。对不对,这就是死者生前带的武器——那么,杀人的凶手一定是这个多襄丸了。包牛皮的弓,黑漆箭筒,十七支鹰毛箭——就是死者的东西吧。对啦,还有那匹马,就是两绺鬣毛披在脸上的棕色马。他从马上跌下来,也正是因果报应。那马用长缰绳拴在石桥前,正啃路边的青草。

这个叫多襄丸的家伙,在京师大盗中,是出名好色的。去年秋天鸟部寺宾头卢大佛后山上杀死一个女香客和一个小女孩,也就是他干的。在他这次杀人之后,那骑马的女人到哪里去了,这个可不知道。我的话说多了,请原谅。

受巡捕官审讯的时候一个老婆子的证言

是的,这个被杀死的人,是我女儿的丈夫。不过,他不是京里人,是若狭国国府的武士,名叫金泽之武弘,二十六岁,性情温和,不幸得了这样的恶死。

女儿嘛,我女儿名叫真砂,十九岁,是一个有丈夫气的好强的女子,除武弘外,没有别的男人。她脸色微黑,左眼角有一个黑痣,小小的瓜子脸。

武弘是昨天同我女儿到若狭去的,不料会发生这样的祸事,真是前生的冤孽。女婿已经完了,可是女儿下落不明,叫我十分担心。务请你们看我老婆子分上，即使砍光了山上的草木，也得找出我女儿的下落。最可恶的是这个叫多襄丸的强盗，他不但杀了我女婿，还把我女儿……（以后痛哭失声，说不出话来了。）

多襄丸的口供

这人是我杀的，但我没有杀女的，我也不知道她到哪里去了。慢着，不管你们动怎样的刑罚，我不知道的事情我还是不知道。我已经被逮住了，我还有什么可隐瞒的？

是昨天中午过后，我碰见一对夫妻。那时正刮风，笠帽檐的绸绦被风吹起来，我瞧见了女子的容貌——只见了一眼就见不到了，大概正因为这缘故，我觉得这女子好像一位观音，立刻动了念头，一定搞到这个女子，即使要把男的杀死，也干。

杀一个人，在我是家常便饭，并不如你们所想的算一件大事。不过我杀人用刀，你们杀人不用刀，用你们的权力、金钱，借一个什么口舌，一句话，就杀人，当然不流血，人还活着——可是这也是杀人呀。要说犯罪的话，到底是你们罪大，还是我罪大，那就说不清了。（讽刺地一笑）

可是能不杀男人，把女人搞到，也没有什么不好。不，当时我是那样想的，尽可能不杀，一定把女的搞到。可是在那条山科大路上，当然不能动手。这样，我就想法子，把那对夫妻带到山窝窝里去。

事情不难办，我成了他们的旅伴，便对他们说，那边山上一座古坟里，刨出了很多古镜同刀剑，我已偷偷埋在山后乱草堆里，如果你们要，随便给多少钱，可以贱卖给你们，那男子听了我的话有点儿动心了。以后——怎样，贪心这个东西，就是可怕嘛。半小时之后，那对夫妻便同我一起，把马赶上了山路。

我们走到草丛前面，我说宝物就埋在那边，一起去看看吧。男的已起贪心，表示同意，便叫女的在马上等着，因为那草丛中，马是进不去的。我原这样打算，让女的单独留下，带那男子走进草丛里去。

草丛开头尽是一些小竹子，约走了几十丈，就有一些杉树，这真是我动手的好地方，我把草丛拨开，只说宝就埋在杉树下。男子听我一说，就眼望有杉树的地方，急急跑去。这里竹丛已经少了，前边有几棵杉树——我走到那里，出其不意地立刻将他按倒在地。他带着刀子，看样子也有相当武艺，可是禁不起我的突然袭击，终究被我捆在一棵杉树上了。绳子嘛，我们当强盗的人，随时得爬墙头、上屋顶，绳子总是随身带着的嘛。当然，为了怕他嚷起来，我在地上抓起一把竹叶子，塞满他的嘴，那就不怕他了。

我将男子收拾停当，然后跑到女人那里去，说男的突然发了急病，叫她去看。这一招果然成功，女的将头上笠帽脱下，让我拉着手，走进乱草丛中，一到那里，她看见男人捆在树上，立刻从怀里拔出一把小刀。我从没见过这样烈性的女子，那时如果一个措手不及，刀子便捅进肚子里了，要逃也无处逃，肯定被她戮几刀，至少得受伤，可是我是多襄丸，用不着自己拔刀，就把她的小刀子打落地上。不管多强的女人，手里没家伙也就没有办法了。最后，终于如愿以偿，没杀死那男人，就把女的乖乖地搞到手了。

不杀死那男子，是的，我本不打算杀他，可是当我撇开伏在地上号哭的女人，向草丛外逃跑时，那女人却发疯似的拖住我的胳臂，断断续续地哭喊了："你死，或是我丈夫死，两个人必须有一个得死，我不能在两个男人面前，受这样的侮辱，这比我死还难受。两个人中，我跟活下来的一个。"她就是这样，一边喘气一边说。那时候，我才下决心杀死那个男子。（阴沉地兴奋）

我说这话，你们一定以为我比你们残酷。可是，那是因为你们没瞧见她那时两眼射出来的火光，我一见那目光，我觉得即使一下子会被天雷打死，我也必须将这女人做我的妻子，把她做妻子，这就是我那时唯一的心愿。这不是你们所想的下流的色情，当时我如在色情之外别无想念，我早已一脚把她踢翻，一溜烟逃跑了，那男子也就不会用他的血来染红我的刀子了。可是当我在阴暗的草丛中盯住女人的脸色时，我已料想到如果不杀死那男子，我便不能离开那里了。

我要杀人，便堂堂正正地杀，我解开了他身上的绳子，叫他同我拼刀。（落在杉树上的那条绳子，就是那时忘记拿走的。）那男子满脸通红，拔出腰刀，一言不发，便怒火冲天地向我扑来，这一场恶斗的结果，当然不必说了。我们斗了二十三个回合，我便刺穿了他的胸膛。第二十三回合，请不要忘

记，我直到现在还暗暗地佩服他哩，同我交手，能够上二十回合的，天下还只有他一个人呢。（高兴地一笑）

我把男子杀死，回头去看女人，不知怎样——她已经不见了。我不知她逃到哪里去了，在杉树林里到处找，在落着竹叶的地上，不见她的影子，侧耳一听，只听到男子临死的喘息。

可能在我们开始动刀时，她已逃出去找人叫救命去了。我一想，现在得保自己的命了，我把刀和弓箭抓在手里，立刻跑回到来时的那条山路上。在那里，刚才女人骑的那匹马，正在安静地吃草。以后的事，就不用多说了。我只在进城时扔掉了那把血刀，这是我的口供，反正我这颗脑袋迟早得挂在樗树上，那便请判我死刑吧。（昂然的态度）

到清水寺来的一个女人的忏悔

当那穿蓝黑绸衫的男人，将我强奸之后，回过头去嘲笑捆在树上的我的丈夫。我丈夫当然十分难堪，使劲扭动自己的身子，可是身上的绳子越勒越紧。我站起身来，连跑带滚到我丈夫跟前，不，我还没靠近他身边，他便提起一脚把我踢倒在地上。这时候，我见丈夫眼中发出一股无法形容的光，简直不知道要怎样说才好，直到现在想起这眼光我还忍不住发抖。丈夫虽没开口，但从这眼光中，已传达了他心里要说的话。这不是愤怒，不是悲哀，而只是对我的轻蔑。多么冷酷的眼光呀，这比踢我一脚，使我受更大的打击，我忍不住嘴里叫唤着什么，一下子便昏过去了。

等我苏醒过来，那穿蓝黑绸衫的男子已不知哪里去了，我的丈夫还捆在杉树上。我好不容易，才从落满竹叶的地上站起来，注视着丈夫的脸。他的眼光还是原来的样子，一点儿没有变化，又冷酷，又轻蔑。羞耻、悲哀、愤怒……我不知怎样说我那时候的心情，我跌跌跄跄走到丈夫的身边。

"夫呀，事已如此，我不能再同你一起生活了。我决心死，不过——不过，你也得死，你已见到了我的耻辱，我不能把你独自留在世上。"

我费了好大的劲，才说出了这些话，可是丈夫还是轻蔑地看着我。我抑止了心头的激动，去找丈夫那把腰刀，刀已经被强盗拿走了，弓箭也已不在草地上。幸而我的脚边还落着一把小刀，我便捡了起来，再对丈夫说：

“我现在要你这条命，我也马上跟你一起死！”

丈夫听了我的话，动了一动嘴唇，他嘴里塞满落叶发不出声来，但我马上明白了他的意思。他仍然对我十分轻蔑，说了“杀吧！”两个字。我像做梦似的一刀捅进他浅蓝绸衫的胸口。

那时我又昏过去了，等我再醒过来，丈夫依然捆在树上，已经断气，通过竹叶漏进来的夕阳光，照在他苍白的脸上，我憋住哭泣，解开尸体上的绳子。以后……以后嘛，我再没有勇气说了，总之，我没有自杀的气力了。我想用小刀刺自己的喉管，我想投身到山下的池沼里，我试了各式各样的死法，我没有死成。我太懦弱了，我还能说什么呢？（寂寞地笑）像我这样无用的人，我不知观音菩萨会不会怜悯我，我已失身于强盗，我不知我将如何是好……我……（突然剧烈地痛哭起来）

借巫婆的口，死者幽灵的话

强盗强奸了我的妻子之后，便坐在那里安慰她。我开不得口，身体又捆在树上，我一次次向妻子以目示意。我想告诉她，不要相信强盗的话，他说的都是谎言。可是我妻子却默然坐在落叶上，低眼望着自己的膝盖，正在一心地听着。我满心嫉妒，身上好像火烧。可是强盗还花言巧语地说：“你已失身了，再不能同丈夫和好，你跟他去，还不如跟我当妻子好。我会好待你，我去规规矩矩劳动！”这大胆的强盗，最后竟说出这样话来。

妻子听着，茫然地抬起脸来，我从没见过我妻子这样美丽。可是这美丽的妻，当着我的面，你猜猜她对强盗如何回答？我现在已到了另一个世界，可是一想到当时妻子回答强盗的话，还是浑身火烧一样难受。我妻子确实是这样说的：“那就随便跟你上什么地方去吧！”（长时间的沉默）

妻的罪恶不仅如此，假使仅仅如此，我现在在黑地狱中也不至于如此痛苦。可是当妻梦似的让强盗扶着要离开草丛到外边去时，忽然变了脸色，指着捆在树上的我说：“把这个人杀了。他活着，我不能跟你一起。”她发疯地连连叫着：“把这个人杀了！”这话好似暴风，今天我在这黑暗地狱里，好像还能远远地听到。一个人的口，居然会说出这样恶毒的话，一个人的耳朵，竟然能听到一次这样恶毒的话吗？（突然，发出嘲弄的笑声）听了这话，连强盗也大惊失色了。“把他杀了！”妻这样叫着，拖住了强盗的胳臂。强盗茫然地望着我妻子，也没说杀，也没说不杀——就在这一刹那，一脚把妻踢倒在落叶上。（又发出嘲笑声）强盗两手抱着胸口，眼望着我说：“这女人怎么回事，你要死？你要活？你点点头！杀不杀？”我听了强盗的话，我愿意饶恕他一切罪过。（又一次长时间的沉默）

当我还没有明确答复强盗时，妻忽大叫一声，向草丛深处跑去，强盗追上去，好像没有把她拉住，我像看幻影似的看着这个场面。

妻子逃走以后，强盗拿起大刀和弓箭，把捆在我身上的绳子割断了一截。“现在，要看我的命运了！”当强盗隐在草丛中不见时，我记得听他这样自言自语地说了一句。以后，四周寂然无声。不，我听到人的哭声。我一边自己解开绳子，一边侧耳听这哭声，原来是我自己在哭。（第三次长时间沉默）

好不容易，我才从杉树下站起困乏的身体。在我面前，是妻子丢下的一把小刀，我拾起来，一刀刺进自己的胸口。我的口里喷出一道腥血，我一点儿不觉痛，只觉心头一片冰凉。四周更静寂了。在这山后草丛的顶空中，连一只飞鸣的小鸟也没有，只从竹头树杪漏下淡淡的阳光，这阳光也渐渐昏暗起来，现在，连竹木也看不见了。我便那样倒在地上，埋葬在静寂中。

这时好像听到轻轻的脚声，走到我的身边，四周已经黑暗，我看不见是谁的手从我的胸口拔出了小刀，同时我口里又涌出一阵血流，我便这样地落进黑暗中了。

1921 年 12 月作

1976 年 3 月译

报恩记

阿妈港甚内的话

我叫甚内。姓嘛……哎哎,很早以来,大家都叫我阿妈港甚内。阿妈港甚内——您听说过这个名字吗?不,请不要慌,我就是您知道的那个有名的大盗。不过,今晚上到这儿来,不是来打劫的,请放心。

我是知道您的。您在日本神甫中,是一个德高望重的人。也许您现在同一个强盗一起,连一会儿也觉得不愉快吧。不过,我也不是专门当强盗的。有个时期曾受聚乐公召唤的吕宋助左卫门部下的一个小官,也确实叫甚内。还有给利休居士送来一只叫作"红头"的宝贵的水勺的那位连歌师①,本名也叫甚内。还有几年前,写过一本叫《阿妈港日记》的书,在大村那边当露天通事②的,不是也叫甚内吗?此外,在三条河原闹事那回,救了船长玛尔特奈特的那个和尚,在堺地方妙国寺门前卖南蛮草药的那个商人……他们的名字,也都叫甚内。不,顶重要的,是去年在圣法朗士教堂捐献装有圣马利亚指甲的黄金舍利塔的,也就是名叫甚内的教徒。

不过今晚我很遗憾,没工夫细说他的经历,只是请您相信,阿妈港甚内,同世上普通人比也没有太特别的地方。是吗,那么,我就尽量简单地谈谈我的来意,我是来请您替一位亡灵做弥撒的。不,这人不是我的亲族,也不是在我刀上留下血迹的人。名字嘛,名字……唉,我不知道说出来好不好。为了那人的灵魂——那就说是为一位名叫保罗的日本人,祈

---

① 连歌是日本和歌的一种,由二人互相联作,连歌师是专作连歌的作者。

② 露天通事,专替外国人做口头翻译的人。

求冥福吧。不行吗？当然受阿妈港甚内的嘱托，办这样的事是不能不慎重的。不过，不管活人死人，请您千万别告诉别人。您胸上挂得有十字架，我还是要请您遵守这一条。不——请原谅。（笑）我是一个强盗，怀疑一位神甫，实在太狂妄了。可是，要是不遵守这一条约定，（突然认真地）即使不被地狱火烧死，也会得到现世的惩罚。

是两年以前的事了。在一个刮大风的半夜里，我化装成一个行脚和尚，在京城街头溜达。我这样溜达，并不是这晚上开始的，前后五夜，每夜过了初更，我便避开人目，窥探人家的门户。我的目的当然不用说了。特别那时我正想出洋到摩利迦去，需要一笔钱花。

街头当然早已没有行人，天上只有星星，风一息不停地呼呼狂叫。我在阴暗的屋檐下穿过，走到小川町，正到十字路拐弯地方，见了一所很大的宅子，那就是京师有名的北条屋弥三右卫门的本宅。北条屋虽跟角仓一样是做海上买卖的，但到底还比不上角仓，不过究竟也有一两条走暹罗、吕宋的沙船，算得上一家富商。我不是专门来找这人家的，但既然碰上了，便打算干一趟买卖。前面说过，这晚正刮大风——这对我们这行买卖正合适。我便在路边蓄水缸里，藏好了箬笠和行杖，一蹦蹦上了高墙。

世上大家都说阿妈港甚内会隐身术，您当然不会像俗人一样相信这种话。我不会隐身术，也没魔鬼附在我身上，只是在阿妈港时，拜过一位葡萄牙船医的老师，学过一些高明的本领，实地应用时，可以扭断大铁锁，拨开重门闩，都没什么困难。（笑笑）这种过去没有的窃盗本领，在日本这个未开化的国家，跟洋枪、十字架一样，也是西洋传进来的。

花不了多少时间，我已进了北条屋的内院，走过一条黑暗的走廊，想不到时已深夜，屋子里还透出灯光，而且还有谈话的声音，看样子那里是茶间。"大风夜的茶话"，我不觉苦笑了一下，便轻轻走过去。我倒不担心人声妨碍我的活动，而是对在这样风雅的屋子里，这家主人和客人的夜半清谈发生了兴趣。

走到隔扇外面，耳朵里果然听到茶炊沸水的声音，和这声音同时，却出乎意外地听到边说边哭泣的声音。谁在哭呢？一听是女人的哭声。在这种富有人家的茶间里，半夜里有女人哭泣可不是一件寻常事，我憋住呼吸，从隔扇缝里透出的亮光中，向茶间悄悄张望。

灯光中，看见古色古香的板间中挂着书画，供着菊花的盆景，果然是一间幽静风趣的房间,板间前面,正在我望过去的正面,坐着一位老人,大概就是主人弥三右卫门吧,穿着细花纹羽绸外套,两手抱着胸脯,一眼望去,和茶炊的沸声同样清楚。他的下首,坐着一位端庄的梳高发髻的老太太,只见一个侧脸,正在不断地拭眼泪。

"尽管生活富裕,大概也遇到什么难题了。"我这样想着,自然露出了微笑。微笑——倒并非对这对夫妇存什么恶意。像我这种已经背了四十年恶名声的人,对别人——特别是别人的不幸,是会幸灾乐祸的。(表情残酷)那时我好似看歌舞伎的场面,很高兴地望着老夫妇在悲叹。(讽刺地一笑)不过,也不单是我,谁看小说都是爱看悲惨情节的嘛。

过了一会儿,弥三右卫门叹了一口气说:

"已经碰上了这种难关,哭也挽回不了的了,从明天起,我决定把店员全部遣散。"

那时一阵狂风,摇动了茶间,打乱了声浪,我就没听清弥三右卫门太太的话。主人点点头,两手叠在膝盖上,抬眼望望竹编的天花板,粗黑的眉毛,尖尖的颊骨,特别是那长长的眼梢——越看越觉面善,确实是在哪里见过的。

"主,耶稣基督呀,请把您的力量赐给我们吧……"

弥三右卫门闭着眼喃喃祷告起来。老太婆也跟着祈求上帝的保佑。我还是一眼不眨地注视弥三右卫门的脸。屋外又吹过一阵风,我心里一闪,记起了二十年前的往事,在记忆里清清楚楚地看出了弥三右卫门的面影。

二十年前的往事——这不用多说,只简单谈谈事实。那时我出洋到阿妈港,有位日本人的船长,救了我的性命。当时大家没通名姓便分开了。现在我见了这弥三右卫门,原来正是当年的那位船长。想不到会有这种巧遇。我仍旧注视这老人的脸,看着他宽实的肩身,骨节粗大的手指,还带得有当年珊瑚礁的海水气和白檀山的味道。

弥三右卫门做完了长长的祷告,便安静地对老婆子说:

"以后一切,只好听上帝安排了,你看,茶炊开了,大家喝一杯茶吧!"

老婆子重新忍住了胸头的悲痛,悄然地说:

"是呀,不过心里后悔的是……"

"得啦,多唠叨有什么用哩,北条丸沉没,全部资本完结了……"

“不,我说的不是这个,我是想儿子弥三郎,如果不把他赶走……”

我听了这场对话,又轻轻一笑,现在已不是对北条屋幸灾乐祸,而是想到自己“有报恩的机会了”,觉得高兴。我这个被人到处缉捕的阿妈港甚内,终于也能报答自己的恩人了。这种高兴——不,除了我自己以外,别人是不会了解的。(讥讽地)世上行善者是可怜的,他们一件坏事也没干过,尽管行善,也不会感到快乐。他们是不懂这种心情的。

“你说什么,这种畜生,世上没有倒还好些呢。”弥三右卫门把目光从灯上移开,说,“如果那家伙可以当钱使,闯过今天的难关,那赶走他就……”

弥三右卫门刚说完,突然吃惊地见到我。当然他会吃惊,那时我已不出声地推开了纸隔扇,而且我是行脚和尚打扮,刚才脱掉了箬笠,里面戴的是南蛮头巾。

“你是谁?”

弥三右卫门虽是老人,一下子却跳起来了。

“不,请不要慌,我叫阿妈港甚内……哎,请放心,我是一个强盗,今晚到府上来,本来另外有事……”

我摘去头巾,坐在弥三右卫门面前。

以后的事,我不说您也可以猜到。我答应了他,为了搭救他于急难,报答他的大恩,在三天之内,给他筹到六千贯[①]银子,一天不误。哎哟,门外好像有人。那么请原谅,明天或后天晚上,我再偷偷来一次吧。那大十字架星的光虽照耀在阿妈港的天空,可是在日本的天空中见不到。我没有像星光一样离开日本,今夜特地来请您做弥撒,就为了怕对不起保罗的灵魂喽。

您说我怎样逃走吗?那可甭担心,从这高天窗,从那大烟囱口,我都可以自由出入,现在,千万拜托,为了恩人保罗的灵魂,这话千万别告诉外人。

北条屋弥三右卫门的话

神甫,请听我的忏悔。您大概知道,近来社会上有一个著名大盗,叫

① 日本的一贯,约合七斤半。

作阿妈港甚内，据说此人曾栖身根来寺高塔上，偷过杀生关白的大刀，还远在海外，打劫过吕宋的太守，他什么事都干得出来。这个人终于被逮住了，最近在一条的回桥头枭首示众，这消息大概您也听到了。我受过阿妈港甚内的大恩，这受恩的事，现在也没什么可说的，原因是遭到了一次大灾难，请您听我详细说明以后，为我祷告上帝，请求饶恕我这个罪人。

两年前冬天，我有一条名为北条丸的海船，遇到接连的大风暴，在海里沉没了，我的全部资产都丧失了——遇到这样的事，我北条屋一家，除了流离四散，再也没有别的办法了。您知道，我们做买卖的人，平时有的是交易对手，真正的朋友是没有的。这一来，我的全部家产，好比一条船翻在大海里，落进十八层地狱了。忽然有一天晚上——我现在还记得很清楚，是刮大风的一夜，我同我女人正在您熟悉的那间屋子里，一直谈到夜深。那时忽然进来一个人，穿着行脚和尚的服装，戴着南蛮头巾，这人就是那个阿妈港甚内。当时我大吃一惊，十分愤怒。听他说，他偷进我家里是来偷盗的，见到茶间有灯光，还听见人讲话，从隔扇缝里张望进来，认出我弥三右卫门，曾经救过他的性命，是二十年前的恩人。

不错，二十年前有过这事。那时我在走阿妈港的海船“弗思泰”号上当船长，船正靠岸，我搭救过一个没长胡子的日本人。这人喝醉酒同人打架，打死了一个中国人，正被人追得无路可走。现在才知道，这人就是阿妈港甚内，已成了有名的强盗。我听他一说，记起是有这么回事。当时一家人都睡着了，好在没人听见，我便问他来干什么。

甚内说，只要他办得到，为了报答二十年前的救命之恩，要搭救北条屋于灾难，问我需要多少银子。我忍不住苦笑了，向强盗借银子——这不像话。他虽然是大强盗，如有那么多钱，也不会上我家来偷盗了。可是我说了银子的数目，他低下头想了一想，便说，今晚来不及了，请等我三天，一定办到，一口就答应了。我需要的是一笔六千贯的大款，真能办得到吗？心里可不能相信。只是出于无奈，只好接受了，知道反正不一定可靠。

这一夜，甚内便在我家慢慢地喝了茶，在大风中回去了。第二天，不见送银子来；又过了一天，仍没有音讯；第三天——这天下雪了，等到夜里，仍无消息。我对甚内的约定本来没多少信心，可是我还是没把店伙遣散，存着万一的希望，等待着。就在第三天晚上，我正对着灯火，一心听外面下雪的声音。

约莫过了三更时分,忽然听到屋外院子里有人打架,我心里一动,当然想到甚内,难道被巡捕追上了吗？我马上打开朝院子的隔扇,举起灯望过去。在积满了雪的茶间前,有些竹子被压倒的地方,见两个人正扭在地上,忽然其中一人把另一人一把甩开,立刻蹿到树荫下,翻过墙头逃走了。听见雪块落地和翻墙的声音,以后,就没有响动了,大概已落到墙外了。可那个被甩开的人,并没去追,就扑扑身上的雪,安静地走到我的面前:

“我是阿妈港甚内!”

我惊呆地看着他,他今晚仍穿行脚和尚的服装,戴着南蛮头巾。

“唉,惊吵您了,幸而没人听到。”甚内进了屋子,苦笑道,“刚才我进来,见有个人正爬进屋台下去,我想逮住他,看看他是谁,结果还是逃走了。”

我原以为是来逮他的,问他是不是公差。甚内说,什么公差,是一个窃贼呀,强盗逮窃贼——真是奇闻啦。这一回,我苦笑了。当然我还不知道他有没有带银子来,总是不放心的。甚内看出我的意思,不等我开口,便从衣兜里摸出一包包银子来,放在火钵前。

“请放心,这里已筹足了六千贯——本来昨天已搞到了大部分,只差两百贯,今天我都带来了,请您把银包收起来。昨天搞到的我已趁你们二老不觉察,放在这茶间地板下了,可能今天来的那偷儿,是嗅到了银子的气味。”

我听了这话,疑心自己是在梦里。接受强盗的钱,现在您不说我也知道不对,不过当我半信半疑还不知能否收到时,我也想不到对不对了,当时总不能再说不要,如果我不收,我一家人也完蛋了,请原谅我那时的心情,我连连向甚内作揖,什么话也不说就哭起来了。

以后我两年没听到甚内的消息,我一家人没有破产,过着平安的日子,这都靠了甚内的搭救。我在背地里总是向圣母马利亚祈祷,保佑他平安无事。最近在街上听说甚内被捕了,砍了头,挂在回桥头示众,我大吃一惊,偷偷掉了眼泪,当然恶有恶报,无话可说,多年没受到上帝惩罚,本来已是意外,可是身受大恩,我总得为他祈求冥福——这样,我今天就急忙独自跑到一条的回桥头去看示众的头。

到回桥头大街上,挂人头的地方已围了大批观众,宣布罪状的告示牌，看守人头的公差，都同平常一样。三根竹子搭成的架子上，挂着一颗人头——啊，多么可怕，一颗血淋淋的人头，我简直不知怎样说才好。在吵吵闹闹的人群中我抬头一望是苍白的人头，突然发起愣来，这不是他，不是阿妈港甚内的头颅。粗黑的浓眉，突出的下颏，眉间的刀痕，一点儿也不像甚内呀。突然，在太阳光中，四周的人群，竹架上的人头，一下子都消失到遥远的世界去了，我好似受了天雷的打击。这不是甚内的头，是我自己的头呀，是二十年前的我——正是救甚内时的我——弥三郎，那时我的舌头要是转一转，我就会这样叫出来了，可是我出不得声，我浑身发抖了。

弥三郎！我着魔似的望着儿子的头，这人头脸上的眼睛半开着，直瞪着我，这是怎么回事呢？为什么把我的儿子错当了甚内呢？只消仔细想想，这种误会是绝不能发生的。难道阿妈港甚内就是我的儿子，那晚来我家的那个假和尚是冒名顶替的吗？不，不会有这种事。能在三天之内，一天不误搞到六千贯银子的，在这么大的日本，除了甚内还有谁呢？这时候，两年前下雪的夜里在院子里同甚内打架的那个人的影子，忽然出现在我的眼前。那人是谁，难道就是我的孩子吗？当时见到一眼，样子确像我的儿子，难道仅仅是一时眼花吗？说不定真是我儿子呢——我如大梦初醒，一眼不眨地看着这个人头，只见发紫的半开的嘴，好像带着茫然的微笑。

示众的人头会笑——您听了一定不信，我当时也以为只是自己的幻觉，再仔细一看，果然在干枯的嘴上确是带着微笑。我久久地注视这奇怪的微笑，不知不觉地，我自己也笑了，我一边笑，一边流下了眼泪。

“爸爸，请原谅我……”

在无言的微笑中，好像听他说：“爸爸，请原谅我的不孝之罪。两年前的雪夜，我偷偷回家来向您谢罪，白天怕给店伙看见不好意思，因此打算深夜敲您卧室的门，再来见您，恰巧见茶间里还有灯光，我正怯生生走过来，忽然不知什么人，一言不发，一把抱住了我。

“爸爸，以后的事您已经知道，我因突然见到了您，忙将那人甩开，跳墙逃走了。从雪光中看那个打架的人，像是行脚和尚，后来见没人追来，我又大胆回到茶间外，从隔扇缝里偷听了你们的谈话。

“爸爸，甚内救了北条屋，是我们全家的恩人。我便许下心愿，如果他有危难，我一定豁出命来报他的恩。只有已被家里赶出来的我，一个流浪人，才能报他的恩。两年来我一直在等这个机会——这机会终于来了。请原谅我的不孝，我已经到了另一个世界，可我也已经报答了全家的大恩人，我心里是安慰的……”

在回家的路上，我又是笑，又是哭，我钦佩我儿子的勇气。您不知道，我的儿子弥三郎同我一样，是入了教门的，还起了一个教名叫保罗。可是——我儿子是一个不幸的人，不，不但我儿子，我自己如不是阿妈港甚内救了我一家免于破产，今天我也不会来这儿哭诉了。我虽恋恋难舍，但也只好如此了。一家人没有流离四散，是件好事，但我儿子如果不死，岂不是更好吗——（一阵剧烈的痛苦）请救救我吧，我这样活下去，我也许会仇恨我的大恩人甚内呢……（长时间的哭泣）

保罗弥三郎的话

啊，圣母马利亚！等天一亮，我的头就要落地了。我的头落地，我的灵魂却会像小鸟似的飞到您的身边。不，我干了一辈子坏事，也许到不了天堂，将落进地狱的火里。但我是心甘情愿的，二十年来我的心从没有像现在这样欢乐过。

我是北条屋弥三郎，但我的挂出来示众的头，叫阿妈港甚内。我就是那个阿妈港甚内——多么痛快呀，阿妈港甚内——怎么，这不是一个很好的名字吗？我口里叫这个名字时，我在黑暗的牢狱里，我的心也好像开满了蔷薇和百合。

难忘的两年前的冬天，一个大雪的夜里，我想找一些赌本，偷偷溜进父亲的家里，见屋内透出灯光，正想上前张望，突然有一个人，一言不发地抓住了我的后襟，我向后一甩身子，他又抓住了我，我不知这是什么人，我们扭打了两三回合，忽然茶间的隔扇打开来，有人提着灯走到院子里来，原来是我父亲弥三右卫门，我拼命将被抓的身体甩开，跳过墙头逃跑了。

可是跑了约十几丈路，我躲在人家屋檐下，向街头两边一望，黑暗的街上下着纷纷大雪，一个行人也没有，那人并没追来，他是谁呢？匆忙间只知是一个行脚和尚的模样，他膂力很大，当然不是一个寻常的和尚，为什么这和尚在雪夜中跑到我家来呢?——这事太怪了。我想了一想,便决定冒险重新溜到茶间外探察。

以后约过了一小时,这奇怪的行脚和尚趁大雪未停,向小川町走去了。这个人是阿妈港甚内。武士、连歌师、商人、得道和尚——他常常变换化装,是京师著名大盗。我从身后紧紧盯住他,那时我心里的高兴是从来没有过的。阿妈港甚内,阿妈港甚内,我连做梦也向往他。就是甚内,偷了杀生关白的大刀;就是甚内,骗取了暹罗店的珊瑚树,还有砍备前宰相家沉香木的,抢外国船长泼莱拉的怀表的,一个晚上破了五个地下仓库的,砍死了八个三河武士的——此外,还干了许多将会世代传下去的恶事的,都是这个阿妈港甚内。这甚内现在正斜戴着一顶箬笠,在光亮的雪地上向前走着——光看看他也是一种幸福,我心里还想得到更大的幸福。

当我走到净严寺后面时,便追上了他。这里没有人家,只是一带长长的土墙,即使在白天,也是避开人眼最好的地方。甚内见了我并不惊慌,平静地站下来,手里提着行杖等我开口,自己并不作声。我怯生生地向他作了一个揖,看着他平静的脸色,嗫嚅得发不出声来。

"啊,对不起了。我是北条屋弥三右卫门的儿子弥三郎……"

火光照着我的脸,好不容易我才开口了。

"有事想请求您,我是企慕您才跟上来的……"

甚内点点头,并不说话。我又胆小,又激动,鼓起了勇气双膝在雪上跪下,告诉他,我是被父亲赶出家门的,现在堕落成流浪汉,今晚想回家偷些东西,不料碰上了您,我偷听了您和父亲的谈话——我简单地说了这些话,甚内仍不作声,冷冷地注视着我。然后,我双膝移前,偷窥着他的眼色。

"北条屋一家受了您的大恩,我也是受恩的一人。我将一辈子不忘记您,决心拜在您门下。我会偷窃,我也会放火,我干一切坏事,不比人差……"

但甚内仍不作声。我更激动了,继续热心地说:

"请收我做您的徒弟,我一定尽力干。京师、伏见、堺、大阪——那些地方我全熟悉。我一天能跑九十里,一只手可以举起百五十斤的麻包,也杀过几个人。您叫我干啥我就干啥,要我去偷伏见的白孔雀,我就去偷;您叫我烧圣法朗士教堂的钟楼,我就去烧;您叫我拐右大臣家的小姐,我就去拐；您要奉行官的脑袋……”

我还没说完话，他却突然一个扫堂腿，把我踢翻在地。

“混账！”他大喝一声，便走开去了，我发疯地抓住了他的法衣：

“请收留我，我无论怎样不离开您，刀山火海，我都替您去。《伊索寓言》中的狮大王，不是还搭救一只耗子吗？我就当这只耗子吧，我……”

“住嘴，我甚内不受你的报答。”甚内把我一推我又倒在地上。

“你这个败家子，好好去孝敬你老子吧！”

在我第二次跌倒时，我心里充满了懊丧。

“可是，我一定要报恩！”

但甚内却头也不回，急匆匆地在雪地上走去了。此时已有月光，照出箬笠的影子……以后两年中，我一直没见到甚内。（忽然一笑）“我甚内可不受你的报答！”……他是这样说的，可是到天一亮，我便要代他砍头了。

啊，圣母马利亚！两年来，我为了要报恩，已吃过多少苦！为了报恩——不，也为了雪恨，可是甚内在哪里呢？甚内在干什么呢？——有什么人知道吗？甚至也没人知道甚内是怎样一个人。我见到的那个假和尚，是四十岁前后的矮个儿；在柳町的花柳巷，他是一个不满三十岁的、红脸的有胡子的流浪人；扰乱歌舞伎戏院时，人家见他是一个弯腰曲背的红毛鬼；打劫妙国寺财宝时，人家说他是一个披前刘海的年轻武士——这些人既然都是甚内，那么要识他庐山真面目，到底是非人力所及的。后来，到去年年底，我得了吐血的病。

我一定要报仇雪恨——我身体一天天坏起来，我心里还光想这件事。有一天，突然灵机一动，我想出了一条妙计。啊，圣母马利亚！是您的恩惠使我能想出这条妙计。我决心拼掉这个身子，拼掉这个害吐血病只剩皮包骨头的衰弱的身子——只要我决心这样做，我就能达到我的愿望。这晚上，我高兴得独自笑起来，嘴里叨念着一句同样的话：“我代替甚内抛弃这颗脑袋吧！”“我代替甚内抛弃这颗脑袋吧！”……

代甚内砍头——天下还有比这更出色的报恩吗？那样一来，甚内的一切罪恶，都跟我一起消灭了，从此他可以在广大的日本，堂堂正正地高视阔步了。这代价……（又笑了一笑）我将在一夜之间，成为一代大盗：当吕宋助左卫门的部下，砍备前宰相的沉香木，骗暹罗店的珊瑚树，破伏见城的金库，杀死八个三河武士——所有甚内的荣誉，都变成我的了。（第三次笑)我既帮助了甚内,又消灭了甚内的大名,我给我家报了恩,又给自己雪了恨——天下,天下再没比这更痛快的报答了。这一夜,我当然高兴得笑了——即使这会儿我在牢里,我也不能不笑呀!

我想定了这条妙计,我便进王宫去偷盗,黑夜溜进大内,望见宫帘中的灯光,照见殿外松林中的花影——我心里有准备,从长廊顶上跳下无人的宫院,马上,跳出四五个警卫的武士,依照我的愿望,一下子就将我逮住了。这时一个压在我身上的有胡子的武士,一边拿绳子把我使劲捆住,一边喃喃地说:"这一回,终于把甚内逮住了。"是的,除了阿妈港甚内,谁还敢进王宫偷盗呢?我听了这话,一边拼命挣扎,一边忍不住笑起来。

"我甚内不受你的报答!"他是这样说的。但一到天亮,我便要替他砍头了。这是多么痛快的讽刺。当我的脑袋挂在大街上时,我等他来。他会从我的脑袋中,听到无声的大笑:"瞧,弥三郎的报恩!"——大笑中将会这样说:"你已不是甚内,这脑袋才是阿妈港甚内,那个天下有名的日本第一大盗!"(笑)啊,真痛快呀,这样痛快的事,一生只能遇到一遭。倘若我父弥三右卫门见了我示众的脑袋,(痛苦)请饶恕我吧,爸爸!我害了吐血病,我的脑袋即使不落地,我也活不到三年了,请宽恕我的不孝。我虽离开这婆娑世界,毕竟是替我全家报了大恩呀……

1922年4月作

1976年4月译

阿富的贞操

明治元年五月十四日午后，就是官厅发布下列布告的那一天午后发生的事："明日拂晓，官军进剿东睿山彰义队匪徒，凡上野地区一带居民，应立即紧急迁离。"下谷町二丁目杂货店古河屋政兵卫迁离的空屋里，厨房神坛前，有一只大花猫，正在静静地打盹。

屋子里关上了门窗，当然在午后也是黑魆魆的。完全没有人声，望不见的屋顶上，下着一阵阵急雨，有时又下到远处去了。雨声一大，那猫儿便睁大了琥珀似的圆眼睛，在这个连炉灶在哪儿也看不见的黑厨房里，发出绿幽幽的磷光。猫儿知道雨声之外没别的动静，便又一动不动地眯缝起了眼睛。

这样反复了几次，猫终于睡着了，再也不睁开眼来。但雨声还是一阵急一阵缓。八点，八点半——时间在雨声中移到日暮去了。

可是在将近七点时，猫又忽然惊慌地睁开眼来，同时将耳朵竖起来。那时雨声比刚才小多了，街上有轿杠来往的声音——此外并无别的响动。可是在几秒钟的沉静后，黑暗的厨房里透进一道光亮，安在狭小板间中的炉灶，没有盖子的水缸的反光，供神的松枝和拉天窗的绳子——都一一地可以瞧见了。猫儿不安起来，瞅瞅门口明亮的下水口，马上将肥大的身子站了起来。

这时候，下水口的门从外边推开来了——不，不但门推开，连半腰高的围屏也打开了，是一个淋得落汤鸡似的乞儿。他把包着烂头巾的脑袋先探进来，侧耳打量一会儿这空屋内的动静，知道里面没人，便轻轻溜进厨房，弄湿了地上的新席子。猫儿竖起的耳朵放下来，往后退了两步。但乞儿并不惊慌，随手关上身后的围屏，慢慢摘掉头巾，显出满脸的毛胡子，中间还贴着两三个膏药，眼睛鼻子很脏，却还是一张平常脸孔。

“大花，大花！”

乞儿捋去头发上的水珠，又抹抹脸上的水，小声叫了猫的名字。猫儿可能听声音是熟悉的，伏倒了的耳朵又竖起来，却仍站在那里，带着怀疑的神气注视着乞儿的脸。乞儿把卷在身上的席子解开，露出两条连肉也看不见的泥巴腿，对着猫儿打了一个大哈欠。

“大花，你怎么啦……人都走了，大概把你落下了。”

乞儿独自笑着，伸出大巴掌摸摸猫的脑袋。猫儿正准备逃，可是没逃，反而蹲下来了，渐渐地又眯缝了眼睛。乞儿摸猫之后，又从旧布褂怀里，掏出亮光光的手枪，在暗淡的光线中开始摆弄。四周带“战争”空气的没有人的空厨房里，进来一个带枪的乞儿……这确实有点儿像小说。可是冷眼旁观的猫儿，却仍然弓起了背，好似懂得全部秘密，满不在乎地蹲着。

“大花啊，一到明天，这一带就变成枪林弹雨啰。中一颗流弹就没有命了，你可得当心呢，不管外边怎样闹，躲在屋顶下千万别出去呀。”

乞儿摆弄着手枪，继续同猫儿说话：

“咱俩是老朋友了，今天分了手，明天你得受难了。也许我明天也会送命。要是不送命，以后也不同你一起扒拉垃圾堆了，你可以独享了，高兴吧？”

此时又来了一阵急雨，雨云压到屋顶上，屋瓦都蒙在雾气里了。厨房里光线更暗了。乞儿还是埋头摆弄手枪，然后小心地装上了子弹。

“咱俩分了手，以后你还想念我吗？不吧，人家说‘猫儿不记三年恩’，你会不会那样……不过忘记了也没有关系，只是我一走……”

乞儿忽然停下口来，他听到门外好像有人进来，忙把手枪揣进怀里，同时转过身去。门口的围屏嘎啦一声推开来。乞儿马上提高警惕，转脸对着进来的人。

推开围屏进来的人，见到乞儿反而吓了一跳，“哎哟”一声叫。这是赤着脚带把大黑伞的年轻女子。她冲动地退出到门外雨地里，然后从开头的惊慌中恢复过来，通过厨房里微微的光线注视乞儿的脸。

乞儿也愣了一愣，抬起包在旧褂子里的膝头，盯着对方的脸，眼色便不紧张了。两人默默对峙了一会儿，双方的视线便合在一起。

“哎呀,你不是老新吗?”

她镇定下来,便向乞儿叫了一声。乞儿尴尬地笑笑,连连向她点头:

“对不起,雨太大了,进来躲躲雨……可不是乘没人在家来偷东西的。”

“吓我一大跳,你这家伙……不偷东西也不能乱闯呀!”

她甩掉雨伞上的水,又气呼呼地说了:

“快出来,我要进屋啦。”

“好,我走我走,你叫我走我就走,阿姐,你还没有撤退吗?”

“撤退了,可是……这你不用管。”

“可能落了东西吧……哎哟,进来呀,你站在那儿还要淋雨哩。”

她还在生气,不回答乞儿的话,便在门口板间坐下来,把两只泥脚伸进下水口,用勺子舀水洗起脚来。乞儿仍安然盘着膝头,擦擦毛胡脸,看着女子的行动。她是一位肤色微黑、鼻梁边有几点雀斑的乡下姑娘,穿的是女佣们常穿的土布单褂,腰里系一条小仓带。大大的眼睛,周正的鼻梁,眉目灵巧,肌肉结实,看去叫人联想起新鲜的桃梨,很漂亮。

“风声那么紧,你还往回跑,落了什么宝贝啦,落了什么了?嘿嘿,阿姐……阿富姐。”

老新又问了。

“你管这个干吗?快走吧。”

阿富生气地说,又想了一想,抬头看看老新,认真地问了:

“老新,你见我家的大花没有?”

“大花?大花刚才还在这里……哎哟,跑到哪里去了?”

乞儿向四边一望,这猫儿不知什么时候,已跑到橱架上擂钵和铁锅中间,又在打盹了。老新和阿富同时发现了这猫儿。阿富便把水勺子放下,急忙从板间站起,不理身边的老新,高兴地笑着,咪呜咪呜唤起架上的猫来。

老新不看架上的猫,却惊奇地把眼光移向阿富。

“猫吗?阿姐你说落下了东西,原来就是猫吗?”

“是猫便怎么啦……大花,大花,快下来呀!”

老新呵呵地笑了。在雨声中,这笑声显得特别难听。阿富气得涨红了脸,大声骂道:

“笑什么？老板娘发觉落下了大花，怕它被人打死，急得直哭，差一点儿发疯了。我心里过意不去，所以冒着大雨跑回来的呀！”

“好好，我不笑了。”

可是，他还笑着，笑着，打断了阿富的话：

“我不笑了，好，你想想，明天这儿就开火，可咱也不过是只猫……你想，这还不可笑吗？本店这位老板娘太不懂事，太不通气，即使要找猫，也不该……”

“你少胡扯！我不愿听人讲老板娘的坏话！”

阿富生气得跺起脚来，可是乞儿并不怕她，而且毫不客气地一直看着她的发作，原来那时候的样子表现了粗野的美。被雨淋湿的衣服、内衣……紧紧贴住她的身体，周身映出了里面的肌肉，显出了年轻处女的肉体。老新眼睛不眨地看着她，又笑着说：

“即使要找猫，也不该叫你来，对不对？现在上野一带的人家全搬走了，街上一个人影子也没有，当然啰，狼是不会来的，可是也难说不会碰上危险……难道不是这样吗？”

“用不着你替我担心，快把猫儿给我逮下来……”

“这可不是开玩笑，年轻轻的姑娘，在这种时候，一个人跑路，不危险也危险呀。比方现在在这儿，只有我同你两个人，如果我转个坏念头，阿姐，我看你怎么办呢？”

老新像开玩笑，又像认真地说出了下流话来，可是阿富的亮晶晶的眼中仍没有一点儿害怕的神情，只是她的脸涨得更红了。

“什么，老新……你想吓唬我吗？”

阿富反过来好像要吓唬老新，一步冲到他的跟前。

“吓唬？不光是吓唬呢。这会儿戴肩章的坏蛋可多得很，何况我是一个要饭的，不光吓唬吓唬，如果我真的转个坏念头……”

老新话还没说完，头上吃了一雨伞，这时阿富又跳到他身边把雨伞举起来：

“你敢胡说八道！”

阿富往老新脑瓜上狠狠揍来一雨伞。老新往后一躲，伞打在披着旧褂子的肩头上。这一吵把猫惊动了，踢翻了一只铁锅，跳到供神的棚上去，把供神的松枝和长明灯碰倒，滚到老新头上，老新连忙避开，又被阿富揍了几雨伞。

“你这个畜生，你这个畜生！”

老新挨了打，终于把雨伞夺住，往地上一扔，而一纵身扑到阿富身上，两个人便在狭窄的板间里扭成一团。这时外边雨声更急了，随着雨声加大，光线也更暗了。老新挨了打，被抓了脸，还使劲想把她按倒在地上，不知怎的一脱手，刚要把她按住，却突然像颗弹丸似的，让她逃到下水口那边去了。

“这妖婆……”

老新背对着围屏，盯住了阿富。阿富已披散了头发，坐在地板上，从腰带里掏出一把剃头刀，反手紧紧握着，脸上露出一股杀气，同时也显得特别艳丽，像那只在神棚上弓背的猫儿。两人你瞧我，我瞧你，有好一会儿。老新哼哼冷笑了一声，便从怀里掏出手枪来。

“哼哼，瞧你多厉害，瞧瞧这玩意儿！”

枪口慢慢对准阿富的胸口。她愣了一下，紧瞅着老新的脸，说不出话来了。老新见她不闹了，又不知怎样转了一个念头，把枪口向上，对准了正在暗中睁大两只绿幽幽眼睛的猫儿。

“我就开枪，阿富，行吗？”老新故意让她着急似的，笑着说，“这手枪砰的一声，猫儿便滚到地上来了，先给你做个榜样看看，好吗？”

他正去扳动枪机。

“老新！”阿富大叫一声，“不行不行，不许用枪！”

老新又回头望望阿富，枪口仍对准猫儿。

“不行吗？我知道不行。”

“打死它太可怜了，饶大花一条命吧！”

阿富完全改变了样子，目光忧郁，口唇微微颤动，露出细白的牙齿。老新半捉弄半惊异地瞧着她的脸，才把枪口放下，这时阿富的脸色才缓和了。

“那么我饶了猫儿一条命，你就得报答报答我……”老新强横地说道，“把你的身体让我使一使。”

阿富转过脸去，一下子在心里涌起了憎恨、愤怒、伤心，以及种种复杂的感情。老新深深注意着她情绪的变化，大步走到她身后，打开通茶间的门。茶间当然比厨房更黑，主人搬走后，留下的茶柜、长火钵，还可以清楚见到。

老新站在那里,目光落在微微出汗的阿富大襟上凸出的胸部。阿富好像已经感觉到,扭过身子望望老新,脸上已恢复开头时一样灵活的表情,可是老新倒反而狼狈了,奇妙地眨眨眼,马上又把枪口对准猫儿。

“不,不许开枪……”

阿富一边阻止,一边抛落手里的剃刀。

老新冷冷一笑:

“不开枪就得依我!”

阿富没奈何嘟哝了一句,却突然站起来,像下了决心,跨出几步走进茶间去。老新见她这么爽气,有点儿惊奇。这时雨声已停,云中还露出阳光,阴暗的厨房渐渐亮起来。老新站在茶间外,侧耳听着茶间里的动静,只听见阿富解去身上的小仓带,身子躺到席子上的声音——以后便没声响了。

老新迟疑一下,走进微明的茶间,只见茶间席地上,阿富独自仰身躺着,用袖子掩了脸……老新一见这情况,连忙像逃走似的退到厨房里,脸上显出无法形容的既像嫌恶又像害羞的奇妙的表情,一到板间,便背对茶间,突然发出苦笑来:

“只是跟你开开玩笑的,阿富姐,开开玩笑的,请你出来吧……”

过了一会儿之后,阿富怀里抱了猫儿,手里提把雨伞,同正在摊开席子的老新,随意说着什么。

“阿姐,我想问你……”

老新不好意思地,连阿富的脸也不敢看。

“问什么?”

“不问别的……一个女人,失身是大事,可是你,阿富姐,为救一只猫……就随随便便答应了,这不太那个吗?”

老新才住口,阿富轻轻一笑,抚抚怀中的猫。

“你那么爱猫儿吗?”

“可是大花,大花多可爱呀……”

阿富暧昧地回答。

“在这一带,你是出名忠于主人的,倘把猫打死了,你觉得对不起主人吗——也许你这样想吧?”

阿富侧着脑袋，眼光望着远处：

“我不知怎样说才好……那时候，觉得不那样，总不安心嘛！”

又过了一些时候，只有老新独自一人留在这里。他抱着包在旧褂子里的膝盖，茫然坐在厨房里，疏雨声中，暮色已渐逼近屋内，拉天窗的绳子，下水口边的水缸……已一一消失在暗中。忽然，上野的钟声一下下响起来，在雨空中传开沉重的余响。老新惊醒过来，向四周扫了一眼，然后摸索到下水口，用勺子舀起水缸里的水，喝了起来。

“村上新三郎，源氏门中的繁光①，今天得好好干一杯了。”

他嘴里念叨着，很有味地喝着黄昏的凉水……

明治二十三年三月二十六日，阿富同她丈夫和三个孩子，走过上野的广小路。

那天，在竹台举行第三届全国博览会开幕典礼，黑门一带的樱花，大半也正在开放。广小路上的行人，挤得推也推不开。从上野开会归去的马车、人力车，排满长队，拥挤不堪。前田正名、田口卯吉、涩泽荣一、过新次、冈仓觉三、下条正雄②……这班乘马车、人力车的贵客，也在这些人群里。

丈夫抱着五岁的儿子，衣角上还扯着大男孩，拥挤在往来的人流中，还时时回头照顾身后的阿富。阿富搀着最大的女孩，见丈夫回过头来，便对他笑一笑。经过了二十年岁月，当然已显出一点儿老相，水灵灵的眼睛，却还跟过去一样。她是在明治四五年间，同古河屋老板政兵卫的外甥，现在这丈夫结婚的。那时丈夫在横滨，现在在银座某街开一家小钟表店。

阿富偶尔抬起头来，恰巧面前跑过一辆双马车，安安泰泰地坐在车上的，正是那个老新……今天老新的身份已经大非昔比，帽子上一簇鸵鸟毛，镶着绣金的边，大大小小的勋章和各种荣誉的标志，挂满胸膛，可是花白胡子的紫脸膛，还是过去在街上要饭的那一张。阿富不觉吃了一惊，放缓脚步。原来她有过感觉……老新可不是一个平常的乞儿。是由于他的

① 这句话的意思，表示这个名叫村上新三郎的乞儿老新，出身源氏门阀。

② 这一串人名，都是明治维新时期的社会名流。

容貌吗，是由于说话的声气吗，还是当时他手里那支手枪？总之，那时已经有点儿感觉了。阿富眉毛也不动地注视老新的脸。不知是故意还是偶然，老新也正在看着她的脸。二十年前雨天的回忆，一下子逼得她气也透不过来似的，清清楚楚出现在眼前。那时为救一条猫的命，她是打算顺从老新了。到底是什么动机，自己也说不上来。可是老新在那样的时候，对于已经躺倒的她的身体，却连指头也没碰一碰，那又是为什么呢？……她也不知道，尽管不知道，她仍觉得这些都是自然而然的事情。马车从她身边擦过去，她的心里怦然一动。

马车过后，丈夫又从人流中回过头来望望阿富，阿富一见丈夫的脸，又微微一笑，心里觉得安静了。

1922 年 1 月作

1976 年 4 月译

六宫公主

一

六宫公主的父亲，是过去的一位宫女生的。他是一个落后于时代的古板人物，官也没有升到兵部大辅以上。公主跟父母住在六宫边一座树木高大的庭院里，六宫公主的名字便是这样来的。

父母非常宠爱公主，但也只是一味溺爱，没替她找个合适的女婿，只是待字深闺，等人家来求婚。公主依照父母的教养，平静地过着日子，是一种既无忧虑也无欢乐的生活。她从未经历世途，对眼下的生活，也没有什么不如意，一心所想的："只要双亲健康长寿就好了。"

古池边的樱花树，每年开放几丛寥落的花朵，不知不觉地公主已长成一个静淑幽娴的美女。当作靠山的父亲，因为年老酗酒，突然成了故人；母亲怀念亡人，郁郁不乐，约莫隔了半年，最后也跟父亲一起去了。公主不但悲伤，而且更不幸的，是前途茫茫，不知如何是好了。这位一向娇生惯养的千金公主，除了一位乳母，再没有可以依靠的人了。

乳母忠心耿耿，为了公主，不惜拼命劳碌，可是家里传下来的螺钿嵌镶的手箱、白金的香炉，都一件件地变卖了。男女下人，也开始一个个告辞而去。公主终于渐渐明白生计的艰难。可是要改变这种景况，却不是她力能胜任的。她依然只是面对着寂寞的庭院，同过去一样，弹弹琴，吟吟诗，一天天过去。

在一个秋天的傍晚，乳母走到公主面前，迟疑了好一会儿，终于说了这样的话：

"我的当和尚的外甥对我说，有一位在丹波国当过国司的官人，非常企慕公主,想同你结识,那人长得一表人才,性情温和。他父亲也是一位地方官,上代还当过三品京官,您可以同他见见吗?现在日子这样艰难,也不无小补呀!”

公主低声地哭了,为了补助艰难的生活,将身体给男人,不是同卖身一样吗?当然也知道,世间这样的事很多。想到这儿,更加伤心了。公主面对着乳母,在秋风落叶声中,把玉容深深埋在衫袖里。

二

从此以后,公主也就每夜和这男子相会了[①]。那男子正如乳母所说,是个性情温和的人,容貌也风雅,而且谁都能看出来,他对美貌的公主是十分倾倒的。公主对他也并不感到讨厌,有时还觉得终身有了依靠。可是在印花帐幕里,映着刺目的灯光和那男子相亲相爱的时候,也没有一夜是感到欢乐的。

这期间,院子里开始添了新气象,凉棚和窗帘都换上了新的,下人也增加了,乳母管理家务也放手了。但公主对这种变化,仍看得非常冷淡。

有一个雨夜,男子和公主对坐饮酒,讲了丹波国一个可怕的故事。有一个到出云去的旅客,投宿在大江山下一家宿店里,恰巧这宿店的女人临产,就在那夜平安地生了一个女孩。旅客忽然看见产妇屋子里跑出一个大汉,嘴里说着:“寿命八岁,自害而死。”那人很快地跑到外边不见了。过了九年,这旅客因上京过路,又投宿到这家宿店,果然,知道那女孩在八岁时意外地死亡了。她从一株树上跳下来,恰巧地上一把镰刀,刺进了她的喉头。——故事就是如此。公主听了很难过,感到人生有命,想想自己有这个男人可以依靠,比之那个女孩,还算是幸运的。

“一切都是命定的嘛。”公主想着,脸上装出了笑容。

屋檐下的松树,被大雪压断了枝条。公主白天跟往常一样,弹弹琴,玩玩双六,晚上同男子在一个被窝里,听水鸟跳进池塘的声音,过着有点儿悲哀又有点儿欢乐的生活,并从这种懒散安逸的生活中,得到暂时的

---

① 日本古代行多妻制,正妻之外,往往结识几个女人,晚来朝去,作为外室。

满足。

可是这安逸的日子，又突然到了尽头。刚进春天的一个晚上，当屋子里只有两人的时候，那男子忽然说出不祥的话来："同你相处，今天是最后一夜了。"原来他的父亲，在除夕那天，刚被任命为陆奥守，因此他得跟父亲上冰天雪地的陆奥去。同公主分离，他当然心里也很悲哀，可是他跟公主的关系是瞒着父亲的，现在再要声明，已来不及了。男子垂头丧气地对她慢吞吞地说明了原委——

"不过满了五年任期，我们就可以重新团聚了，请你等着我吧！"

公主已经哭倒了。即使谈不到什么爱情，总是一个依靠终身的男人，一旦分手，这悲哀也不是言语能形容的了。男子抚着公主的背脊，再三安慰她，鼓励她，可是眼泪已把话声哽咽住了。

这时候，还不知这事的乳母，和一个年轻的女佣，正端着酒壶杯盘进来，告诉他们，古池边的樱花已经长出骨朵来了……

三

第六年的春天到来了，到陆奥去的男子，终于没有回京。这几年中，公主的下人已一个不留地到哪里另投主人去了。公主住的东房，在某年大风中吹倒了。从那以后，公主和乳母二人住在下人的屋子里。那屋子又小又破，不过聊蔽风雨罢了。自从搬到这里，乳母一见可怜的公主，总禁不住掉泪，有时候，又无缘无故发脾气。

厨房移到凉棚下，天天吃的也只是大米和青菜。到了目前，公主的衣服，除了一身之外，再无多余。有时没有柴烧，乳母便上倒塌的正房去拆木板。可是公主仍同过去一样，弹弹琴，吟吟诗，消遣岁月，静静地等那男子。

于是，这年秋天的一个月夜，乳母又走到公主跟前，迟迟疑疑地说：

"官人是不会回来的了，您还是忘了他吧。近来有一位典药之助，很想结识公主，一直在催问呢……"

公主听了，想起六年前的事来。六年前的那件事，一想起来就哭个没完；可是现在，身心都已疲殆了，一心只望"安安静静地老朽下去"……再也没有别的想法。听完了话，抬眼望望天上的月亮，懒懒地摇摇头：

“现在，我什么也不要了，活着反正跟死了一样……”

正在同一时候，那男子在遥远的常陆国的庭院里，和新娶的妻子对坐饮酒。这妻子是父亲给他找来的，是国守的女儿。

“哎哟，什么声音？”

这男子吃惊地望望透进月光的窗子，在他的心中忽然出现了公主的鲜明的面影。

“是树上掉下来的栗子啊！”

常陆的妻子回答他，又把壶中的酒斟满在他的杯子里。

四

到第九年的晚秋时节，那男子才回到京都。他同他常陆妻子的一家人——在回京途中，因为挑一个吉利日子，在粟津停留了几天，进京那天，为了不惊动人，特别挑了黄昏时候。当男子在郊外时，已几次派人打听京都妻子的消息，有人一去不回，有的回来了也没找到公主的庭院，没打听到消息。因此他一进了京，心里更加想念，把妻子平安地送到丈人家后，马上连旅装也不换，就亲自到六宫去了。

走到六宫，从前的四柱大门，桧皮屋顶的正院、厢房，全没有了，院子里只留下一堆废墟。他茫然地站在荒草地上，看着这片遗址，池塘已大半填满了土，中间长些水草，在新月光中，水草轻轻摇曳着。

他见原来是正院的地方有一间倒塌的板房，跑过去往里面张望，好像有人，他便叫了一声，从月光中，走出一个老尼姑来，有一点儿面善。

尼姑见了男子，默默地哭起来了，以后，才抽抽噎噎地讲了公主的情况。

“您忘了吗，我的女儿在这儿当过使女，从您老爷走后，还在这儿待过五年，后来我同丈夫上但马去了，我女儿才离开这儿。只因近来想念公主，我一个人专门上京来探望。可是您瞧，已经连房子也没有了。刚才我正在一个人发愣，公主到哪里去了呢。您还不知道，我女儿还在这儿的时候，公主的日子实在是一言难尽呀。”

男子听了这番诉述，便脱下一件内衣送给老尼姑，低着头在荒草地上默默地走回去了。

五

第二天，男子又跑遍京城到处去找，可是到哪里也找不到公主。

于是，又过了几天，在一个傍晚，为了躲雨，他站在朱雀门前西曲殿廊下，这地方，除他之外，还有一个叫化和尚也在躲雨。雨在大红门顶上飒飒地下着。他背对和尚，心里烦躁，在石级上走来走去。忽然听见阴暗的门窗内好像有人，他无意地从窗棂中张望进去。

窗内有一个尼姑，在铺一张破席，安顿一个好像是病人的女子。那女子在暗淡的光线中看去，瘦得不成样子，可是，只一眼便看出来，一点儿不错，正是那位公主。他正想开口叫唤，可是看了她的模样，终于没有出声。公主并不知外边有人张望，却躺在破席上，发出悲苦的声音，吟起诗来：

曲肱支颐眠，
寒风吹枕边。
此身今已惯，
随处得平安。

男子听到吟诗声，忍不住叫了一声公主的名字。公主从枕上抬起头来，一见男子，忽然低叫一声，又伏到草席上去了。尼姑——那位忠心的乳母，马上同跑到席边去的男子一起，慌慌张张地抱起了公主，可是看看公主的脸色，两个人都惊慌了。

乳母疯了似的跑去找那叫化和尚，请他为临终的公主念经。和尚跟乳母走来，坐在公主身边，他没有念经，却对公主说：

“往生天堂，不能借助他力，要自己虔诚念佛。”

公主躺在男子的怀里，小声地念着佛号。忽然恐怖地望着门上的图案，叫道：

“啊，那里有一辆火烧的车子……”

“不要害怕，赶快念佛呀。”

和尚又鼓励她。公主又念了一会儿，做梦一般喃喃地说：

“现在，看见了金色的莲花，像华盖大的莲花……”

和尚正要说话，公主又断断续续地说：

“现在，又看不到莲花了，只有一片黑暗，风吹着。”

“一心念佛啦，为什么不一心念佛？”

和尚叱责了。可是，这会儿，公主好像要断气了，只是反复地说同样的话：

“什么……什么也看不见了，一片黑暗，只有风在吹……只有寒风在吹。”

男子和乳母含着眼泪，嘴里也喃喃地念着佛。那和尚两手合十，也帮公主大声念佛。交织的佛声和雨声中，躺在破席上的公主，脸上渐渐出现了死色……

六

以后又过了几天，在一个月夜，劝公主念佛的那个和尚，仍在朱雀门前的曲殿里，穿着破烂的僧衣，抱着膝盖坐在那里。这时有一个武士，嘴里呜呜地哼着，在月光下大步走过来。他一见和尚，便停了脚来，随口问道：

“近来朱雀门边，常听到女人的哭声吧？”

和尚蹲在石阶上，说：

“你听！”

武士侧耳一听，除了唧唧的虫声，没有别的音响。四周的夜暗中，飘拂着松树的气息。武士正想开口，忽然不知从哪儿送来了女人的低低的叹息声。

武士手按刀柄，声音从曲殿空间拖着一条长长的尾音，远远地消失了。

“念佛吧！”和尚抬起脸来，“这是一个不知天堂也不知地狱的没心肝的女魂呀，念佛吧。”

武士没回答，仔细打量了一会儿和尚的脸，立刻吃惊地拜伏在他面前：

“您，您就是内记上人吧，为什么在这儿?”

俗名庆滋保胤，世上称他为内记上人，是空也上人弟子中一位德高望重的沙门。

1922年8月作

1976年4月译

戏作三昧[①]

一

天保二年[②]九月某日午前，神田同朋町的松汤澡堂，照例从一早起就来了许多洗澡的客人。几年前出版的式亭三马的滑稽小说《包罗神道、佛教、爱欲和无常的浮世澡堂》[③]中描写的情景，至今还没有什么两样。一个老婆髻[④]在浴池里唱祭神歌；一个本多髷[⑤]坐在池岸上绞浴巾；一个圆脑门大银杏[⑥]往刺花的脊梁上浇水；一个由兵卫奴从一开头就光洗脸；还有一个和尚头，坐在水槽边用水淋脑袋。还有一大群飞虻，很起劲地在竹桶和瓷金鱼上飞舞。一条狭狭的流水边，便是这些各色人等，光赤着水淋淋的身体，在蒙蒙蒸汽和从窗中射入的朝阳光中，模模糊糊地活动。浴池

---

① 戏作是日本德川幕府末期流行的一种小说体裁。写社会人情、风俗、怪谈和历史故事的长篇通俗读物，称为“戏作”，意为这是一种游戏笔墨、消闲文章，不登大雅之堂，其中有许多作家，如式亭三马、山东京传及这篇小说的主人公泷泽马琴，都是一时的大家。泷泽马琴名泷泽琐吉(1767—1848)，别号曲亭马琴。他的最著名的长篇为《南总里见八犬传》，模仿中国的《水浒传》，却以宣传儒教的“先王之道”自命。作者在这个短篇中写他在艺术思想中的矛盾、创作生活中的甘苦和对当时封建社会的憎恶。

② 1831 年。

③ 简称《浮世澡堂》，有周启明中译本。

④ 当时下层社会男子的一种发式，把全头短发松松地束在头顶，突出一蓬剪齐的发来。

⑤ 另一种发式，前疏后密，用纸芯卷成发卷。

⑥ 又一种发式，全部向后梳，形如银杏树叶。

的水声，浴桶搬动声，讲话声，唱戏声，吵成一片。最后是掌柜的一次次用拍子木拍柜台的声音。因此，石榴口①内外，闹得简直像一个战场，外加有人从外面推进软帘，进来做小买卖的，讨小钱的，当然还有新到的洗澡客人，加入到这片混乱中来。

有一位六十多岁的老人，小心地走到犄角上，独自在乱杂杂的人群中，静静地擦身上的泥垢。这人年过六十，两鬓已见枯黄，眼睛也好像不大方便，可是瘦削的身子骨，还很硬朗、结实，臂腿的皮肤已经发皱，却还有一股抵抗衰老的力量。那脸也一样，突出颧骨的面腮，略显阔大的嘴角，显出旺盛的精力，差不多和壮年人一样。

老人专心擦净上身的泥垢，也不用手桶浇水，又洗起下身来，可是用发黑的绸巾擦了半天，在失了光泽的皱皮肤上，却擦不出什么污垢来。可能这使他忽然感到凄寂，只把左右脚轮流泡在水桶里，好像有点儿乏力了，停止了浴巾的摩擦，把眼睛落在浑浊的水桶面上鲜明映出来的窗外的天空，挂在屋顶边上鲜红的柿子，点缀着疏落的树枝。

此时老人忽然想到了“死”，但这“死”并不使他觉得可怕和讨厌，而是像映在水桶中的天空，是静得动人的平和寂默的意识，倘使能脱去一切尘世的烦恼，安眠于“死”的世界——像天真烂漫的孩子进入无梦的酣睡，那该多么高兴呀。他不但感到生活的烦劳，而且对几十年没完没了的写作生涯，也实在感到疲倦了。

老人感慨地抬起眼来，四周依然是热闹的谈笑和大群光腚子在浓浓蒸汽中活动，石榴口的祭神歌中，又添上“啊啊”“嘿嘿”的声调，在这里，当然没一件东西能在他心中留下长远的印象。

“啊哟，先生，在意外的地方碰见您了，曲亭先生来洗早汤，真是做梦也没想到哪！”

老人被这突然的招呼吓了一跳，原来身边有一个红光满身、身材酌中、梳小银杏发的人，正坐在水桶边，用湿浴巾擦脊梁，精神十足地笑着。这人刚从浴池上来，在用净水淋身。

“你倒还是很好呀！”

---

① 浴池边上装上板栏，保护水温，中留一口，入池时须屈身进去。

马琴·泷泽琐吉笑了一笑,俏皮地回答了。

二

“哪里的话,一向都不好呀。要说好,只有您老啰,《八犬传》不断地写出来,愈出愈奇,写得真好呀!”

这小银杏把肩头浴巾扔进桶里,唠叨得更有劲了:“船虫扑到瞎婆身上,打算杀死小文吾,一朝被逮住审问,结果救了庄介,这一段写得实在没说的,以后又成了庄介和小文吾重逢的机会,到底不是坏人嘛。我近江屋平吉,虽然没出息,开个小杂货铺,可是对小说也算懂行。您老这《八犬传》,我看就是没说的,真正了不起。”

马琴又默默地洗脚。他一向对自己小说的热心的读者是怀好意的,可并不因有好意,便改变对人的看法。这对于头脑清醒的他,完全是当然的。更妙的是他也完全不因对人的看法,影响对人的好意。因此他对同一个人,既可轻视,又怀好意。这位近江屋平吉,也正是这样的一位读者。

“总而言之,写出这样的东西,费的力量实在非同小可,难怪目前大伙都说,您老才是日本的罗贯中哩——不不,对不起,我说得太直率了。”

平吉说着,大声笑起来,可能这笑声惊动了旁边一个正泡在池里的黑瘦的小银杏的独眼龙,他回过头来向两人扫了一眼,做了个怪脸,呸的一口痰吐在水沟里。

“你还在热心地做发句[①]吗?”

马琴巧妙地换了话题,倒不为留意了那独眼龙的怪脸,他自己的视力,幸而也衰弱得没看清。

“承蒙提起,惶恐惶恐,我只是爱好,瞎胡诌,今天诗会,明天诗会,到处老着脸皮胡诌几句,搞不出什么好诗。您老不大爱作歌写发句吧?”

“哪里,写这玩意儿,我可不行,虽然有一个时期也搞过。”

“您太客气啦!”

---

① 日本旧式诗体,发句原为和歌中的第一句,后来单独成一首,如俳句。下面说的短歌,也是一种诗体。

“不,不合性情嘛,到现在还写不好哩。”

马琴把“不合性情”四字说得特别重。他不认为自己不能写短歌和发句,自信对此道也不乏了解,可是他对这艺术形式一向轻视,以为把全部精力费在这种写作上,未免大材小用,不管一句一行表现得多出色,抒情也罢,写景也罢,只够充当他小说中的几行,认为这是第二流的艺术。

三

他把“不合性情”四字说得特别重,已含有轻视的意思,可是不幸得很,近江屋平吉却没有听出来。

“啊,那就对了,我看像您老这样的大家,写什么都行呀——大伙都盼您写些好诗出来哪。”

平吉把浴巾绞干,使劲把皮肤擦得发红,似乎有些顾虑地说了这一句话。可是马琴自尊心强,见对方把自己的客气当实话,心里便不快了,特别平吉那带顾虑的口气,更使他不对胃口。他把浴巾和体垢撩到水流中,慢慢站起半身,做出苦脸,傲然地说:

“当然啰,像目前那种诗人宗师的水平,我是可以写的。”

可是刚说出口,立刻感到自己这种孩子气的自尊心,有点儿难为情了。刚才听平吉用最高的赞语吹捧自己的《八犬传》,也没特别感到高兴,可是这回被人看作不能写诗的人,马上就不高兴了,这明明是一个矛盾。在一刹那的反省中,好像要掩饰内心的狼狈,他慌忙用手桶淋自己的肩膀。

“那当然啰,没有那种才气,怎能写出这样的杰作,您老要是写起诗歌来,我看也是了不起的,这点儿眼力我倒是有的嘛。”

平吉又大声笑起来,刚才那独眼龙此时已不在旁边,他吐的那口痰,也同马琴的浴汤一起冲走了。当然马琴听了平吉那句话,比刚才更感到惶惑了。

“哎哟,光顾上说话了,我得进池里泡一泡呀!”

他不好意思,随口敷衍了一句,对自己有点儿生气,缓缓站起身来,终于在这位老好人热心读者的面前打退堂鼓了。平吉看他那副傲然的神气，觉得自己作为他的热心的读者，也是很有面子的。

“那么，您老，最近请您写些短歌发句吧，行吗？可别忘了。我也得就此告辞了。知道您挺忙的，几时请过来谈谈，我几时也准备来打扰您哪！”

平吉追上去说了几句，又把浴巾在水桶里揉了一揉，眼望马琴向石榴口走去的背影，心里在想，今天回家去，得和老伴儿吹一吹，碰见了曲亭先生。

四

石榴口内部昏如夕暮，再加腾腾水汽比雾气还浓，眼睛不大方便的马琴，小小心心从人缝里挤进去，才到浴池的犄角，将皮肤发皱的身体泡了进去。

浴汤太热点儿，脚指头有些发烫，他深深地吁出口长气，抬起脑瓜一望，阴暗中有七八个脑袋漂在水面，说话的说话，唱戏的唱戏，溶化着人体脂肪的油光光的水面，反照着从石榴口射入的浑浊的光线，闷沉沉地波动着，一股难闻的浴汤气味冲进鼻子管。

马琴的幻想有浪漫的倾向，在浴池的汤气中他想象着自己要写的一个小说镜头，好像身子坐在篷船上，篷外的海上暮色苍茫，吹来一阵阵的海风，听到油脂般浓重的海浪打着船舷的声响。船篷吃了风，像蝙蝠翅膀似的啪啪有声。一个船老大从船边往外望去，雾气蒙蒙的海空上，挂着一轮红沉沉的蛾眉月……

他的想象突然破碎，听到石榴口中有人在评论他的小说，声音很大，好似故意说给他听的。马琴原准备离开池子了，听了这话声便留下来，想听听人家说些什么。

“曲亭先生自称著作堂主人，口气很大，可是他写的东西都是拿别人的作品改头换面的。比方那《八犬传》，便模仿中国的《水浒传》，粗看似乎不错，实际还是中国货，只要仔细一读就可以看出来。更其没有道理的，他还剽窃山东京传[①]的作品。”

---

① 山东京传（1761—1816），小说家、画师，马琴曾为他的门人，后来两人闹翻了。

马琴眯起眼睛远望这个讲坏话的家伙，在水汽中看不大清楚，好像就是刚才那梳小银杏头的独眼龙。可能他刚才听平吉大捧《八犬传》，起了反感，这回特地当着马琴的面发泄出来了。

“马琴写东西，第一就是绕笔头，没有什么内容，好像三家村老学究讲四书五经，同当前世界毫无关系。只消看他写的全是古代的事，就可以证明了。比方阿染久松，他不叫阿染久松，偏偏叫作松染情史秋九草。马琴大人这种调调儿，还可举出许多例子。”

马琴对自己一向抱优越感，听了这恶意的攻击，也不想生气，他一边对这种话感到触心，一边对说话的人也并不憎恨。他只是要表白表白对这种批评的轻视，可是大概由于年龄的关系，到底还是没有开口。

“同他比起来，一九①和三马②就了不起，他们写出来的人物，就是活生生的，绝不卖弄学问，玩小手法，究竟跟这位蓑笠轩隐者③大不相同啰！”

照马琴的经验，听人讲自己作品的坏话不但不痛快，而且也有不少危险。并非听了坏话就丧失勇气，倒是为了否定别人的意见，在以后创作动机上，会增添一种反感的情调；从这不纯的动机出发，便有产生畸形艺术的危险。对于一味迎合读者的作家不去说它，凡是多少有点儿气魄的作家，是容易犯这种毛病的。所以对于那不好的批评文章，他一向尽可能不去看它，可是另一方面，倒还是受到诱惑，想听听这类批评。这回在浴池里听到这小银杏头的恶骂，大半也出于这样的诱惑。

他这样想时，觉得自己泡在池里也太愚蠢了，便一面听小银杏头的话声，一面使劲站起身来，跳出了石榴口。走到外边，望见窗外的青空和阳光下的红柿子。马琴便在水槽前，平心静气地洗起来。

“总而言之，马琴不过是一个文丐，也算什么日本的罗贯中了。”

浴池里那家伙，还当马琴仍在池子里，依然继续猛攻。可能他由于只有一只眼睛，没瞧见马琴已出了石榴口吧。

---

① 十返舍一九(1764—1831)，小说家。

② 式亭三马(1776—1822)，小说家。

③ 马琴的别号。

五

可是从澡堂出来，马琴的心情是沉闷的。那独眼龙的恶骂，至少在这点上已收到了预期的效果。在秋高气爽的江户街头，缓缓地走着，把澡堂里听到的批评过细一琢磨，觉得无论从哪点说，都可以马上证明那是不足挂齿的愚论，可是被扰乱了的心情，一时却不容易平复下来。

他抬起不快意的眼，望望两边的店铺，这些店铺同他现在的心情全不相干，他们都正忙着自己本月份的营业。那些"各地名烟"的柿色布帘，"道地黄杨"的黄色梳形市招，"轿灯""卜易算命"的旗子……乱杂杂排了一街，在他眼里溜过去。

"干吗要为这种无聊的攻击去操心呢？"

马琴又想：

"使我最不快的首先是那独眼龙的恶意。被人抱恶意，不管是什么原因，总是叫人不舒服的。"

他这么一想，觉得自己太沉不住气，有点儿不好意思。实际像他这样目中无人的人是很少的，而像他这样对别人的恶意如此敏感的人，也是很少的。他也觉察到自己这两种相反的情况，实际出于同一原因——同样是神经作用。

"使我不痛快的还有另外一点，是我同独眼龙处在了对立的地位。我一向不爱同人对立，所以从来不爱比输赢，也是出于我的本性。"

他这样一分析，心情更发生了意外的变化，只看他紧闭的嘴唇，忽然松了下来，便可以看出来了。

"最后一点，同自己处在对立地位的，是那个独眼龙，这事实便更使自己不快，如果对方是高一点儿的人物，倒一定还能挑起自己对这种不快的反抗心，现在对方是那个独眼龙，那真是无话可说了。"

马琴苦笑了一下，抬眼望望天空，空中一群鸟雀叫，同阳光一起，同雨一样落到头上来，他的沉闷的心情渐渐觉得开朗了。

"让那独眼龙去大肆攻击吧，也不过叫我不痛快一下罢了。乌鸦尽管乱嚷嚷，太阳还是照样在转动。我一定得把《八犬传》好好写完，那时候，日本就有一部大传奇了。"他好不容易恢复了自信，然后徐步拐进小巷，向自己的家走去。

六

回到家里，走进阴暗的门间，见踏阶上放着一对熟悉的木屐，马琴的眼里立刻出现那客人的一张平板的脸，心想，时间又得给糟蹋了。

“今天这半天白白浪费了。”

这么想着，跨上了台阶，女佣阿杉慌忙跑出来迎接，两手托着他的脚，抬眼望着他说：

“和泉屋先生正在书房里等您回家。”

他点点头，把湿浴巾交给阿杉，不想马上进书房。

“阿百呢？”

“拜佛去了。”

“阿路也一起去了吗？”

“是，哥儿也一起去了。”

“小子呢？”

“到山本家去了。”

家人一个也不在，他觉得有点儿失望，没奈何推开大门边书房的纸门。

一进屋，只见一位脸色白净、油光闪闪、神色安详的客人，正叼着一只细细的银烟袋，端坐在蒲团上。他的书房，除了屏风和板间里挂着两条红枫黄菊的条幅，是什么装饰也没有的。靠墙是五十多只书箱，发出古老的桐色，悄悄排列在一起。糊着的窗纸已过了一冬，灰白的窗纸上，映着秋阳所照出的破叶芭蕉摇摇摆摆的影子，跟客人华奢整洁的服装，显得更不调和。

“哎哟，先生回来啦。”

客人见他进来，马上流畅地招呼着，恭恭敬敬低下脑袋来。这客人是当时出版风行一时、仅次于《八犬传》的《金瓶梅》的书店老板，叫和泉屋市兵卫。

“劳您久等了，今天难得去洗了一个早汤。”

马琴本能地皱皱眉头,照例有礼貌地坐上主座。

“嘿嘿,洗个早汤,原来如此!”

市兵卫发出十分同感的声音。不管遇到什么小事,像这样容易同感的人是不多的,不,不是同感,只是做出同感的样子。马琴徐徐地抽起烟来,然后,照例向客人问明来意,他特别不爱看和泉屋那张动不动就表示同感的脸。

“那么,今天有何见教呢?”

“哎,是想求您写点儿稿子。”

市兵卫把烟袋在指尖上轻轻一晃,发出女人似的软绵绵的嗓音。这人有一种怪脾气,外表的行动和内心的主意,大半是不一致的,不但不一致,甚至是恰恰相反的。因此他主意越坚决,发出来的口气越是软和。

马琴一听声气,又本能地皱皱眉头:

“要我写稿,这可是为难了。”

“嘿嘿,倘若方便的话……”

“不是什么方便不方便。今年要写的读本①,大部分已经接受下来了,再写合卷②可没有工夫了。”

“原来这样忙呀。”

市兵卫说着,磕磕烟袋的灰,装作忘记了刚才的要求,忽然谈起小耗子③次郎大夫的话来。

七

小耗子次郎大夫是一个知名的大贼,今年五月上旬被逮住了,到八月中间一直关在牢里。他专门上大名④人家的宅院,把偷来的钱救济贫民,当时把这窃贼叫作义贼。

“我说先生,实在吓人呀,据说他一共偷过七十六家大名,三千一百八

① 以文字为主,专供阅读的小说,如中国古时的“话本”。

② 以图画为中心的,专供文化水平较低的读者阅览的故事小说。

③ 日本古时,一般称盗贼为小耗子。

④ 受封的世家。

十三两二钱银子,真是一个了不起的大贼哪。”

马琴听着听着,不觉起了好奇心。这市兵卫也讲得津津有味,以为现在讲这故事,可以给作家提供资料。马琴看他那得意的神气,当然也讨厌,可还是好奇地听着。艺术天才丰富的他,在这种地方是很容易受诱惑的。

“嘀,果然厉害,我也听人说过,可没想到那么厉害呀。”

“可说是窃贼大王吧。据说这人以前当过荒尾但马守家的下人,所以对大名宅院的门路是很熟悉的。有人在他游街示众时见过,是一个胖胖的长得很漂亮的汉子,那时他身上披一件越后绵绸外套,里面是白汗衫,倒有点儿像您老作品中的人物呢。”

马琴嗯嗯地应着,又点起了一袋烟。市兵卫这个人,对于嗯嗯之类的回答,当然不会介意。

“怎么样,可不可以请您把这次郎大夫的人物,写进您老的《金瓶梅》[1]里去?我知道您忙,还是希望您能答应。”

讲着小耗子,又回到要稿上去了。马琴已习惯了他这套手法,仍然不肯答应,而且比刚才更讨厌他了。懊恼刚才上了他的当,带着几分好奇心去听他讲故事。他又抽了几口烟,然后讲出理由来:

“第一,要我勉强写,是写不好的;不消说,这也与销路有关,对你没有好处,所以还是不要硬叫我写,对双方都方便。”

“是吗?那么,请您写想写的东西,怎么样呢?”

市兵卫说着,把眼光在马琴脸上“摸了这么一下子”(这是马琴形容和泉屋眼光的话),便从鼻孔里一缕缕地冒出青烟来。

“实在不能写,要写也没有工夫,真是对不起得很。”

“这个,这个可叫我为难了。”

于是,又突然谈起作家们的逸话来,那条银烟袋还是叼在嘴上。

八

“听说种彦[2]又有一部新作要出来了。他的作品写得很华丽,全是哀

---

① 此处所说的《金瓶梅》也是马琴的作品。

② 柳亭种彦(1783—1842),当时的作家。

情小说，像那样的东西，的确是他的独门。”

市兵卫不知何故，谈到作家们的时候，总是直呼他们的名字，马琴每次听到，总是在想，他在背后同人家讲自己的时候，一定也是“马琴”“马琴”的。这种人很轻薄，从来就把作家当作自己的下人，真犯不着给他写稿——心里不高兴时，他就这样想。今天听他谈到种彦，一张苦脸显得更苦了，可是市兵卫一点儿也没有觉察。

“我们想出春水①的东西，先生您是不大喜欢他吧。不过一般读者还爱读他的作品。”

“啊，是这样的吗？”

马琴记忆中曾见过这位春水，一脸的庸俗气，据说他公然对人说：“只要读者欢迎，我就写艳情。”因此他对这种也算作家的作家，当然是压根儿瞧不起的。现在听市兵卫提到他，依然禁不住感到一阵不快。

“写艳情小说，他毕竟还是一位高手。”

市兵卫说着，向马琴脸上瞥了一眼，马上把眼光移到叼在嘴巴上的银烟袋上去了。这刹那间的表情显得格外卑劣，至少马琴觉得这样。

“他写那么多东西，拿起笔来嗖嗖地写，一口气写上两回三回，那支笔就是不停的。先生您也是一手快笔啰！”

马琴既不高兴，又感到压力。把他同春水、种彦那种人去比出笔的快慢，对于自尊心很强的他，当然很不高兴。而且他又是一位慢笔，有时也为自己的无能感到有些寂寞；也有时认为这是出于自己的艺术良心，倒是应当受人尊敬的。他更不愿意叫俗人去议论他。于是他把目光瞟到板间的红枫黄菊上去，毫不在意地说：

“那得看什么时候、什么场合，有时快，有时慢。”

“看时候，看场合，对啰，对啰！”

市兵卫又第三次表示同感，当然仍不是真正的同感。然后，他又回到老题目上去：

“那么，多次求您写了，无论如何得答应呀，比方春水……”

“我跟为永先生不同！”

---

① 为永春水（1789—1841），也是一位作家。

马琴一生气，下唇就歪到左边去，这时候已歪得更厉害了：

“啊，实在抱歉——阿杉，阿杉，把和泉先生的木屐收拾好了吗？”

九

马琴赶走了和泉屋市兵卫，独自靠在廊下的柱子上，眺望小院的景物，费了好大劲，才压住肚子里那股没有消散的火气。

阳光充满院内。破叶的芭蕉、光秃的梧桐、苍翠的罗汉松和漪漪绿竹布满了和煦的秋日的小院。水缸边的芙蕖只剩了几朵残花，短垣外的丹桂，散发出阵阵的芳香，空中的鸟雀，不时地送来了鸣叫。

对照自然的景色，他更感到世间的卑俗和生活于这俗世的人们的不幸。一天到晚被包围在卑俗的气氛中，连自己也不能不做出许多卑俗的行径。现在自己赶走了和泉屋市兵卫。把人赶走当然不能算高尚的行径，可是由于对方的卑俗，迫使自己也不得不卑俗，终于还是把他赶走了。可见自己也同市兵卫一样卑俗了。总之，就是这样堕落了。

想到这里，他又记起不久以前发生的一件同样的事。去年春天，他收到一封信。来信人想当他的入门弟子，是在相州朽木上新田一个叫长岛政兵卫的人。信中说，本人自二十一岁成了聋子，现在二十四岁，立志从事文笔，希望博得闻名天下，专门写作读本。不消说，他是《八犬传》《巡岛记》的热心的读者。因为生活在偏僻的乡下，缺少学习的条件，所以想到您家来当食客。信外寄来六册长篇的稿子，请加斧正后，介绍书店出版。大体就是说了这些话。对马琴来说，这样的请求实在太冒失了。他自己眼睛有毛病，对耳聋的人，多少也有点儿同情，虽然他不能接受来信人的请求，还是郑重地写了回信。结果，第二封信来了，从头到底，是一片谩骂，别的什么也不说。

你那又长又臭的《八犬传》《巡岛记》，我还花了极大的耐心读完了。可是我的稿子只有五册，你却连看一看也不肯，这说明了你人格的卑鄙——信是这样开头的。最后的结尾是说，一个前辈不肯收后辈当食客，正看出你的卑鄙和吝啬。马琴大为生气，马上又写一封回信，说我的作品给你这样轻薄人去看，实在是莫大的耻辱。这信发出以后，再也没有消息了，不知道这人是不是还在写读本，梦想有一天全日本人会读他的大作……

马琴记起此事，既觉得长岛政兵卫这种人太无聊，同时也感到自己的无聊，而觉得难言的寂寞。可是阳光中还散发着丹桂的幽香，芭蕉和梧桐的叶子寂然不动，而鸟雀则还在高声地啼鸣——到十分钟后，女佣阿杉来请他吃午饭，他一直像做梦似的靠在廊柱上。

十

独自冷清清吃完了午饭，终于进了书房。为了使不快的心情平静下来，他拿起了好久不翻的《水浒传》，一打开便见到豹子头林冲风雪山神庙，从酒店出来，望见草料场失火。这个戏剧性的场面，引起了他平时的兴趣，可是再往下看，心里反而不安静了。

出去拜佛的家人还没有回来，屋子里鸦雀无声，他收起阴郁的脸，把《水浒传》放在桌上，抽起了并不爱抽的黄烟。在朦胧烟雾中，想着一直留在头脑里的一个疑问。

这是作为道德家的他和作为艺术家的他，两者之间互相纠葛的一个疑问。他一向相信“先王之道”，公开宣称他的小说是“先王之道”的艺术表现，因此这两者是不矛盾的。可是在“先王之道”给予艺术的价值和他自己的心情给予艺术的价值之间，却存在着意外的距离。因此作为道德家的他肯定的是前者，而作为艺术家的他则肯定了后者。当然不是没有一种廉价的妥协思想来克服这个矛盾。事实他就是在表面上拿这种不成熟的调和论面对群众的，可是在背地里，却偷偷掩藏着他对艺术的暧昧态度。

但他可以欺骗别人，却欺骗不了自己。他否定“戏作”的价值，主张“文以载道”，可是一遇到汹涌心头的艺术感兴，便立刻觉得不安了。《水浒传》的一个场面，在他心情上引起了意外的结果，原因正在于此。

在思想上懦怯的马琴，便默默地抽着黄烟尽力把心思转到不在家的家人身上去。可是眼前放着一本《水浒传》，这不安的心情成了他思想的中心，很不容易抛开。这时候，恰巧来了一位好久不上门的华山渡边登①。他穿一件对襟大褂，胁下挟一个紫布书包，大概是来还书的。

马琴高高兴兴跑到门口去迎接这位老友。

“今天我把借去的书还来，顺便来望望您。”

华山跨进书房，说道。书包之外还有一个纸卷，大概卷着一张画。

“您有工夫请看看！”

“好极了，马上就看！”

华山压制着心里的兴奋，笑眯眯地打开纸卷里的画幅。画的萧条的寒林，林下站着两个人正在抵掌谈笑，地面散落黄叶，树梢头一群乱鸦——整个画面飘溢着寒秋的气象。

马琴眼光落在这幅枯淡的《寒山拾得》上，渐渐射出激动的光芒。

“您画得越来越精神了。这使我想起王摩诘的两句诗来：‘食随鸣磬巢鸟下，行踏空林落叶声。’正是这样的境界呀！”

十一

“这是昨天画的，我自己还满意，如果您喜欢，就想送给您。”

华山摸摸须根发青的脸腮，得意地说：

“请您看看，比过去画得如何——难得画一张自己满意的东西呀。”

“那太感谢了，真不好意思老是收您的礼物。”

马琴一边看画，一边嘴里喃喃道谢。不知为什么，这时候心里忽然想起自己还没写完的大作来。华山呢，大概还是在想他的画：

“每次看古人的画，心里总是想，怎样能画成这样子呢，木、石、人物都是同样的木、石、人物，可是其中有一种古人的心情，活生生地如在眼前，这真是了不起。像我这样，在这点上还只是一个小学生哪。”

“古人不是说过‘后生可畏’吗？”

---

① 华山渡边登，德川幕府末期的南画家。他在政治上反对幕府的锁国政策，主张吸取欧洲文化，遭统治者的迫害，曾被禁锢乡里，后于天保十二年(1841)自杀。

马琴见华山只谈自己的画，不免有点儿嫉妒，便说了一句平常很少说的俏皮话。

“这就是‘后生可畏’嘛，我是夹在古人和后生之间，挤得只能推一推，动一动罢了。这不但是我们，在古人，在后生，其实也都是这样的嘛。”

“要是不前进，就立刻被推倒，所以最主要的，是要有进一步前进的功夫。”

“对啰，这是最主要的。”

主客二人被自己的谈话激动了，暂时沉默下来，倾听秋日的静寂的声音。

“《八犬传》还在继续写下去吗？”

华山把话题换了方向。

“唉，一直构思不好，真是无奈，这也比不上古人嘛！”

“您老这么说，太叫人为难了。”

“要说为难嘛，我比谁都为难呢。不过，无论如何还是得干吧。所以近来我就是铁了心同《八犬传》拼命啰！”

马琴说着，有点儿难为情地苦笑了一下。

“所以嘛，说是‘戏作’‘戏作’，说说也不是那么容易的。”

“我画画也跟您一样，觉得自己好像已经走到尽头了。”

“那就大家一齐拼命吧！”

两人都大声地笑了。在笑声中，只有两人自己懂得的一种寂寞的心情，主客二人也同时在这寂寞的心情中感到一种强烈的兴奋。

“不过您画画，比我这行好得多，它不会受到人家的非难，这就比什么都好了。”

这会儿，马琴又变换话题了。

十二

“没有这样的话……像您老写的东西，还有什么批评呢？”

“不，大大的有。”

马琴举出检查官检查图书时故意刁难的例子，在他一篇小说中，写到一个官僚受贿的事，就通不过，奉命改写。他又补充说：

“检查官这种家伙，他越是刁难人，越露出自己的尾巴来，您说可笑不可笑。因为他自己是要受贿的，所以就不爱别人写官僚受贿的事。又如他们自己心眼龌龊，凡是遇到写男女的爱情，不管三七二十一，就一律说作诲淫。他们自以为道德比作家高，到处找作家的碴儿。好比‘猢狲照镜子，越照越生气’，他看镜子里自己一副丑嘴脸挺不舒服嘛。”

华山听马琴这个激愤的比喻，不觉失笑了，说：

“这种情形可能不少，可这不是您老的耻辱，不管检查官怎样说，从来好的作品，都写这类事嘛。”

“可是蛮不讲理的地方太多了。有一回写到牢监里给犯人送衣食，就被勾掉五六行。”

马琴这么说着，又同华山一起哧哧地笑起来。

“是啊，可过了五十、一百年，那检查官不知到哪里去了，而您的《八犬传》还是要流传下去的。”

“不管《八犬传》流传不流传，可是检查官这个东西，到什么时候还是要有的。”

“是吗，我可不这样想呀。”

“不，检查官也许没有了，可是像检查官那样的人，在这个世界上是不会绝种的。您以为焚书坑儒单是古代的事吗，我可不是这样看呢。”

“您老近来老讲悲观的话。”

“不，不是我悲观，是这个到处是检查官的世界叫我悲观呀！”

“那，咱们就得好好儿干呗。”

“对啰，此外也没有别的办法。”

“在一点上，也一样得拼命嘛！”

这回，两人没有笑，不但不笑，马琴还紧张地看着华山的脸，在华山那句随便的闲谈中，感觉到一股刺人的力量。

“不过，青年人首先就要看清这个世界，拼命呢，处处都得拼呀。”

过了一会儿，马琴又说了一句。他是知道华山的政治倾向的，这时候，忽然觉得一阵不安。可是华山只是笑了一笑，没有回答。

十三

华山走后,马琴趁着留下来的一股兴奋,照旧坐在写字桌边,去处理《八犬传》的原稿。在继续写下去以前,又重读一遍昨天写好的部分,这是他的老习惯。他将几张密密的字行间里加过朱笔的原稿,慢慢地仔细地看下去。

可是,不知什么缘故,越看越不对劲,有不少疙里疙瘩的句子,而且到处都有破坏全体结构的地方。开头,他以为是自己心情恶劣的缘故。

"今天心情不对,已经写了的地方,暂时不去管它吧。"

这样想着,又重读了一遍,还是平不下心来。他似乎失去了老年人的沉稳,心里有点儿动摇了。

"看看再前面怎么样?"

他又看再前面的稿子,又都是粗糙的句子,杂乱的堆积。他又看更前面更前面的,一直看上去。

越看越觉得结构笨拙,文气混乱,满眼是缺乏形象的写景,没有实感的咏叹和理路不清的议论。花了几天工夫写成的稿子,看来是一大堆废话,他的心像刀割似的痛苦。

"都得从头写!"

他在心里这样叫了一声,十分懊丧地把稿纸推开,一手托起脑袋,在桌上伏倒身子。可是心里还放不下,眼睛仍不离开桌上的稿子。在这张桌子上,他写过《弓张月》,写过《南柯梦》,现在又写这《八犬传》。桌上一方端砚,一个蹲螭的文镇,一只蛤蟆形铜水盂,一张有狮子牡丹花纹的青瓷砚屏,还有一只雕着兰草的竹笔筒——这些文房用具好久以来,都是他辛勤写作生活中最亲密的伴侣,他看着这一切东西,好像觉得今天的失败,给他一生的劳作投上了阴影,对自己的才能发生了根本的怀疑,而引起一种惶惑的不安。

"我一直想写出一部本朝独一无二的大作品,看来这也不过是庸人的幻想罢了。"

这不安给他带来了比什么都难堪的落寞和孤独。他一向对自己所崇拜的中国和日本的天才是谦虚的，正因此，他对同时代的庸庸碌碌之辈，特别表示傲慢和不逊。这怎么能使他轻易承认，自己也不过是“辽东的白猪”，同他们没有什么两样。而且他的强大的“自我”，要他逃避到“自觉”和“绝望”中去，他的热情又太炽烈了。

他伏身在桌子上，好像一位遭难的船主望着他沉下海去的沙船，眼睁睁瞧着失败的原稿，静静地同绝望的威力斗争。如果这时候，不是身后的纸门突然打开，听到一声“爷爷您好！”并且有一双娇嫩的小胳臂勾到他的脖子上来，那么，他陷在这种忧郁的气氛中不知何时才得解脱呢。孙子太郎刚一进门来，就以孩子的大胆和爽直，一下子跳上祖父的膝盖：

“爷爷，您好！”

“哎哟哟，你们回来啦！”

《八犬传》作者说这话的同时，紧蹙着的脸立刻好像变了一个人，现出高兴的笑影来。

十四

茶间那儿，听见老伴阿百大声嚷嚷和儿媳阿路文静说话的声音，中间还夹着粗嗄的男音，好像儿子宗伯也回家了。太郎趴在祖父膝盖上，好像要说什么话，忽然做出认真的脸色，小眼睛望着天花板。刚从外边进来，脸上也红红的，小鼻孔呼呼喘着气。

“喂，爷爷！”

穿着梅花图案布衫的太郎，突然叫了一声爷爷。小脑袋好像想着什么，竭力忍住了笑，脸上小酒窝忽隐忽现——把马琴逗乐了。

“每天，每天。”

“什么每天每天？”

“好好地用功吧！”

马琴噗的一声笑了起来，一边笑，一边问。

“那么，怎样呢？”

“那么……哎哎，不要老是动肝火。”

“呵呵，就是要对我说这话吗？”

“还有呢。”

太郎向上仰起短发齐额的小脑袋，连自己也笑起来了，眯缝着小眼睛，露出白牙齿，小酒窝一笑就变大了。看着这样的脸，真叫人难以相信，将来也会变成世上那种讨厌的脸孔。马琴全身掉进幸福的温流中，心里这样想着，觉得动心。

“还有什么？”

“还有好多呢。”

“好多什么？”

“哎哎——爷爷，您会变个大人物。”

“大人物？”

“所以，您得忍着点儿。”

“忍着点儿？”马琴的声音认真了。

“要好好儿，好好儿忍着呀。”

“这话是谁叫你说的。”

“那个……”

太郎故意作弄似的，看着祖父的脸，笑了。

“您说谁啊？”

“对啰，今天你去拜佛，是寺里老和尚对你说的吧？”

太郎连忙摇摇头，身体从马琴膝盖上挺起来，把小脸靠拢祖父。

“谁啊？”

“嗯嗯。”

“是浅草的观音菩萨说的嘛。”

孩子一说，发出全家能听到的大声，高兴地笑着，害怕被马琴抓住，连忙从他身上跳开去。因为蒙住了爷爷，特别高兴地拍着小巴掌，滚球似的逃到茶间里去了。

刹那间，在马琴的心中感到一种严肃的东西，这时，他嘴上现出幸福的微笑，同时眼里含上了泪水。不管这些话是孩子自己想出来的，还是他母亲教他说的，从孩子嘴里听到这样的话，是奇怪的。

“真是观音菩萨说的嘛，好好用功，别动肝火，而且要好好忍着。”

六十多岁的老艺术家，含泪微笑，像孩子似的点点脑袋。

十五

这天晚上。

在光线暗淡的圆灯下，马琴又开始续写《八犬传》的原稿。在他执笔时，家里的人是不进书房来的。寂静的屋子里，只有灯芯吸油和蟋蟀鸣叫的声音，伴着长夜的寂寞。

刚拿起笔，他的头脑里便闪烁出点点的星光，十行二十行地写下去，这光便渐渐扩大了。凭经验，马琴知道这光是什么意思。他全神贯注地运用着手中的笔，神来的灵感像一蓬火，如果不知道这火，点燃了的火便会很快地熄灭。

“别着急，得尽量尽量地深深思索。”

马琴小心翼翼地警惕着走动的笔，一次次对自己低声叮嘱。现在，刚才头脑中星火似的闪光，已汇成一条急湍的洪流，越流越有力地推着他前进。

他耳朵已听不到蟋蟀的鸣声，圆灯的光也不再刺痛他的眼睛，手里的笔自己活了起来，嗖嗖地在纸上飞行。他以与天神搏斗的姿态，几乎是拼着老命写啊写的。

脑中的河流，像天上的银河似的泛滥起来。趁着这股气势，有时他也会想到，万一自己的体力支持不住呢。于是，他把手里的笔紧一紧，又一次鼓励着自己。

“加油，加油写下去。现在写出来的东西，此刻不写，过一会儿就写不出了。”

可是发光的河流，一点儿也不减低速度，却在奔腾汹涌中淹灭了一切，向他冲击过来。他已完全成了它的俘虏，把一切都忘了，顺着这河流的趋向，像暴风雨般驱笔前进。

这时，他的像王者似的目中，既无利害的观念，也无爱憎的感情，干扰心情的毁誉，早已不在他的眼里，有的只是一种奇妙的愉悦，一种恍恍惚惚的悲壮的激情。不知道这种激情的人，是不能体会戏作三昧的心境的，是无法了解戏作者严肃的灵魂的。在此，洗净了一切“人生”的渣滓，像新的矿石，美丽晶莹地出现在作者的眼前……

那时候，在茶间灯下，老伴阿百和儿媳阿路，正对坐在那儿做针线活。太郎已被送上床睡着了。离开一点儿的地方，身体病弱的宗伯正在搓药丸。

“爸还没睡觉吗？”

一会儿，阿百拿缝针擦擦头油，不满地说。

“准是又写得出神了。”

阿路眼睛离开针线，回答了。

“真是要命，又搞不到多少钱。”

阿百说着，看看儿子和媳妇。宗伯只装没听见，没有作声。阿路默默地动着针线。在这屋里，在书房里，蟋蟀依然唧唧地悲吟清秋的长夜。

1913 年 11 月作

1976 年 6 月译

山　　鹬

一八八〇年五月某日傍晚，别了两年又来耶斯那亚·波利雅那做客的屠格涅夫，和主人托尔斯泰一起，到伏龙加河对岸的杂树林去打山鹬。

同去的人，除了两位老人之外，还有尚未失去青春的托尔斯泰夫人和带着一只猎狗的孩子们。

到伏龙加河的路，大半要通过麦田，夕暮的微风，吹过麦穗，静悄悄地送来泥土的香味。托尔斯泰肩上扛着枪，走在大家的前头，不时地回过头来，对和托尔斯泰夫人并肩走着的屠格涅夫说话。每一次，这位《父与子》的作者，总是吃惊地抬起眼来，高兴而流畅地回答他的话，有时候，则摇晃着宽阔的肩头，发出沙哑的笑声。这是比粗野的托尔斯泰显得文雅的，同时又带女性气的回答。

走到下坡路的时候，对面走来两个兄弟似的村里的孩子，他们一见托尔斯泰就停下来行了一个注目礼，又抬起赤脚的脚底跑上坡去了。托尔斯泰的孩子中，有一个在他们身后大声叫唤了什么，但他们只装没听见，一下子就跑进麦田里去了。

“农村的孩子真好玩呀。”

托尔斯泰脸上映着夕阳的余晖，回头对屠格涅夫说。

“听他们说话，常常出于意外，教育我一种直率的说法。”

屠格涅夫笑了一笑。今天的他已非昔比，从托尔斯泰的话中感到对孩子们的感动，便自然地觉得滑稽……

“有一次我给他们上课——”

托尔斯泰又说：

“忽然有一个孩子从课室里跑出去，问他去哪里，他说石笔不够吃了。

他不说去拿石笔，也不说去折一段来，干脆说不够吃了。只有常常拿石笔在嘴里咬的俄罗斯孩子，才能说这种话，我们大人是说不出来的。”

“是呀，只有俄罗斯孩子会说这种话。我听到了这种话，才感到自己已经回到俄国来了。”

屠格涅夫又向麦田那边扫了一眼。

“就是嘛，在法国，孩子们是抽烟的嘛。”

“可是您最近好像完全不抽了。”

托尔斯泰夫人，把客人从丈夫的嘲笑中救出来。

“嗯，完全不抽了。巴黎有两位漂亮的太太，她们说我嘴里有烟草气，不肯和我接吻嘛！”

现在，托尔斯泰苦笑了。

这期间，他们已过了伏龙加河，走到打山鹬的地方。那里是一块离河不远、林木稀疏、有点儿潮湿的草地。

托尔斯泰把好的猎场让给屠格涅夫，自己走到相距约一百五十步的地方，找定了打鸟的位置。托尔斯泰夫人在屠格涅夫的旁边，孩子们在他们尽后面，各人分好了位置。

天空还有夕阳的红光，在空中摇曳的树杪，发出朦胧的雾霭，大概已抽出芳香的嫩芽来了。屠格涅夫举起枪来注意着树杪，从光线暗淡的林木中，荡漾着微风。

“有知更鸟和金翅雀的叫声呢。”

托尔斯泰夫人注意地听着，自言自语地说。

大家无言地听着，半小时过去了。

那时候，天空似水，只有远远近近的白桦树干，显出了白色。知更鸟和金翅雀的声音没有了，代替它们的只有五十雀偶然送来的啼鸣——屠格涅夫再一次从稀疏的树林中望过去，现在森林深处已沉入苍茫暮色中了。

突然，从森林中，发出一声枪响，等待在后边的孩子们，不等枪声的回音消散，便带着狗跑去捡猎物了。

“咱先生可抢先了。”

托尔斯泰夫人回头向屠格涅夫笑笑。

一会儿，第二个孩子伊利亚从草丛中向母亲跑来了，报告爸爸打到了一只山鹬。

屠格涅夫从旁问道：

“谁发现的？”

“是朵拉找到的——找到时还活着呢。”

伊利亚红光满脸地向母亲报告了找到猎物的经过。

在屠格涅夫的心眼中，便浮现了“猎人日记”的一个场面。

伊利亚走后，四周又静寂了。从暗沉沉的森林里，散发出一股春天草木抽芽和潮湿的泥土的香气。远远地听到归巢鸟儿的啼声。

“那是什么鸟？”

“青斑鸟呀。”

屠格涅夫马上回答。

青斑鸟的啼声忽然停止了，有好一会儿，森林中的鸟声突然没有了。天空——连一丝微风也没有，在没有生气的森林顶上，渐渐变成暗蓝色。——突然，有一只猫头鹰，在头上轻轻地飞过。

又一声枪响，打破了林间的静寂，那已是一小时之后了。

“略夫·尼古拉维支即使打山鹬，也是想压倒我呀。”

屠格涅夫笑着耸了耸肩膀。

孩子们的跑声和朵拉一阵一阵的吠叫声，一会儿就安静下来了。点点寒星，已散布在空中，森林里，凡是刚才还能瞧见的地方，都已被夜色封闭，树枝也静静地纹丝不动。二十分，三十分，沉闷地过去了，已经吞入夜暗中的潮湿的土地在足边开始升起了微微可见的春雾。可是他们的身边，还不见出现一只啼鸣的飞鸟儿。

“今天是怎么回事呀。”

托尔斯泰夫人自言自语地说，好似带着遗憾的口气。

“像今天这样鸟儿这样少的日子是很少的……”

“夫人，你听，夜莺在叫。”

屠格涅夫故意把话题从打鸟岔开。

黑暗的森林深处，果然清晰地传来夜莺的歌唱。两人沉默着，各自想着自己的心思，听着夜莺的歌声……

忽然，照屠格涅夫自己的说法，“忽然，感觉到”，那是一种只有猎人特有的感觉，在面前的草丛中，跟着一声啼叫，飞起了一只山鹬。在树枝下垂的林木中，一只山鹬闪烁着白色的翅膀，消失在夜暗中。屠格涅夫立刻举起肩上的猎枪，很快开了一枪。

一股浓烟和短促的火光——枪声在静静的森林深处发出了长时的回响。

“打中了吗？”

托尔斯泰向他走过来，小声地问。

“打中了，像石头一样滚下来了。”

这时孩子们已和狗一起回到他们身边。

“快去找！”

托尔斯泰吩咐他们。

孩子们便抢在狗前面，到处去找猎物了。可是找来找去找了半天，找不到山鹬的尸体。朵拉也到处乱跑，时时在草丛中蹲下来，发出不满的嘘声。

最后，托尔斯泰和屠格涅夫也出动了，帮孩子们一起找，可是那山鹬到哪儿去了，连一根羽毛也不见。

“没打中吧？”

二十分钟之后，托尔斯泰站在阴暗的林间，对屠格涅夫说道。

“一定有，我明明看见像石头那样滚下来的……”

屠格涅夫边说，边在草丛中来回找。

“可能打是打中了，只是伤了羽毛，掉下来又逃走了。”

“不，不光打了羽毛，我明明是打中了的。”

托尔斯泰不大相信地皱皱粗大的眉毛。

“那狗一定会找到，咱们这朵拉，只要打中的鸟儿，是一定找得到的。”

“不过，确实是打中了的。”屠格涅夫抱着猎枪，做了一个懊恼的手势，说，“打中不打中，连孩子们也能区别，我是明明见到的嘛。”

托尔斯泰嘲弄似的瞧着他的脸说：

“那么，狗儿怎么样了？”

“狗是怎么回事我不知道，不过我只是说，我是明明看见像石头一样滚下来的……”

屠格涅夫挑战似的盯住托尔斯泰的眼睛，不觉发出尖刻的声音说：

"Il est tombé comme pierre, jet' assure!"[1]

"可是朵拉为什么找不到哩?"

幸而这时候托尔斯泰夫人向两位老人做着笑脸,从中和解,说明天叫孩子们再找吧,现在先回家去。屠格涅夫马上表示同意。

"那就这样,到明天就明白了。"

"对啦,到明天就明白了。"

托尔斯泰还有点儿不大甘心,也故意这么重复了一句,背过屠格涅夫,向林子外面走去了……

屠格涅夫回到寝室里,已经是晚上十一点左右了。剩下独自一人安安静静坐在椅上,茫然向周围眺望。

这寝室是托尔斯泰平日使用的书房。大书架、龛座中的半身像、三四个照片镜框、装在墙上的公鹿头——这些东西映在烛光中,形成暗淡而冷凝的空气,包围在他的四周。可是剩下了独自一人,对今晚的屠格涅夫来说,却感到特别的轻松。

回到寝室以前,他和主人一家团坐在茶几边,做夜间的闲谈,他尽量装成谈笑风生的样子。可那时的托尔斯泰,还是脸色阴沉地不大开口,把屠格涅夫搞得非常尴尬,只好故意不注意主人的沉默,和一家老小谈些风趣的话。

每当屠格涅夫说得有趣的时候,别的人都高兴地笑起来,特别是孩子们,见他模仿汉堡动物园大象的叫声和巴黎青年男子动作的姿态,更笑得格外热闹。可是一家人越是热闹,屠格涅夫的心里也越是感到别扭。

"你知道最近出了有希望的新作家吗?"

话题转到法国文学时,这位感到别别扭扭的社交家,终于忍不住,故意用轻松的口气对托尔斯泰提问了。

"不知道,什么新作家?"

"德·莫泊桑——基·德·莫泊桑,这至少是一位有无比观察力的作家。在我提包里,恰巧有一本他的短篇集 *La Maison Tellier*[2],你有工夫可以看一看。"

---

① 法文,意思是"我确实看见,像石头似的滚下来的"。

② 《泰利埃公馆》。

“德·莫泊桑?”

托尔斯泰狐疑地向客人瞥了一眼,也没说要不要看。屠格涅夫记起自己小时候,被年长的坏孩子欺侮的事——觉得那时正是这样的滋味。

“新作家,这里也出了一位特异的人物呢!”

托尔斯泰夫人发现了他的窘态,马上谈起一位来访的怪客——约在一月前的一个傍晚,来过一位服装落拓的青年人,提出要见这家的主人。只好请他进来。他一见先生的面,开口便说:“请您先给我一杯伏特加,加上一碟青鱼尾巴。”这已经叫人觉得怪僻,后来知道这位怪青年,还是一位多少已有点儿名气的新作家,那更叫人吓了一跳。

“这人名叫加尔洵。”

屠格涅夫听了这名字,觉得可以把托尔斯泰拉进谈话的圈子里来了。因为托尔斯泰那么沉默,除了越来越不高兴以外,另一个方面,也因屠格涅夫曾向他介绍过加尔洵的作品。

“加尔洵吗?——他的小说写得不坏。你后来还读过他什么作品吗?”

“是不坏。”

托尔斯泰仍旧冷冷淡淡地,随口回答了一声。

屠格涅夫好容易站起身来,摇摇白发的脑袋,在书房里走了起来。桌子上的烛火,在他走动的时候,把他的影子照在墙上发出忽大忽小的变化。他默默地把两手反结在身后,没精打采的眼睛,始终望着那张空床。

在屠格涅夫的心目中,历历如新地回忆起自己和托尔斯泰二十多年的友谊。经过长期流浪,回到彼得堡他的老家来投宿的军官时代的托尔斯泰——在涅克拉索夫的一个客厅里,傲然地看着他,将乔治·桑攻击得忘了一切的托尔斯泰——在斯巴斯科艾森林里,同他一起散步,突然停下来赞叹夏云的奇峰,写《三个轻骑兵》时代的托尔斯泰——最后,在弗特家里,两个人大吵大骂,抡起老拳打架时的托尔斯泰——从这些回忆中,可以看出托尔斯泰的倔脾气,他压根儿见不到别人的真实,认为人都是虚伪的。这不但在别人的言行跟他矛盾时是这样,即使同他一样放浪成性的人,他对自身可以原谅的地方,就不肯原谅别人。他不能马上相信别人同他一样感到夏云的美丽,他不喜欢乔治·桑,也由于怀疑她的真实。有一个时候,他差一点儿同屠格涅夫绝交了。这回屠格涅夫说打中了山鹬,他仍旧觉得是说谎……

屠格涅夫打了一个哈欠，在龛座前停下脚来。龛中的大理石像，从远远的烛光中，映出一个模糊的影子——这是略夫的长兄尼古拉·托尔斯泰的胸像。尼古拉也是屠格涅夫的好友，自从成为故人，不觉已经过了二十多年的岁月。略夫如果有他老兄那样一半的对人的热情——屠格涅夫久久地向这狭暗的柜内投射着寂寞的眼光，竟不觉得春天的长夜已渐渐深沉。

第二天早晨，屠格涅夫很早就到这家人用作餐厅的楼上的客厅里去。客厅墙上挂着托尔斯泰家上代祖先的几幅肖像——托尔斯泰正坐在其中一幅肖像下的桌边，看当天收到的邮件，除他之外，还不见一个孩子出来。

两位老人点头打了招呼。

屠格涅夫乘机瞧瞧他的脸色，只消他表示一点点好意，便准备立刻跟他和好。可是托尔斯泰还是闷沉沉的，说了两三句话之后，仍旧看他的邮件。屠格涅夫没有法子，只好拉过一把身边的椅子，坐下来默默地看报纸。

沉闷的客厅里，除了短暂的茶炊的沸声，再也没有别的声响了。

“昨天晚上睡得好吗？”

看完了邮件，托尔斯泰不知想起什么来，向屠格涅夫这样问了一声。

“睡得很好。”

屠格涅夫把报纸放下，等托尔斯泰再说别的话，可是主人提起银环的茶杯，在茶炊里倒茶，再也不开口了。

这样过了一会儿，屠格涅夫瞧着托尔斯泰沉闷的脸色，渐渐感到不快了，特别是今天早晨旁边再无别人，更使他觉得不知怎样才好。要是有托尔斯泰夫人在——他脑子里这样想了几次，不知什么原因，这时候还没有人到客厅里来。

五分钟、十分钟——屠格涅夫到底耐不住了，把报纸扔开，从椅子上慌张地站起来。

这时候，客厅门外，突然传来很多人的说话声和脚步声，从楼梯上争先恐后地跑上来——马上有人一把把门推开，五六个孩子，嘴里嚷嚷着，跑进屋子里来了。

“爸爸，找到啦！”

第一个是伊利亚，得意扬扬地举起手里的东西一晃。

"是我第一个发现的。"

面孔很像她母亲的泰齐亚娜，抢在弟弟之前，大声地报告。

"掉下来的时候，挂在白杨树的枝条上了。"

最后说明的，是年纪最长的塞尔盖。

托尔斯泰吃了一惊，扫望着孩子们的脸色。知道昨天的山鹬果然找到了，他的长满大胡子的脸上，忽然现出了笑容：

"真的？挂在树枝上啦？难怪狗没有找到。"

他从椅子上站起身来，跟孩子一起挤到屠格涅夫跟前，伸出了粗大的右手：

"伊凡·塞尔盖维支，这一下我可放心了。我可不是说谎的人，这鸟儿要是落到地上，朵拉是一定会找到的。"

屠格涅夫有点儿不好意思地紧紧握住托尔斯泰的手。找到的是山鹬呢，还是《安娜·卡列尼娜》的作者——在这位《父与子》作者的头脑里，简直有点儿迷糊了，他高兴得几乎掉下泪来：

"我也不是说谎的人嘛，瞧瞧我这手腕，就是一枪打中了。枪声一响，鸟儿便石头似的滚下来了……"

两个老人你瞧我，我瞧你，不约而同地大声哄笑了。

1921 年 1 月作

1976 年 6 月译

自由射手之歌

〔日〕林房雄

开在海中的蔷薇

一

濑户内海的西端——世界著名的温泉都市别府！

这地方，完全隔离了劳动的血汗与生产的煤烟，一切文明的果实，只是为消费与享乐而存在的豪华的街市。从全国和全球各地云集而来的浴客之群身上所带的荡逸气氛和异国情调，混合着透明的碳酸泉的蒸汽，弥漫着街市的四季。

一个西洋的游客，身上用皮带束着旅馆里出租的浴衣，两臂两腿赤裸着一尺多，像是曾经几时见过的一样，把湿手巾折成四方戴在头顶上，潇洒地走过白天的街道。

“喂，洋鬼子！”

听见孩子们的大声叫唤，洋鬼子转过身子来，笑着喊了：

“Hello，my boys！”（喂，我的孩子！）

这消费与享乐之市的畅朗的空气，不知什么时候，已把恶谑的称呼，变成了亲爱的表现了。

护市矗立的由布鹤见两座休火山的清丽的姿影，倒映在静静的港河里。——那七月的波光是？

当街市在正午的白热中静静地睡着的时候，微风轻轻地抚着海面，阳光闪闪地闪烁着，把波鳞染成了金色；一到太阳落到对岸的半岛，从休火山的山腰里，开始涌起了暮霭的时候，海水便映饰着堤岸上像要倒落下来一样的灯光，滚油一般地沸着，泛着圆圆的泡沫。

这七月也终于快要完了，有一天黄昏时候，一只小游艇上乘着兄妹似的一对青年，从港岸的堤荫下，汩汩地向海心驶去。

有一对衣衫丽都的男女，从刚才就杂在散步客中，坐在防波堤外端的水门汀凳上的，这时忽然投眼到这小游艇上。

“啊，多好看，这只游艇！”

在白而丰满的石膏父一般的肉体上，包裹着黑晶石一般的闪着奇异的光艳的薄绸——华贵的服装和健康的血色，虽使人看不准她的年龄，但大概几年以前就是三十岁了的这位夫人，很潇洒地跳起身来，这样地说了。

“啊，啊！”伴着夫人的，是一个白裤子上配着白绸衬衫、戴罗克式眼镜的学生风的青年，他锐声地喊着立起身来，好似穿破了暮色的一样。当那青年兄妹乘着的游艇恰巧斜过石堤的尖端时：“哎，矶村兄妹俩呀……”正是滨田夫人，眼睛这样不行！

“矶村？”滨田夫人的眼，闪着好奇的光。

“你们大学的那个矶村？真的，笃二郎？”

“嘿，是啦！有名的 Adnis（希腊女神威尼思所爱的美少年）！”

“笃二郎，快叫，快，快！”

“叫他干吗？”

“带他们到别墅去玩。”

“舅母总是欢喜多事！”

“什么多事，我把那妹妹送给你呀！”

“算数！”

甥儿茫然地拿出了手帕，啪啪地打着自己的胸脯回答说：

“空话别说，真的叫他们吗？”

“来不及了，已经那样远啦。”

游艇的影，已经在十几丈外，缩成小小的一粒了。

“那里，不打紧，你等我十分钟，好不好？”笃二郎高兴地跳起身子，跑向游艇出租处去，又做了个滑稽的姿势，回过身来说，“中原的雌鹿和雄鹿——毕竟是逃不走的啦，舅母！”

二

矶村兄妹的游艇，一溜烟地冲过暮霭和别府海中像水鸟一般游浮着的几十只游艇之间，向海心急急地驶去。

街市的重重的屋顶，已经在暮霭中变成细小了，阿兄的浩二，停止了划桨的手，把白色的软木帽投到船头，露出容光焕发，两目炯炯的，的确值得那海堤上好色的一对称为 Adnis 的英俊的青年的脸。打开衬衫的胸襟挡着风，叫起在舵手座上的海军服的少女来：

"你吓吗，阿光？"

"我会游水呀。"

阿妹的光子，畅气地抬着与兄相似的轮廓显明的脸笑了：

"哥哥才会吓呢。"

"好！"

阿哥说着，又开玩笑地拿起桨来。

"好，划得快，划得翻个转身吧，翻落身，鲨鱼会来呢。"

像箭一般地，又过了十几丈。

矶村是出身于别府附近一个农村的大地主家，父亲曾做过议员，是地方银行的总经理。他生长在幸福的环境里，现在是二十三岁的 K 大学理财科的学生。每年夏天，总是和母亲、妹妹一起，在别府的别墅里消夏，已成为和平的惯例。对于他，人生是满开着蔷薇花的大道。

现在，在无风无波的南海的紫色的晚波中，又轻快又幸福地，疾驶着华丽的游艇——这也许正是他目前生活的最适切的象征。

"阿光！"

浩二忽然想起了什么似的，又停下手来：

"讲一个有趣的故事你听，好吗？"

"什么故事，哥哥？"

光子今年十九岁，阿哥总是把她当个小孩子一样。她在哥哥的面前，也常常做出孩子的口腔，这是只有亲人才有的一种甜蜜而无意识的习惯。

"这故事是在古时候，连菩萨还没有出生的辰光，那时山哟，湖哟，树哟，石哟，都像人一样，会思想，会说话，会发怒，会悲哀。"

"……?"

"那时,那座……"他指了指耸立在街市后面的两座休火山的影子,"由布山是英俊的青年,鹤见山是美丽的姑娘。"

光子回转了身,望着阿哥所指的一边,和由布山并列着的鹤见山,把市街中的灯光饰成锦边一样,正像端庄的母亲似的坐着。

"还有一座叫祖母山……这儿望不见——那山在当时也是一位雄伟的青年——青年的由布山和青年的祖母山,都爱上了美丽的鹤见,两个青年开始了激烈的竞争。经过了好久好久的争夺,结果由布山胜利了,得到坐在鹤见旁边的权利。"

"……"

"伤心的祖母山,把悲泪盛在绿色的壶里,送给这幸福的一对,自己便远远地隐到久住山脉的后面去了……这绿色的泪壶,嘿!那就是现在的志高池——别府自来水的发水源。"

"好讨厌的哥哥!"

默默地听着的光子,忽然插进口来。留心看时,她已经满面通红,低下头去了。

浩二突然地觉到,这正是个不适当的故事。

含真未琢的少女,一会儿便到来开放蔷薇花儿的时期。昨天还只当一个小孩子全没有注意,今天已经不能把无情思的眼望她的眼睛了——多么巧妙的那位法兰西诗人的话。

在阿哥的冥然不觉之中,光子是已经到来了这个时期。这正是七月海空的暮霭中,灿然开放的红蔷薇的花儿。

可是像阿哥样的反省,浩二没有继续深思下去。打断了他深思之线的不意的事件,是一只把沉静的波纹溅起了白浪的快艇——朝着他们兄妹两人,像恶魔一样地冲了进来。

"哦,好危险!"

三

可是这冒失的闯入者,在隔离兄妹俩的小艇一丈余之间,忽地停了下来。从停下了的快艇中,发出青年男子的声音。

“喂,矶村,到这只船里来!”

是轻躁的笃二郎的声音。

“你不来我把你的艇子撞翻呀!”

吃了一吓,忙把倾侧的船舵抓住,浩二大声地呵斥:

“好乱暴,白井,妹妹也在这里呢,当心点儿!”

“别发怒,别发怒,我们是有计划冲来的呀,准备不会发生危险的——是不是,艇夫?”

说着,从快艇的船边里,跳起了两脚,啪啪地蹈着,回身向开船的一边。

对于浩二,白井笃二郎不算是很要好的朋友,只是从预科时代,一直是同级同室的。又加白井是欢喜交友的,因此有着一种不得不装作好友样子的关系。这时候,浩二镇了镇神问:

“可是,你什么时候来的,白井?”

“到别府吗？昨天才来。”

两只艇子紧紧地并在一起。

“住在舅父的别墅里。”

所谓白井的舅父,便是有名的滨田清兵卫。与住友、乾、冈崎等并称关西大富豪,是乘了欧战末期发疯般的景气,像彗星似的出现的许多大小暴发户中的巨擘。做这人的甥儿,在白井似乎是胸口上的金纽子一样的夸耀。

“一放暑假就打算立刻来的,中途在京都奈良留住了……我想总会碰得到你,这样快就碰见,倒没料想到……啊哟,忘记了,跟妹妹介绍一下呀,矶村,你真太不灵动了。”

“嗯,这是舍妹,叫光子。这位是白井君。”

浩二苦笑着说。

“请便请便,我是白井。”完全是很驯熟的口气,“曾经听到浩二君说起过。这会儿……因为刚才在海堤上看见你们的艇子,特地追了上来的。”

“啊,就是刚才坐在那石凳上的一对吧!”

几乎使浩二吃了一惊地,光子很活泼地应酬了。

"那位贵伴是谁?"

"啊,不要胡说,不能说坏话呀。"

"并不是那种意思呀。"

光子做着明明是轻蔑对方的语气说了。

"那位,不是滨田先生的太太吗?"

"哎哎,对的,是我的舅母!"

白井和光子亲密地谈着,私心窃喜地,感得光耀似的回答了。

说起滨田清兵卫夫人,是关西社交界的皇后。在年近六十的滨田,不必说是后妻,但夫人也不是初婚,据说她是日俄战争中著名的某外交官的令爱、客死巴黎的同为外交官的某氏的夫人。现在她是开在脂粉与黄金的煤烟之都市,东洋孟鸠斯德,日本、纽约的叫作大阪的这工业与逸荡的温床里的红牡丹。据说目前流行于大阪上流妇人间的西欧式的秘密俱乐部的输入者,便是这位滨田多惠子夫人。也有人说,曾经在政界里引起一大波澜的,某内阁机密事件——滨田氏对某首相无担保通融二百万元这有名的事件的内幕里,也活动着将来有"从五位男爵夫人"的希望的多惠子夫人的力量。

白井笃二郎夸耀自己能在滨田氏之外,还有着这位夫人做自己的舅母,当然也不是无理的事。

"既然是滨田太太,我倒想见见呢。"

光子又说出了意想不到的话。

"光子,别多事。"

浩二像哥子样地呵斥了。

光子却活泼地反抗:

"可是我想见见呀。"

"干吗?"

"很明白的呀,哥哥难道对那样典型的太太没有好奇心吗?我想,对于一切能够代表一种典型的人,都要见识一会儿,这也是现代式的教养呀。这是一种教养,同时又是一种娱乐呀!"

这理由固然不错,但是光子的心,到底从什么时候起成长到这样复杂了呢?浩二几乎不相信自己的耳目似的侧着头,望着妹子的高兴的脸。

正所谓少女的心,是时代的霖雨中徐徐吐放的花蕾。在人们的不知不觉之间,她正在很敏锐地吸吮着时代的英精。

“这是再好也没有了,好得正如你预定的一样!”

白井独自高兴着,拍打着船边,轻躁地叫了。

“好,去,立刻就去。”

多惠子夫人跟动物园里的孔雀一样,也跟河马一样,十足地代表着一种典型和一种族类……啊,这真说得有趣,跟萧伯纳说得一样巧妙。

“好,见见就见见!”

在光子的言语中,不禁受了煽惑的浩二,便坐进白井的快艇里去。光子神秘地笑着,也跟了过去。

把绳缚住了游艇,白井举着手叫:

“艇夫,马上回港子里去,愈快愈好!”

打激球的人

一

七月的朝晨，经过院子里林行间的风，几乎立刻会变成蓝色的水一样。

自从那次快艇的冒险以来，今朝恰巧是一星期了。

在纯白色的睡床上，隐约地熏腾着夜来的香水气，滨田夫人正静静地吹着鼻息。血红色的大蔷薇花，在梳妆台子上多情地斜着头，好似在偷夫人的睡息……散披的丰润的头发，飘拂在像透明的琥珀似的肤肉匀细的裸肩上。

离开一切生活之烦琐的金利生活者的有闲的夫人，同时又跟淫荡的希腊女神一样，是永远年轻而不知老衰的。

在廊下的鸟笼中，五色鹦鹉丧气地摇摇身子，当它不知高声地叫了声什么时，门响着，露出女佣的脸来。

"太太，太太！"

夫人慢慢地张开眼来。

"太太，是那位……矶村先生来啦，说是约定了十点钟来拜访的。"

"啊，对的，已经这时候了吗？好。"

在懒慵慵地坐起身来的夫人的双颊上，只一刹儿地，现出了红晶晶的血色，那个在七月的海边偶然找来的茶色眼睛和栗色皮肤的南国的美少，现在对于夫人，已成为无上的兴味的对象。

这并不是恋爱，是一种游戏，只不过是闲得无用的血和精力的发泄处。丈夫滨田清兵卫，为休息他追求事业与利润而疲惫了的身心，接触着夫人以外的很多的女性，这也是一种游戏。但是，夫人的游戏，却和滨田氏的完全不同。

因为在夫人,并没有要追求和奔走的事业与利润。怎样获得,或是怎样消费,那便是夫人的事业。所以也可以说只有恋爱的游戏,是夫人倾注全力的唯一的事业。在夫人的游戏之中,具备着一切种种的技巧,和一切种种的方策。

明知是游戏,明知是虚伪,男人们依然飞进了夫人所张的罗网里,浩二便是这种傻子的一个。在认识夫人的一星期之间,他的青年式的热情,已经甚至可以说,发展到那个叫作"恋爱"的不吉的热病里了。

是昨晚上的事,夫人、笃二郎和矾村兄妹,在客厅中闲谈得倦了,又在夜的海中荡起了游艇来。

夫人拣了两只小型的艇子,一只叫笃二郎和光子坐了,一只坐了浩二和自己,喊着说:

"好不好,笃二郎,不要吃输,两只船来比赛一下!"

在一言半语之中,也这样地欢喜含蓄一种意味,是夫人的趣味。

艇子一出了暗沉沉的海中,夫人低低地对浩二说:

"浩二君,你可知道 Annuy 这字,是什么意思?"

"Annuy? 啊,是'无聊'的意思吧?"

"哎哎,这正是钻进我这样年龄的女子心中的没办法的小恶魔,它使我病,它又使我做胡思乱想。"

"……"

"医这种毛病的方法只有一个,那便是借青春之力。你懂吗?"

掌桨的浩二的手慌乱了,泼进了水。

"啊呀,怎么了,浩二君? 不行呀,好好儿划啦,用点儿力!"

浩二又划了起来,两只艇子已离得很远了。夫人的手拉动着舵绳。

天空虽挂着圆圆的月亮,水面却轻轻地罩着薄暗,相距几十丈的艇子,只剩了红红的船尾的灯光。

"哎,浩二君。"夫人又说了,"沙弗的故事,你大概知道吧?"

"是希腊的女诗人吗?"

"不,是杜德的沙弗。"

"呀,那本书里,说一个抱着女人走上步梯的故事。"

"不,是三十五岁的女子,舍命爱二十岁的青年的悲惨的故事。"

"……"

浩二像是在血管中注进了火,塞着喉头,已不能回答了。

夫人静静地望着在神秘的言语中,失落了神魄的满面通红的青年的侧影,而且在月光中,苍白地笑了。

从艇子上岸,四个人互相分手时,夫人悄悄地对浩二说:

"明天早上,十点钟。"

现在,正是这约定了的十点钟。浩二按时地到夫人处来了。

夫人一边起床,一边对女佣说:

"带他到里面我的房间里去,等三十分钟,你对他说。"

女佣一退出,夫人便走过廊下,向浴室去洗朝浴了。

二

到夫人的房间里,浩二还是今天第一次。

这是装饰作路易十五时代风的,明净的小室,鲜艳地涂着银白色的,贵妇人风的华奢的房间。但是在这房间里孤零零地怅候三十分钟,浩二不禁觉得有一种压迫之感。他便在室隅的留声机上,架上了唱盘,借以拂拭胸头的闷气。偶然地拣了一张惠佩尔的自由射手的行进曲。

乐声一起,白井似乎从外面听见了声音,推进门来。

"啊,是你吗?一个人干吗?"侧了侧头颈,哧地笑了起来,"啊啊,原来如此,是多惠子夫人偷偷约了来的,昨天晚上。对不对?怎么样?"

"……"

浩二悔不该开留声机了。

"啊,脸红红起来啦!你这初出淘的天真气,果然中了多情太太的意吗?可是矶村,当心点儿呀,多惠子夫人,是一个厉害的球手呢,有名的打激球的人。司球的才喊 two、three,她已会翻三个转身啦,呀呀,正和那位早稻田大学的水原一样。"

"一个人来会夫人,不可以吗?"

"谁说不可以!这是很好的事呀,我只是在你的战术上贡献些参考的意见。还是不久以前的事,有位新进的画家,就吃了夫人这一手,几乎自杀呢。”

浩二沉默着，他想对于这位多嘴家的唠叨，最好的回答是不作声。

“那么，你等着吧。”

白井忽然注意到留声机上的曲调，于是又说起莫名其妙的话来：“这不是自由射手吗？你特地拣了的。啊，真有趣，倒想你不到，矶村！”

“你说什么？”

“不要装腔，你知道自由射手的意味吧！”

“是不是德国森林地带中古的传说……射出的箭，受了恶魔的咒语，倒射到射者的胸头，那是知道的呀。”

“你说话真牵丝，自由射手不就是自由打手吗？那不是棒球的用语吗？这意思不就是说，无论怎样的投手，怎样的激球，都能自由打破吗，你一定知道的吧。所以一边开这张片子，一边等候夫人，因此我说想你不到呀。”

“胡说！”

“好好，好好儿干吗，我还要到你妹子那儿去，我也拿只口琴吹吹自由射手歌。好，再见。”

白井的轻薄的脚音在廊外消去，不多一会儿，便出现了完了朝装的夫人。刚从朝晨的温汤中出来的这个姿影，映照在银白色的房间中，绮丽得芳香四射。

“要你等久了！啊哟，留声机空转着啦，好有趣，你在想些什么，浩二君？”

“不想什么。”

连自己也不懂什么地，感觉着一种愤恨。浩二不高兴地回答着，伸手去关了留声机。

“不想什么吗？对啦，这才好啦。在我面前，不准胡思乱想，不准狐疑不决，我顶讨厌这些人……好，请坐啦，坐在我旁边，什么也不要想，什么也不要想！”

对着坐在一只长沙发上的，紧张着脸色的浩二，夫人这样地说了。

三

穿了轻快的散步服，跳出了别墅，白井立刻绕道到矶村的别墅里去，约光子一同出来散步。

光子对母亲说了一声，披上一件镶红纽子的白富士绸的上衣，和白井并着肩，登上别墅地带的缓坡，向别府公园的松林一边走去。

好似浩二是夫人的魔力一样，对于白井，这新鲜的少女，也是一种神秘的魔力。

当然，就在自认为自由射手这一点上，白井是把恋爱轻视为"前世纪的感情"的，但男性的轻视恋爱，结果便变成轻视女性。因为这种男性，只知道把女性当作感觉享乐的对象，而不当作人格的对象的。男性方面的轻蔑恋爱，每每是和轻蔑女性同一的意义。

女人是什么？是为了男性欢乐的很好的动力机。什么恋爱，哼，那不过男女间的一件事。这便是接吻，拥抱，两人的肉体，融合于欢喜之中，这便是一切。所谓女人，总之，便是一具美的肉体。

这便是白井的论调，他无论遇见怎样的女性，永不会放弃这种见解，而且至少从来的经验，证明他这见解是正确的。从来他所熟悉的剪发的酒场的女郎，腰围坚硬的舞女，脸上有粉刺的文明戏的女戏子，以及自认不端的马丹，淫荡而假作矜持的钝感的小姐，这一切，都不外是美的肉体。

可是，光子却不同。

她是新鲜的，而且在新鲜之中，有着一种东西，不能仅仅像果子般地去爱好。

她是美丽的，但这是一种蔷薇似的美，轻浮地伸过手去，立刻会触着尖利的刺。

白井曾经想照他这论调行动，总是被光子冷严地踢开，使白井不得不感到批评与嘲弄的白晃晃的短刃，在她的眼中闪闪地发光。

她这眼中的短刃，到底是什么意思呢？白井是不理解的，他只是简单地想，大概是不惯情事的处女性的无意识的恐怖的表现吧。处女的恐怖，可以从驯熟中使她消去，他想，总得耐心试验一下。

于是今天又借口散步，带光子到公园里去。

"夫人不是已经把那位哥子叫进到私室里了吗？再拖延下去，这竞舟就得竞输啦……"

街市虽然焦灼在近午的太阳中，而公园却受了海风与山岚，清凉得同秋天一样。

中断了话题的两人,默默地沿着池边走向喷水的一边去。

“你在想些什么啦?”

悄悄地好似窥着光子的脸,白井开口说了在这种情景中最平凡的谈话。

“你猜猜看。”

是冷然的回答。

“好,我猜,你这会儿大概在想:恋爱到底是什么?”

“哎!”

好似受了不意的打击,吃了一惊,光子慌忙抬起脸来,眨了眨发光的眼,用很清晰的口调回答了。

“不,不对。我正想:你一定在想女人这东西,到底是什么?”

“啊哟,来了一个反攻。”白井在心中叫着。可是在这种地方,毕竟是白井,依然若无其事地说:

“呀,原来如此,此外一定还在想着什么呀。”

“嘿,还有——”原想说“我想你是个坏蛋”,终于没有说。——“我想金解禁对于财界有怎样的影响。”

“金解禁吗?”对于急得没有担延的余暇,“这种事情,不是贵女子所想的呀。”

“嘿,像你那舅母样的女子,自然。”

这位十九岁的女子大学学生,对于白井这小小的唐裘安所提出的抗议,绝不是从单纯的处女的恐怖,这是开始有个性与要求的女性的抗议。像新海绵般的光子的心灵,在时代的潮流之中,已经丰润地涨大了。

但是恰巧在这时候,把白井从窘境中救出的事件,是从沿公园的白色道路那边上来了一辆黄色的大型的汽车。

“啊,你看!”白井故意大声地叫,“那辆汽车是我们家里的,让我猜里边是什么人,这会儿一定不会猜错了。这里边的两个人,是永不会想金解禁对财界的影响的贵妇人,和你的哥哥。你看见吗?他们俩一定是到山上的旅馆里去的。”

苍白的彗星

一

一只白色的汽船，破着山峡间的圆圆地翻腾起的水平线，打开了蓝色的亚热带的海波，向港边驶来了。银色的泡沫留在船尾后面，淡青色的旗子在江中飘着，甲板上是草帽与遮阳伞之群。

在别府市，每天一次接迎这只从大阪来的直航船，是一种欢悦，是一种期待。对于旅馆的商店，是从营业的观点，对于有闲的浴客们，是因为它定期地运来了新的事件与新的人物。

所以在今天，聚集于码头上的旅馆招待与好奇的散步客之中，杂着白井笃二郎的影子，也是不足怪的事。这位小小的唐裘安，为着接迎从汽船上来的一切女客，每天总是到码头上来的。在到了游览目的地的欢畅，急急地走下吊桥来的船客之中，一发现明眸皓齿的女客，他的眼睛便灵感地发光。反之，如果船客当中没有像样的女人的时候，不必说是使他伤心而大失所望。

特别是这两三星期以来，他和码头是久违了，因他正对光子倾注全力。但是从这努力而来的，他从她那儿所得到的，仅只是嘲谑和侮蔑。而且对于嘲谑侮蔑等等，本来他就是钝感的，他以为为了那样的事挂在心头，感得不快，是近代人的耻辱。

自从把那次公园散步作了最后，白井终于不愧为白井，他很简单地对光子断了念了。

“所以，早就说过，我讨厌的是处女和罐头食品，那样的东西，配不上绅士的胃口。”

于是，今天他又这样地到码头上来了。

船靠了岸，乘客开始走下来，他终于发现了想不到的人物。当发现这人物时，在张得碗口大的他的眼睛里，一刹那地消逝了好色的光，代之以老大的惊骇。

“啊，近藤……是近藤文夫啦，这！”

在二等船客中，一个高身材的青年，从吊桥上下来。眉清目秀的脸，病得苍白的肤色……时候虽然是正夏，从帽子到鞋头，一通都是服丧似的黑色，右手中提了一只小小的皮箧，是伶仃孤凄的旅人之影。

近藤文夫——这便是有一次，白井在夫人的私室里对浩二说过的，那位几乎自杀的青年画家。他的突然的出现是难怪白井要吃一惊的。

可是一到近藤走完了吊桥，双足踏上码头时，白井眼中的惊骇之色已经完全消失，代之以照常爱捉弄爱多事的白井原有的眼色了。

怕被对方发觉，连忙把脸躲在接客者的遮阳伞中，他在心头喃喃地念：

“这倒不错，在最凑巧的时候，找到了一个最适当的登场人物了。”

多惠子夫人，也正开始厌足了矶村浩二的初出淘的恋爱。恋爱的游戏也和金刚钻石一样，棱角越多光头越好。近藤的突然来到别府，虽不知是故意还是偶然，总之把他弄到夫人与浩二中间，一定是应时的百分之百的 Sensation（热闹）。

“好，先探明了住址……以后第一是……”

抱着靡斐时特（浮士德中的恶魔）的精神，白井的薄梢梢的嘴唇，哧地歪了一歪。

无论什么都好，只要能刺激别人的心，以及刺激自己的心的事件，白井是永远满足而高兴的。没有游乐便活不下去的人——这便是白井。一看见人，就想拿来做戏剧的资料的人——这便是白井。自己所造成的戏剧的结果，无论是怎样的滑稽或怎样的怕人，例如他曾说过的自由射手的传说似的，引起用自己的箭，贯穿自己的胸膛那样的结果也罢，这样的事，他是不会去管的。

“好有趣，好有趣。”

唱歌一样地在心中反复着，白井悄悄地盯起近藤的梢来。

二

半点钟后，白井飞一般回到别墅里来。一发现在客厅的冰柱边躺在横沙发里翻外国流行杂志的夫人，便突然地叫了起来。

“舅母，快请客……我带了好消息来了！”

“在码头上，又找了什么来了？”

夫人冷淡地回答。

“什么，什么！很出色的发现呀——这会儿被我发现了来的，是一粒出色的彗星呀，舅母！”

“彗星！又说出莫名其妙的话来啦。这是什么意思？”

“彗星便是彗星，是彷徨在太阳系中，带着苍白的尾光的宇宙尘的团块。所谓宇宙尘，便是鱼群一样地群集在宇宙暗黑的空间的黑色的死球。这些死球，时常走进太阳系中来，受了太阳的光，便放出皓皓的青光。照着太阳的吸力，画着壮丽的抛物线，急急地转回起来。天文学上，称这叫作彗星，一稍间速度三百里！”

“这便怎样，快下结论。”

“急着下结论，可不是客厅上的礼式呀……这里还有彗星的故事，彗星用这一秒钟三百里的速力，转回了一定的时间，又重新漂泊到太阳系外的暗黑的冰空中去了。于是再过五十年百年，他又被太阳女皇的吸力召回，重新在太阳系中现出他苍白的影子来。在她皇冠的四周，排列着青蓝的火焰的班次，可是万能而多情的太阳，像受奴隶的敬礼的女皇一样，傲然地燃着光，连头也不点一点。于是不多一会儿，完了几天的孤独的转回之后，他又重新悄然地彷徨到永久的虚空中去了……”

“……”

“嘿，有点儿数目了吧，杂志看也不看，翻它干吗？面朝着我，快要下结论呀。总之，照刚才所说，已经完全明白，我所谓太阳女皇，当然就是滨田多惠子夫人，四周围随从着一群游星……水星、金星、火星、木星，等等，皓皓地发着光辉，在这马丹滨田太阳系中，又彷徨来了一个苍白的彗星，这便是我刚从码头上发现了来的。”

“什么人，这是？”

夫人的声调,已紧张了。

“是近藤文夫。”

“近藤!”

夫人几乎从沙发上跳起身来。

“嘿,近藤,近藤文夫,不是有很大的新闻价值吗?快请客,喂,马丹!”

“到来……干什么的呢?”

皱了皱眉头,夫人像自问似的喃喃地说。

“不知道,所以叫彗星呀。要说明彗星的行动,只有根据太阳的吸力。”

这样地说着,白井看出夫人明明是陷入纷乱了,便狡猾地笑着,转到了另外的话题。

“可是,马丹,另外的一位,Adnis,怎么样了?”

“什么人?说浩二吗?”

“嘿嘿,就是这浩二,还是两三天前,我见你用汽车把他装到山上旅馆里去,怎么样情况?”

“什么情况?好讨厌的人。”

“可是,大概对浩二厌足的时候也到来了吧,因为是舅母的事。”

“什么人?”

“浩二呀!”

“哼,矶村哭了啦,哼……”夫人又接着说,“你要给他开玩笑,那孩子,真会哭的呢。这不有趣吗?是初恋呀,对我……像你这样的人,再也装不出来。那么你那光子姑娘呢,怎么样了?”

“嗯,别要说起。这位先生还在初恋以前啦,什么情况也没有,如果我真爱她,那才是近藤第二,非吃永眠的催眠药不行了。”

“又说近藤,不祥的名字,莫再说起了。”

夫人正在不大高兴地这样说时,女佣推了门进来,拿了电报来了。是滨田清兵卫来的电报,说是八月初即动身回来。

“我的自由时间,只有一星期了。”

夫人回身向白井说。

“因为你那所有主人,你那位耶和华,是希腊式的最会吃醋的人吧。

那么,这一星期内,对你那位浩二君,也打算分手吗?"

"这倒不是……不过……"

"不过……趁这时候,把矶村和近藤,一齐拉到你面前玩一下,也许非常有趣呢,反正只有一星期工夫了。"

"太可怜呀,两个都……"

"嘿,不打紧……好,今天晚上七点钟,叫矶村到这房间里来吧,我去拉近藤来。好不好?约定了呀。那么,再见。"

夫人毕竟只皱了皱眉头,没有阻止白井。

三

打六点钟,夫人打电话去叫浩二。把两个青年恋人并排在一间屋子里,赏观他们之间的,散射的心火的青辉,这多么配合夫人的滋味。许多青年,被这种趣味伤残了心,几多人因此断裂肝肠。但是,夫人却还是永远不肯停止这危险的游戏。

而同一个时候,白井在海边的旅馆里访问近藤,从窗子口望得见海的暑热的房间中,近藤忧郁地躺着。白井的蓦地来访,也不曾使他出惊,连为什么事到来,也都不曾询问一声。

"沉闷吧,到我们别墅里去吗?"

白井一邀请,近藤便说:

"叫我去见你的舅母吧,不错,这一定是你弄出来的把戏。去,立刻就去,既到了这儿,迟早打算同你们碰面的。"

说着,立了起来。

看定了时间,白井把近藤带进别墅的客厅里,夫人从浩二身边的沙发上,盈盈地站起身来,向近藤招呼。

"好久不见啦,近藤君你瘦了许多啦……"

"也许还得再瘦些。"

这样地回答着,近藤便一屁股坐下被请坐的椅子里。一刹那之间,紧张的空气。

夫人一回头向浩二,白井便在近藤的耳边像恶魔似的私语:

“这位是马丹最近的‘那个’呀。”

可是，近藤没有变色，变色的却是浩二。

“喂，笃二郎，”夫人开口说了，“你想讨厌吗？来了一个电报，说一星期后，滨田要回来了。”

“那么，又得被监禁啦，要寻乐还是这会儿趁早。”

“嘿，正是这会儿呀。”

“好，好好儿寻乐吧，这样可爱的青年，又有两位在这儿。”

“嘿，人倒有两个……可是哪个大人气些儿，爽快些儿呢？啊哟，你看，两个都面转色啦，不是低着头吗？在这一星期之间，有本领把我从滨田那儿夺去的人，可是一个也没有呢，笃二郎。”

近藤忽然抬起眼来，炯炯的发光的神色。

“夫人，一星期以内，你看我把你夺去好吗？”

“你——”夫人凝然地注视着近藤的眼，虽然被注视着，近藤依然一闪都不闪的。而夫人淡然地继续着说：“哎，好呀，如果你能够的话。”

“喂，矶村，你觉得怎样，这人要抢你的马丹了呢。”

“我，我失陪了！”浩二突然站起身来，大声地说，“到这会儿，我才觉到自己原来在做傻子。”

这样地说着，也不顾夫人的挽留，急急地走出廊外去了。

“我也回去。”近藤立起身来，“可是，刚才的宣言一定实行，一星期内，把你……好吗，夫人？我在这儿只住一星期，决不多留一天。”

两个人一走，室中支配着闷沉的沉默。这沉默的空气，终于被白井的大笑声打破了。

“哈哈哈，有趣，好不痛快。这幕闭得不错。”

“我觉得不放心起来，你这导演可靠得住吗？”

夫人终究皱了皱眉头，现出不安的颜色。

“别担心，一切演员，都交导演指挥好了。你留着看吧，看戏的咽口涎沫，等候第二幕吧。以后怎样，这儿自有作者的妙手呀。哈哈哈。”

地狱的汽车

一

南海的赤铜色的太阳，从山峡上升起，向山峡上沉没，几天又过去了。别府市的居民与游客们，饮着以传说中失恋之山的男神的泪壶——志高池为发水源的自来水中的水，度过了懒懒的夏季的几天了。而且“在这一星期内，一定把你从滨田那儿夺过来”。

这近藤发了誓的一星期，也快要完了。

虽然是这样地发了誓，可是在近藤与夫人之间，夫人与矶村之间，以及近藤与矶村之间，一点儿也没发生什么变故。特别是：

——至于后事如何，且看作者的妙手。

白井这以名导演自居的那天以后的两三天中，确曾是紧张的空气。矶村、近藤都没有来夫人的别墅，夫人也带些警戒气似的，阴郁着脸困守在房间里。

“怎么了，舅母……真所谓魔术家的悲哀呀！”

说着这样的话，白井也冷然了。

“谁是魔术家？”

“当然……马丹，是你呀。”白井鼻梁上神秘地打着皱，“自信有手腕的魔术家，从地狱底下召出了许多恶鬼来，弄得没法统治这些恶鬼，倒胆小了起来……是不是，舅母？”

“什么，像样的恶鬼，不是一匹也没有吗？”

“好厉害。”故意地拍着手，白井煽动地叫，“真不愧老手，我要对你脱帽了呀。”

“为什么使你这样甘心,我只不过是照事实真说罢了。”

“所以说你厉害呀,实际上确是没有一匹像样的恶魔。刚才我去见了近藤来,向他说,喂,老兄,以前你不是表示了老大的决心,已经有了夺取马丹的具体计划了吗。你猜他怎么说,他羞耻地笑了笑,说那不过那时候一时的兴奋,只是嘴里说说罢了。到现在辰光,还要想把夫人怎样怎样,既没那样的勇气,也没有那样的兴味呀。勇气和兴味还犹可,第一我就没有力量,无力又贫弱,甚至连自杀都没决心的我,怎么能够夺取夫人呢。那时候的话,只不过是被夫人的戏言激发出来的心底沉滓罢了。他还呵呵地苦笑啦。”

“那么,他为什么跑到别府来,不是知道我在别府吗?”

“对啦,他说完全是偶然的,因为乘夏天晴朗,又加想认真绘些画,打算沿九州兜一个圈子,他说再过三四天,准备更向南去。”

“嘿,好不无聊……什么对我失了兴味,你想,这不是没出息的话?”

“好厉害的自信,让我再向你脱一次帽吗?”

“那么,还有一个怎么样呢?”

“矶村吗,那更没气息啦,只是垂头丧气的,我叫他会面,他还不肯出来。硬见了面,我对他说:怎么了,夫人开了一句玩笑,你就这样挂在心头吗?真傻气,这是故意说给你听的呀,那意思就是叫你再积极点儿。勇气点儿干呀,夫人因为不见你,这几天很失望,比你还厉害呢……这样说了,也仅只开了开愁眉,玩笑开得太厉害了,也可怜,马丹!”

“你真是厉害的煽动家。”夫人说了,“为什么不去做个政治家呢?”

“嘿,我也常常这样想,从此改行还不迟吧。”

白井洒落地回答了。

“那么,导演家的第二步计划怎样呢?”

“总之,把全体演员再召集一次来试试吧。”

“召了拢来便怎么样,我可有点儿倦了。”

“所以我想,选个黄道吉日,一朝晨坐汽车去巡‘地狱’。晚上就在这房子里大闹一顿,就此把这场玩意儿结束好了。”

“结束,以后呢?”

“仍旧做个贤德太太,替马上回来的舅父。”

“我什么时候都贤德的呀。”

"什么,不会叫贤德菩萨失笑吗?"

二

环绕别府市火山麓三十里的斜面上,涌腾很丰富的温泉,到处形成了沸汤的池。就地的土人,把这些池叫作"地狱"。含铁质的池底泥,把沸汤染成红色的,叫血池地狱;吹着沸沸地滚出的泥,面上浮着无数的水泡的,叫和尚地狱;清澈澄明而不见底,在数尺高的空中,升腾着蒸汽的,叫作海地狱;其他还有叫铁轮地狱、染坊地狱、八幡地狱的……所谓巡地狱,便是在这些热泉之间的白色道上,用汽车兜圈子,这个快适的游玩的古风而传奇的名字。

矶村受了夫人的招待,约巡地狱做一日之游,正不知是如何才好。

阿妹的光子,不管三七二十一地把这招待一脚踢开了。

"你想怎样好?"光子被她哥子问她时,正在书斋朝读,脸也不抬一抬地说:"不要去。"很简单的一句话回答了。

"有什么事吗?"

"事情是没有,可是那班人物的生活,不是已经看够了吗? 我说过,观察代表一种典型的人物,是现代式的教养,可是现在,那些有闲妇人和有闲青年,仅只把精力浪费于无意味的感情游戏,已经看得不要看了呀。"

"可是……"

"不行不行,哥哥,你可不是在观察那种生活,是自己走进那种生活里去了呀,你想把自己走进寄生阶级的队伍里去了啦。你不想想,我们还有别的工作吗。"

哥子默默地走出妹的房间,妹子不禁担心地望着忧郁的兄的后影。

但是一到了约会的一天,矶村又冲动地,到夫人的别墅里去了。

太阳虽然很酷热,碧空与凉风却很清澄,坐着四个人的汽车的窗子,在火山麓的白色道路上,感得爽适的凉快。

夫人坐在正中,两旁坐着浩二和近藤,白井穿着大反领的白衬衫,头上戴着白色运动帽子,坐在车夫身边的助手座上。而照在后光镜子上的脸,是后面三人的照例的不断地互相地饶舌,使全车都笑了。

夫人今天也轻躁和怪，一会儿偷偷地把自己的肩向浩二肩上一撞，一会儿又握住了近藤的手，高高地举起，直照到前面的镜子上，使白井把身子回向后面来。

“不要吵得太厉害啦。”这时候，白井便装着腔喊，“当心点儿，这汽车是到地狱里去的。”

“好怕人的汽车。”近藤也特别轻躁地，大声呼应了，“我记得没曾做过什么恶事，不会被送到地狱里去的，况且年纪还这样的轻……”

“又加之是前途无量的青年画家。”

白井又插进了一句。

但是，只有浩二，却没有变成轻躁。

在明明地看透了夫人的游戏态度的今天，他觉得那不是开玩笑的话——这辆汽车的确是到地狱去的。他明明是爱上了夫人，这最初经验到的恋爱的感情，有着一种使浩二完全变成盲目的强力。这明明是不自然的感情，所以葬身于此是过于愚蠢了，虽然明白得再明白也没有，可是总不知如何才好的热情——这正是青年人的恋爱。

一到明天，夫人的丈夫滨田清兵卫便要来了，滨田不仅仅是夫人法律上的丈夫，也是事实上的所有主。乖巧的夫人，很明白一离开滨田，便就是失去一切。

她很知道，现在这多闲而华奢的生活，只有滨田能够保证。所以，一面虽把青年男子们的感情搅动到拼死的恋情，但到了滨田的嫉妒与愤怒之前，便对青年们的纯情弃之如敝屣而不顾了。许多的青年都被夫人的行为牺牲了。而自己，现在也正将成为牺牲者之一，不，已经是牺牲者了。浩二想：这汽车不到地狱还到哪儿去呢。

过了血池与和尚，来到海地狱时，时计正指着正午。大家下了车跑进吃茶店里。

海地狱正如其名，清澄而不见底，蒸汽浩浩地迷蒙着边岸，正是地狱中的大观。比之其他地狱，只是污秽的泥水和刺鼻的硫化水素的强烈的臭气，只有这里才是浩浩森森的沸汤的大海……

但是这海水的热度，有时高到把投身自杀者的骨骼在顷刻之间消融。

吃茶店里的半小时，在夫人是觉得过于长久了。这种地方，白天游客拥挤，对于恋爱游戏者，似乎有些厌气，夫人独自走上汽车，砰地把车门关了。

刚才在和女招待闲谈的汽车夫，大概是去上便所，不见影子。被白井灌醉了啤酒的浩二，正在白日醉中通红了两颊，热心着议论什么。因此夫人上汽车，和近藤无意识地闪闪眼睛，像猫一样地跟了上去，谁也没有注意到。

突然，汽车的机叶声……接着妇人的锐利的呼声！

浩二和白井从桌边跳起来，汽车夫从店后面跑出来时，载着夫人和近藤汽车的前轮，已经撞倒了地狱岸边的竹笆篱，突然冲进沸腾的沸水泡中去了。

三

八月半过后某日，从下关开往东京去的特别快车的一间车厢里。比预定期早了一月，结束别府的别墅生活的浩二与光子兄妹俩，亲切地促着膝坐着。

到箱根一带，天色开始黄昏，过横滨的时候，已经完全夜了。

"再过一个钟头，就是东京呀。"

光子兴奋地向哥的耳边说。

"嗯，东京！"

浩二这样回答着，看车窗外移过的灯光。

"在东京，好似总觉得有新的希望等着我们。"光子继续着说，"哥哥，这是我们这暑期的收获呀，你说是不是？"

浩二可没有回答，默默地眺望着明灭窗外的工厂区的灯光。在那漆黑的屋顶和烟囱，以及点着做夜工的灯光的玻璃窗风景上，他好似看见了那次因汽车的惨剧受了剧烈的火伤的夫人的影子。夫人所射出的游戏的箭，也和那自由射手的传说上一样，倒射到夫人自己的胸口。这是一幕悲剧，同时也是一幕喜剧……过了一会儿，浩二好似想拂去这不快的幻影似的，回过了头来对妹子说：

"像我这样的人，也可以做什么新的工作吗？"

"当然，可以的呀。"

好像增加哥子的勇气似的，妹妹说了。

“哥哥，你已经见到了呀。我们这个生长的阶级，每天的生活过得多无聊。这种日常生活，是多么愚笨，多么浪费精力，如果我们就这样下去算了，除了灭亡自己是无路可走的，这不是已经明明白白地看到过了吗。所以我们要舍弃这生长的故乡，决心从在社会中心劳苦的人们之中去找求有生气有意义的生活，你说是不是？到现在再这样自暴自弃，是不成的呀，哥哥哪里会有不可能的道理呢？目前在哥哥的大学中，也有着许多同志，在这暑假间，留在东京工厂区工作。我认识这些人，到了之后给哥哥介绍吧。”

火车驰过铁桥，哥子依然在隆隆声中沉默着。窗外已飞过了一个小车站。浩二忽然想起了什么似的开了口：

“那么，也依然是傻事啦。”

“什么傻事，哥哥？”

光子惊奇地凝视着哥的脸。

“恋爱呀……”

哥爽然地回答。

“这个我可不懂得。”妹妹聪明地答复了，接着捉着冥想着的哥的手，温和地接续着说，“可是这一切的恋爱，都是傻事，总令人觉得寂寞。只是现在在我们周围，值得称为恋爱的，不是并不存在吗？我总觉得是这样。所以我远离开一切类似的恋爱，把工作来代替……而这工作，现在正在东京等着我们。是不是，哥哥？”

火车向东京开进了，东京满溢着新时代之潮，像海一样的光辉，像海一样的灿闪，浩浩地高鸣着，兴着波涛。至少，在浩二是这样想。

图书在版编目(CIP)数据

罗生门 / (日) 芥川龙之介著 ; 楼适夷译. — 北京 : 中国文史出版社, 2021.1

(楼适夷译文集)

ISBN 978－7－5205－1568－9

Ⅰ. ①罗… Ⅱ. ①芥… ②楼… Ⅲ. ①短篇小说－小说集－日本－现代 Ⅳ. ①I313.45

中国版本图书馆 CIP 数据核字(2019)第 250529 号

责任编辑: 薛媛媛

出版发行: **中国文史出版社**
社　　址: 北京市海淀区西八里庄路 69 号院　邮编: 100142
电　　话: 010－81136606　81136602　81136603 (发行部)
传　　真: 010－81136655
印　　装: 北京新华印刷有限公司
经　　销: 全国新华书店
开　　本: 720×1020　1/16
印　　张: 23.25　　字数: 341 千字
版　　次: 2021 年 1 月第 1 版
印　　次: 2021 年 1 月第 1 次印刷
定　　价: 69.70 元